集学
刊术

福建省社会科学研究基地
福建师范大学
中华文学传承发展研究中心

现代散文理论
"个性"说研究

王炳中◎著

人民出版社

国家社科基金重大项目"两岸现代中国散文学史料整理研究暨数据库建设"（批准号：18ZDA264）阶段性成果

总　序

　　2004 年 10 月，福建师范大学文学院获批建设福建省高校人文社会科学研究基地——人文福建发展研究中心，并于 2011 年评为省高校优秀社科研究基地。在此基础上，学校于 2014 年 4 月成立了中华文学传承发展研究中心，聘任郑家建教授为研究中心主任，以更好地发挥文学院在中华文学传承发展方面的科研优势，为我国社会文化发展以及闽台文化合作交流提供智力支持和决策参考。该研究中心于 2014 年 6 月经过专家评审，成功晋升为福建省首批社会科学研究基地。

　　福建省社科研究基地是人文社会科学研究的高层次学术平台，担负着组织科研创新团队、产出重大研究成果、创新科研管理体制机制、提供社会咨询服务、培养优秀科研骨干、促进学科建设发展的重任。省社科基地实行"机构开放、人员流动、内外联合、竞争创新、产学研一体化"的运行机制，经过几年的建设，力争成为国家或省级高层次智库或教育部人文社科重点研究基地。

　　中华文学传承发展研究中心依托福建师范大学国家重点学科（中国现当代文学）、福建省特色重点学科（中国语言文学）和 3 个福建省重点学科（中国现当代文学、中国古代文学、汉语言文字学），以及中国语言文学一级学科博士学位点和博士后流动站、戏剧与影视学一级学科博士学位点和博士后流动站、艺术学理论一级学科博士学位点和博士后流动站，以学科发展与社会重大问题为导向,结合文学院的既有学术传统,确定中心的重大学术课题,围绕国家提高文化软实力与福建省社会文化发展的重大需求,在全球化语境中传承与创新中华文化。

中国语言文学是中华优秀传统文化的重要载体,具有深远的历史意义和现实意义。它不但成了联结全球华人共同家园的精神血脉,而且对中华文化在世界的流播也产生了积极的影响。中国语言文学在传承中华文明及促进闽台文化的合作交流方面具有其他学科无可替代的作用。福建师范大学中华文学传承发展研究中心的学术宗旨,是以历史和现实为基点,对涵盖古今的中国文学,尤其是闽台语言、文学及海外华文文学的渊源流变进行全方位的梳理,为当前建设繁荣和谐的社会文明提供可资借鉴的历史经验,加深两岸人民共同构建精神家园的情感联络,为促进闽台文化交流与中外文化交流做贡献。

研究中心聘任国内著名专家担任顾问和学术指导,对中心工作提供了强有力的指导。福建师范大学副校长汪文顶教授担任研究中心首席专家,副校长郑家建教授担任中心主任,研究中心的日常事务工作由常务副主任葛桂录教授负责。本中心的特色研究方向有四个:闽台语言文献与文学交流研究方向,负责人为林志强教授、郑家建教授;文体学研究方向,负责人为李小荣教授;中华文学域外传播研究方向,负责人为葛桂录教授;当代文学教育及语文教育研究方向,负责人为赖瑞云研究员。

研究中心将以国家社会文化发展的重大需求为导向,以研究项目为纽带,以研究方向组成的创新团队为载体,以出精品成果为目标,努力强化特色与优势。联系整合省内乃至国内相关高校、科研机构的学术资源,建立健全协同创新机制,造就一支高水平、结构合理和可持续发展的科研创新团队,打造一个在全球化语境中传承与创新中华文化的重点研究基地,成为全国有影响力的专门人才库和人才培养培训基地。

为促进研究中心建设目标的实施,我们在人民出版社的大力支持下,集中出版"福建省社会科学研究基地福建师范大学中华文学传承发展研究中心学术集刊"。该集刊主要收录研究中心同仁高质量的个人学术著作。列入研究中心学术集刊首批出版的十本著作,绝大多数是国家社科基金项目,如

《晋唐佛教文学史》(李小荣著)、《中国英国文学研究史论》(葛桂录著)、《冈仓天心研究:东西方文化冲突下的亚洲言说》(蔡春华著)以及教育部人文社科研究项目,如《建阳刊刻小说研究》(涂秀虹著)、《明代中古诗歌批评文献及诗学研究》(陈斌著)、《台湾诗钟社团及相关组织考略(1865—2014)》(黄乃江著)、《〈说文解字六书疏证〉研究》(李春晓著)、《阿瑟·韦利汉学研究策略考辨》(冀爱莲著)的结项成果。集刊第二批出版的有《西方哲学与中国新诗》(雷文学著)、《文化研究:理论旅行与本土化实践》(颜桂堤著)、《现代散文理论"个性"说研究》(王炳中著)等。这些成果在课题结项评审专家审定意见的基础上,再次打磨修订,因此保证了较高水准的学术质量。研究中心成员承担的福建省社科研究基地重大项目的结项成果,也拟列入这套学术集刊出版。

中华文学传承发展研究中心

2016 年 8 月

目 录
C O N T E N T S

序

　　王炳中以其博士学位论文为基础而修改完成的这部专著,率先专门讨论中国现代散文理论批评中的重要范畴"个性",选题具有前沿问题意识,论述也有集成创新、鉴往知今的学术意义,对于现代散文研究具有拓展与深化的积极作用。

　　"个性"是现代启蒙思潮的重要话题之一,在五四新文化运动中与"民主""科学"思潮一道掀起现代中国的第一次思想解放浪潮,冲破封建思想束缚而兴起个性解放潮流,影响遍及思想文化的各个领域,乃至社会变革的众多方面。映现在文学革新上,既有"个性文学"的理论倡导,又有"个性表现"的各种创作实践,尤以散文领域的个性问题最引人关注而众说纷纭,留有丰富庞杂的理论资源,很值得专门研究和重新阐释。

　　面对现代中国散文"个性"说的纷然杂陈,炳中力图整合和建构一套较为系统的理论话语。他从原始资料着手,广泛搜罗和发掘中外文论中有关个性、自我、性灵、风格等相关概念的种种言说,把散见于书刊文章中的零散资料集群化、条理化。在梳理中外理论资源的基础上,他回归现代历史语境,将众说纷纭的个性观点以思想基础归纳为人性论、言志论和社会论三种个性说,辨析了不同时期不同个性说的具体含义和复杂关系。他既辨异又求同,从散文特性上探寻个性表现的真实性、独创性、合法性等理论共识,揭示了自我个性与散文体性的内在联系,并在现代散文批评实践中探讨个性风格的内外成因和品鉴方法。从全书架构来看,他基本实现了自己的预设目标,把错综复杂的个性问题说得有条有理,明白晓畅,为散文个性说研究提供了自成系统、集成创新的成果。

本书集成创新的特点主要体现在以下三方面:一是整合有序,从所占有的翔实史料中梳理出各家各派各方面的个性观点,较为客观、全面和系统地展示了现代散文理论批评个性说的整体风貌和丰富内涵。二是动态考察,尽管三种个性说的概括和命名不尽周全准确,但着重考察个性说从人性论到言志论和社会论的分化流变,还是较好地把握住现代三十年间个性思潮与社会变革的联动关系和三种个性说之间的对话关系,有助于辩证看待个性思潮的兴衰变异和是非得失。三是阐释适当,作者主要采用"我注六经"的方法,将个性说作为现代散文理论批评史的一个重要范畴,置于当时历史语境中,来辨析和阐释各家观点的本义、异同和互补意义,从存异求同、实事求是的评述中探讨和建构现代散文个性说的理论共识、价值认同和话语系统,可说是集成之中寓有创新,阐释适度而言之成理。书中引证颇丰,据实而言,论从史出,时有新意,既体现作者严谨扎实、慎思明辨的学风,也留有某些论述不够明快深透的缺憾。尤其是关于个性书写与散文体性相契合的论旨,若能进一步结合现代散文创作实践,从创作论、心理学等角度加以深入阐发和充分论证,散文个性说的独特性和学理性或许可能说得更明晰透彻,对当代散文发展和理论建设也应当有更大的启示和借鉴意义。

炳中从我研习现代散文多年,现在还参与国家社会科学基金重大项目"两岸现代中国散文学史料整理研究暨数据库建设"的科研工作,并独立承担国家社科基金项目"百年中国游记的'社会风景'书写研究"。他执着于学术志业,有农家子弟的朴实和勤勉,有潜心问学的素养和追求,基础扎实,学风严谨,已在散文研究领域崭露头角。希望他继承师祖俞元桂先生开创的现代散文研究事业和"深挖一口井"的学术传统,扬长克短,再接再厉,在今后取得更好的学术成果,与学界同人一道推进散文研究的不断发展。

汪文顶

序于 2021 年 12 月 5 日

绪 论

一、问题缘起

中国现代散文的理论建设与创作实践曾经比翼双飞,散文观念的形成和发展、散文家的文体意识和艺术追求,都曾深刻地影响了当时散文的创作面貌和发展历程。然而1949年以后,学界对散文的关注明显不及于诗歌、小说和戏剧,作为对一段文学史的梳理和总结,现代散文研究一度相当荒芜。新时期以来复兴的现代散文研究,主要集中于作家作品论和散文史上,理论批评方面的研究仍显滞后和薄弱。这固然是多种原因造成的,但主要还是与现代散文理论建构的非体系性有关。散文是一种包含广泛、书写自由的文类,它在五四以来的思想解放和文体解放大潮中,更是充分发挥了自由自主、多样发展的文体特长。缘于这一不确定性,现代散文理论虽然丰富庞杂,但却难以梳理和整合出范畴明确、阐释合理、逻辑清晰、方法适用的话语体系,致使现有研究仍无所适从而裹足不前。重新开展现代散文理论的研究,当然有多种路径和方法,但还是要回到具体的历史语境,从当时的众说纷纭中找出诸家持续关注的焦点话题和核心概念,加以系统而深入的探究和阐发,在重点突破中带动相关问题的探讨,如此方能避免以往线性历史考察的预设性或全面铺开的泛泛而谈,有效推进本领域的研究。

在现代散文理论话语中,众所关注的问题有散文的范畴、分类、本体特性、文体笔调等,主要围绕个性、自由、真实、言志、载道、社会性等范畴展开。其中的"个性"范畴则是当时争议不已、探讨最深的一个热点话题,乃至有聚合其他范畴的功能,可谓关乎中国散文理论的现代性转型,理应作为专题加以重点研究。

现代散文是在"人"的发现和个性觉醒的时代语境中成长壮大起来的,表现自我、张扬个性是其最基本的价值追求。作为创作实践的引导和总结,当时的散文理论界对"个性"这一审美范畴也极为重视,关于它的探讨几乎贯穿了整个现代散文史。但"个性"这一范畴内涵复杂,除去文学审美,还涉及生理学、心理学、人类学、政治学、文化学、社会学等多种学科的交叉和会通,这使得现代散文的个性表现精神成为人人想说但又难以说清的一个话题;然而,在近半个世纪的反复阐说中,它也被赋予了丰富多样的意涵,形成了纷繁复杂的现代散文理论"个性"说。"个性"说涉及散文本体论、创作论、文体论、风格论、鉴赏论等方面的理论与实践问题,直接影响了现代散文文类的生成及建构,对其进行综合性考察,基本上可以还原现代散文理论发生和展开的脉络。"个性"说既是传统散文理论的总结和转化,也深度影响了当代散文的理论建设、批评活动、创作实践,具有自成体系和承上启下的理论价值,足以成为一个专门的学术话题,因此本书对其研究也主要在"现代文学三十年"这一时间框架里展开。

必须说明的是,本书所谓的"个性"并非现代散文理论界固定使用的一个单一概念,而是笔者对一组常用概念的总称,比如出现在当时各种理论文献里的"个人""自我""言志""性灵""格调""笔调""风格"等关键词,皆可纳入"个性"范畴里。"个性"观念虽然是五四以后才流行开来,但其生成和来路却有着复杂的思想史背景。

往前追溯,中国古代其实有着丰富的自我与个性理念,如儒家对个人人格修养的重视,老庄学派对自然人性的追求,皆可作如是观。杜维明甚至提出"儒家个人主义"之说,但这种个人主义是"把个人的积极性调动起来共赴国难的精神,而不是西方意义上的个人主义"①。诸如此类的个人和个性理

---

① 杜维明:《东亚价值与现代多元性》,中国社会科学出版社 2001 年版,第 81 页。

念,只是把人当成道德主体来看待,个性表达的自由度主要取决于主体自我修养及其能动性实践能够达到何种程度,个人还未从各种伦理纲常中独立出来,成为具有现代法权意义的独立主体,个性自由的诉求整体上也未能突破道统思想的框架。学界倾向于认为,具有现代意义的"个性"观念的萌芽始于晚明的思想裂变。最具代表性的是这一时期的李贽贬斥程朱理学,提倡绝假纯真的"童心说",认为"童心"是人为之人的根本:"夫童心者,真心也","若失却童心,便失却真心;失却真心,便失却真人。人而非真,全不复有初矣。"① "童心说"针对的是孔孟之道和程朱理学的普遍义理,肯定个体的价值,试图改变个体之于群体秩序的绝对附庸关系,这事实上也是主张个性自由,真实表达自我。李贽的思想在当时可谓惊世骇俗,也开启了明末清初启蒙思想家怀疑、批判正统儒家伦理和封建专制制度的序幕。比如清初启蒙"三大思想家"就把以李贽为代表的晚明异端思想进一步拓展和深化。黄宗羲认为人本质上都是自私自利的:"有生之初,人各自私也,人各自利也"②。顾炎武也表达了相似的观点:"自天下为家,各亲其亲,各子其子,而人之有私,固情之所不能免矣。"③ 王夫之则试图在天理中注入人欲的内容:"人欲之大公,即天理之至正","人欲之各得,即天理之大同。"④ 围绕理与欲、公与私的讨论,这些思想家进一步论证了个人利益和个人权利存在的必要性和价值意义。特别是他们对封建君主专制的批判和民贵君轻的思想,具有了近代人道主义的气息。黄宗羲就认为:"向使无君,人皆得自私也,人皆得自利也"⑤。这类主张否定君权,试图重新定位群己关系,蕴含着保障个人权利的诉求,其思想深处已然有近代民主主义的质素。到了晚清,处于传统向近代过渡之际的龚自珍,以其离经叛道的思想言论呼应了一个新时代的到来。他提出了"自"和"我"的概念:"天地,人所造,众人自造,非圣人所造。圣人也者,与众人对立,与众人为无尽。众人之宰,非道非极,自名曰我。我光造日月,我力造山川,我变造毛羽肖翘,我理造文字语言,我气造天地,我天地又造

---

① 李贽:《童心说》,见张建业译注《焚书》卷三,中华书局 2018 年版,第 585 页。
② 黄宗羲:《明夷待访录·原君》,中华书局 2011 年版,第 6 页。
③ 顾炎武:《日知录》卷三,上海古籍出版社 2014 年版,第 59 页。
④ 王夫之:《读四书大全说》卷四,中华书局 1975 年版,第 284 页。
⑤ 黄宗羲:《明夷待访录·原君》,第 8 页。

人,我分别造伦纪。"把"众人"与"圣人"对立起来,再由此把"自我"置于第一等的位置,这虽然带有意志论的色彩,但却极大地冲击了正统儒家"天理"和"天命"观念对个人的桎梏,吹响了个性解放的时代强音。①

当然,不管是晚明的思想裂变、明末清初的启蒙思想,还是龚自珍的大胆叛逆,整体上都属于中国封建社会进入自我批判阶段的外在表征,真正具有现代意义的个性观念,则是鸦片战争以后伴随着个人观念的兴起和"群己"之辨的展开才逐渐形成的。西方列强的入侵以及清政府的全面溃败,使当时的有识之士对弱肉强食的世界秩序有了基本认识,代表中国传统世界观的"天下"观逐渐瓦解,而一种基于强国保种的现代民族国家意识开始形成。"天下"意味着世界以中国为中心,是古代中国人对自己与世界关系的一种认知,所谓"天朝""华夏""华夷"等概念都是在这一观念下派生出来的。而当古老的中国在列强的入侵下被迫卷入"世界"中去的时候,知识精英们才有了了"睁眼看世界"的可能,他们发现天下并非只有中国,中国也不是唯一的教化之邦,环宇列国都有存在的依据和法理,那些曾被藐视的"西夷"的物质文明乃至制度文明甚至远超中国。于是传统的"天下"观逐渐让位于"万国"观。正如汉学家列文森所说的,"近代中国思想史的大部分时期,是一个使'天下'成为'国家'的过程。"② 国族意识的形成及构建现代民族国家的实践,也意味着中国人的群体认同发生了革命性的变化。近代启蒙思想者普遍认识到,民族国家的建立取决于民族的自觉,国家是具有主权的实体,而主权在民;个人的解放是通向群体、社会和国家真正解放的基本条件。这就为个人观念的现代转型和个性解放的诉求提供了思想基础。康有为认为"群则强",但这所谓的"群"并不维系于儒家的伦理纲常,相反作为"群"一分子的个人则有自主、平等的权利:"人人独立,人人平等,人人自主,人人不相侵犯,人人交相亲爱,此为人类之公理。"③ 19 世纪末,严复积极引介达尔文的进化论,指出:"其始也,种与种争,及其成群成国,则群与群争,国与国争。而弱者当为强肉,愚者

---

① 顾红亮、刘晓虹:《想象个人:中国个人观的现代转型》,上海古籍出版社 2006 年版,第 30—44 页。

② [美]列文森:《儒教中国及其现代命运》,郑大华等译,中国社会科学出版社 2000 年版,第 87 页。

③ 康有为:《孟子微》,中华书局 1987 年版,第 23 页。

当为智者役焉。"① 在他看来,中国要在"物竞天择"的环境下胜出,首要的是提高国民的素质,所以他发展英国哲学家斯宾塞《教育论:智育、德育、体育》中的思想,围绕"民智""民力""民德",提出了"三民"说。而国民素质的建设,当然是要落实到具体的个人,赋予个体独立自主的权力,因为个人是国家的基础,只有健全的个人,国家才能强大起来,"唯天生民,各具赋畀,得自由者,乃为全受,故人人各得自由,国国各得自由,第务令毋相侵损而已。"② 梁启超在严复的基础上,提出了"新民"学说,强调个人之于民族国家的重要性,他认为:"国民者,一私人之所结集也;国权者,一私人之权利所团成也。故欲求国民之思想之感觉行为,舍其分子之各私人之思想感觉行为而终不可得见,其民强者,谓之强国,其民贫者,谓之贫国。"③ 又说:"不患中国不为独立之国,特患中国今无独立之民,故今日欲言独立,当先言个人之独立。"④ 正是国族意识的觉醒及"新民"说的提出,重新定义了"个人",个人不再是道德主体而是法权主体,从而摆脱了传统文化从身份、关系、角色等方面对个人的束缚,赋予了个人作为人类一分子本身所具有的独特价值。个人观念的现代性变革,呼唤了五四个性解放时代的到来。

不同于晚清,五四是一个伦理觉醒的时代。正如陈独秀所说:"伦理的觉悟,为吾人最后觉悟之最后觉悟。"这首先体现在试图彻底砸碎传统宗法制度和封建礼教的枷锁,所以这一时期出现了许多批判旧制度、旧道德、旧文化的言论。比如陈独秀的《孔子之道与现代生活》、鲁迅《我之节烈观》《我们现在怎样做父亲》、吴虞的《礼论》《吃人与礼教》《家族制度为专制主义之根据论》、傅斯年的《万恶之原》等文,皆鞭挞了儒学中的家族制度与专制政治对个人的桎梏,认为"儒家以孝弟二字为二千年来专制政治、家族制度联结之根干,贯彻始终而不可动摇。使宗法社会牵制军国社会,不克完全发达,其流毒诚不减于洪水猛兽矣"⑤,多数人从生下来那一天,就被家庭"教训他怎样应

---

① 严复:《原强》,《严复集》第一册,中华书局 1986 年版,第 5—6 页。
② 严复:《论世变之亟》,《严复集》第一册,第 2—3 页。
③ 梁启超:《论权利思想》,《梁启超全集》第三卷,北京出版社 1999 年版,第 674—675 页。
④ 梁启超:《十种德性相反相成义》,《梁启超全集》第二卷,北京出版社 1999 年版,第 428 页。
⑤ 吴虞:《家族制度为专制主义之根据论》,《新青年》1917 年第 2 卷第 6 期。

时,怎样舍己从人,怎样做你爷娘的儿子,决不肯教他做自己的自己。一句话说来,极力的摧残个性"①。与此相关的是解除奴性对个性的压抑,进行自我内在精神品格的重建。陈独秀在《青年杂志》发刊词《警告青年》"六义"中,第一条便是主张"自主而非奴隶"。在此背景下,男女平等、妇女解放、儿童解放、反抗父权、婚恋自由等话题,成为五四先驱构建个性观念的重要载体。这方面的问题学界已有过充分的讨论,在此不再赘述。但可以确认的是,五四时期的个性观念虽然并未拒绝群体性内涵,但却是以"个人"为本位的,以自我为中心,以个人为出发点,是五四先驱思考思想革命和社会变革的基本论调。个性自由之所以成为可能,既缘于主体意志的驱动,也来自于外在秩序的瓦解。

总而言之,现代中国的"个性"观念与近代以来"国民"意识的觉醒、"人"的发现、"个人"及"个人主义"话语的确立密切相关,这其中既有中国传统思想资源的"内应",又有西学东渐的"外援"。本土与西方的兼收并蓄,再加以复杂的时代环境,使其留下了繁复难辨的风貌。其中有两点值得注意:一是就内在而言,现代中国的"个性"观念有两个面向。以赛亚·柏林在《自由论》一书中把"自由"分成"消极自由"和"积极自由"两种。前者指"就没有人或人的群体干涉我的活动而言,我是自由的",后者"源于个体成为他自己的主人的愿望",指当一个人正在做想做的事的时候,他是自由的。② 现代中国的"个性"观念亦可以作如是区分。消极的个性观重在反抗和追求个性的解放,力求去除束缚个性的种种外在因素。比如五四时期对传统伦理纲常桎梏个性的激烈批判,30、40 年代一些自由主义文人对时代和社会的拒绝,皆属于消极意义上的个性观念。积极的"个性"观重在进取和建设,是在个性解放的基础上进一步提升自我,或者表现为个体积极参与群体和社会的改造、革新。五四时期平民人格的建构,一些马克思主义者和革命家对于介入性人格的重视,都是属于积极的个性观念。比如李大钊指出:"个性解放,断断不是单为求一个分裂就算了事,乃是为完成一切个性,脱离了旧绊锁,重新改造一

① 傅斯年:《万恶之原》,《新潮》1919 年第 1 卷第 1 期,原署名"孟真"。
② [英]以赛亚·伯林:《自由论》,胡传胜译,译林出版社 2011 年版,第 170、179、180 页。

个普通广大的新组织。一方面是个性解放,一方面是大同团结。"① 又说:"真正的解放,不是央求人家'网开三面',把我们解放出来,是要靠自己的力量,抗拒冲决,使他们不得不任我们自己解放自己。"② 个性解放不是目的,而是手段,这虽然在某种程度上会反过来牺牲个性自由,但这样的个性却更具精神力量,在启蒙与救亡二重奏的现代中国,无疑更需要这样的个性观念。

二是个性与外在的公共性或社会性的关系问题。中国一向有"小己大群"的传统,晚清的群己之辨虽然肯定了"己"的价值意义,但实际上从未放弃"群"的规范意愿。五四时代的个性解放虽然狂飙突进,但当时的思想界并未将个性与公共性、个人与群体置于对立的位置。比如当时主张"个人本位"的陈独秀就有着"内图个性之发展,外图贡献与群"③ 的设想。胡适在《易卜生主义》中提倡"真正纯粹的为我主义",认为一个人要想有益于社会,"最要紧的还是救出自己",但在半年以后的《不朽——我的宗教》一文中,又指出"我这个现在的'小我',对于那永远不朽的'大我'的无穷过去,须负重大的责任;对于那永远不朽的'大我'的无穷未来,也须负重大的责任。"④ 五四以后,风起云涌的革命运动和民族解放运动,更是使个性观念与集体主义纠缠在一起。可以说,现代中国的个性观念虽有自我论证的能力,但从来都不是自足的。有论者指出:"现代中国的自我认同问题不是以个人主义为第一原理,相反,它始终围绕着以民族—国家为中心的群体秩序,因此,'国民认同'构成了自我认同的最初形式。由于没有公民(市民)思想传统的支撑,现代中国的'国民认同'一再成为把个人直接纳入国家体系,成为直接把个人交付给国家来使用的方式。"⑤ 实际上,在现代中国,无论是自我认同,还是个性的表达,都遵循着这样的运行逻辑。

很显然,我们应该将现代散文理论的"个性"说置于广阔的思想史背景里

① 李大钊:《平民主义》,《李大钊全集》第四卷,人民出版社 2006 年版,第 122 页。
② 李大钊:《真正的解放》,《李大钊全集》第二卷,人民出版社 2006 年版,第 363 页。
③ 陈独秀:《新青年》,《新青年》1916 年第 2 卷第 1 号。
④ 胡适:《不朽——我的宗教》,《新青年》1919 年第 6 卷第 2 号。
⑤ 陈赟:《困境中的中国现代性意识》,华东师范大学出版社 2005 年版,第 5 页。

加以观照。现代散文理论界虽然很多时候是围绕创作实践来谈论"个性",但他们对"个性"的理解却与他们对历史、文化、社会、时代的态度息息相关。从"个性"说的精神资源、形态流变、理论共识到它在具体批评实践上的应用,都离不开诸种思想基础的精神滋养。因此,在具体的研究过程中,不能就"个性"谈"个性",也不能就散文本身来考察"个性"说,而应从更广阔的场域里来观照它,将其置于本土与西方、历史与现实、审美与政治等话语背景中,查探它如何勾连起文学的内部与外部。

二、学术史梳理

从学术史的角度来看,早在五四时期,就有关于散文个性风格问题的片言只语。1922 年,胡适在《五十年来中国之文学》中就指出周作人等人小品散文的风格特点:"用平淡的谈话,包藏着深刻的意味;有时很像笨拙,其实却是滑稽。"[①] 到了 20 世纪 30 年代,当时文艺界对于散文的个性表现精神更是有过大规模的探讨。这一时期的小品文论争、"言志"与"载道"之争,初步从学理角度探讨了"个性"问题。尽管论争的各方皆持有不同的散文"个性"观念,都力图确立己方立场和观点的合法性,并未将相关问题"学术化",而且纠缠于不同的意识形态之间,理论言说难免有所偏颇,但却为后来的研究者提供了丰富的理论资源和方法论启示。或者说,这一时期关于散文个性理论的探讨既是本书的研究对象,亦是本书研究的起点。50 年代至 70 年代,由于特殊政治语境下学术界对"自我""个性""个人主义"等观念的规避和批判,致使该问题长期被忽视。尽管在 1960 年前后的"笔谈散文"中,偶有论者提及并肯定现代散文的个性表现精神,但多为创作经验之谈,亦非自觉的学术研究。直至 80 年代,现代散文理论"个性"说的"学术化"才逐渐展开,大体可分为三种路径。

一是宏观考察"个性"说及其价值意义。相关论文有俞元桂、姚春树等合

---

① 胡适:《五十年来中国之文学》,《胡适全集》第二卷,安徽教育出版社 2003 年版,第 343 页。

撰的《中国现代散文的理论建设》和《中国现代散文理论建设管窥》①、佘树森的《现代散文理论鸟瞰》②、方铭的《论现代散文理论建设》③、汪文顶的《现代散文的基本观念和发展历程》④、王钟陵的《20世纪中国散文理论之变迁》⑤、黄科安的《西方现代性与中国现代随笔的话语建构》⑥、吴周文和陈剑晖的《构建中国自主性散文理论话语》⑦ 等；专著方面，林非的《中国现代散文史稿》⑧、俞元桂主编的《中国现代散文史》⑨、姚春树和袁勇麟合著的《20世纪中国杂文史》⑩、郑明娳的《现代散文类型论》⑪、陈剑晖的《中国现当代散文的诗学建构》⑫、蔡江珍的《中国散文理论的现代性想象》⑬、颜水生的《中国散文理论的现代转型》⑭、丁晓原的《精神的表情：现代散文论》⑮ 等，也有不同程度的述及。

二是对"个性"观念子范畴的研究，涉及"自我""言志""性灵""闲适""幽默"等与个性表现精神密切相关的概念范畴，这方面的研究较多。专著方面有范培松的《中国散文批评史》⑯、欧明俊的《现代小品理论研究》⑰、吕若涵的《"论语派"论》⑱、江震龙的《解放区散文研究》⑲ 等；论文方面有吴周文的《"载道"与"言志"的人为互悖与整一——一个纠结百年文论问题的哲学

---

① 二文分别刊载于《福建师范大学学报》1981 年第 1 期和《文艺研究》1982 年第 1 期。
② 佘树森：《现代散文理论鸟瞰》，《北京大学学报》1986 年第 5 期。
③ 方铭：《论现代散文理论建设》，《中国现代文学研究丛刊》1986 年第 2 期。
④ 汪文顶：《无声的河流——现代散文论集》，上海三联书店 2003 年版。
⑤ 王钟陵：《20 世纪中国散文理论之变迁》，《学术月刊》1998 年第 11 期。
⑥ 黄科安：《西方现代性与中国现代随笔的话语建构》，《徐州师范大学学报》2005 年第 3 期。
⑦ 吴周文、陈剑晖：《构建中国自主性散文理论话语》，《中国社会科学》2021 年第 3 期。
⑧ 林非：《中国现代散文史稿》，中国社会科学出版社 1981 年版。
⑨ 俞元桂主编：《中国现代散文史》，人民文学出版社 2019 年版。
⑩ 姚春树、袁勇麟：《20 世纪中国杂文史》，福建教育出版社 1997 年版。
⑪ 郑明娳：《现代散文类型论》，长安出版社 1987 年版。
⑫ 陈剑晖：《中国现当代散文的诗学建构》，江西高校出版社 2004 年版。
⑬ 蔡江珍：《中国散文理论的现代性想象》，中国社会科学出版社 2006 年版。
⑭ 颜水生：《中国散文理论的现代转型》，中国社会科学出版社 2014 年版。
⑮ 丁晓原：《精神的表情：现代散文论》，广东人民出版社 2017 年版。
⑯ 范培松：《中国散文批评史》，江苏教育出版社 2000 年版。
⑰ 欧明俊：《现代小品理论研究》，上海三联书店 2005 年版。
⑱ 吕若涵：《"论语派"论》，上海三联书店 2002 年版。
⑲ 江震龙：《解放区散文研究》，上海三联书店 2002 年版。

阐释》①、林非的《关于 20 世纪的"性灵散文"》②、陈剑晖的《"五四"时期的"性灵"散文思潮》③ 和《中国现代散文与"言志性灵"文学思潮》④、黄科安的《非系统:中国现代随笔观念的艺术构建》⑤ 和《闲笔:中国现代随笔观念的艺术构建》⑥、沈义贞的《在艺术与非艺术之间——中国现代散文理论的回顾与思考》⑦ 等。

　　三是个案分析某一作家的散文个性观及其思想基础,这方面的研究成果也较为丰富,主要围绕周作人、林语堂等自由主义文人的散文理论展开。相关论文有 D. E. 波拉德的《周作人散文理论与东西方小品文》⑧、黄开发的《论周作人"自己表现"的文学观》⑨、喻大翔的《周作人言志散文体系论》⑩、胡有清的《论周作人的个性主义文学思想》⑪、陈平原的《林语堂的审美观与东西文化》⑫、王兆胜的《林语堂与公安三袁》⑬、施建伟的《林语堂幽默观的发展轨迹》⑭、罗永奕的《郁达夫的散文理论》⑮、丁亚平的《论李健吾文学批评的审美个性》⑯、刘锡庆的《现代散文"理论建设"的回顾和反思》⑰ 等;此外,一些现代散文名家专论或评传,如钱理群的《周作人传》⑱ 和《周作人论》⑲、高

---

　　① 吴周文:《"载道"与"言志"的人为互悖与整一——一个纠结百年文论问题的哲学阐释》,《文艺争鸣》2019 年第 10 期。

　　② 林非:《关于 20 世纪的"性灵散文"》,《广播电视大学学报》2004 年第 1 期。

　　③ 陈剑晖:《"五四"时期的"性灵"散文思潮》,《华南师范大学学报》2005 年第 1 期。

　　④ 陈剑晖:《中国现代散文与"言志性灵"文学思潮》,《福建论坛》2013 年第 9 期。

　　⑤ 黄科安:《非系统:中国现代随笔观念的艺术构建》,《重庆社会科学》2003 年第 3 期。

　　⑥ 黄科安:《闲笔:中国现代随笔观念的艺术构建》,《名作欣赏》2006 年第 1 期。

　　⑦ 沈义贞:《在艺术与非艺术之间——中国现代散文理论的回顾与思考》,《江海学刊》2001 年第 3 期。

　　⑧ [英]D. E. 波拉德:《周作人散文理论与东西方小品文》,赵京华译,《中国现代文学研究丛刊》1988 年第 2 期。

　　⑨ 黄开发:《论周作人"自己表现"的文学观》,《鲁迅研究月刊》1994 年第 6 期。

　　⑩ 喻大翔:《周作人言志散文体系论》,《文学评论》1999 年第 2 期。

　　⑪ 胡有清:《论周作人的个性主义文学思想》,《中国现代文学研究丛刊》1996 年第 1 期。

　　⑫ 陈平原:《林语堂的审美观与东西文化》,《文艺研究》1986 年第 3 期。

　　⑬ 王兆胜:《林语堂与公安三袁》,《江苏社会科学》2003 年第 6 期。

　　⑭ 施建伟:《林语堂幽默观的发展轨迹》,《文艺研究》1989 年第 6 期。

　　⑮ 罗永奕:《郁达夫的散文理论》,《湖北师范学院学报》1991 年第 2 期。

　　⑯ 丁亚平:《论李健吾文学批评的审美个性》,《中国现代文学研究丛刊》1987 年第 2 期。

　　⑰ 刘锡庆:《现代散文"理论建设"的回顾和反思》,《海南师范学院学报》2000 年第 4 期。

　　⑱ 钱理群:《周作人传》,北京十月文艺出版社 1990 年版。

　　⑲ 钱理群:《周作人论》,上海人民出版社 1991 年版。

恒文的《周作人与周门弟子》①、王兆胜的《林语堂与中国文化》②、林太乙的《林语堂传》③ 等也有所论及。除了专著和期刊论文，还有许多博硕士论文也涉及上述三种路径的研究，在此不一一罗列。

上述研究在个性观念辨析、创作个性品评、主要观点阐释和相关范畴梳理等方面均有所创获和积累，提供了许多议题生长点。特别是 20 世纪 90 年代以来，相关研究大多摆脱了政治意识形态的纠葛，不再对"个性"说作简单的价值判断，而是理性认识其在现代散文理论体系中的核心地位和价值意义，显现出开放、包容的研究态势。但受选题目标、研究视点和理论方法的限制，已有研究还存在以下不足：

其一，偏重"个性"说的外围研究，未能结合散文本体特性，对"个性"说的理论形态和特定内涵及其逻辑关系作系统、深入的透视与辨析，难以建立散文艺术个性分析评价的理论框架和价值尺度。

其二，以个案研究和子范畴研究为主，且多偏于非左翼文论系统，涵盖面和代表性不够丰富多样，无法还原"个性"说多元共生、交错互动的理论风貌。

其三，缺乏对"个性"说的结构分析。现代散文理论的"个性"说不是铁板一块，而是多音部共鸣。从历时性角度来看，从五四时期到 30 年代再到 40 年代，"个性"说总是在不断地发展变化，与现代中国的历史进程息息相关。从共时性的角度看，虽然现代自由主义作家是"个性"说的主要倡导者，但其内部却有所分歧，即使是一道倡导"言志"观念的周作人和林语堂，也有各自的立场和理论诉求；另一方面，不仅一些自由主义文人坚持"个性"说，左翼作家如鲁迅、茅盾等也不否认散文中个性表现精神的合理存在，但目前学术界在这方面的探讨还不够，忽视了散文个性理论言说主体的多元化。

其四，偏重理论文本的解读，忽视"个性"说在批评实践方面的成就。"个性"说不仅包括纯粹的理论探讨，也包括作家作品个性风格的辨析品鉴。目前学界对于后者的关注较少，大多是在论及现代散文的个性理论时附带提及。

① 高恒文：《周作人与周门弟子》，大象出版社 2014 年版。
② 王兆胜：《林语堂与中国文化》，社会科学文献出版社 2007 年版。
③ 林太乙：《林语堂传》，台北：联经出版社 2011 年版。

最后，学术研究的理论方法比较陈旧、单一。"个性"说的核心概念"个性"一词极具复杂，它涉及生理学、心理学、人类学、社会学、文艺学等多种学科，要想对"个性"说作出系统性的研究，就必须借助以上相关学科的理论资源，但此前的研究者多从社会学和文艺学的角度进入，缺乏多学科的会通和互证。

三、本书的研究思路与总体框架

本书主要采用聚焦透视、以点带面的研究方法，把"个性"观念作为现代散文理论批评的核心问题，将其置于具体历史语境和散文发展坐标之中进行专题研究。具体思路是，在全面梳理现代散文理论批评原始资料的基础上，探寻个性理论的渊源因革，辨析各种个性话语的形态、脉络及其互动和对话，寻绎诸家对散文个性内涵达成的理论共识和互补意义，并进一步考察"个性"说在批评实践方面的应用和创新，从而形成对"个性"说由表入里、史论结合的综合性研究，建构以"个性"为焦点的散文理论研究范式。主要从以下几个方面展开：

第一，关于"个性"说的资源整合问题。现代散文理论"个性"说的生成，首先得益于以 Essay 为主的西方随笔观念的"外援"。从 20 世纪 20 年代周作人的《美文》、胡梦华的《絮语散文》以及鲁迅翻译的厨川白村《出了象牙之塔》关于 Essay 的论述，到 30、40 年代的各种小品文"作法""讲义"热，西方随笔自我表现的精神品格、题材与主题的日常化取向、絮语闲谈的艺术手法，无不被激赏和引为标尺，深度影响了现代散文个性理论的建构。其次，从"内应"的角度来看，现代作家注重抉发中国古代富有思想艺术个性和自主创新精神的散文作家作品、风格流派和文学精神，致力于传统文论的现代转化，贯穿着对"言志""性灵"和"发愤抒情"诸说的发掘与阐释，具有为现代散文个性理论探寻历史依据和传统资源的初衷，以及融旧铸新、以今释古的理论特色。再次，是近代散文主体性理论的蕴蓄。从晚清到五四，中国散文理论经历了近代早期改良派文人突破义法藩篱的求变阶段，近代后期维新派文人创设平易畅达的"新文体"阶段，以及五四新文学作家以个人和自我为本位的散文文类建构阶段。近代以来散文主体性理论的调整和演进,呈示的是散文文学的自律性和个性自由精神品格逐步确立的过程。

第二,关于"个性"说的形态流变问题。"个性"说是一个复杂的理论场,在何谓个性、为何个性、个性与社会和群体等关键问题上,当时的理论界众说纷纭。从各自的思想基础来看,可概括为三大形态:其一,人性论的"个性"说。它成型于五四时期,以人本主义为思想基础,主张打破道统和文统对散文创作的桎梏,倡扬散文中个人情感的解放,追求自然、健全的自我表现。人性论的"个性"说在现代中国绵延不绝,主要由"学衡派"、梁实秋等"新人文主义"者和新"京派"作家所传承和发展。其二,言志论的"个性"说,由五四以后一批固守个性自由园地的自由主义知识分子所倡导。它始于周作人及其弟子所提倡的散文言志观,经以林语堂为首的"论语派"同人的鼓吹而风行于20世纪30年代文坛。言志论"个性"说调和了五四的散文个性观、古代中国的抒情言志传统和西方的自由主义、表现主义理论,提倡自我和闲适的散文观念,在反对散文个性表现工具理性化的同时,也为现代散文理论建设开拓出本土化、民族化的路径。其三,社会论的"个性"说。主要以社会学和阶级论为思想基础,对散文中的人性、个性进行社会分析和阶级分析,探讨散文中集体与个人、大我与小我、阶级性(党性)与个人性等一系列具有主从关系的观念。这一阐释框架,充实了个性的现实内涵,但也使散文中的个性在某种程度上成为社会性和阶级性的附庸。

第三,关于"个性"说的理论共识问题。"个性"说虽存在不同的理论形态,但也达成了以下几个共识:一是比照诗歌和小说、戏剧文类映证散文个性表现的独特性,认为诗歌的个性表现具有超脱于日常生活、主体诗意化、诗体塑形化的特征,小说、戏剧主要通过虚构的人物、情节、冲突,间接表达创作主体的审美个性,而散文则擅长抒写个人日常感兴,自我表现也更为素朴、自然、直接、鲜明。二是致力于散文"体性"关系的建立,认为散文创作不仅是主体独立人格和自主意识的凸显,还是主体潜意识的涌动和渗透,普遍提倡有感而发、即兴作文的散文理念。同时也注意到作家个性表现的复杂性,指出个性自由的背后是散文作者的潜心创造,而非"作风"的肆意张扬。三是从价值审美层面强调个性表现的真实性,包含感性层面的真情实感、理性层面的真知灼见,这根本上是追求一种本真本色之境界,但同时也认识到了个性表现之真的有限性。四是探讨个人性与公共性的关系。普遍认识到,散文创作要真正做到个性解放,就必须扩大题材,宇宙之大苍蝇之微无所不包;解放散文的思想内容,"处处不忘自我,也处处不忘自然与社会";提倡艺术表达的自由创造和多样发展。这三个方面的价值设置都涉及到了个人性与公共性的统一。就形而上层面的文学精神而言,各家认为两者并无价值品质差异,只表示主体写作视域的可能性涉指,主张两者的兼容共生。而当公共性和个人性进入形而下的操作层面,即何谓公共、何谓个人成为一种实然,公共和个人的内置及其文学表达可以被具体感知时,价值判断就有高低优劣之分。

第四,关于个性风格的批评鉴赏问题。现代作家也运用个性理论衡文论人,把"个性"说引向散文批评实践的应用和创作经验的总结。首先,从风格的主观因素来看,现代散文的批评主体和批评对象大多同属一个文学时代,文学交互关系比较密切,因此前者常常从个人经历、思想观念、学识和素养、禀赋和气质等方面,把捉后者作品中人与文的互照。但另一方面,批评主体也充分审视了现代中国社会政治的复杂性及其孕育出的知识分子人格的丰富性,并据此指出散文中人与文的错位关系。在此基础上,现代散文批评进一步考察了散文作家对文体的选择和利用,同时也注意到不同散文体式对散文作家的预期和反作用。另外,批评主体并没有满足于人与文的表层关系,而是在某种程度上引入传统批评的境界观念,看取现代散文中的人格与文境。其次,从风格的客观因素来看,虽然现代散文的风格面貌与作家的人格精神密不可分,但作家毕竟是处在一定的社会关系中进行创作,其散文风格的发生与演进深受诸多客观因素的影响,特别是在现代中国复杂的历史语境中,尤其要考虑到这一点。有鉴于此,现代散文批评也很重视从客观的层面去探析散文作家作品个性风格的成因,主要涉及时代变革、中外文学经典和地域文化等因素。再次,在批评的思维方法及批评文体上,现代散文批评整体上借鉴了西方文学批评重演绎和逻辑分析的思维方法,更加清晰和深入地展示了现代散文作家的创作个性和散文作品的风格特性。但另一方面,缘于散文个性风格的流动性和模糊性,众多批评家在某种程度上又借鉴了传统感悟式和点评式的批评方法,使风格鉴赏更为贴近批评家个人的阅读感受,更能切近批评对象的独特性。但无论持哪一种批评模式,批评家大多采用随笔式的批评文体,同时基本抛弃了传统片段式的形式体制,代之于较长篇幅的"细磨细琢"。这一切,都使现代散文的批评艺术具有了现代学术品格。

通过以上四个方面,本书力图全面梳理和辨析个性话语的各种观点和理论内涵,探讨自我个性与散文体性的内在联系和有关批评观念的逻辑关系,建构散文批评个性分析的概念术语和理论方法。这是现代散文研究的前沿课题和理论难题,对于散文研究的创新和深化、散文创作的独创和繁荣都具有理论与实践价值,对于文艺学的艺术个性研究亦有方法论启示和范例意义。

第一章
个性观念的资源整合

　　20 世纪 30 年代,周作人在总结五四以来散文创作的成就时指出:"新散文的发达成功有两重的因缘,一是外援,一是内应。"他所说的"外援"是指西方文学与科学哲学上的新思想,"内应"即传统中国的抒情言志理念。① 周作人的中外合成说也是当时理论界的基本看法,只不过在何者为先、何者为重上存在着分歧。整体观之,现代散文是在五四个性解放思潮中成长壮大起来的,表现自我、追求个性审美是其最基本的价值取向,而这又与西方随笔观念的引介并受到广泛认同密切相关。因此,论及现代散文个性观念的生成,首先应考虑异域资源的汲取。另一方面,中国古代文学有丰富的个性风格理论,它们虽没有成为主流的文学观念,但却生生不息,迁流曼衍。新文学运动以后,在外来哲学文化思潮的启示和刺激下,它们不断地被发掘和改造,参与现代散文个性观念的建构,从而推动中国散文理论的古今转型。值得注意的是,西方随笔自我表现观念的"外援"和本土抒情言志传统的"内应",还离不开晚清民初具有现代性意义的散文主体性理论的发酵、传播,正是后者的催化作用及其带来的观念解放,现代散文理论的"个性"说才具有与时俱进、中外会通的理论品格。

---

　　① 周作人:《〈中国新文学大系·散文一集〉导言》,《中国新文学大系·散文一集》,上海良友图书印刷公司 1935 年版,第 10 页。

第一节　西方随笔自我表现精神的"外援"

　　现代散文理论"个性"说的"外援"主要以异域的个人观念、个性主义哲学文化思潮为主，其中又以 Essay 为代表的西方随笔的自我表现精神的影响最为直接。Essay 是 16 世纪法国蒙田首创，随后在英国兴盛发达并产生世界性影响的一种散文体裁。"作为近代随笔的突出代表，它集中体现了随笔体散文注重个性表现、充满自由创造精神的艺术传统。这恰好是我国古代散文所欠缺或受冷遇的内容，也恰好是现代中国思想革命和文学革命所需求的内容。"① 因此，Essay 在五四被发现后，其表现自我、张扬个性的精神得到了新文学作家和理论家的青睐，出现了诸多关于 Essay 的译介，进而在精神品格的确立、题材与主题的取向、艺术手法的取舍上，深刻地影响了现代散文理论"个性"说的建构。

一

　　现代中国的个性与自我观念，深受西方个人主义思潮的催化。根据香港学者金观涛和刘青峰考证，早在 19 世纪 30 年代出版的《东西洋考每月统记

---

　　① 汪文顶：《英国随笔及其对中国现代散文的影响》，见《无声的河流——现代散文论集》，上海远东出版社 2003 年版，第 102 页。

传》一书中,当时的传教士就经常用人人自主之理来表达西方现代个人权利观念,但并没使用"个人"一词,在此后相当长的一段时间中,中国也没有接受西方个人观念。在1885年出版的第一部系统论述西方自由主义经济原理的中文译著《佐治刍言》中,Individual被译为"人","Individual Rights and Duties"则被译为"论人生职分中应得应为之事"。在此,Individual仍没有被翻译为具有西方语境内涵的"个人"。这也说明,Individual很难用中文词汇准确表达,也不被士大夫所理解和接受。两位学者沿用通行的说法认为,"个人"作为现代政治语汇是1884年在日本定名,然后由日本传入中国的。但在Individual定名为"个人"并传入中国之前,中国已用形形色色的词来翻译它了。最常见的有"人""人人""私""己""小己""独""个人"等,偶尔还使用其他译名。"人"在中文里主要含义是指每一个人,"独"意义更多是"独立""单独",所以这两个词的意义与Individual都较有偏差,故不可能流行。在剩下的"己""私"和"个人"三个词中,一开始它们是同时使用的。如严复用"小己",梁启超则喜欢用"个人"。1902年梁氏明确说"国家之主权,即在个人",并在"个人"这个词下注明"谓一个人也",相对接近西方的个人权利观念。①

对于西方个人主义在中国的传播和影响,许纪霖在《个人主义的起源——"五四"时期的自我观研究》一文中作了系统的梳理。他认为西方的个人主义(Individualism)在长期的历史演化中形成了三种不同的思想传统:原子论、方法论和个性论的个人主义。在近代传入中国后,总体而言,原子论的个人主义由于在中国思想传统中缺乏自然法、原子论等基本理论预设,因而影响有限。而后两种个人主义却在中国古典思想传统中找到了相应的"知音":方法论的个人主义与中国传统的"群己观"结合,而个性论的个人主义则与儒家的"人格主义"接轨。陌生的外来观念一旦"催化"本土传统,中国古典思想中独特的自我观念便在晚清语境下"发酵"为近代的个人观念。经过各种外来思潮的"催化",五四思想界对个人的理解是多元的,大致可分为

---

① 金观涛、刘青峰:《观念史研究:中国现代重要政治术语的形成》,法律出版社2010年版,第152、153页。

科学主义和人文主义两大流派。科学主义的个人观将"个人"放在一个科学的、机械主义的宇宙之中加以认识,自我的思想和行动受到客观因果律的支配,然而由于人是理性的动物,可以通过科学认识和掌握客观世界的法则,或者在自身的历史实践之中积累经验,从而获得个人的自由。人文主义个人观比较复杂,类型众多,有以蔡元培、杜亚泉、吴宓等为代表的继承儒家德性传统的"德性的个人",有周作人的将中国道家、日本传统和古希腊精神结合起来的"自然的个人",有受到尼采"超人"精神强烈鼓舞的以鲁迅、李石岑为典范的"意志的个人",还有朱谦之那样的将"情"视为宇宙和自我之本体的"情感的个人"。它们都试图在支配性的科学法则之外,各自通过德性、意志、情感或自然人性,建立现代的个人认同。由此,许纪霖进一步指出五四时期社会上流行着的三种个人主义:个性主义、独善主义和唯我主义,恰恰是中国儒家、道家和杨朱三种个人传统在现代的延续和蜕变。从杨朱之学演化而来的物欲性的唯我主义在社会上大行其道;继承了老庄精神传统的独善主义,鄙视物欲,注重个性的自我完善,在知识分子中颇为流行。但五四时期个人主义的主流价值观却依然是儒家的,即胡适称之为"健全的个人主义"或"易卜生主义"的个性主义。它重视个性的发展和精神的独立,但不是避世的,而是具有儒家积极进取的淑世精神;以个人为本位,但终极追求不是个人的私利,而是最大多数人的最大善,为全社会和全人类的利益而积极行动。这种意义上的个人主义,正是五四的主流。① 正是在清末民初译述西方个人主义思想、个性解放成为五四时代呼声的背景中,以健全的个人主义、自由主义为思想基础的西方随笔才成为新文学作家的聚焦点和接受源。

二

　　个性与自我是以 Essay 为代表的西方随笔的基本文体要素,它的引进为现代散文理论"个性"说注入了全新的质素。由法国作家蒙田首创而盛行于

---

　　① 许纪霖:《个人主义的起源——"五四"时期的自我观研究》,《天津社会科学》2008 年第6 期。

英国文坛的 Essay，备受我国作家和理论家关注的是其表现自我、任心闲话的文体特性。蒙田的尝试不仅开创了一种新文体，同时也设置了这种新文体的创作原则和精神传统，正如他在其《随笔集》序文《给读者》所说的："这是部坦白的书"，"我自己就是这部书底题材"，"我要人们在这里看见我底平凡、纯朴和天然的生活，无拘束亦无造作：因为我所描画的就是我自己"，"只想把它留作我底亲朋底慰藉：使他们失了我之后，可以在这里找到我底性格和脾气底痕迹，因而更恳挚更亲切地怀念我。"① 其含义，一是表现自我，主要描写自己平凡、纯朴和天然的日常生活和精神生活，留下自己的个性痕迹；二是自由书写，无拘束亦无造作，真诚自然，与自我存在状态相契合而形成个人文体；三是态度亲切，视读者为亲朋知己而敞开心怀，絮语漫谈，使读者读其书如晤其人。这种自由自在地表现自我的散文观，在 18、19 世纪的英国文坛被奉为随笔散文的圭臬，并与浪漫主义思潮合流而进一步张扬个性表现的精神传统，形成英国随笔异彩纷呈的洋洋大观。方重在《英国小品文的演进与艺术》中概括了其主要特点："其一，个人的，坦白的态度；其二，闲适的，恳切的格调；其三，内容以日常的形态，意想，或各自的情感与经历为宜。"② 蒙田和英国随笔的个性自由书写，明显与五四时代引进和流行的人本主义、个性主义、自由主义思潮相契合，又与我国"独抒性灵、不拘格套"的"古河"相通，因此引起现代散文理论界的共鸣，成为众所关注和普遍认同的核心观念。

早在五四初期，刘半农在《我之文学改良观》中就提到"Essay"这一概念③；胡适在《建设的文学革命论》一文中也谈到西洋有许多"中国从不曾梦见过的体裁"，其中就包括蒙田和培根的散文随笔④；傅斯年在《怎样做白话文》中也说"无韵文里头，再以杂体为限，仅当英文的 Essay 一流"⑤。五四初期关于 Essay 的这些只言片语，仅是提到外国有此类散文而已，并未具体介绍其文体特性。直到 1921 年，周作人《美文》的发表，Essay 才逐渐引起文坛的

---

① ［法］蒙田：《蒙田散文选（一）·给读者》，梁宗岱译，见郑振铎编《世界文库》第七册，生活书店 1935 年版，第 3001 页。
② 方重：《英国小品文的演进与艺术》，《国立武汉大学文哲季刊》1937 年第 6 卷第 4 期。
③ 刘半农：《我之文学改良观》，《新青年》1917 年第 3 卷第 3 号。
④ 胡适：《建设的文学革命论》，《新青年》1918 年第 4 卷第 4 号。
⑤ 傅斯年：《怎样做白话文》，《新潮》1919 年第 1 卷第 2 号。

注意。他明确提出，"外国文学里有一种所谓论文①，其中大约可以分作两类。一批评的，是学术性的。二记述的，是艺术性的，又称作美文，这里边又可以分出叙事与抒情，但也很多两者夹杂的。这种美文似乎在英语国民里最为发达，如中国所熟知的爱迭生，兰姆，欧文，霍桑诸人都做有很好的美文，近时高尔斯威西，吉欣，契斯透顿也是美文的好手。"② 在此前发表的《人的文学》《个性的文学》等文中，周作人曾提倡"个人主义的人间本位主义"和"个性的文学"，在《美文》中又认为美文写作"只是真实简明便好。我们可以看了外国的模范做去，但是须用自己的文句与思想，不可去模仿他们。"③ 很明显，周作人是根据自己所持的文学观念发现西方随笔，从而把 Essay 视为真实表达自己的一种文体，可学其个人独创精神而不能止于模仿。1924 年，王统照《散文的分类》一文在谈及"时代的散文"（杂散文）时指出："杂散文最普通与最主要的表现是论文（Essay），然而在形式中必有描写与批评的二种。第一种是代表光明，自由及普遍的艺术，第二种是文学批评的特书"，并指出它们具有"文字上不受任何形式的拘束易于自由挥发""集合众长而运用自由，独抒所见""良好的趣味"等文体特长。④ 整体观之，上述诸家只是在整体引介西方散文时不同程度谈及 Essay 这一品类，对其自我与个性精神的介绍主要还是以零敲碎打为主，影响较为有限，直至厨川白村《出了象牙之塔》一书关于"Essay"的论述被鲁迅引介到中国后，其精神品格才引起当时文艺界的广泛注意。

鲁迅在 20 世纪 20 年代中期致力于翻译厨川白村的著述。先是译出《苦闷的象征》作为自己在北京女师大教授文学批评的讲义，推介其以生命力表现为核心的文艺思想，影响广泛。随后译介《出了象牙之塔》，其中关于 Essay 的解说，被人反复征引，视为散文理论批评的经典之论：

> 如果是冬天，便坐在暖炉边的安乐椅子上，倘在夏天，则披浴衣，啜

---

① "论文"为 Essay 的译名之一，周作人早在 1908 年《论文章之意义暨其使命因及中国近时论文之失》一文中，就把英国培根的《Essays》译为《论文小集》。
② 周作人：《美文》，《晨报》1921 年 6 月 8 日，原署名"子严"。
③ 同上。
④ 王统照：《散文的分类》（续），《文学旬刊》1924 年第 27 号。

苦茗,随随便便,和好友任心闲话,将这些话照样地移在纸上的东西,就是 Essay。兴之所至,也说些以不至于头痛为度的道理罢。也有冷嘲,也有警句罢。既有 Humor(滑稽),也有 Pathos(感愤)。所谈的题目,天下国家的大事自不待言,还有市井的琐事,书籍的批评,相识者的消息,以及自己的过去的追怀,想到什么就纵谈什么,而托于即兴之笔者,是这一类的文章。

在 Essay 比什么都紧要的要件,就是作者将自己的个人底人格的色彩,浓厚地表现出来。从那本质上说,是既非记述,也非说明,又不是议论,以报道为主眼的新闻记事,是应该非人格底(Impersonal)地,力避记者这人的个人底主观的调子(Note)的,Essay 却正相反,乃是将作者的自我极端地扩大了夸张了而写出的东西,其兴味全在于人格底调子(Personal note)。有一个学者,所以,评这文体,说,是将诗歌中的抒情诗,行以散文的东西。倘没有作者这人的神情浮动者,就无聊。作为自己告白的文学,用这体裁是最为便当的,既不像在戏曲和小说那样,要操心于结构和作中人物的性格描写之类,也无须像做诗歌似的,劳精敝神于艺术的技巧。为表现不伪不饰的真的自己计,选用了这一种既是费话也是闲话的 Essay 体的小说家和诗人和批评家,历来就很多的原因即在此。①

厨川白村精通西洋文学史,对 Essay 的论述简明扼要,既以形象的描述界定它是"随随便便,和好友任心闲话","想到什么就纵谈什么,而托于即兴之笔"写下的一类文章,又深入揭示其特性是"作者将自己的个人底人格的色彩,浓厚地表现出来","将作者的自我极端地扩大了夸张了而写出来的东西,其兴味全在于人格的调子",是"最为便当的""自己告白的文学",所以许多作家选用这种"既是费话也是闲话"的体裁来"表现不伪不饰的真的自己"。他把这种文体的体性、形神传达出来了,在作者自我表现的自在性与文体随意自如的自由性之间体会到同质同构的内在联系,切中了 Essay 的

---

① ［日］厨川白村:《出了象牙之塔》,鲁迅译,《鲁迅全集》第十三卷,人民文学出版社 1973 年版,第 164—166 页。

命脉,所以才被鲁迅和众多文人所认同和激赏,引为散文小品的知音和标尺,深刻影响着中国现代散文的理论建设和创作走向。郁达夫曾说"鲁迅先生所翻的厨川白村氏在《出了象牙之塔》里介绍 Essay 的一段文章,更为弄弄文墨的人,大家所读过的妙文",是"英国散文对我们的影响之大且深"的重要实证。①

继鲁迅之后,胡梦华于 1926 年在《絮语散文》中全面系统地对西方散文特别是英法随笔的体性作了进一步概括和发挥,认为"近世自我(Egotism)的解放和扩大曾促进"抒情诗和絮语散文这"两种文学质和量上的惊人进步";其"美质"除了"家常絮语"的重要特性外,"还有比较重要的就是作者和作品的关系",认为仔细读了一篇絮语散文,可以洞见作者的"人格的动静""人格的声音""人格的色彩","所以它的特质是个人的(Personal),一切都是从个人的主观发出来,所以它的特质又是不规则的(Irregular)、非正式的(Informal)。"② 虽然英国汉学家卜立德教授认为胡梦华的这篇文章其实是在美国出版的《英国随笔》(*The English Familiar Essay*)一书引言的节译,但正如有些论者指出的:"胡梦华还是有眼光的,他抄的这篇引言,至今在英国小品文研究论著中仍然是第一流的。"③ 确实,虽然"絮语散文"这一名称没有传播开来,但该文的影响力是不可否认的。钟敬文的《试谈小品文》就曾大段地引述过胡梦华的文字,并在此基础上提出小品文"只要是真纯的性格的表露,而非过份的人工的矜饰矫造,便能引人入胜,撩人情思。"④ 可以说,自厨川白村关于 Essay 的介绍经由鲁迅之手翻译到中国,以及胡梦华对絮语散文的精辟概括之后,个性与自我作为散文的基本要素已被现代散文界广泛认可。

梁遇春翻译过多种英国小品文选,创作也师承兰姆、赫兹里特一派,被称

---

① 郁达夫:《〈中国新文学大系·散文二集〉导言》,《郁达夫文集》第六卷,花城出版社 1983 年版,第 269 页。

② 胡梦华:《絮语散文》,《小说月报》1926 年第 17 卷第 3 号。

③ 张梦阳:《鲁迅杂文与英国随笔的比较研究》,《社会科学战线》1997 年第 2 期。

④ 钟敬文:《试谈小品文》,《文学周报》1928 年第 349 期。

为"中国的爱利亚"①。他选译 18 世纪斯梯尔、阿狄生、哥尔斯密,19 世纪兰姆、赫兹里特、亨特、布朗和 20 世纪切斯特顿、贝洛克、卢卡斯、林德、高尔斯华绥诸家小品,并在序跋和译注中点评各家的风格特点,从而提出他的小品文主张:"小品文是用轻松的文笔,随随便便地来谈人生,并没有俨然地排出冠冕堂皇的神气,所以这些漫话絮语很能够分明地将作者的性格烘托出来。……许多批评家拿抒情诗同小品文相比,这的确是一双很可喜的孪生兄弟,不过小品文更是洒脱,更胡闹些罢! 小品文像信手拈来,信笔写去,好像是漫不经心的,可是他们自己的奇特的性格会把这些零碎的话儿熔成一气,使他们所写的篇篇小品文都仿佛是在那里对着我们拈花微笑。"② 着眼于散文小品个性表现的自由性和亲切性,梁遇春的散文观念虽无独异之处,但却是从自己的著译经验中提炼出来的,与蒙田、兰姆的文学精神,与鲁迅、胡梦华、方重等译述的欧美随笔理论和创作,都是一脉相通、有所同好的。

朱自清认为现代散文既有"中国名士风",又有"外国绅士风",但"所受的直接的影响,还是外国的影响",并说自己的散文"意在表现自己",是"有话要说"而"自然而然采用了这种体制"。③ 这话本是针对周作人先前说过的话:"现代的散文在新文学中受外国的影响最少",但在辨析和自白中倒也指出了现代散文受到外国影响而趋于自我表现的实情。周作人后来补充说:"中国新散文的源流我看是公安派与英国的小品文两者所合成",小品文"则在个人的文学之尖端,是言志的散文,他集合叙事说理抒情的分子,都浸在自己的性情里,用了适宜的手法调理起来,所以是近代文学的一个潮头"。④ 这就把中英小品文会通起来,把言志抒情和个性表现融为一体,视为个性艺术的突出代表和现代性的重要标志。林语堂虽然追随周作人把现代散文的源头追溯到晚明的"性灵"小品,但他也不否认中外会通说,认为:"西洋近代文学,派别虽多,然自浪漫主义推翻古典文学以来,文人创作立言,自有一共通

---

① 郁达夫:《〈中国新文学大系·散文二集〉导言》,《郁达夫文集》第六卷,花城出版社 1983 年版,第 269 页。

② 梁遇春:《〈小品文选〉序》,见《小品文选》,北新书局 1930 年版,第 1 页。

③ 朱自清:《论现代中国的小品散文》,《文学周报》1928 年第 345 期。

④ 周作人:《近代散文抄序》,《苦雨斋序跋文》,河北教育出版社 2002 年版,第 127 页。

之点,与前期大不同者,就是文学趋近于抒情的、个人的:各抒己见,不复以古人为绳墨典型。一念一见之微,都是表示个人衷曲,不复言廓大笼统的天经地义。而喜怒哀乐,怨愤悱恻,也无非个人一时之思感,因此其文词也比较真挚亲切,而文体也随之自由解放,曲尽缠绵,以意役法,不以法役意了。近代文学作品所表的是自己的意,所说的是自己的话,不复为圣人立言,不代天宣教了。所以近代文学之第一先声,便是卢骚的《忏悔录》,据此他确证"性灵派之排斥学古,正也如西方浪漫文学之反对新古典主义,性灵派以个人性灵为立场,也如一切近代文学之个人主义。"① 此后,由于文学理想的差异以及对个人与社会关系的不同理解,理论界依据不同的立场和思想基础提出了各自的"个性"说。但在众说纷纭中,却是一个系脉的衍变,诸家都是普遍认同西方随笔所注重的个人色彩和自我意识,冲破"文以载道"的陈旧观念,把自我个性的自由表现视为散文的特质和现代表征,在创作主体性、个性真实性、文体独创性等核心内涵和基本问题上达成异口同声的共识和相辅相成的互补。

必须指出的是,现代散文界对于西方随笔的理念和精神并非全盘接受,而是有选择性地借鉴和吸收。Essay 在其自身的发展过程中,大约出现了两种形式:正式的 Formal Essay 与非正式的 Familiar Essay,亦可如林语堂所说的分为"学理文(Treatise)"和"小品文(Familiar Essay)"。前者以培根、琼生、布朗、考莱等人的创作为代表,后者则以蒙田、阿狄生、兰姆、赫兹里特等的创作为代表。总的说来,两者都是自我告白的文学形式,但在作者情感介入的深浅、主体人格与个性的显露程度以及语体风格等方面却有所区别。② 前者"相对地不带个人感情;作者以权威的身份,或者至少是以学识渊博的人的身份写作,解释主题有条不紊。"而后者则"以一种亲切的口气同他的读者讲话,并倾向于讨论日常琐事,而不讨论公众事物或专门题目;写作方法是轻松愉快、自我揭露、甚至异想天开的方式。"③ 整体观之,现代散文界普遍排斥前者

---

① 林语堂:《论文》,《论语》1933 年第 15 期,原署名"语堂"。
② 蔡江珍:《论英国 Essay 与中国散文现代性理论的关系》,《福建论坛》2007 年第 3 期。
③ [美]阿伯拉姆:《小品文》,见傅德岷编《外国作家论散文》,新疆大学出版社 1994 年版,第32 页。

而肯定后者。因为现代散文是在"反对古文义法的束缚、要求文体的解放的时代呼声中"① 确立起来的,而前者带有"冠冕堂皇的神气",后者则是自由不拘、亲切自然的闲谈絮语。周作人在《美文》中沿用二分 Essay 的习见,把外国文学里的"论文"分为批评的学术性的和记述的艺术性的两种,又称记述的艺术性的为"美文",以"爱迭生,兰姆,欧文,霍桑诸人"的创作为代表,并建议:"现代的国语文学里,还不曾见有这类文章,治新文学的人为什么不去试试呢?"② 周作人在这里把兰姆等人视为"美文"作家,显然是用"美文"指称 Familiar Essay。对现代散文理论建构影响至深的厨川白村,说 Essay 是"随随便便,和好友任心闲话","想到什么就纵谈什么,而托于即兴之笔"③ 写下的一类文章,其实探讨也是 Familiar Essay。胡梦华把 Familiar Essay 译成"絮语散文",并认为培根的散文"欠个人的风趣","不能算是一个纯粹的絮语散文家",④ 因而推崇兰姆一脉娓娓道来、毫不矫饰的文章。梁遇春翻译过多种英国小品文选,但他却有意忽略培根、沃尔顿、布朗、考莱等人相对典重谨严的随笔,而着重选译斯梯尔、阿狄生、兰姆、赫兹里特、切斯特顿、高尔斯华绥诸家轻松活泼的小品。这一取向显然是缘于他对有"轻松的文笔"而无"冠冕堂皇的神气"的 Familiar Essay 的偏爱。⑤ 林语堂则把"学理文(Treatise)"和"小品文(Familiar Essay)"比附为"载道文"与"言志文",他不喜前者的"庄严"和"不敢越雷池一步",而肯定后者的"个人笔调"(Familiar style),赞赏其"系主观的,个人的,所言系个人情感"。⑥ 以上诸家对于 Familiar Essay 的倚重,主要是着眼于这一品类随笔中个性、自由和亲切三者的有机联系,强调作者个性的审美把握在小品文创作中的主导作用。正是出于这一意味,现代散文理论界不仅对蒙田、阿狄生、兰姆等人的随笔理念有着充分的认同,而且还以此为标高构建现代中国散文的个性理论话语。

---

① 汪文顶:《英国随笔及其对中国现代散文的影响》,见《无声的河流——现代散文论集》,上海远东出版社 2003 年版,第 112 页。

② 周作人:《美文》,《晨报》1921 年 6 月 8 日,原署名"子严"。

③ [日]厨川白村:《出了象牙之塔》,鲁迅译,《鲁迅全集》第十三卷,人民文学出版社 1973 年版,第 164—165 页。

④ 胡梦华:《絮语散文》,《小说月报》1926 年第 17 卷第 3 号。

⑤ 梁遇春:《〈小品文选〉序》,《小品文选》,北新书局 1930 年版,第 1 页。

⑥ 林语堂:《论小品文笔调》,《人间世》1934 年第 6 期,原署名"语堂"。

三

蒙田絮语人生的随笔被引入英国以后,其关注日常人生的态度和价值取向得到了英国散文作家的师承和发扬,形成了一脉注重日常生活琐事、习俗轶闻书写的传统,他们把个人的眼光投注于日常人生,并从中体味出价值来。英国作家本森曾说:"我们盼着随笔作家用他那亲切友好之手所描写的,是那千千万万琐屑的问题和浮动着的遐想,它们来自我们这白驹过隙般的尘世生活,我们的日常工作,我们的闲暇时刻,我们的娱乐消遣,最重要的,来自我们跟别人的联系交往——所有这一切无法预料、互不联系、形形色色、平平常常的生活素材,随笔作家应该赋予某种美感,理出一个头绪。"又说"与传奇作者恰恰相反,随笔作家唯一不变的宗旨是把眼光牢牢盯住日常琐事,是正视实际状况而不是从它们那里高飞远扬。"所以他赞叹"像查尔斯·兰姆这样一位作家的力量就在于他坦然运用极其平凡的生活素材,而最简单的生活经历经他的手点染,就像神仙故事中发生的事情那样,一下子就变得妙趣横生、放出异彩!"①亚历山大·史密斯说小品文作家应"避免触目的大题。也得拣选那种最琐屑的题目,从小处着眼,而渐渐涉及它们的想象最欢喜想的大题目",他认为小品文作家"不会缺少题材。日常的生活,已经很丰富","其最重要的天赋,是在乎能从很平凡的事物中,找出其暗示","人世到处皆文章,我们只须做个人世的笔述者,便可以了。"因此他赞许蒙田"对于最琐屑的题材,他很认真;然而对于最严重的题材,他却又能琐琐屑屑。"②深受西洋文学影响的日本作家芥川龙之介也曾说:"因为使人幸福,不可不爱日常的琐事,灵的光,竹的战栗,雀群的声音,行人的容貌,——在所有的日常琐事之中,感着天上的甘露味。"③西方作家对于琐细题材的关注和眷念,不仅在于他们可以由此获得精神的自由和解放,还在于他们看到了人生的每一细微处都饱含着无

①　[英]亚瑟·克里斯托夫·本森:《随笔作家的艺术》,刘炳善译,见阿狄生等著《伦敦的叫卖声》,三联书店 2013 年版,第 272、276、279 页。
②　[英]亚历山大·史密斯:《小品文作法论》,林疑今译,《人间世》1934 年第 2、4 期。
③　转引自李素伯:《小品文研究》,新中国书局 1932 年版,第 39 页。

限的意蕴,他们可以按照自己对日常人生的态度随兴所至地去体察,道出人所未道的意义和乐趣,让即使单调乏味、平凡无奇的日常事物亦能化为华丽、新奇的东西。

西方随笔由个人而人生的题材取向与五四时期盛行的"人的文学"主张显然有着相契合的一面。周作人在《人的文学》中提出文学要以"个人主义的人间本位主义""写人的平常生活"①,创造一种"不必记英雄豪杰的事业,才子佳人的幸福,只应记载世间普遍男女的悲欢成败"②的平民文学。"人的文学"理念之所以获得广泛认可,在于个人的永不缺席,并以一种高标着独立精神的姿态注视人生,最终在文学与现实人生之间搭起一座进退自如的桥梁。正是在这个意义上,西方散文随笔中那种以个人主义立场关注人生的文学方式,给现代散文理论界予极大的惊喜,他们由此发现了一种与"经世文章"异质的言说主题,使他们多年来提倡的"人的文学"和"平民文学"的主张不再停留于精神的吁求,而是非常贴切地坐实在人生的细微之处,个体的日常人生由此合法地进入了散文的审美领域。林语堂宣称小品文应对"种种人生心灵上问题,加以研究,即是牛毛细一样题目,亦必穷其究竟,不使放过。"③陈叔华说小品文所描绘的人情世故就像"荷包里装的东西,即使渺小,含义伟大,凡为人类,皆须思考。"④叶圣陶谈论随笔时也道:"读书的心得,日常的见闻,对于事物的感想或意见,在生活中感到的情味等等,无论怎样零碎,怎样琐屑,用来作别种文章也许不相宜的,用来作随笔无不相宜。"⑤即使到了血雨腥风的 20 世纪 40 年代,李广田仍不否认"身边琐事"的审美价值:"至于琐事,当然是相当散漫的,这表现起来就容易成为小品散文的形式。"⑥总的来看,现代散文界对于日常琐碎题材的偏爱,虽出于文体的自觉,但主要还是为了纠治传统载道文的虚伪空疏之弊,让散文从神圣庄严的殿堂走向烟

---

① 周作人:《人的文学》,《新青年》1918 年第 5 卷第 6 期。
② 周作人:《平民文学》,《每周评论》1919 年第 5 期,原署名"仲密"。
③ 林语堂:《论小品文笔调》,《人间世》1934 年第 6 期,原署名"语堂"。
④ 陈叔华:《娓语体小品文释例——小大辩》(上),《人间世》1935 年第 28 期。
⑤ 叶圣陶:《文章例话》,开明书店 1937 年版,第 38 页。
⑥ 李广田:《论身边琐事与血雨腥风》,见俞元桂主编《中国现代散文理论》,广西人民出版社 1984 年版,第 145 页。

火人间,使其在个人亲切眼神的烛照下散发出诱人的光焰,这正如李素伯所说的,小品散文"所表现的正是零星杂碎的片段的人生。在这里,读者虽不能愉快地领略到象在小说中所表现的一切可歌可泣可爱可悯的有系统的人生的断面;却能出其不意的,找到在人生里随处都散布着的每颗沙砾的闪光,使你惊叹,使你欣喜,以为不易掘得的宝藏。"①

　当然,文学不能等同于日常人生,"文学不能把人生丝毫不苟地反照在上面"②,但由于个人的在场,文学成为人生不可缺少的安慰和精神指导,"小品文的妙处也全在于我们能够从一个具有美好的性格的作者眼睛里去看一看人生。"③ 正如沈从文所说的:"读者从作品中接触了另外一种人生,从这种人生景象中有所启示,对'生命'能作更深一层的理解"④。因此现代散文家大多不愿让日常的琐碎之谈堕落为无聊的唠叨,而是提倡"从小处落笔,却是着眼在大处"⑤,谈出味道和意义。正是如此,那些关于个人日常生活的闲言碎语才会如此诱惑着现代散文作家,这也可从另一方面说明,周作人、林语堂等人为何孜孜不倦于"苍蝇之微"的散文写作。

　西方随笔在表现自我、关切人生的同时形成了相应的絮语笔调,这也为现代散文创建有别于古文的语体风格提供了参照系。英国随笔向来有与读者"推诚相与"、絮语闲谈的特点。蒙田是"絮语散文"的开创者,他用漫不经心的态度和亲切随和的语气纵谈人生感悟、日常杂事,用精细微妙的心灵赋予每一件所谈事物以全新的意义,他的娓娓细谈表明写作不只是个人的自由行为,还可使他与读者处于平等对话之情境中。蒙田奠定的个人化写作以及絮语文风在 19 世纪被兰姆等作家发挥到了极致。兰姆谈穷孩子、论烤猪、写拜太尔太太打牌,无不采用一种有意与读者闲谈的方式娓娓道来。由蒙田到兰姆一派散文的絮语文风得到了中国现代散文理论界的认同,他们用"絮语""娓语""闲谈""闲话"定位现代散文的文体笔调。胡梦华率先把"Familiar Essay"译为"絮语散文",确认"这种散文不是长篇阔论的逻辑的或理解的文

---

①　李素伯:《小品文研究》,新中国书局 1932 年版,第 12—13 页。
②　梁遇春:《文学与人生》,《春醪集》,北新书局 1930 年版,第 126 页。
③　梁遇春:《〈小品文选〉序》,《小品文选》,北新书局 1930 年版,第 1 页。
④　沈从文:《短篇小说》,《国文月刊》1942 年第 18 期。
⑤　徐懋庸:《金圣叹的极微论——小品文作法讲义第一章》,《人间世》1934 年第 1 期。

章,乃如家常絮语,用清逸冷隽的笔法所写出来的零碎感想文章。"① 林语堂认为理想的散文"如在风雨之夕围炉谈天,善拉扯,带感情,亦庄亦谐,深入浅出,如与高僧谈禅,如与名士谈心……读其文如闻其声,听其语如见其人"②,强调小品文笔调应是"认读者为'亲热的(Familiar)故交,作文时略如良朋旧话,私房娓语……或者谈得畅快忘形……达到如西文所谓'衣不纽扣之心境(Unbuttoned moods)'"③。叶圣陶认为小品散文是一种不同于"讲义体"的文章,它"决不搭足空架子,"作者见到什么想到什么就说什么,见不到想不到就不硬要来说。……那是抱着一种亲切的态度的:读者读了,总觉得自己跟作者同在这个世界里,所谈论的也正是这个世界里的事;即使读者被骂了被讥讽了,也会发生反省或者愤怒,但决不会看得漠然,认为同自己绝不相干。"④ 现代散文界对于絮语笔调的偏爱,在于能够因此任心而谈,率性而作,让闲谈的心性、自由的心态和亲如好友的读者三者之间取得内在的协调,从而去除阻碍散文个性化的外在束缚和压力。絮语笔调无疑是充满魅力的,且具有深远的影响,即使是新时期以来,这一文风仍然在汪曾祺等人的散文作品上绵延不尽。

四

整体观之,现代散文理论界对异域个性表现精神的积极借鉴,并非生吞活剥,而是经过选择与重构,把异域资源融入本民族的审美传统中,横向移植与纵向继承相结合,形成新旧互补、中外会通的态势。因此,西方随笔在现代中国的传播和接受,亦如言志抒情传统的发掘和传承那样,都在五四以来的散文变革中融会贯通,催化和推进了中国现代散文个性化、多样化的繁荣发展。朱自清晚年总结说:"新文化运动新文学运动配合着五四运动画出了一个新时代。大家拥戴的是'德先生'和'赛先生',就是民主与科学。但是实

---

① 胡梦华:《絮语散文》,《小说月报》1926 年第 17 卷第 3 号。
② 林语堂:《小品文之遗绪》,《人间世》1935 年第 22 期,原署名"语堂"。
③ 林语堂:《论小品文笔调》,《人间世》1934 年第 6 期,原署名"语堂"。
④ 叶圣陶:《关于小品文》,见陈望道编《小品文和漫画》,生活书店 1935 年版,第 34 页。

际上做到的是打倒礼教也就是反封建的工作。反封建解放了个人，也发现了民众，于是乎有了个人主义和人道主义；前者是实践，后者还是理论。这里得指出在那个阶段上，我们是接受了种种外国标准，而向现代化进行着。……这时候的文学是语体文学，开始似乎是应用着'人情物理''通俗'那两个尺度以及'自然'那个标准。然而'人情物理'变了质成为'打到礼教'，就是'反封建'，也就是'个人主义'这个标准，'通俗'和'自然'也让步给那'欧化'的新尺度；这'欧化'的尺度后来并且也成了标准。用欧化的语言表现个人主义，顺带着人道主义，是这时期知识阶级向着现代化的路。"① 这种自觉接受"欧化"的"新尺度"而内化为自身的"标准"，在现代中国散文接受西方随笔个人主义、人道主义和自由主义精神及语体风格上表现得相当突出和出色，从而有效推促了中国散文的现代性进程。

　　五四以后，虽然现代作家对以 Essay 为代表的西方随笔的译介不曾中断，但也不再像五四时期那样引起广泛共鸣，反而是现代中国的特殊国情一再压缩了文艺界继续探索这一异域精神资源的空间。特别是在"风沙扑面，狼虎成群"的 20 世纪 30 年代，散文中"挣扎和战斗"的精神品格得到了更多人的认同，取法于西方随笔的"漂亮和缜密""幽默和雍容"② 虽还有一定的市场，但因有流于独善的个人主义趣味的倾向，已无五四时期自然、活泼的精神面貌，受到了理论界的广泛批评。抗战爆发后，随着救亡图存全面上升为时代的主题，以及由此引发的文艺界关于"民族形式"的大讨论，西方随笔中那种带有内在性视角的个人与自我也就一再被放逐。抗战初期，梁实秋在接编《中央日报》副刊《平明》后建言："文字的性质并不拘定。……于抗战有关的材料，我们最为欢迎，但是与抗战无关的材料，只要真实流畅，也是好的"③，就即刻引发了一场大论战，当时就有人主张"展开文艺领域中反个人主义的斗争"④。其后，文艺界更是如杨刚所说的"人们集中于消灭个人的感慨。以

---

① 朱自清：《文学的标准与尺度》，《朱自清全集》第三卷，江苏教育出版社 1988 年版，第 135—136 页。

② 鲁迅：《小品文的危机》，《现代》1933 年第 3 卷第 6 期。

③ 梁实秋：《编者的话》，《文学运动史料选》第四卷，上海教育出版社 1979 年版，第 243 页。

④ 巴人：《展开文艺领域中反个人主义斗争》，《文艺阵地》1939 年第 3 卷第 1 期。

整个生命的悲壮、伟烈、奇迹、精美,作为写述的对象。"① 因此,在抗战以后的反个人主义浪潮中,除了报告文学备受推崇外,散文其他体式的创作再无此前热闹的景象,特别是注重个人化表达的艺术散文"几乎成为'风花雪月''身边琐事'的同义语,认为在战火中不合时宜,是理所当然的事"②,结果是"明代小品文所用以号召的性灵,西洋杂志文所号召的趣味……在目前亦已微乎其微。"③ 可以说,在 30、40 年代救亡图存、民族解放的语境中,个性与自我已成为许多作家规避的话题,西方随笔中那种表现自我、絮语日常人生的文学方式也不可避免地被边缘化,直至新时期的到来,这一审美理念才逐步回归。

---

① 杨刚:《抗战与中国文学》,见《杨刚文集》,人民文学出版社 1984 版,第 104—105 页。
② 柯灵:《〈中国现代文学序跋丛书——散文卷〉引言》,萧斌如编《中国现代文学序跋丛书·散文卷》,海南人民出版社 1988 年版,第 5—6 页。
③ 丁谛:《重振散文》,《新文艺月刊》1940 年第 1 卷第 1 期。

第二节　传统散文言志抒情理念的"内应"

　　在五四文学革命初期的文白之争、新旧之争中,新文学倡导者多否定古文,但他们着重批判的是"文以载道"的正统观念,和固守"古文义法""文言正宗"的艺术教条,并不一概否定传统散文。五四落潮以后,散文界开始关注传统文学资源,对古代散文和传统文论进行多方面的发掘和重估,总体上给予肯定的有百家争鸣的诸子散文、师心使气的魏晋文章、独抒性灵的晚明小品,以及立诚、言志、师心、使气、性灵、本真、文气、文品之类的文论思想。这一取向表明,当时的散文界主要以现代的思想立场和文学观念重估传统散文的价值,看重的是富有思想艺术个性且与现代散文观念有内在联系的精神传统。所以,现代散文界面对中国古代散文和传统文论,既视为革命对象又当作文学遗产,既有古为今用的共识又有因人而异的别择,其中贯穿着对传统文学个性风格理论尤其是"言志"说、"性灵"说和"发愤"说的发掘与阐释,具有为现代散文个性表现精神和个人文体创造探寻历史依据和传统资源的意图。

一

　　中国传统文学的个性风格理论,发端于"诗以言志""言为心声"的古老命题,集成于刘勰《文心雕龙》中《体性》《风骨》等篇关于个性的相关阐述,并在后来的诗文评中得到了丰富深化。主要着眼于人品与文品、作家与作品、个性与文风的关系,从文源论、创作论、主体论的角度,对个性风格的形成和表现进行具体的阐发。

传统文论中的"言志""心声"说是相近相通的同类概念。《毛诗序》解释"诗言志"说:"诗者,志之所之也。在心为志,发言为诗。情动于中而形于言,言之不足故嗟叹之,嗟叹之不足故永歌之,永歌之不足,不知手之舞之,足之蹈之也。"① 扬雄《法言·问神》说:"言,心声也;书,心画也。声画形,君子小人见矣。"② 这两则常为后人征引的经典论断,都指出文学源于心志心声,是"情动于中而形于言"的产物,蕴涵着文如其人、自成一家的个性风格的理论萌芽。尽管后人对心志、心声有不同的阐释,但大多着眼于写作主体的思想情感,强调文学的主体性、表现性特征。

刘勰在《文心雕龙》的《体性》篇集中探讨了个性风格的成因和表征:"夫情动而言形,理发而文见,盖沿隐以至显,因内而符外者也。然才有庸俊,气有刚柔,学有浅深,习有雅郑;并情性所铄,陶染所凝,是以笔区云谲,文苑波诡者矣。故辞理庸俊,莫能翻其才;风趣刚柔,宁或改其气;事义浅深,未闻乖其学;体式雅郑,鲜有反其习:各师成心,其异如面。"③ 其"各师成心,其异如面"的论断,既进一步确立师心言志的文学主体性原则,又明确把心志个体化、具体化,从才、气、学、习四个方面考察个性的差异和风格的成因,不仅初步提出了个性风格的理论批评模式,还隐含着文学是个性表现的思想。因而他在《体性》篇中列举道:"贾生俊发,故文洁而体清;长卿傲诞,故理侈而辞溢;子云沈寂,故志隐而味深;子政简易,故趣昭而事博;孟坚雅懿,故裁密而思靡;平子淹通,故虑周而藻密;仲宣躁锐,故颖出而才果;公幹气褊,故言壮而情骇;嗣宗俶傥,故响逸而调远;叔夜俊侠,故兴高而采烈;安仁轻敏,故锋发而韵流;士衡矜重,故情繁而辞隐。"④ 在骈体的简约排比中提示各家"表里必符"的个性风格特点,说明"气以实志,志以定言;吐纳英华,莫非情性"⑤ 的

---

①　无名氏:《毛诗序》,见郭绍虞主编《中国历代文论选》,上海古籍出版社 2001 年版,第 63 页。

②　扬雄:《法言》,山东友谊出版社 2001 年版,第 78 页。

③　刘勰:《文心雕龙》,陆侃如、牟世金译注,齐鲁书社 1995 年版,第 368 页。

④　同上书,第 371 页。

⑤　同上。

为文之道。后人论个体风格大多如此,本于心志情性的差异而论文如其人、各具风采。

但古代中国的"言志"说内涵丰富,众说纷纭。朱自清在《诗言志辨》中作过专门的梳理和阐释。他认为,古有献诗陈志、赋诗言志、教诗明志、作诗言志的不同用途,"志"本有记忆、记录、怀抱三个意义。"到了'诗言志'和'诗以言志'这两句话,'志'已经指'怀抱'了。"这"怀抱"之"志",有"好、恶、喜、怒、哀、乐"的"六志"或"六情","在己为情,情动为志,情志一也。"汉代文人又以"意"为"志",又说"志"是"心所念虑","心意所趣向"。因此,"情和意都指怀抱而言","这种志,这种怀抱是与'礼'分不开的,也就是与政治、教化分不开的。"此后,辞赋家的言志"以一己的穷通出处为主","'诗言志'便也兼指一己的穷通出处",但也"都关政教";五言诗兴起之后,"言志"又带有"吟咏情性"和"缘情"的意思;直到清代袁枚"才将'诗言志'的意义又扩展了一步,差不离和陆机的'诗缘情'并为一谈。"经过多次的引申、扩展,言志与言情趋于统一。"到了现在,更有人以'言志'和'载道'两派论中国文学史的发展,说这两种潮流是互为起伏的。所谓'言志'是'人人都得自由讲自己愿意讲的话';所谓'载道'是'以文学为工具,再借这工具将另外的更重要的东西——道——表现出来'。这又将'言志'的意义扩展了一步,不限于诗而包罗了整个儿中国文学。这种局面不能不说是袁枚的影响,加上外来的'抒情'意念——'抒情'这个词组是我们固有的,但现在的涵义却是外来的——而造成。现时'言志'的这个新义似乎已到了约定俗成的地位。词语意义的引申和变迁本有自然之势,不足惊异;但我们得知道,直到这个新义的扩展,'文以载道,诗以言志,其原实一'","'言志'的本义原跟'载道'差不多,两者并不冲突;现时却变得和'载道'对立起来。"① 针对现代散文界的"言志"与"载道"之争,朱自清从纯学术角度考辨"言志"说的本意和变迁,辨明言志、抒怀、载道、缘情、抒情的关联之处和错综变化,认为不能将"言志"与"载道"割裂开来,两者的意涵是相对的,其中单独一方都无法自足,这实际上也是在启

---

① 朱自清:《诗言志辨》,《朱自清全集》第六卷,江苏教育出版社 1990 年版,第 134、160、162、164、170、172 页。

示我们现代散文理论"个性"说有着内在的对话与互动,在具体的研究过程中应加以辩证看待。

周作人对"言志"说的阐发,早于朱自清,也不同于朱自清的考辨释古,带有"六经注我"的特点。早在1908年,他就写下长文《论文章之意义暨其使命因及中国近时论文之失》,其中论及"言志"时道:"特文章为物,独隔外尘,托质至微,与心灵直接,故其用亦至神。言,心声也;字,心画也。自心发之,亦以心受之。感现之间,既有以见他缘,亦因可觇自境。……吾国昔称诗言志。夫志者,心之所希,根于至情,自然而流露,不可或遏,人间之天籁也";"试观上古,文章首出,厥惟《风》诗。原数三千余篇中,十三国美感至情,曲折深微,皆于是乎在,本无愧于天地至文。乃至删《诗》之时,而运遂厄。……删《诗》定礼,夭阏国民思想之春华,阴以为帝王之右助。推其后祸犹秦火也。夫孔子为中国文章之匠宗,而束缚人心,至于如此,则后之苓落又何待夫言说欤!是以论文之旨,折情就理,唯以和顺为长。使其非然,且莫容于名教。"① 他取志、情合一说,而对儒家删《诗》定礼、折情就理的诗教传统进行批判,这是他后来积极参与文学革命运动的文艺思想基础。到了20、30年代,他为《陶庵梦忆》《杂拌儿》《燕知草》《近代散文钞》(原题《冰雪小品》)《中国新文学大系·散文一集》所做的序跋文,以及在辅仁大学的讲演录《中国新文学的源流》,一直都在发掘本土文学的言志抒情流脉,批判载道传统,张扬自己的言志文学观。在这些文章中,周作人认为,在中央集权、政教统一的时代,载道文学就大行其道,而到了王纲解纽、百家争鸣的时候,则是个人的言志文学占据优势,最后总结论断载道文学与言志文学的相搏,酿就了古今文艺的变迁和历史上种种的文学运动。

在《〈冰雪小品选〉序》中,周作人指出:"我想古今文艺的变迁曾有两个大时期,一是集团的,一是个人的","集团的'文以载道'与个人的'诗言志'两种口号成了敌对,在文学进了后期以后,这新旧势力还永远相搏,酿了过去的五花八门的文学运动。在朝廷强盛,政教统一的时代,载道主义一定占势

---

① 周作人:《论文章之意义暨其使命因及中国近时论文之失》,钟叔河编订《周作人散文全集》第一卷,广西师范大学出版社2021年版,第94—96页。

力,文学大盛,统是平伯所谓'大的高的正的',可是又就'差不多总是一堆垃圾,读之昏昏欲睡'的东西,一到了颓废时代,皇帝祖师等等要人没有多大力量了,处士横议,百家争鸣,正统家大叹其人心不古,可是我们觉得有许多新思想好文章都在这个时代发生,这自然因为我们是诗言志派的。小品文则在个人的文学之尖端,是言志的散文,它集合叙事说理抒情的分子,都浸在自己的性情里,用了适宜的手法调理起来,所以是近代文学的一个潮头,它站在前头,假如碰了壁时自然也首先碰壁。"① 这种文学史观在稍后的《中国新文学的源流》中又得到进一步发挥:春秋战国正处于大纷乱时代,文学上也没有统制的力量去拘束它,人人都能自由表达自己的观点,各派思想都能自由发展,这样便造成最早的一次诗言志的潮流。西汉董仲舒而后,思想定于一尊,儒家的思想钳制了整个思想界,文学也随之走入载道的路子,除司马迁等少数人外,几乎所有的文章皆不及晚周,也不及此后的魏晋。魏晋时代的文学又重新得到解放,面世的文学也都比较有趣一些,如《世说新语》《洛阳伽蓝记》《水经注》《颜氏家训》《六朝文絜》等。唐朝和两汉一样,属大一统时代,文学随又走上载道的路子,因而便少了好的作品;特别是自韩愈以来,讲道统的风气遂成为载道派永远去不掉的老毛病;尽管期间也有很多的好诗,然而这情形还是和六朝时候有所不同。唐末宋初又回归诗言志的道路,词在宋初好像还很大胆地走着言志的路,但到了政局稳定之后,大的潮流又转入载道方面;甚至陆放翁、黄山谷、苏东坡诸人面对这潮流也无法避免,他们所写下的,凡是我们所认为有文学价值的,通是他们暗地里随便写就、认为好玩的东西。元朝有新兴的曲,文学又从旧圈套里解脱了出来。明朝前后七子掀起复古风气,明末公安派竟陵派对此揭出反叛的旗帜,主张"独抒性灵,不拘格套","信腕信口,皆成律度",他们的理论和文章都有其独到之处,与民国以来的文学革命运动很有些相像的地方,可惜到了清朝,他们的著作便都成为禁书,他们发起的文学运动也被乾嘉学者所打倒。于是到了 18、19 世纪清朝中后期,文学的方向和以前又恰恰相反,是八股文与桐城派古文反动的时代。到了清末特别是甲午海战后,不但中国的政治上发生了极大的变化,即在文学方面,

---

① 周作人:《〈冰雪小品选〉序》,《骆驼草》1930 年第 21 期,原署名"岂明"。

也时时动荡,处处变化,成为上一个时代的结尾,下一个时代的开端,终于藉西洋科学、哲学和文学各方面思想的输入之机而自觉发起文学革命运动。①

周作人如此不厌其烦地为言志抒情散文探源,有其深刻意图和话语背景。一是探寻现代言志散文的历史依据。从"言志"与"载道"两大潮流循环激荡造就中国文学史这一角度出发,周作人认为民初新文学运动是清代载道文学反动力量"所激起的反动",而明末充满个性和反抗的文学则是五四新文学运动的来源,只不过五四文学多了一层西洋的科学哲学各方面的思想:"胡适之的所谓'八不主义',也即是公安派的所谓'独抒性灵,不拘格套'和'信腕信口,皆成律度'的主张的复活。所以,今次的文学活动,和明末的一次,其根本方向是相同的。其差异点无非因为中间隔了几百年的时光,以前公安派的思想是儒家思想、道家思想、加外来的佛教思想三者的混合物,而现在的思想则又于此三者之外,更加多一种新近输入的科学思想罢了。"② 就散文而言,周作人认为:"现今的散文小品并非五四以后的新出产品,实在是'古已有之',不过现今重新发达起来罢了。由板桥冬心溯而上之这班明朝文人再上连东坡山谷等,似可编出一本文选,也即为散文小品的源流材料,此件事似大可以做,于教课者亦有便利。现在的小文与宋明诸人之作在文字上固然有点不同,但风致实是一致,或者又加上了一点西洋的影响,使他有一种新气息而已。"③ 又说:"现代的散文在新文学中受外国的影响最少,这与其说是文学革命的还不如说是文艺复兴的产物,虽然在文学发达的程途上复兴与革命是同一样的进展。在理学与古文没有全盛的时候,抒情的散文也已得到相当的长发,不过在学士大夫眼中自然也不很看得起,我们读明清有些名士派的文章,觉得与现代文的情趣几乎一致,思想上固然有若干距离,但如明人所表示的对于礼法的反动则又很有现代的气息"④;"我相信新散文的发达成功有两重的因缘,一是外援,一是内应。外援即是西洋的科学哲学与文学上的新思想之影响,内应即是历史的言志派文艺运动之复兴。假如没有历史的基础这

---

① 周作人:《中国新文学的源流》,华东师范大学出版社 1995 年版,第 17—28、56 页。
② 同上书,第 51 页。
③ 见《周作人与俞平伯往来通信集》,上海译文出版社 2013 年版,第 331 页。
④ 周作人:《〈陶庵梦忆〉序》,《语丝》1926 年第 110 期,原署名"岂明"。

成功不会这样容易,但假如没有外来思想的加入,即使成功了也没有新生命,不会站得住。"①可见他的探源溯流是在为新文学新散文寻找内应和历史依据,而找到的言志文学传统又是为自己的文学主张服务。他从理论和创作上发掘传统言志、性灵小品的古河,把独抒性灵与个性表现融会贯通起来,指认言志为文学的本职和正宗的合法地位,这一论断虽有些粗疏,却不乏真知灼见,对于开拓现代散文理论"个性"说本土化、民族化的路径不无意义。

二是确立言志文学的合法性。周作人自称《中国新文学的源流》里的"主意大抵是我杜撰的",他以"言志"与"载道"两大潮流的对立斗争来考察历代文学,在简化的历史图景中又突出言志派和载道派的优劣得失,价值取向分明而又主观独断,却也不落窠臼而自成一说。他认为文学从宗教分化独立出来以后就有言志和载道两派。"言志之外所以又生出载道派的原因,是因为文学从宗教脱出之后,原来的势力尚有一部分保存在文学之内,有些人以为单是言志未免太无聊,于是便主张以文学为工具,再借这工具将另外的更重要的东西——'道',表现出来";载道派不以文学本身为目的,而视文学为工具,用于布道教化,总是为政教一统服务,所以盛行于王朝强盛时代。言志的文学源自"情动于中而形于言","只是以达出作者的思想感情为满足的,此外再无目的之可言",因此在王纲解纽时代总会乘势而起。"文学方面的兴衰,总和政治情形的好坏相反背着的",两派的起伏兴衰与时势有关,"许多新思想好文章"都发生于王纲解纽时代,都出自言志一派。"言志派的文学,可以换一名称,叫做'即兴的文学',载道派的文学,也可以换一名称,叫做'赋得的文学',古今来有名的文学作品,通是即兴文学。例如《诗经》上没有题目,《庄子》也原无篇名,他们都是先有意思,想到就写下来,写好后再从文字里将题目抽出的。'赋得的文学'是先有题目然后再按题作文。自己想出的题目,作时还比较容易,考试所出的题目便有很多的限制,自己的意见不能说,必须揣摩题目中的意思,如题目是孔子的话,则须跟着题目发挥些圣贤道理,如题目为阳货的话,则又非跟着题目骂孔子不可。"②如此说来,二者优劣

---

①　周作人:《〈中国新文学大系·散文一集〉导言》,《中国新文学大系·散文一集》,上海良友图书印刷公司 1935 年版,第 10 页。

②　周作人:《中国新文学的源流》,华东师范大学出版社 1995 年版,第 17—19、38—39 页。

立判,又是本质使然。载道即赋得,缺乏自主自由,与文学本性相冲突,当然"妨碍了真正文学的产生"。言志为即兴,感兴在己,性灵流露,自然能产生好作品。因此,他是从文学史、文学特质和文学价值等方面来抑载道扬言志,赋予言志为文学本职和正宗的合法地位。另一方面,他又进一步指出:"中国文学始终是两种相互反对的力量起伏着,过去如此,将来也总如此"①,"现在虽是白话,虽是走着言志的路子,以后也仍然要有变化,虽则未必再变得如唐宋八家或桐城派相同,却许是必得对于人生和社会有好处的才行,而这样则又是'载道'的了"②,但正如上文所述,他再三强调新文学是言志派的复兴,是载道文学的反拨,言志文学才是真文学好文学,又是切合文学特质和创作个性的,因而他坚守言志文学的立场和态度十分明确,甚至自认为是在维护和引导新文学的正确发展方向。在当年左翼文学兴起之际,周作人的这一做法不无含有争夺新文学领导权的隐秘意图。

　　周作人发掘本土言志散文特别是明末清初"性灵"派散文的价值,主要推重其"独抒性灵,不拘格套"和"信腕信口,皆成律度"的文学精神。他肯定"公安派的人能够无视古文的正统,以抒情的态度作一切的文章,虽然后代批评家贬斥它为浅率空疏,实际却是真实的个性的表现,其价值在竟陵派之上。以前的文人对于著作的态度,可以说是二元的,而他们则是一元的,在这一点上与现代写文章的人正是一致"③。在《〈燕知草〉跋》中,他又说道:"明朝的名士的文章诚然是多有隐遁的色彩,但根本却是反抗的,有些人终于做了忠臣……大多数的真正文人的反礼教的态度也很显然。"④ 正是由于重在"态度"二字,周作人发现的是晚明小品"对于礼法的反动则又很有现代的气息",是从传统言志散文精神品格的高度看取其启示价值。这也是为什么周作人在论及他所钟情的传统言志散文的时候,大多只谈它们的"勇气与生命",而对于这类散文作品的艺术价值并非完全倾倒。在《〈梅花草堂笔谈〉等》一文中,周作人不仅对"假风雅"的"山人派的笔墨"表示不以为然,就连

---

① 周作人:《中国新文学的源流》,华东师范大学出版社 1995 年版,第 18 页。
② 同上书,第 59 页。
③ 周作人:《〈杂拌儿〉跋》,《永日集》,河北教育出版社 2002 年版,第 76 页。
④ 周作人:《〈燕知草〉跋》,《新中华报副刊》1928 年第 10 号,原署名"岂明"。

屡受表彰的公安派、竟陵派，他也多有保留："我以为读公安竟陵的书首先要明了他们运动的意义，其次是考查成绩如何，最后才用了高的标准来鉴定其艺术的价值。我可以代他们说明，这末一层大概不会有很好的分数的"①。因此，此时的周作人一方面欣赏晚明非正统文人的"作文态度"，以为"里边包含着一个新文学运动"，另一面又对公安派文人作品的艺术价值表示怀疑："我常这样想，假如一个人不是厌恶韩退之的古文的，对于公安等文大抵不会满意，即使不表示厌恶。"② 左翼文坛曾指责周作人的"言志"论："不错，小品文是言志的，但言志之中便载了'道'，天下没有无'道'之'志'"③。确如其言，周作人的"言志"未尝不关乎"怀抱"和"教化"，从根本上说也是一种"道"，但这"道"不是"集团的"、赋得的，而是"个人的"、自主的，是指向表现自我和个性解放。周作人对于"一元"作文态度的认同，以及文学史主张与具体审美趣味的差异，都缘于此个人之"道"。换言之，周作人对于传统言志散文的认同，在于"言"而不在于"志"，重言志的态度和方式，而轻言志的内容，基于此价值判断，中国传统的言志散文小品在他那里方才获得价值意义。在《中国新文学的源流》中，当他以"言志"与"载道"两大潮流的对立斗争来考察历代文学而招人诘难时，他曾追加说明："言他人之志即是载道，载自己的道亦是言志。"④ 这与同时代批评家纠缠于二者的字面意义不同，他较为辩证地看待"志"与"道"的关系，从有无自我个性的这个关节点判定二者的优劣，突出的是传统言志散文"一元创作态度"的文学史意义。关于这一问题，后文将进一步详述。

　　作为一家一派之言，周作人的"言志"观不如朱自清的周密允当，但也有其片面深刻之处。仅就探寻现代散文的传统资源来说，他发掘和重视晚周散文，司马迁史传，魏晋文章，唐宋古文家"忘记了载道的时候偶尔写出的"部分作品，明末清初小品等，并把这些都归属于言志一派，尽管有些绝对化和

①　周作人：《〈梅花草堂笔谈〉等》，《风雨谈》，河北教育出版社 2002 年版，第 135 页。

②　同上书，第 136 页。

③　伯韩：《由雅人小品到俗人小品》，见陈望道编《小品文和漫画》，生活书店 1935 年版，第 5 页。

④　周作人：《〈中国新文学大系·散文一集〉导言》，《中国新文学大系·散文一集》，上海良友图书印刷公司 1935 年版，第 11 页。

简单化,却有益于现代散文作家对传统散文的择取和借鉴,更有传承和发展言志抒情传统、突出和强化个性创造精神的现实意义和理论价值。特别是他对晚明小品的独到发现,虽说不免夸大了其革新意义及其对现代散文的影响,但无疑超越了前人的眼光,打开了"性灵"小品的一方新天地,并赋予其反格套、主自由的现代意义,为散文的言志抒情掘出了被湮没已久的"一条古河"。

二

周作人对"性灵"散文的发掘,得到林语堂的积极响应:"近读岂明先生《近代文学之源流》(北平人文书店出版),把现代散文溯源于明末之公安竟陵派(同书店有沈启无编的《近代散文抄》,专选此派文字,可供参考),而将郑板桥,李笠翁,金圣叹,金农,袁枚诸人归入一派系,认为现代散文之祖宗,不觉大喜"①;又说"《中国新文学的源流》一书推崇公安竟陵,以为现代散文直继公安之遗绪。此是个中人语,不容不知此中关系者瞎辩。"② 总之,"周作人先生提倡公安,吾从而和之"③。但林语堂不仅仅是"从而和之",而是几近狂热地崇拜"性灵"派,并认定其为现代散文的正宗:"此数人作品之共通点,在于发挥性灵二字,与现代文学之注重个人之观感相同,其文字皆清新可喜,其思想皆超然独特,且类多主张不模仿古人,所说是自己的话,所表是自己的意,至此散文已是'言志的''抒情的',所以以现代散文为继性灵派之遗绪,是恰当不过的话。"④ 因此,"这派成就虽有限,却已抓住近代文的命脉,足以启近代文的源流,而成为近代散文的正宗"⑤。林语堂对晚明"性灵"散文的接受,既有与周作人相通的一面,也有自己独特的阐发和价值取向。

一般认为,"性灵"作为一个与文学有关的审美范畴最早出现于六朝时

---

① 林语堂:《新旧文学》,《论语》1932 年第 7 期,原署名"语"。
② 林语堂:《小品文之遗绪》,《人间世》1935 年第 22 期,原署名"语堂"。
③ 林语堂:《语录体举例》,《论语》1934 年第 40 期,原署名"语堂"。
④ 林语堂:《新旧文学》,《论语》1932 年第 7 期,原署名"语"。
⑤ 林语堂:《论文》,《论语》1933 年第 15 期,原署名"语堂"。

期,但其最初含义主要指人的天性或性情,偶尔亦指人的才智。如刘勰的《文心雕龙·宗经》里所说的:"性灵熔匠,文章奥府。"① 钟嵘在《诗品》中亦说阮籍的《咏怀》之作可以"陶性灵,发幽思"②。到了明清以后,"性灵"一词的含义渐次丰富,特别是在晚明时期,"公安三袁"将"性灵"意涵推到了自由文学观的高度,尤以袁宏道"独抒性灵,不拘格套"的论调最为引人注目,影响了后续的竟陵派和清代袁枚等人的"性灵"学说。晚明"性灵"说的产生有其独特的历史背景。一方面,它深受李贽"童心"说的影响,是当时反理学运动在文学理论上的具体表现,它主张文学真实地表现作者的情感欲望,反对描写受儒家礼义束缚的"伪情";另一方面,"性灵"说的提出,也是针对当时文坛复古风气而发的。公安派正是针对明代前、后七子倡导"文必秦汉,诗必盛唐"的复古主义和模拟蹈袭的文风,提出每个时代文学都有自己的特点,必须具有独创性。正是基于以上价值观念的认同,林语堂与晚明"性灵"派文学才得以遇合。林语堂认为:"性灵派之排斥学古,正也如西方浪漫文学之反对新古典主义,性灵派以个人性灵为立场,也如一切近代文学之个人主义。其中如三袁兄弟之排斥仿古文辞,与胡适之文学革命所言,正如出一辙"③,因此他才认为这一流派抓住了近代散文的命脉,是现代散文的主要精神源泉。在这一点上,林语堂与周作人无甚差别,都是在为现代散文个性与自我表现的文学精神寻根探祖,为他所提倡的"个人笔调"的小品文寻求历史依据,亦如他所说的:"在提倡小品文笔调时,不应专谈西洋散文,也须寻出中国祖宗来,此文体才会生根。"④

但是,林语堂又对晚明的"性灵"说作了独特的发挥。晚明"性灵"说强调的是文学的非功利性和独创性,突出个性与自我对于文体解放的重要性。而林语堂则把"性灵"直接等同于个性与自我,并从文学本体的高度肯定其价值意义。关于"性灵",林语堂在《写作的艺术》中解释道:"'性'指一人之'个性','灵'指一人之'灵魂'或'精神'"⑤。又在《记性灵》中指出:"若谓

---

① 刘勰:《文心雕龙》,陆侃如、牟世金译注,齐鲁书社 1995 年版,第 117 页。
② 吕德申:《钟嵘诗品校释》,北京大学出版社 2000 年版,第 76 页。
③ 林语堂:《论文》,《论语》1933 年第 15 期,原署名"语堂"。
④ 林语堂:《小品文之遗绪》,《人间世》1935 年第 22 期,原署名"语堂"。
⑤ 林语堂:《写作的艺术》,黄德嘉译,上海西风社 1941 年版,第 392 页。

性灵玄奥,则心理学之所谓'个性',本来玄奥而个性之确有,固不容疑惑也。凡所谓个性,包括一人之体格、神经、理智、情感、学问、见解、经历、阅历、好恶、癖嗜,极其错综复杂","一人有一人之个性,以此个性无拘无碍自由自在表之文学,便叫性灵。"① 他甚至将"性灵"神秘化:"性灵之为物,惟我知之,生我之父母不知,同床之吾妻亦不知。然文学之生命实寄托于此。故言性灵之文人必排古,因为学古不但可不必,实亦不可能。言性灵之文人,亦必排斥格套,因已寻到文学之命脉,意之所之,自成佳境,绝不会为格套定律所拘束。所以文学解放论者,必与文章纪律论者冲突,中外皆然。"② 林语堂对传统"性灵"说中个性自我一面的强调与其深受西方表现主义文论的影响不无关系。林语堂认为一切作品"除了表现本性之成功,无所谓美,除了表现之失败,无所谓恶","表现"是个性的自然不可抑制的冲动:"表现派所以能打破桎梏,因为表现派认为文章(及一切美术作品)不能脱离个性,只是个性自然不可抑制的表现。"③ 就散文来看,林语堂认为:"现代散文之技巧,专在冶议论情感于一炉,而成个人的笔调。此议论情感,非自修辞章法学来,乃由解脱性灵参透道理学来。"在《论文》下篇中,他把文人作文比作妇人十月怀胎:"多读有骨气文章有独见议论,是受精也。……思想胚胎矣,乃出吾性灵以授之",最后思想成熟时,便"忍无可忍,然后出之"④。这一新奇的比喻可说是道出了林语堂"性灵"观的精髓。总的说来,相对于传统"性灵"学说,林语堂"性灵"散文观的最大特点就是个性特别突出,以至于他把现代散文小品众多的审美范畴都与"性灵"联系起来,如幽默、闲适、个人笔调、语录体,无不被他赋予解放性灵的意义。

在林语堂看来:"性灵二字,不仅为近代散文之命脉,抑且足矫目前文人空疏浮泛雷同木陋之弊。吾知此二字将启现代散文之绪,得之则生,不得则死。"⑤ "苟能人人各抒性灵,复出以闲散自在之笔,则行文甚易,而文章之奇变正无穷,何至如今日之沉寂空泛。至若等吃冷猪肉之辈,必欲呫毫濡墨,寻

---

① 林语堂:《记性灵》,《宇宙风》1936 年第 11 期,原署名"语堂"。
② 林语堂:《论文》,《论语》1933 年第 15 期,原署名"语堂"。
③ 林语堂:《〈新的文评〉序言》,《语丝》1929 年第 5 卷第 30 期。
④ 林语堂:《论文》(下),《论语》1933 年第 28 期,原署名"语堂"。
⑤ 同上。

章摘句，'吟成五个字，捻断数茎须'，以自文其陋者，此又是载道派勾当，与吾辈无涉"①。所以他认为："文主心境，正是小品之本来面目。袁中郎之旷达自喜，萧散自在，也正是小品文之本色。公安派举出'信口信腕，皆成法度'八字，及主'文贵见真'，'文贵己出'，'反对模仿'诸说，已在文学理论建起现代散文之基础。"② 由此观之，林语堂注重的是"性灵"解放之于个性抒发的自由不拘和真诚自然，并以此来救治"载道派"之弊。他提倡幽默，除了借鉴外国的幽默理论外，也从传统"性灵"散文中寻找依据："真正的幽默，学士大夫，已经是写不来了。只有在性灵派文人的著作中，不时可发见很幽默的议论文，如定盦之论私，中郎之论痴，子才之论色等"③，"故提倡幽默，必先提倡解脱性灵，盖欲由性灵之解脱，由道理之参透，而求得幽默也。"④ 如果说，把舶来品的幽默与"性灵"嫁接是为了抵制"方巾气"的话，那么提倡"语录体"，则是林语堂力图用传统的"性灵"理论改造现代白话散文语体的一次尝试。他在《论语录体之用》中说及提倡"语录体"的初衷："今人作白话文，恰似古人作四六，一句老实话，不肯老实说出，忧愁则曰心弦的颤动，欣喜则曰快乐的幸福，受劝则曰接收意见，快点则曰加上速度。吾恶白话之文，而喜文言之白，故提倡语录体"，"语录体简练可如文言，质朴可如白话，有白话之爽利，无白话之噜苏。"⑤ 在《语录体举例》中，林语堂认为："性灵是整个的"，它覆盖于文章的各个方面，"白话名为解放，实则不如明人之解放。文章生气，全看性灵解放至何程度"，因此他对公安派的"语录体"赞道："盖此种文字，不仅有现成风格足为模范，且能标举性灵，甚有实质，不如白话文学招牌之空泛也"⑥，他认为"此后编书，文言文必先录此种文字，取中郎，宗子，圣叹，板桥冠之，笠翁任公学诚次之，定盦子才亭林又次之，然后使读庄子韩非之文，由白入文，循序渐进，学者不觉其苦，而易得门径。诸子皆长阐理议论，脚踏实

---

①　林语堂：《还是讲小品文之遗绪》，《人间世》1935 年第 24 期，原署名"语堂"。

②　同上。

③　林语堂：《论幽默》，《论语》1934 年第 33 期，原署名"语堂"。

④　林语堂：《论文》（下），《论语》1933 年第 28 期，原署名"语堂"。

⑤　林语堂：《论语录体之用》，《论语》1933 年第 26 期。

⑥　林语堂：《语录体举例》，《论语》1934 年第 40 期，原署名"语堂"。

地,无空疏浮泛之弊,读来易启人性灵。"① 可见,林语堂提倡"语录体",是针对白话之弊,归根到底也是为了标举"性灵",强化个人笔调。

尽管林语堂把"性灵"的解放看成是包治百病的灵丹妙药,显得偏激,但对于纠偏现代白话散文的诸多弊端,也不失为独辟蹊径。林语堂显然看到了传统"性灵"散文所具有的文体变革意义,他不厌其烦地提倡幽默、闲适、语录体,很大程度也是为了让现代白话散文在解放"性灵"的大旗下得到更新、改造。曾有论者指出:"真正谈得上承继三袁衣钵的,不是周作人,而是林语堂。"② 这实在是洞彻之言。

三

中国古代文学的个性风格论是一个复杂的理论体系。它着眼于人与文的有机联系,对人品与文品、个性与文风的关系有着辩证的理解,对个人的才情、识见、德行、气度、风骨、格调等性格要素及其独特组合也有丰富多样的解说。即便是师心言志,独抒性灵,不仅可以是闲情逸致、风流自赏,还有不平则鸣、释愤抒情、仗义执言、百家争鸣诸面向,更凸显个性人格的独特性、丰富性和社会性。周作人、林语堂对古代"言志""性灵"理论的发掘和阐释,虽对古今散文个性精神流脉具有会通意义,但同时也遮蔽了"言志"说的丰富内涵,片面突出了"性灵"的个人性、主观性、超脱性诸意涵,从而将它们狭义地理解为个人的主观抒情和自我表现,使个性意识流于自遣自娱,有意规避甚至排斥个性精神的其他重要层面,因而对古今散文个性精神的会通又有以偏概全、矫枉过正的流弊。在周作人、林语堂有所遮蔽之处,鲁迅更深入地发掘传统文学中特立独行、发愤著书的精神遗产,为"个性"说的古今会通贯注了一股阳刚气骨。

鲁迅在早期论著中就力倡个性独立、人格强健之精神。在《破恶声论》中,青年鲁迅就认为"人各有己,而群之大觉近矣"③。在《文化偏至论》中,他

---

① 林语堂:《论语录体之用》,《论语》1933 年第 26 期。

② 陈平原:《古典散文的现代阐释》,《中山大学学报》2004 年第 6 期。

③ 鲁迅:《破恶声论》,《鲁迅全集》第八卷,人民文学出版社 1981 年版,第 23 页。

主张"掊物质而张灵明,任个人而排众数",认定"将生存两间,角逐列国是务,其首在立人,人立而后凡事举;若其道术,乃必尊个性而张精神。"他把"立人"视为立国之本,"立人"又务必"尊个性而张精神",希求"国人之自觉至,个性张,沙聚之邦,由是转为人国。"① 这是他弃医从文、以文立人的思想动因。在《摩罗诗力说》中,他抱着立人的理想,本着"文章之职与用"在于"撄人心""涵养人之神思""启人生之閟机"的理念,热情介绍和推崇"立意在反抗,指归在动作"的摩罗诗人,以其刚健不挠、抱诚守真、争天拒俗、雄桀伟美的人格和艺术精神来反省中国文化传统,认为:"中国之诗,舜云言志;而后贤立说,乃云持人性情,三百之旨,无邪所蔽。夫既言志矣,何持之云?强以无邪,即非人志。许自繇于鞭策羁縻之下,殆此事乎?然厥后文章,乃果辗转不逾此界。……惟灵均将逝,脑海波起,通于汨罗,返顾高丘,哀其无女,则抽写哀怨,郁为奇文。茫洋在前,顾忌皆去,怼世俗之浑浊,颂己身之修能,怀疑自遂古之初,直至百物之琐末,放言无惮,为前人所不敢言。然其中亦多芳菲凄恻之音,而反抗挑战,则终其篇未能见,感动后世,为力非强。……故伟美之声,不震吾人之耳鼓者,亦不始于今日。"为此,他痛心地追问:"今索诸中国,为精神界之战士安在?"疾呼"精神界之战士"出而"作至诚之声,致吾人于善美刚健"②。显然,鲁迅早期提倡的个性主义具有注重独立、强健、抗争、行动的精神品格,所认同的"言志"说是不受儒家"无邪"诗教规训的"放言无惮"的"至诚""人志"。

鲁迅对中国文学传统作过专门研究,著有《汉文学史纲要》《中国小说史略》等专著和《魏晋风度及文章与药及酒之关系》《小品文的危机》等评论文章,在学术评述中寄寓着自己的价值取向,注重发掘古代文学中具有个性锋芒和创新意识的精神传统。

在《汉文学史纲要》中,他认为文学是从先民"自达其情意"的姿态声音生发而来的,"心志郁于内,则任情而歌呼,天地变于外,则祗畏以颂祝,踊跃吟叹";文字和文章也是为此而生成的,"文字初作,首必象形,触目会心,不待

① 鲁迅:《文化偏至论》,《鲁迅全集》第一卷,人民文学出版社 1981 年版,第 46—56 页。
② 鲁迅:《摩罗诗力说》,《鲁迅全集》第一卷,第 66、68—69、71、99—100 页。

授受,渐而演进,则会意指事之类兴焉。今之文字,形声转多,而察其缔构,什九以形象为本柢,诵习一字,当识形音义三",其在文章,"遂具三美:意美以感心,一也;音美以感耳,二也;形美以感目,三也。"从根源上确定文学的言志抒情本性和"三美"表征,是对古说"言为心声、书为心画""诗以言志"的传承。据此,他对《诗经》风雅颂的点评是:"二《雅》,则或美或刺,较足见作者之情,非如《颂》诗,大率叹美","《国风》之词,乃较平易,发抒情性,亦更分明",并对孔子"思无邪"的诗教再次表达异议,特意指出"激楚之言,奔放之词,《风》《雅》中亦常有"。他称赞《庄子》的自由独创,"十余万言,大抵寓言,人物土地,皆空言无事实,而其文则汪洋辟阖,仪态万千,晚周诸子之作,莫能先也","蔑诗礼,贵虚无,尤以文辞,陵轹诸子。"他认可刘勰对《离骚》的定评:"虽取熔经义,亦自铸伟辞。……故能气往轹古,辞来切今,惊采绝艳,难与并能",赞叹屈原"凭心而言,不遵矩度","呵而问之,以抒愤懑","放言遐想,申纾其心"的创造精神,和"正道直行""九死未悔"的人格精神,认定"其影响于后来之文章,乃甚或在三百篇以上",这比《摩罗诗力说》对屈原的评价更高。对于汉代文学的两大代表,他感叹道:"赋莫若司马相如,文莫若司马迁,而一则寥寂,一则被刑。盖雄于文者,常桀骜不欲迎雄主之意,故遇合常不及凡文人。"这与他对摩罗诗人和屈原的评说是一脉相通的。尽管司马相如只是"劝百而讽一",鲁迅还是肯定其辞赋"不师故辙,自摅妙才,广博闳丽,卓绝汉代"。他引述司马迁《报任安书》的自白,称叹其"发愤著书,意旨自激","恨为弄臣,寄心楮墨,感身世之戮辱,传畸人于千秋,虽背《春秋》之义,固不失为史家之绝唱,无韵之《离骚》矣。惟不拘于史法,不囿于字句,发于情,肆于心而为文"。[①]鲁迅的论说富于史识,深挖发抒情性、自铸伟辞的优秀传统,尤其看重发愤著书、九死未悔的人格和艺术精神。

鲁迅对魏晋文章的看重更为人所知。在《魏晋风度及文章与药及酒之关系》中,他高度概括魏晋文章清峻、通脱、华丽、壮大、慷慨的时代风格、历史演变和社会文化根源。对于曹操的力倡通脱,他解读为:"通脱即随便之意。此

---

① 鲁迅:《汉文学史纲要》,《鲁迅全集》第九卷,人民文学出版社 1981 年版,第 348、349、359、360、370、377、379、425、427、429 页。

种提倡影响到文坛,便产生多量想说甚么便说甚么的文章","更因思想通脱之后,废除固执,遂能充分容纳异端和外来的思想,故孔教以外的思想源源引入。"他特别推重嵇康和阮籍等名士"师心使气"而作的诗文,说"阮籍作文章和诗都很好,他的诗文虽然也慷慨激昂,但许多意思都是隐而不显的","嵇康的论文,比阮籍更好,思想新颖,往往与古时旧说反对。"对于陶渊明的平和文章,他也从中读出"总不能超于尘世,而且,于朝政还是留心,也不能忘掉'死'",进而申述道:"据我的意思,即使是从前的人,那诗文完全超于政治的所谓'田园诗人','山林诗人'是没有的。完全超出于人间世的,也是没有的。既然是超出于世,则当然连诗文也没有。诗文也是人事,既有诗,就可以知道于世事未能忘情。"①鲁迅对魏晋风度的抉发,重在思想通脱、师心使气的精神血脉,而对放诞清谈之风带有理解的同情和批评,既有别择而又辩证看待,树立了知人论世的史评风范,也为后来的小品文论争提供了以史鉴今的范例。

在20世纪30年代的小品文论争中,周作人、林语堂等力推晚明小品的独抒性灵。鲁迅对此并不苟同,特意从中国散文史上找出一条"挣扎和战斗"的精神传统:"小品文的生存,也只仗着挣扎和战斗的。晋朝的清言,早和它的朝代一同消歇了。唐末诗风衰落,而小品放了光辉。但罗隐的《谗书》,几乎全部是抗争和愤激之谈;皮日休和陆龟蒙自以为隐士,别人也称之为隐士,而看他们在《皮子文薮》和《笠泽丛书》中的小品文,并没有忘记天下,正是一塌胡涂的泥塘里的光彩和锋芒。明末的小品虽然比较的颓放,却并非全是吟风弄月,其中有不平,有讽刺,有攻击,有破坏。这种作风,也触着了满洲君臣的心病,费去许多助虐的武将的刀锋,帮闲的文臣的笔锋,直到乾隆年间,这才压制下去了。"②联系前述鲁迅对庄子、屈原、司马相如、司马迁和魏晋文章的评说,可见历代确有不平之鸣,抗争之作,流贯着师心使气、特立独行的精神气息,说是"挣扎和战斗"也不为过。即使是对晚明小品,鲁迅也不像当时的很多左翼文人一样给予全盘否定,而是用辩证的眼光从中寻出非闲适、非

---

① 鲁迅:《魏晋风度及文章与药及酒之关系》,《北新》1927年第2卷第2号。
② 鲁迅:《小品文的危机》,《现代》1933年第3卷第6期。

超然的一面,加以历史的审察:"现在大家所提倡的,是明清,据说'抒写性灵'是它的特色。那时候有一些人,确也只能够抒写性灵的,风气和环境,加上作者的出身和生活,也只能有这样的意思,写这样的文章。虽说抒写性灵,其实后来仍落了窠臼,不过是'赋得性灵',照例写出那么一套来。当然也有人豫感到危难,后来是身历了危难的,所以小品文中,有时也夹着感愤,但在文字狱时,都被销毁,劈板了,于是我们所见,就只剩了'天马行空'似的超然的性灵。"① 对于当年被热捧的袁中郎等人,鲁迅也给以一分为二的分析:"中郎正是一个关心世道,佩服'方巾气'人物的人,赞《金瓶梅》,作小品文,并不是他的全部","推而广之,也就是倘要论袁中郎,当看他趋向之大体,趋向苟正,不妨恕其偶讲空话,作小品文,因为他还有更重要的一方面在。"② 这种见识和看问题的方法,也反映在他对陶渊明等人的评价上,体现了鲁迅一贯坚持的知人论世、顾及全篇及全人的科学求真精神。应该说,相对于周作人和林语堂的别择,鲁迅发掘的不仅是显性的言志抒情、独抒性灵流脉,还深入到内在的血性和骨气,抉发出个性的复杂内涵,触摸到民族精神刚健不挠的"脊梁"和郁勃跳动的"血脉";也不仅接续着"言志"文脉,还贯通着他特有的"外之既不后于世界之思潮,内之仍弗失固有之血脉,取今复古,别立新宗"③ 的发展理念。

四

在 20 世纪 30 年代的散文理论言说中,还应留意郁达夫对古代散文的批判。不同于鲁迅、周作人和林语堂等站在不同立场对现代散文中的个性精神进行正本清源,郁达夫以"破"为"立",在批判正统散文压制个性的基础上开辟现代散文个性表现精神的发展道路,他这方面的阐述主要集中于《〈中国新文学大系·散文二集〉导言》一文中。

郁达夫的批判是从古代散文的"心"和"体"入手的。他认为一篇散文最

---

① 鲁迅:《杂谈小品文》,《时事新报·每周文学》1935 年 12 月 7 日。
② 鲁迅:《"招贴即扯"》,《太白》1935 年第 1 卷第 11 期,原署名"公汗"。
③ 鲁迅:《文化偏至论》,《鲁迅全集》第一卷,人民文学出版社 1981 年版,第 56 页。

重要的是"心",就是散文的作意、主题、要旨之类精神内容;与此相对的是散文的"体",是把散文的"心"尽情地表现出来的最适当的排列与方法。他痛陈散文的"心"和"体"在古代受到"两重械梏"的禁锢:"中国古代的国体组织,社会因袭,以及宗教思想等等,都是先我们之生而存在的一层固定的硬壳。……这一层硬壳上的三大厚柱,叫作尊君,卫道,与孝亲;经书所教的是如此,社会所重的亦如此……这些就是从秦汉以来的中国散文的内容,就是我所说的从前的'散文的心'";散文的"体"也是如此,"行文必崇尚古雅,模范须取诸六经;不是前人用过的字,用过的句,绝对不能任意造作,甚至于之乎也者等一个虚字,也要用得确有出典,呜呼嗟夫等一声浩叹,也须古人叹过才能启口。"因此,他愤然道:"在这两重械梏之下,我们还写得出好的散文来么?"这一总体性观照和批判,虽说有些笼统化和绝对化,但确实揭露了"两重械梏"的祸害和正统古文的病根。当然,郁达夫并不否认"这中间也有异端者,也有叛逆儿,但是他们的言行思想,因为要遗毒社会,危害君国之故,不是全遭杀戮,就是一笔抹杀(禁灭),终不能为当时所推重,或后世所接受的",只有在"王纲解纽的时候,个性比平时一定发展得更活泼","两晋的时候是如此,宋末明末是如此,我们在古代的散文中间,也只在那些时候才能见到些稍稍富于个性的文字"。① 他曾为林语堂、刘大杰重印的《袁中郎全集》作序,认为:"由来诗文到了末路,每次革命的人,总以抒发性灵,归返自然为标语;唐之李杜元白,宋之欧苏黄陆,明之公安竟陵两派,清之袁蒋赵龚各人,都系沿这一派下来的。世风尽可以改易,好尚也可以移变,然而人的性灵,却始终是不能泯灭的:袁中郎的诗文虽在现代,还有翻印的价值者,理由就在这里。"② 这与周作人的看法接近,但置于其总体批判之中,可说是"破"中有"立"。

由此,郁达夫认为现代散文是在打破这"心"和"体"双重桎梏的基础上确立起来的。"自从五四运动起后,破坏的工作就开始了","五四运动的最大的成功,第一要算'个人'的发见。从前的人,是为君而存在,为道而存在,

---

① 郁达夫:《〈中国新文学大系·散文二集〉导言》,《郁达夫文集》第六卷,花城出版社 1983 年版,第 259—262 页。

② 郁达夫:《重印〈袁中郎全集〉序》,《人间世》1934 年第 7 期。

为父母而存在的,现在的人才晓得为自我而存在了。我若无何有乎君,道之不适于我者还算什么道,父母是我的父母;若没有我,则社会,国家,宗族等那里会有? 以这一种觉醒的思想为中心,更以打破了械梏之后的文字为体用,现代的散文,就滋长起来了。"正由于自我的发现和个性的解放,形成现代散文之最大特征"是每一个作家的每一篇散文里所表现的个性,比从前的任何散文都来得强。"① 这定评隐含着从前散文也有个性因素的意思,只是因古今的时代差异而有强弱的区别和不同的意涵。在古今散文的比较视野中,郁达夫抓住"心"和"体"的关键问题,就二者的关系作出独到的评析,把散文的个性表现与思想解放和文体解放紧密联系起来,倒是切中散文"个性"说现代转化的腠理。

综上所述,以朱自清、周作人、林语堂、鲁迅、郁达夫为代表的现代散文家和理论批评家,对古代诗文中言志抒情、师心使气一脉的发掘和阐释,既有各自的立场和眼光,又有相通的焦点和旨趣,都注重抉发个性气息和创新意味较浓的作家作品、风格流派和文学精神,聚焦于其中的个性表现意涵,也都具有以今释古、古为今用、会通中外、融旧铸新的批评特色。所以,尽管他们的取向有别,用意殊异,或重血性气骨,或重灵性风韵,却在阐发思想通脱、个性活泼的传统资源,用以推进中国散文现代化与民族化的结合有着内在的共通之处和互补之功。正由于都在致力于传统理念的现代转化,各家的阐发和辩难也都具有深化和丰富现代散文理论"个性"说的学理意义。

---

① 郁达夫:《〈中国新文学大系·散文二集〉导言》,《郁达夫文集》第六卷,花城出版社 1983 年版,第 260—261 页。

第三节　晚清民初散文主体性理论的蕴蓄

近些年来,诸多论者不仅把现代文学的起源上溯至晚清时期,同时也力图展示晚清文学"被压抑"的现代性因素如何在新的语境下延展至五四时代。现代散文理论的"个性"说虽有传统散文抒情言志理念的"内应"和西方随笔观念的"外援",但这两种资源的激活与介入,却离不开晚清民初散文主体性理论的持续发酵。整体观之,从晚清到五四,中国散文主体性理论的变革,经历了洋务派文人突破"古文义法"藩篱的求变阶段,维新派文人创立"新文体"的渐变阶段,以及五四新文学作家以自我个性为本位的质变阶段。正是具有现代意义的散文主体性理论的生成、传播及其带来的观念解放,才最终确立起"个性"说的理论命题和发展逻辑。

一

正如前文所述,中国文学具有悠久的抒情言志传统,特别是在王纲解纽的时代,不乏个性、自我观念的张扬。只是在近代以前,个性观念的张扬并不具有天然的合法性,一旦社会秩序回归正常,它们就会在儒家伦理系统的规约中重新安顿下来,因此也就不具有"主流"的发展意义。鸦片战争以后,面对西方异质文明的强大冲击,中国思想文化界在被迫回应中"逐渐破坏了他们传统的态度和信仰,同时提出了新的价值观、新的希望和新的行动方式。"① 受此外来力量的"催化",以及对避触时忌、持重谨言的考据学的反拨,传统文学中"发愤著书,意旨自激"的主体意志理念在特殊时代语境的刺激下,开始蕴蓄出新的意涵。

梁启超在考察清代学术嬗变时认为,今古文之争直接导致了清学的分裂,特别是龚自珍、魏源二人虽言经学,但其意义指向却在于"别辟国土",与古文经学派为经学而治经学的路径大异其趣。② 龚魏二人的独异之处在于,在国运艰危的时代,他们把今文经学和经世致用结合起来,因着传统朴素唯物论中的"势""变"思维畅言变法图强。其中,龚自珍的思想史视野横跨儒释道,深受"原典"道德自主观念的影响,"颇似法之卢骚;喜为要眇之思"③,他主张散文应时趋新,拒斥因循守旧:"予欲慕古人之能创兮,予命弗丁其时!予欲因今人之所因兮,予苶然而耻之。"④ 他对八股文的批判尤为激烈。在龚自珍看来,当时的科场之文"万喙相因,词可猎而取,貌可拟而肖"⑤,而这源于"今天下父兄,必使髫草之子弟执笔学言,曰:功令也。……功令兼观天下怀人、赋物、陶写性灵之华言。夫童子未有感慨,何必强之为若言?"⑥ 尽管龚自珍不是对八股文桎梏性灵提出批判的第一人,但他在天理人伦积威日弛,西学渐次输入之际,以"国医手"的情怀重提文学创作主体的自主性和独创性,则引发了近代散文审美理念的转变。特别是针对当时抄袭模拟的文风和形式主义文学观,龚自珍提出"文体"的"大变"思想:"呜呼颠矣,既有年矣。一创一蹶,众不怜矣。大变忽开,请俟天矣","文心古无","虽天地之久定位,亦心审而后许其然。"⑦ 龚自珍对散文创作主体"能创"性的重视和文体的"大变"诉求,激活了传统文论中的优质因子,打破了当时文坛脱离现实、在自

---

① [美]张灏:《思想的变化与维新运动 1890—1898 年》,见费正清、刘广京编《剑桥中国晚清史 1800—1911 年》下卷,中国社会科学院历史研究所编译室译,中国社会科学出版社 1993 年版,第 553 页。
② 梁启超:《清代学术概论》,上海古籍出版社 1998 年版,第 75 页。
③ 同上书,第 72 页。
④ 龚自珍:《文体箴》,《龚自珍全集》,上海人民出版社 1975 年版,第 418 页。
⑤ 龚自珍:《与人笺》,《龚自珍全集》,第 344 页。
⑥ 龚自珍:《述古思子议》,《龚自珍全集》,第 123 页。
⑦ 龚自珍:《文体箴》,《龚自珍全集》,第 418 页。

我小圈子中徘徊的固步自封,形成既"尊史"又"尊情"的积极用世的文学观,具有近代启蒙主义的色彩。梁启超认为"语近世思想自由之向导,必数定庵"①,可以说,龚自珍求变的散文观念,已使文学创作主体具有基于个性解放而蜕变的可能。

龚自珍的理论和创作在当时被目为怪异之谈,这种先行者的悲哀既是因为觉醒"同人"的稀缺,也缘于其思想的前瞻性缺乏具有现代视界的舆论平台的支撑。相比之下,近代早期洋务派文人要比龚自珍幸运得多。洋务运动使一批知识分子走出了国门,空前活跃的跨文化交流,不仅催生了描写异域经历体验的游记和日记等新的散文体式,也使他们在中西文化比照下对传统的散文观念作出调整。曾游历四方、出任过多国公使的薛福成就认为,诗文要达到"思骞韵远,摆脱尘垢"的境界,就要求作者"所阅者博","不履近人之藩","蹑屐远邀"。② 另一方面,洋务运动也为近代早期的文学变革诉求提供了一个较为宽松的舆论空间,特别是近代报刊业的兴起,不仅改变了文学的生产传播机制,也使文学的审美期待从"精英"向"通俗"下移。1872 年,《申报》在其创刊词中就宣称:"内容有国家政治、风俗变迁、中外交涉、商贾贸易以及一切可惊可喜之事,使之不出户庭而能知天下之事","文字通俗,不只为士大夫所赏,亦为工农商贾所通晓"。③ 不管是"他者"镜像中文学观念的调整,还是报刊文学所引发的文化下移思潮,都使长期以来被束缚的文学主体性得到松绑,这对于散文的变革来说尤为重要。特别是洋务派文人对桐城古文义法的修正和反拨,使这种变革具有汇成一股新思潮的可能。桐城派具有完善的理论体系和因循守旧的门派意识,从而也造就了一种远离经世致用的精英文体,这与急于承担起改良启蒙职责的近代散文来说,无疑是格格不入的。冯桂芬称桐城文"周规折矩,尺步绳趋",不仅要在思想内容上打破桐城派所标榜的孔、孟、程、朱的"道统":"道非必天命、率性之谓,举凡典章制度、名物象数,无一非道之所寄,即无不可著之于文",而且还要创设一种"称心而

---

① 梁启超:《论中国学术思想变迁之大势》,《梁启超全集》第三卷,北京出版社 1999 年版,第615 页。

② 薛福成:《代李伯相日本某居士集序》,《中国近代文学大系·文学理论集》第一册,上海书店出版社 1994 年版,第 49 页。

③ 《本馆自述》,《申报》1872 年 5 月 8 日。

言"的文体形式:"文之佳者,随其平奇、浓淡、短长、高下而无不佳,自然有节奏,有步骤,反正相得,左右咸宜,不烦绳削而自合。称心而言,不必有义法也;文成法立,不必无义法也。"① 王韬宣称桐城文"蕴蓄以为高,隐括以为贵,纡徐以为妍,短简寂寥以为洁"的门户蹊径与自己"格格而不相入",② 提出"文章所贵在乎纪事述情,自抒胸臆,俾人人知其命意之所在,而一如我怀之所欲吐,斯即佳文。至其工拙,抑末也。"③ 整体看来,洋务派文人对桐城散文的反拨,其价值意义在于初步确认自主自由精神之于散文文学的重要性。如果将这一主体性意识的觉醒置于晚清具体的历史语境中进行考察,可发现这不仅仅是一种审美风尚的转移,亦有别于传统古文运动的套路。作为一种过渡时代的理论形态,它具有更为深广的意义,不仅直接开启了近代后期维新革命派文人对"新文体"的创设,甚至在一定程度上具备五四以后现代散文界关于散文自由精神阐释的某些义项,证之于冯桂芬的散文观念与 20 世纪30 年代郁达夫总结五四散文创作成就时所提出的"心体"说的相似性,可清楚地说明这一点。

　　但桐城派也并非一潭死水,面对诸多挑战和冲击,其内部也孕育着新的转机。以曾国藩而论,他不满于先前桐城文的拘谨平淡,在"义理、考据、辞章"之外加入"经济"一项,显示了他作为洋务运动领袖对于经世致用之学的重视。而经世致用之文就其文体特质来看,多紧贴时势辩议持论,其创作主体思想情感介入的深度及文章格调必然不同于僵化的八股文,亦有别于拘泥于义法且日显空疏的传统桐城文。因此,曾国藩对经世致用的重视,不仅扩大了桐城文的表现范围,同时也促使主体在精神品格上孕育出新的因素。正如曾门弟子薛福成所说:"文正一代伟人,以理学经济发为文章,……故其为文,气清体闳,不名一家。"④ 从这个角度来看,曾国藩提倡雄健阳刚的散文风格也就在情理之中。曾国藩认为:"穷理以致知,克己以力行,成物以致用",

---

　　① 冯桂芬:《复庄卫生书》,《中国近代文学大系·文学理论集》第一册,上海书店出版社 1994年版,第 399—400 页。

　　② 王韬:《韬园尺牍续钞·自序》,转引自马春林《中国晚清文学革命史》,辽宁大学出版社2000 年版,第 58 页。

　　③ 王韬:《韬园文录外编·自序》,辽宁人民出版社 1994 年版,第 1 页。

　　④ 薛福成:《寄龛文存序》,《中国近代文学大系·文学理论集》第一册,第 453 页。

"义理与经济初无两术之可分"，①而"欲发明义理，则当法《经学理窟》及各
语录札记；欲学为文，则当扫荡一副旧习，赤地新立，将前此所业，荡然若丧其
所有，乃始别有一番文境"②，造就一种"光明俊伟"之文，"虽辞旨不甚渊雅，
而其轩爽洞达，如与晓事人语，表里粲然，中边俱彻"。③尽管曾国藩对这一
雄奇魁伟境界的阐述仍未摆脱古文论"神""理""气"等审美范畴的影响，但
经世致用成分的融入，确实使创作主体相对于传统桐城文具有了宏大而又坚
实的精神气象，与后来梁启超等人所提倡的"新文体"的"雄放""锐达"具有
一定的共通之处，别有本土自发现代性的意味。

　　虽然近代早期散文主体性意识的觉醒主要源于西学的冲击，但后者的影
响是有限的。列文森认为外来影响的效果如何，并不是取决于它们是作为某
种游离于本土社会之外的抽象思想，而是取决于它们在多大程度上使异质的
母体社会脱离原有的轨道。他曾用"词汇"和"语言"的比喻来说明 19 世纪
以后西方的影响与中国社会所发生的改变："只要一种社会没有被另一种社
会彻底摧毁，外来的思想就只能作为某种新词汇为原有的思想环境所利用；
而一旦外来的冲击及其对于原有社会的颠覆达到相当的程度，外来思想就开
始排除本土思想，那么发生改变的就不只是'词汇'，而是'语言'本身。"④整
体来看，近代早期的散文主体性理念并未深入到对传统散文观念的系统性置
换。尽管龚自珍及洋务派文人在思想上具有超前的敏锐，但传统的义理系统
仍然具有强大的论证功能，他们虽跃跃欲试"破壁以自拔"，却只能到传统中
去寻找精神资源。冯桂芬在《校邠庐抗议·自序》中说道："桂芬读书十年，
在外涉猎于艰难情伪者三十年，间有私议，不能无参以杂家，佐以私臆，甚且
羼以夷说，而要以不畔于三代圣人之法为宗旨。"⑤冯桂芬如此，他人可想而

---

①　曾国藩：《劝学篇示直隶士子》，《中国近代文学大系·文学理论集》第一册，上海书店出版社
1994 年版，第 25 页。
②　曾国藩：《与刘霞仙》，《中国近代文学大系·文学理论集》第一册，第 410 页。
③　曾国藩：《鸣原堂论文评语》，《中国近代文学大系·文学理论集》第一册，第 412 页。
④　［美］列文森：《儒教中国及其现代命运》，郑大华等译，中国社会科学出版社 2000 年版，第
8—9 页。
⑤　冯桂芬：《校邠庐抗议·自序》，见《采西学议·冯桂芬集》，辽宁人民出版社 1994 年版，第
3 页。

知。因此近代早期散文主体性观念的变革多为传统文化道德的自我批判在散文领域中的延续。洋务派文人对散文中“自我”的重视，主要是为了在反对各种教条和“义法”中构筑一种“人人知其命意”的文体，既无近代后期“文界革命”中主体的“冲决”诉求，更无五四散文理论话语中那种以个性和自我为本位的终极指向，其改变的仅是理论的“词汇”而非“语言”，呈现的是中国散文理论新旧转换期的启蒙性质和“近代最初”意义。

二

　　甲午以后，国族危机所引起的思想激荡，使晚清士人中的先觉分子挺身而出，他们以报刊、学会、新式学堂等为载体，宣传维新变法和自强救亡，形成一个与西方公共领域既相似又有所区别的舆论空间。按照哈贝马斯的观点，公共领域是介于公民社会和国家之间的调节地带，具有批判性的“个体”(公共知识分子)不管是在公共领域还是在私人领域都具有独立性和自主性。①而中国近代后期具有公共意识的知识分子的主体性建构，却呈现出了诸如“公人”与“私人”、“公权”与“私权”、“公德”与“私德”等公私二元分裂的现象。究其缘由，这与当时主宰中国思想领域里不彻底的“个人”观念的影响密切相关。

　　晚清的个人观念很大程度上源于西方的自由主义思想。但是，根深蒂固的传统群己观以及合群自强的时代语境，致使近代后期“个人观念在引进中国之初，与西方现代政治思想中的个人观念有结构性的差异。在西方，个人作为权利主体是在公共领域和私领域普遍成立的。但在中国，个人权利主要是在个人参与公共事务(如参与政治、经济、教育活动)时才有效。”在处理私人关系时，特别是“在家族组织中，每个人仍是伦常关系的载体，而不是作为权利主体的个人。”在《中国个人观念的起源、演变及其形态初探》一文中，金观涛、刘青峰对晚清民初个人观念的使用情况进行了细致周密的统计分析：“1901 年以前，极少人使用‘个人’一词，1902 年突然由 1901 年的 22 次增加

---

① ［德］哈贝马斯：《公共领域的结构转型》，曹卫东等译，学林出版社 1999 年版，第 32—34 页。

到 110 次。'个人'一词与西方 Individual 明确相对应,也发生在 1900 至 1902
年间,表明个人观念在 1902 年开始普及。统计还表明,到 1915 年,'个人'一
词共使用了 3173 次"。其中,按意义类型可分为七种:第一种以"个人"代替
以往"一己""小己""私人""本人"等用法,604 次,占 19%;第二种表示"个人
为权利主体",507 次,占 16%;第三种表示"个人独立、自由和平等的正当性
(人格尊严等)",462 次,占 14.6%;第四种"指家庭中的个人",46 次,占
1.45%;第五种"用于与社会、国家对称,即把个人看作社会组织之单元",
1288 次,占 40.6%;第六种指"个人(利己)主义",212 次,占 6.7%;第七种指
"个人无政府主义(极端、绝对自由主义、享乐主义)",54 次,占 1.7%。① 如
上可见,第五种个人观念即置于公共领域中表达"权利主体"的个人观占比最
大,相反,作为纯私人领域的"家庭中的个人"则占还不到 2%。也就是说,在
新文化运动以前,个人观念的使用很强调个人性与公共性的同构,这与西方
特别重视作为独立个体的个人观念有很大的不同。

对此,同为研究近代中国个人观念起源的许纪霖进一步作了分析,他指
出:"作为现代性的个人观念在中国究竟如何起源? 这固然与晚清西学的引
进有关,早期的基督教文献和 1900 年以后传入的'天赋人权'思潮都有丰富
的个人、自由和权利的思想资源,但在晚清,这些外来的观念在尚未崩盘的儒
家义理系统之中,并不具有天然的合法性,它们只是起了一个外在的'催化'
作用,使得在中国思想经典中一些原先并非核心的观念产生'发酵',在晚清
历史语境的刺激下,进入主流。而个人观念的出现,与晚清出现的强烈的'回
归原典'的冲动有关,儒学和佛学的传统为晚清个人的崛起提供了丰富的思
想资源。在原始仁学和宋学之中,人的心性与天道相通,个人在成仁成圣上,
拥有充足的道德自主性。而佛学中的平等精神、无父无君和突出个体,与儒
家的道德自主性内在结合,使得晚清的个人观念高扬,从道德自主性逐渐发
展出个人自由和个人权利的观念。"② 如其所言,个人观念在引进中国之初就

①　金观涛、刘青峰:《观念史研究:中国现代重要政治术语的形成》,法律出版社 2010 年版,第
161 页。
②　许纪霖:《个人主义的起源——"五四"时期的自我观研究》,《天津社会科学》2008 年第
6 期。

深受本土语境的牵制,无论是对传统非核心观念的"催化",还是"回归原典"冲动中传统资源的支援,当时西方的"个人"话语旅行到中国后必定要面对中国传统整体性观念的整合与重构,乃至遭受误解和排斥,所有才有鲁迅当年的慨叹:"个人一语,入中国未三四年,号称识时之士,多引以为大诟,苟被其谥,与民贼同。"① 个人观念的这种遭遇,主要根源于传统的群己观念在当时还较为盛行。传统的群己观念重群体而轻个人,即便讲究个人的修身养性,也是以齐家治国平天下和成仁成圣为旨归,并非是现代的个人独立自强观念。即使是那时的先驱者,为了挽救民族危亡和探求社会出路,虽普遍接受西方的自由平等观念,但也很注重启蒙新民的合群自强作用,如梁启超在提倡"个人之独立"和"人人自由,而以不侵他人之自由为界"之"自由公例"的同时,也强调"自由云者,团体之自由,非个人之自由也。"② 不过,还是有些先驱者,如青年鲁迅,既抱有强烈的忧国救亡意识,又没有把国家民族的独立自由与个性、个人价值对立起来,而是把"尊个性而张精神"视为救国强国之要务和前提:"是故将生存两间,角逐列国是务,其首在立人,人立而后凡事举;若其道术,乃必尊个性而张精神。假不如此,槁丧且不俟夫一世。"③ 当然,这样的呐喊在当时还只是空谷足音,未能形成气候,它有待于一场更加全面和彻底的思想解放运动。

虽然晚清的个性自由观念受到了群体意识的抑制和排斥,无法汇成一股具有强大冲击力的思想潮流,但其内在的发酵和蕴蓄,却为我们考察中国散文主体性理论在近代文坛的渐变及转向提供了理论背景和思想启发。其中,尤为值得注意的是,晚清知识分子主体性建构的独特方式,使得中国近代后期公共领域的生成呈现出与西方不一样的路径。哈贝马斯所说的具有政治批评功能的资产阶级公共领域,首先是在文学批评界出现,后者作为"公开批判的练习场所",为具有批判性和自律性的公众介入政治领域打下了基础。④而中国近代后期公共领域则是本着救亡和变革功能而建构,文学只不过是启蒙知识分子借公共空间达到其"讽喻上政"目的的工具。从散文理论变革的

① 鲁迅:《文化偏至论》,《鲁迅全集》第一卷,人民文学出版社 1981 年版,第 50 页。
② 梁启超:《论自由》,《梁启超全集》第三卷,北京出版社 1999 年版,第 678 页。
③ 鲁迅:《文化偏至论》,《鲁迅全集》第一卷,第 54—57 页。
④ [德]哈贝马斯:《公共领域的结构转型》,曹卫东等译,学林出版社 1999 年版,第 32—34 页。

角度来看,作为转型中的知识分子,"言文一致"运动和"文界革命"的倡导者,多以社会及时代的代言人和批判者自居。他们力图借报刊文字、政论等散文体式讥议时政,参与变法图强,完成其"社会良心"和人类基本价值维护者的塑形。其启蒙主体性的伸张,正如某些论者所指出的是"'普遍主体',而尚不是'个体主体',后者有待于五四散文理论的确立——这一转变有赖于文学现代性将个体主体性的重要性凸显出来"①。

晚清维新派文人类似于公共知识分子的身份体认以及散文书写的启蒙指向,使他们对散文变革的期许呈现出强烈的工具性,在赋予散文开启民智功能的同时,他们极力寻求一种能够更自由灵活地宣传维新变法思想的文体。尽管此前洋务派文人已认识到散文突破义法藩篱的必要性,但散文之于他们仅仅是一种传播改良思想的工具,还未提升到文体更新的层面。而近代后期维新派文人在借镜西方文学观念的基础上,通过三个"革命"及戏剧观念的更新,初步完成了小说、诗歌、散文、戏剧的文类区分,突破了传统的文类观念,散文特别是具有启蒙功能的报章体散文亦被他们提升到文体的高度来描述。谭嗣同的《报章文体说》将所有的文章分为三类十体,且唯有报章文体兼收并蓄,无所不包。尽管他对"报章文体"的描述缺乏文体内在规范的设置,但却与曾国藩在《经史百家杂钞》中对散文的分类显示出不一样的文体观念。特别是当他声明"报章体裁,古所无有",不应"时时以文例绳之"时②,已经赋予"报章文体"新的形式规范,使它具有从各种古文辞和教条义法中解放出来,并最终实现"冲决俗学若考据若词章之网罗"③的可能。相对于谭嗣同的兼容并包,梁启超则以简驭繁,把散文分成"觉世"与"传世"两种不同的形态:"传世之文,或务渊懿古茂,或务沉博绝丽,或务瑰奇奥诡,无之不可;觉世之文,则辞达而已矣,当以条理细备,词笔锐达为上,不必求工也。"④"觉世之文"的提出,是"新民"启蒙语境下的一种修辞策略,它与"传世之文"在功能上的区别正如刘师培所说的:"一修俗语,以启瀹齐民;一用古文,以保存国学"⑤。梁启超

---

① 蔡江珍:《中国散文理论的现代性想象》,中国社会科学出版社 2006 年版,第 50 页。
② 谭嗣同:《致汪康年书》,《谭嗣同全集》,三联书店 1954 年版,第 343 页。
③ 谭嗣同:《仁学·自序》,《谭嗣同全集》,第 4 页。
④ 梁启超:《湖南时务学堂学约》,《梁启超全集》第一卷,北京出版社 1999 年版,第 109 页。
⑤ 刘师培:《中国中古文学史·论文杂记》,人民文学出版社 1984 年版,第 110 页。

赋予散文"觉世"的功能,已显现出自觉的文体观念,直接导向了他对"新文体"的创设。这主要通过两方面来展开。其一,"欧西文思"的输入。"文界革命"伊始,梁启超就对日本政论家德富苏峰"以欧西文思入日本文",造就一种"雄放隽快"的文风表现出很大的兴趣①,这在 1902 年介绍严复译作《原富》时说得更为清楚:"夫文界之宜革命久矣。欧美日本诸国文体之变化,常与其文明程度成比例,况此等学理邃赜之书,非以流畅锐达之笔行之,安能使学僮受其益乎?"② 显然,梁启超已认识到逻辑严密的外国文法对于形成"流畅锐达"文风的重要性,基于自由文体层面的西学取向也超越了早前冯桂芬等人"羼以夷说"的权宜之计。其二,植入俗语俚言。在"新文体"中植入俗语俚言,其理论援持来自于当时被广为热议的语言进化论。亦即文学的发展趋势是"由古语之文变为俗语之文",深奥的文言语体致使"我国民既不得不疲精力以学难学之文字,学成者固不及什一,即成矣,而犹于当世应用之新事物、新学理,多所隔阂,此性灵之浚发所以不锐"。③ 而"言文合一"的"俗语之文"在开启民智的同时,亦能为"性灵之浚发"提供无限的可能:"今宜专用俚语,广著群书,上之可以借阐圣教,下之可以杂述史事,近之可以激发国耻,远之可以旁及彝情,乃至宦途丑态、试场恶趣、鸦片顽癖、缠足虐刑,皆可穷极异形,振厉末俗,其为补益,岂有量耶?"④ 这种强大的表现功能,成就了梁启超后来所说的"纵笔所至不检束"的文体风格。在这一点上,"言文一致"运动也成为五四白话文运动的预演。

周作人曾说晚清的新文体"融合了唐宋八家,桐城派,和李笠翁,金圣叹为一起,而又从中翻陈出新的。"⑤ 这涉及到的是维新革命派文人在融会贯通的基础上对新体散文深层意蕴的设定。谭嗣同、梁启超自谓年少时都有过对桐城散文"刻意规之数年",而后又经历"上溯秦汉,下循六朝",再到冲决"文例"⑥,

① 梁启超:《夏威夷游记》,《梁启超全集》第四卷,北京出版社 1999 年版,第 1220 页。
② 梁启超:《绍介新著〈原富〉》,《新民丛报》1902 年第 1 号。
③ 梁启超:《论进步》,《梁启超全集》第三卷,北京出版社 1999 年版,第 684 页。
④ 梁启超:《变法通议·论幼学》,《梁启超全集》第一卷,北京出版社 1999 年版,第 39 页。
⑤ 周作人:《中国新文学的源流》,华东师范大学出版社 1995 年版,第 54 页。
⑥ 谭嗣同:《三十自纪》,《谭嗣同全集》,三联书店 1954 年版,第 204 页。

"纵其笔端之所至,以求振动已冻之脑官"① 的过程。但在调谐骈散的过程中,谭、梁二人最终拾取的是类似骈文的"体例气息"。谭嗣同偏好骈文,认为"所谓骈文,非四六排偶之谓,体例气息之谓也。"② 谭氏所谓的"体例气息",相当于梁启超后来所说的"笔锋常带感情",对它的价值认定主要不在于审美趣味方面,而在于它对于启蒙主体性所具有的"冲决"意义。从这个角度来看,章太炎追踪魏晋散文就不能被视为是一种反背时势的复古。章太炎认为汉文"雅而不核",唐宋之文"肆而不制",而魏晋之文则有其利而无其弊,"魏晋之文,大体皆卑于汉,独持论仿佛晚周。气体虽异,要其守己有度,伐人有序,和理在中,孚尹庞达,可以为百世师矣。"③ 显然,章太炎对魏晋文的偏爱,看重的是它在"持论"上进退自如、舒缓有致的优势。因此,他虽看不惯"新文体"的鄙俗,但在重视散文"甄辨性道,极论空有"④ 的"体例气息"上,却与梁启超和谭嗣同等人无异,这也是他肯定邹容《革命军》"壹以叫咷恣言,发其惭恚,虽囂昧若罗、彭诸子,涌之犹当流汗祇悔"⑤ 之所在。如此看来,维新派文人在创设新的散文文体上所体现出来的包容性,不仅超越了晚清各种古文门派之争,还在于从文学主体性的角度融了多种文体的优势,其运思的展开已经逼近了现代散文的本体。

"文界革命"和"新文体"的破旧立新对传统文学观念形成了巨大的挑战,特别是新词汇和新思想的输入,打破了古文的书写规范,引起了保守派激烈的批评。当时一些保守派人士对"新文体"的诋毁,就是根据作品中大量出现"异学之诐词,西文之俚语",导致"文风日趋于诡僻,不得谓之词章",从根本上冲击"桐城湘乡文派之格律严谨"而发的。⑥ 类似的否定不仅来自于保守阵营,维新派内部亦有反对的声音。严复就质疑梁启超"文界革命"的提

① 梁启超:《与严幼陵先生书》,《梁启超全集》第一卷,北京出版社 1999 年版,第 71 页。
② 谭嗣同:《三十自纪》,《谭嗣同全集》,三联书店 1954 年版,第 204 页。
③ 章太炎:《国故论衡·论式》,上海古籍出版社 2003 年版,第 84—85 页。
④ 同上书,第 84 页。
⑤ 章太炎:《革命军序》,《中国近代文学大系·文学理论集》第一册,上海书店出版社 1994 年版,第 119 页。
⑥ 叶德辉:《〈长兴学记〉驳议》,见苏舆编《翼教丛编》,上海书店出版社 2002 年版,第 103—104 页。

法: "文界复何革命之与有?" "若徒为近俗之辞,以取便市井乡僻之不学,此于文界,乃所谓凌迟,非革命也。"对于"报馆之文章",严复亦斥为"大雅之所讳"。① 可见,"新文体"创设过程中异质因素的植入,虽是因启蒙的需要而作出的权宜性变通,但却促进启蒙主体性的无限扩张,使其与"文质彬彬"等传统审美观念形成疏离之势,这也是黄遵宪和严复等人虽同具有维新启蒙思想,但因审美趣味的陈旧而无法包容"新文体"的原因。当然,"新文体"遭受恶评也确有其弊。"觉世"的价值功能取向,使维新派文人把"新文体"当成一种可以随意驱遣的万能工具,结果正如胡先骕所说的:"其'笔锋常带感情'","'目的在感动血与官感,而不在感动精神与智慧。'故喜为浮夸空疏豪宕激越之语,以炫人之耳目","其在文学上无永久之价值亦以此。"② "新文体"的功能当然不止于"血与官感"的刺激,但因为过于重视散文主体的外在解放和自由,而未能深度建设"精神与智慧",使其理论建设忽视了散文精神品格的"自我"化提升。这与五四以后新文学作家从外在的语体到内在精神品格对散文中"个性"与"自我"的多维重建仍具有一定的距离。换言之,"新文体"理论的"过渡形态",在中国散文主体性理论的现代性转型中,仍处于与传统抒情言志理念疏而不离的阶段。

三

近代后期个人观念在公私领域的二元分裂,主要在于持"中体西用"观念的权贵、士绅阶层主导了当时中国政治、经济和文化等各个方面的发展动向,将"个人"视为"公益""合群"的手段或工具,限定在启蒙新民的框架里,使其在"自我"层面未能获得终极意义上的价值。随着科举制度的废除,以及晚清新式教育的开展,特别是新文化运动开启后,一大批新式知识分子开始从文化层面反思此前维新改良的不足。在此背景下,一种试图"改革自己之个人""使成如何之个人"③,以自我个性为本位的个人观念也随之被提出来。高一

---

① 严复:《与〈新民丛报〉论所译〈原富〉书》,《严复集》第三册,中华书局 1986 年版,第 516—517 页。
② 胡先骕:《评胡适〈五十年来中国之文学〉》,《学衡》1923 年第 18 期。
③ 杜亚泉:《个人之改革》,《东方杂志》1914 年第 10 卷第 12 号,原署名"伧父"。

涵认为：“盖先有小己后有国家，非先有国家后有小己”，又说：“一己之天性，完全发展，即社会之一员，完全独立。”① 李亦民则要求“群”与“公”不要视“个人”为手段，遏制“个人”的发展，“人生唯一之目的”不在于“合群”或者“为公”，而在于“个人”的“快乐”。② 家义指出了忽视“个人”给中国社会带来的危害：“依此赖彼，苟狗营蝇，甲乙相消，同归于尽”，所以他提出“个位主义”的改进方案：“本于心理学之个性说，而在伦理学为自我实现主义（Self realization），在社会学为个人本位主义（Thedoctrine of individual unit）者也。”③ 就此而言，维新派文人所谓的“个人”虽然有追寻自我、实现自我的“积极自由”，但其自主活动的范围却不能溢出“国群”之外。而以自我个性为本位的个人观念尽管还未彻底摆脱传统“群己”观念的影响——事实上西方的个人观念自进入中国以来就从未彻底置换过传统的“群己”观念，但与严复、梁启超等维新派文人试图将个人与民族、国家、社会调和在一起的学说相比，强调的是自我不被干涉的“消极自由”，使得个人可以抵抗集体的施压，保存自主活动的范围。④ 对不被干涉权利的争取，显然有利于消弭公私领域个人观念的分裂。譬如针对家庭的伦常关系，早在 1914 年，胡适在《我国之“家族的个人主义”》中就说道：“西人之个人主义以个人为单位，吾国之个人主义则以家族为单位……西人之个人主义，犹养成一种独立之人格，自助之能力，若吾国‘家族的个人主义’，则私利于外，依赖于内，吾未见其善于彼也。”⑤ 胡适在这里指出了家族个人主义的危害，它使人过分依赖于家族，导致国人缺乏独立人格和自主能力。胡适的这一观点在新文化运动全面展开后得到了积极响应。陈独秀认为家族宗法制度“损坏个人独立自尊之人格”“窒碍个人意志之自由”“剥夺个人法律上平等之权利”，而欲改变现状，只能“以个人本位主义，易家族本位主义。”⑥ 以上种种皆在说明，清末民初二元的个人观念受

---

① 高一涵：《共和国家与青年之自觉》，《青年杂志》1915 年第 2 号。
② 李亦氏：《人生唯一之目的》，《青年杂志》1915 年第 2 号。
③ 家义：《个位主义》，《东方杂志》1916 年第 2 号。
④ “积极自由”和“消极自由”的概念由以赛亚·伯林在《自由论》一书中所提出，关于现代中国语境中这两个概念的解读可参见本书绪论部分的论述。
⑤ 胡适：《胡适日记全编》，曹伯言整理，安徽教育出版社 2001 年版，第 293 页。
⑥ 陈独秀：《东西民族根本思想之差异》，《新青年》1915 年第 1 卷第 4 号。

到彻底的批判,儒家伦理在家庭等私人领域的主宰地位被推翻,使得原先主要在公共领域有效的个人观念进入了家庭和私人领域,一种既注重解除外在伦常网罗又主张内在人格精神独立的新的个人观确立了起来。“人”的发现和觉醒促成了个性主义的社会思潮和文学思潮,新文学从形式革命很快进入思想革命的前沿,并逐步确立起“人的文学”“个性的文学”等新文学观念。

张灏曾说“怀疑精神”和“新宗教”是五四的两歧思想。[①] 如果说前者是通过价值重估并最终与传统决裂的话,那么后者则是在反传统的基础上构建起全新的价值体系。五四文学革命的开启,在于新文化运动把晚清民初持续发酵的社会进化论全面引入了思想文化领域,由此开始了颠覆性的反传统的文学行动。在散文方面,“人”的觉醒和“自我”的发现,使新文学运动先驱一开始就对桎梏个性的道统和文统进行激烈的批判,突出强调散文的写实求真。如陈独秀把前后七子及归、方、刘、姚等人的文章归入咬文嚼字、陈陈相因的“妖魔”之文,进而呼吁“目无古人,赤裸裸的抒情写世”的“时代之文豪”,[②] 钱玄同把食古不化的传统古文定性为“桐城谬种,选学妖孽”,无不体现了激烈的反传统倾向。但这些笼统的反传统话语正如汪晖所说的是在宣示“态度的统一性”,而非一种分析重组的理论。要在诗学层面上构建起完全的散文个性艺术精神,还有待于新文坛诸家从思想情感、文法结构、语言修辞等方面作出具体设计,在形式和内容上推进白话散文的发展和质变。

新文学作家是从历史进化论和文学本质论的角度确认白话文学的合法合理地位。胡适、陈独秀、钱玄同、刘半农、傅斯年等撰文宣称白话文不仅是思想启蒙、文化普及的工具,更是文学的利器和正宗,强调语言文学的内在统一性,指出白话是现代人的口头语言,表达的是现代人的思想感情,现代的文学就必然也必须以白话取代文言,才能真切表现现代人的思想感情,才能创造新的时代文学。胡适在《文学改良刍议》所论“八事”,首先提及的是“言之有物”的问题,把情感与思想视为文学的“灵魂”和“脑筋”,认为“文学无此二物,便如无灵魂无脑筋之美人,虽有秾丽富厚之外观,抑亦末矣。”[③] 这从本质

① 张灏:《张灏自选集》,上海教育出版社2002年版,第258页。
② 陈独秀:《文学革命论》,《新青年》1917年第2卷第6号。
③ 胡适:《文学改良刍议》,《新青年》1917年第2卷第5号。

上界定文学之美的质文关系,成为他八项文学改良主张的思想总纲和立论依据。在《建设的文学革命论》中,他又进一步解释道:"要有话说,方才说话","有什么话,说什么话,话怎么说,就怎么说","要说我自己的话,别说别人的话","是什么时代的人,说什么时代的话",并在文中探讨了白话文学的具体建设方案。① 这些提法涉及白话文内容和形式的统一性、时代性、个性化和改良进化等方面问题,在当时产生了很大的影响。钱玄同、刘半农、傅斯年等人也有类似的意见。刘半农在《我之文学改良观》提出"散文之当改良者三",本着"言为心声,文为言之代表"的古训,提出"吾辈心灵所至,尽可随意发挥"的看法,在白话文草创阶段提出"文言白话可暂处于对待的地位"的对策:"于文言一方面,则力求其浅显使与白话相近。于白话一方面,除竭力发达其固有之优点外,更当使其吸收文言之优点,至文言之优点尽为白话所具,则文言必归于淘汰,而文学之名词,遂为白话所独据,固不仅正宗而已也。"② 傅斯年则在《怎样做白话文》里开出"国语欧化"的方剂,认为:"文学的职业,只是普遍的'移人情',文学的根本,只是'人化'。……任凭文学界千头万绪,这主义,那主义,这一派,那一派,总是照着人化一条道路而行。……西洋近世的文学,全遵照这条道路发展:不特他的大地方是求合人情,就是他的一言一语,一切表词法,一切造作文句的手段,也全是'实获我心'。我们径自把他取来,效法他,受他的感化,便自然而然的达到'人化'的境界,我们希望将来的文学,是'人化'的文学,须得先使他成为欧化的文学。就现在的情形而论,'人化'即欧化,欧化即'人化'。"③ 这些设想虽说不尽切实可行,有的较为极端,但都以建设的态度来探索白话美文的路径,提出文言白话化、白话文言化和欧化、文学"人化"和个性化的具体方案,相比晚清的白话文运动有了质的飞跃。诚如周作人所说,清末的白话运动"乃是教育的而非文学的","那时候的白话和现在的白话文有两点不同","第一,现在的白话文是话怎么说便怎么写,那时候却是由古文翻白话","第二,是态度的不同。现在我们作文的态度是一元的,就是无论对什么人,作什么事,无论是著书或随便的写一张

① 胡适:《建设的文学革命论》,《新青年》1918 年第 4 卷第 4 号。
② 刘半农:《我之文学改良观》,《新青年》1917 年第 3 卷第 3 号。
③ 傅斯年:《怎样做白话文》,《新潮》1919 年第 1 卷第 2 号。

字条儿,一律都用白话。而以前的态度则是二元的,不是凡文字都用白话写,只是为一般没有学识的平民和工人才写白话的。……但如写正经的文章或著书时,当然还是作古文的"。① 五四白话文学观念的确立,为白话美文、个人话语、个人文体一系列新散文观念的生成奠定了理论基础。1922 年,胡适总结说:"白话散文很进步了。……这一类的小品,用平淡的谈话,包藏着深刻的意味;有时很像笨拙,其实却是滑稽。这一类作品的成功,就可彻底打破那'美文不能用白话'的迷信了。"② 这一论断表明,白话散文具有"平淡"而"深刻"、"笨拙"而"滑稽"等审美意味和"谈话"风格。这不仅是实践的总结,也是理论的提升,既破除"美文不能用白话"的迷信,又确认现代白话散文的文类地位,为现代散文的独立发展廓清了路基。

　　白话美文观念的确立,标志着文学革命的重大进展和一大成功。但是,正如鲁迅当年所言:"倘若思想照旧,便仍然换牌不换货","我的意见,以为灌输正当的学术文艺,改良思想,是第一事"。③ 随后,周作人说得更为明确,"文学革命上,文字改革是第一步,思想改革是第二步,却比第一步更为重要",因为"文学这事物本合文字与思想两者而成,表现思想的文字不良,固然足以阻碍文学的发达,若思想本质不良,徒有文字,也有什么用处呢?"因而提倡"思想革命"。④ 为此,新文学先驱把白话文运动引向思想革命的前沿,在文学精神内容的革新上阔步前进。各种新思潮新主义携白话传播之便而广为流传,同时也在白话文中留下现代思想意识的深刻印记。其中,人本主义、个性主义、人道主义、自由主义等相近相通的思想精神在散文写作中的影响至为广泛深远。对此,留待下文阐述。

　　如果说晚清民初对散文主体性的关注,主要是在政治与社会的层面上体现为现实权利及自由问题的话,那么五四以后,现代散文界则是深入到"自我"与"自我意识"的人学高度,集中思考的是"我"与世界、主体与客体的精神关系问题,这也使散文的创作主体从各种群体、属类的领域里彻底解放出来,为个性表现乃至自我表现开辟了宽阔的发展道路。

---

① 周作人:《中国新文学的源流》,华东师范大学出版社 1995 年版,第 55、56 页。
② 胡适:《五十年来中国之文学》,《胡适全集》第二卷,安徽教育出版社 2003 年版,第 343 页。
③ 鲁迅:《渡河与引路》,《新青年》1918 年第 5 卷第 5 号,原署名"唐俟"。
④ 周作人:《思想革命》,《新青年》1919 年第 6 卷第 4 号,原署名"仲密"。

第二章
三种"个性"说及其流变

　　在五四思想解放、个性解放的时代呼声中,个人、个性、人性、人道一类新观念,与科学、民主、自由、平等一样,盛行于五四文化界,掀起了破旧立新的文学革命运动。散文也在这次变革中转化为个性文学的代表文类,在反载道、破义法、尊个性、主自由等原则问题上形成众所公认的共识。但现代散文理论的"个性"说是一个复杂的理论场,在何谓个性、为何个性、个性与共性、自我与群体和社会等关键问题上,却是众说纷纭,先后涌现出多样的散文个性观念,从各自的思想基础来看,可以概括为三种,即人性论的"个性"说、言志论的"个性"说和社会论的"个性"说。

第一节　人性论的"个性"说

郁达夫曾指出:"五四运动的最大的成功,第一要算'个人'的发见。"[1] 茅盾也说过:"人的发见,即发展个性,即个人主义,成为'五四'期新文学运动的主要目标,当时的文艺批评和创作都是有意识的或下意识的向着这个目标。"[2] 整体来看,五四时期的个性解放,集中发现的是人道主义意义上的人性和个性。它肯定人的价值、人的自由、人的权利、人的未来与发展,等等。因此,五四时期的个性观念可说是以人道主义为思想基础。这在五四时代虽有不同的阐释和主张,但在强调人性、人的个性、个人权利、个性价值、个人性与人类性相通等内涵要点上却是大体一致的,是一种"健全的个人主义"观念。受此观念影响,五四时期的散文理论界整体上主张个人情感的健全抒发,注重个性表现的社会担当意义。又有"学衡派"诸子和梁实秋等引入白璧德的"新人文主义",以"理性"和节制的"自我",对五四散文理论"个性"说的片面之处作出纠偏。到了 20 世纪 30 年代,新"京派"作家从重建"人的文学"精神出发,强调散文个性表现的严肃和纯粹,以图进一步完善五四以来的"健全的个人主义"的散文观念。

---

[1]　郁达夫:《〈中国新文学大系·散文二集〉导言》,《郁达夫文集》第六卷,花城出版社 1983 年版,第 261 页。

[2]　茅盾:《关于"创作"》,《北斗》1931 年第 1 期,原署名"朱璟"。

一

学术界普遍认定,人道主义兴起于文艺复兴时期。但跟许多哲学观念一样,人道主义的思想是先于概念而存在的,在探究它的源头时,一些学者认为它起源于古希腊的城邦时代,而有一些学者则将其往前追溯到荷马时代,以荷马的人道主义观念作为人道主义思想史的起点。

但无论人道主义起源于何时,它具有悠久而显赫的历史却是不争的事实,而且它在世界各民族文化中都有自己的代言人。弗兰克把人道主义的历史分为四个时期:古希腊罗马的人道主义、中世纪基督教的人道主义、文艺复兴时期的人道主义、19世纪末至20世纪初以来的新人文主义。① 对于人道主义的形态,美国《社会科学百科全书》如此描述道:"它可以是早期人道主义者在希腊人中所发现的生活的合理平衡;它可以仅仅是对人文学科或纯文学的研究;它可以是伊丽莎白女王或本杰明·富兰克林一类的人物从宗教禁锢中的解脱和对生活的一切方面所表现的强烈兴趣;它可以是莎士比亚或歌德一类人物对人类一切情感的描述;或者,它可以是一种以人为中心和准则的哲学。而自从16世纪以来,正是在最后这个捉摸不定的涵义上,人道主义获得了它的可能是最重大的意义。"② 事实是,自16世纪欧洲文艺复兴以来,人道主义不仅获得了它的"最重大的意义",而且形成了一股推动西方思想文化转型的哲学思潮,"人道主义"一词也成为一个明晰的哲学概念被确定下来。至此以后,欧洲文艺复兴运动先驱们所提出来的关于宇宙、关于人的本性、关于如何对待人等问题,被作为不朽的价值准则一代代地传承下来。

在《人道主义哲学》一书中,拉蒙特概括了16世纪以来人道主义哲学思潮的十个核心命题:

第一,人道主义信奉一种自然主义的形而上学或宇宙观,这种宇宙

---

① 转引自雷永生:《东西文化碰撞中的人:东正教与俄罗斯人道主义》,华夏出版社2007年版,第340—346页。

② 转引自[美]科利斯·拉蒙特:《人道主义哲学》,贾高建译,华夏出版社1990年版,第11页。

观把一切形式的超自然的东西看作是无稽之谈,而认为自然是存在的总和,是不依赖于任何精神和意识而存在的、不断变化着的物质和能量的体系。

第二,人道主义特别注意吸取科学的定律和事实,相信人是他所属的自然界进化的产物,他的精神是与他的大脑的活动不可分离地联系在一起的,而作为身体和人格的不可分割的统一体,他死后不会再有意识的存留。

第三,人道主义对人抱有最终的信心,相信人类有能力或潜力解决自己的问题,这种解决主要依赖于凭着勇气和远见而加以应用的理性和科学的方法。

第四,人道主义反对一切普遍决定论、宿命论或命定论的理论,相信人类虽然受到过去历史的制约,但却拥有进行创造性选择和行动的真正自由;在某些客观的限制之内,他们是自己命运的主人。

第五,人道主义信奉这样一种道德观或伦理观,即把人的全部价值置于现世的经验和关系的基础上,并且把全部人类(不分民族、种族或宗教)在现世的幸福和自由,以及经济、文化、道德等方面的进步作为自己的最高目标。

第六,人道主义相信,个人可以将自我满足和不断的自我发展同有助于社会幸福的有意义的工作和其他活动有机地结合起来,从而获得一种美好的生活。

第七,人道主义相信艺术和美感得到最广泛发展的可能性,其中包括对大自然瑰丽景色的欣赏,从而使得审美体验可以成为人们生活中的普遍现实。

第八,人道主义确认一种意义深远的社会纲领,这一纲领主张在能够促使繁荣的国内和国际经济秩序的问题上,确立全世界范围的民主、和平与高水平的生活。

第九,人道主义主张全面实现理性和科学方法的社会作用,因而主张民主程序和议会制政府,主张在经济、政治、文化等一切领域里实现言论自由和各项公民自由权。

第十，人道主义遵循科学的方法，认为对各种基本假设和论证的探究是没有终结的，包括它自己在内。人道主义不是一种新的教条，而是一种发展着的哲学，它在经验的检验、新发现的事实和更严密的推理面前是永远开放的。①

如上所述，人道主义是一种多面性的哲学，这不仅指它具有丰富的内涵，而且在于不同的文化体系赋予其不同的面貌。一方面，它肯定人的价值，强调人是独立的"精神个体"，人性的一切表现，个人的自由而全面的发展，有着天然的权利；主张人的创造性工作和对幸福的追求，个人可以在为一切人的服务中发现自己的最高的善，人的幸福本身就是对它自身的确证，而不必通过超自然的途径寻求帮助和支持；认为人类能够利用自己的智慧和互相间的自由协作，营造一个和睦的生存世界。另一方面，"人道主义特别要反对那种广泛传播的认为人仅仅是以私利为动力的观点，这种观点在心理学上是幼稚的，在科学上则是站不住脚的。人道主义否定那种代表着醉心于自我扩张的个人或团体而不断地将粗野的利己主义合理化，并使之融为各种狂妄计划的做法；也拒绝接受把人的动力归结为经济动力、性的动力、寻求享乐的动力，以及人类需要的任何一个有限方面的做法，它坚持认为真正的利他主义的存在是人类事务中的动力之一。"② 因此，人道主义既肯定人的自由和权利，也主张个体积极承担起社会责任，本质上是一种既利己又利他的哲学。

也正是如此，欧洲文艺复兴运动呼唤的人道主义，在进入启蒙运动时，很快成为资产阶级政治革命的重要内容和理论基础。当时的启蒙思想家以人道主义为武器，从人性、自由、平等等观念出发，用"天赋人权论"反对"君权神授论"和"贵族特权论"，猛烈批判君主专制制度。这些人权思想最终通过《人权宣言》以宪法的形式加以固定，并把它们具体化为财产权、平等权、自由权、安全权和反抗压迫权等多种权利。启蒙思想家提出的社会契约论、平等论、自由论、人民主权论等，均以人道主义作为立论的思想依据。之后，随着资产阶级在政治上和经济上的全面胜利，文艺复兴终于在 19 世纪完成了历

---

① ［美］科利斯·拉蒙特：《人道主义哲学》，贾高建译，华夏出版社 1990 年版，第 12—13 页。
② 同上书，第 14 页。

史从中世纪向近代文明变革的重任。随着人道主义哲学浪潮而来的是人的观念的脱胎换骨。丹纳谈及文艺复兴后"人的全面发现"时道:"人已经不是一个粗野的肉食兽的动物,只想活动筋骨了,但还没有成为书房和客厅里的纯粹的头脑,只会运用推理和语言。他兼有两种性质:有野蛮人的强烈与持久的思想,也有文明人的尖锐而细致的好奇心。他像野蛮人一样用形象思索,像文明人一样懂得布置与配合。"① 随着人道主义的传播和"人"的发现与解放,近代哲学、科学得到迅速的发展,并逐步摆脱中世纪文化的牢笼,"实验科学大为发展,教育日益普及,自由的思想越来越大胆;信仰问题以前是由传统解决了的,如今摆脱了传统,自以为单凭才智就能得到崇尚的真理。大家觉得道德、宗教、政治,无一不成问题,便在每一条路上摸索,探求。"②

人道主义进入近代以来的中国也有相似的经历和实践效果。自晚清以来,在中西文化大碰撞之际,富有见识的启蒙改良主义者便率先引入人道主义观念。康有为在接触到西方的自由、平等、博爱等人道主义思想时,觉得这些思想观念并非新奇之物,"乃吾《中庸》《孟子》之浅说,二千余年,吾国负床之孩,贯角之童,皆所共读而共知之。"还说:"《论语》曰:仁者爱人,泛爱众。韩愈《原道》,犹言博爱之谓仁。《大学》言平天下,曰絜矩之道。《论语》子贡曰:我不欲人之加诸我也,吾亦欲无加诸人。岂非谓博爱、平等、自由而不侵犯人之自由乎?"③ 康有为认为西方的自由、平等、博爱思想在中国古已有之,力图将西方的人道主义思想与中国传统儒家的人伦道德观念相结合,这不仅是他深受传统母体文化影响使然,还在于他想通过对两者的调和,在当时混沌暧昧的思想界打开一个缺口,便于其改良思想的宣导。因此,他不仅仅停留在两者的会通,还进一步提出"以人为主""依人以为道"等思想。康有为认为人是"天地之精英",人有思虑,有智谋,所以"圣人不以天为主,而以人为主。"所谓"以人为主",首先就是要考虑满足人的欲望,顺应人的情欲。人的情欲是人的自然本性,是人道主义的凭据和出发点,所以他又说:"人道者,

---

① ［法］丹纳:《艺术哲学》,傅雷译,安徽文艺出版社 1986 年版,第 142 页。
② ［德］恩格斯:《自然辩证法》,中共中央马克思恩格斯列宁斯大林著作编译局译,人民出版社 1971 年版,第 18 页。
③ 康有为:《以孔教为国教配天仪》,《康有为全集》第十集,中国人民大学出版社 2007 年版,第 92、93 页。

依人以为道","因人情以为道"。① 他把一切不依人的情欲的"道"称之为"不近人道"或非人道。他批评佛教说:"自六根、六尘、三障、二十五有,皆人性之具,人情所不能无者,佛悉断绝之。故佛者逆人情、悖人性之至也"。② 在康有为看来,不仅佛学、宋明理学不近人情,就连讲"兼爱"的墨子也是"远人不可为道"。这是因为墨子虽讲"兼爱",却"多以裘褐为衣,以跂蹻为服,日夜不休,以自苦为极"。

人道主义在孙中山的思想体系中也占有重要的地位。在孙中山看来,近代西方学者的"博爱"与中国古代思想家所说的"仁爱"是相通的。孙中山说:"中国古来学者,言仁者不一而足。据余所见,仁之定义,诚如唐韩愈所云:'博爱之谓仁',敢云适当。博爱云者,为公爱而非私爱,即如'天下有饥者,由己饥之;天下有溺者,由己溺之'之意,与夫爱父母妻子者有别。以其所爱在大,非妇人之仁可比,故谓之博爱。能博爱,即可谓之仁。"③ 与康有为一样,孙中山也是把西方的人道主义思想与传统儒家的仁爱精神衔接起来,但他的目的是要人们发扬"悲天悯人之心",团结起来救国救民,把中国"不好的地方,改变到好的地方;把这种旧世界,改造成新世界。"④ 而要实现理想社会,在孙中山看来需要有为理想而奋斗的高尚人格,且这种高尚人格的培养是一个人性克服兽性、人道战胜兽道的过程:"人本来是兽,所以带有多少兽性,人性很少。我们要人类进步,是在造就高尚人格。要人类有高尚人格,就在于减少兽性,增多人性。……完全是人性,自然道德高尚。"⑤ 兽性的原则是竞争,人性的原则是互助和人道主义。因此,人性克服兽性,就是充分发扬人道主义精神。

李大钊从民主主义者转变为马克思主义者后,十分强调用唯物史观来研究中国的历史和现状,以解决"中国向何处去"的问题。根据马克思主义观

---

① 康有为:《大同书第一》,《康有为全集》第七集,中国人民大学出版社 2007 年版,第 6 页。

② 康有为:《康子内外篇·性学篇》,《康有为全集》第一集,中国人民大学出版社 2007 年版,第 102 页。

③ 孙中山:《在桂林对滇赣粤军的演说》,《孙中山全集》第六卷,中华书局 2011 年版,第 22 页。

④ 孙中山:《对驻广州湘军演说》,《孙中山全集》第九卷,中华书局 2011 年版,第 504 页。

⑤ 孙中山:《在广州全国青年联合会的演说》,《孙中山全集》第八卷,中华书局 2011 年版,第 316 页。

点,他强调要通过阶级斗争,并经过一个无产阶级专政的过渡时期,最终消灭阶级,实现世界大同。在此过程中,他把人道主义和社会主义联系起来。他认为:"我们主张以人道主义改造人类精神,同时以社会主义改造经济组织。不改造经济组织,单求改造人类精神,必致没有效果。不改造人类精神,单求改造经济,也怕不能成功。我们主张物心两面的改造,灵肉一致的改造。"①李大钊"物心两面改造"的理想社会是既有"个性解放"又有"大同团结"的新型社会组织。他说:"现在世界进化的轨道,都是沿着一条线走,这条线就是达到世界大同的通衢,就是人类共同精神联贯的脉络。……这条线的渊源,就是个性解放。个性解放,断不是单求一个分裂就算了事,乃是为完成一切个性,脱离了旧绊锁,重新改造一个普通广大的新组织。一方面是个性解放,一方面是大同团结。这个性解放运动,同时伴着一个大同团结运动,这两种运动,似乎是相反,实在是相成。"又说:"方今世界大通,生活关系一天比一天复杂,个性自由与大同团结,都是新生活新秩序所不可少的。"②

当然,晚清民初认同、阐发人道主义思想的远不止上述三位,但康有为、孙中山、李大钊分别作为中国资产阶级改良派、资产阶级革命派、社会主义者的代表人物,他们人道主义思想的嬗递也代表着近现代中国改良、革命思想的发展脉络。从中可以看出,吁求个性解放、个性自由,冲决封建思想的网罗,是近现代人道主义的重要面向。或者说,此一时期的人道主义思想本身就在不断孕育着个人观念和个性主义思想,为五四新文化运动的全面展开,以及五四一代知识分子要求摆脱封建束缚、要求人权和个性解放提供了理论武器,在中国近代思想史上具有重大的意义。

二

如上所述,尊重个人的权利和价值是人道主义的核心。五四时期,个人主义思潮风行一时,最早提出以人道精神革新传统文学的新文学家,就将个

---

① 李大钊:《我的马克思主义观》,《李大钊全集》第三卷,人民出版社 2006 年版,第 35 页。
② 李大钊:《平民主义》,《李大钊全集》第四卷,人民出版社 2006 年版,第 122、123 页。

人主义纳入到了人道主义思想体系中。如周作人申明:"我所说的人道主义","乃是一种个人主义的人间本位主义"。① 这样的个性解放呼声,是对人道主义中个性、人性一面的强调,是把个性与自我置于普遍的人性、人类性来观照,可视为人性论的个性观。当然,对于这种个性观念,各家在五四时期对它的认同是各取所需、各有阐释的。

1920 年,胡适在《非个人主义的新生活》一文中,师承和引述杜威的观点,根据当时中国思想界的实际情况,把个人主义分为三种类型:

一、假的个人主义——就是为我主义(Egoism),他的性质是自私自利:只顾自己的利益,不管群众的利益。

二、真的个人主义——就是个性主义(Individuality),他的特性有两种:一是独立思想,不肯把别人的耳朵当耳朵,不肯把别人的眼睛当眼睛,不肯把别人的脑力当自己的脑力;二是个人对于自己思想信仰的结果要负完全责任,不怕权威,不怕监禁杀身,只认得真理,不认得个人的利害。

三、独善的个人主义——他的共同性质是:不满意于现社会,却又无可奈何,只想跳出这个社会去寻一种超出现社会的理想生活。

这三种"个人主义"中,胡适追随杜威"极力反对前一种假的个人主义,主张后一种真的个人主义",对"独善的个人主义"则给予否定,认为它"是很受人崇敬的,是格外危险的"。他把"宗教家的极乐园""神仙生活""山林隐逸的生活"和"近代的新村生活"都视为"独善的个人主义",着重批评当时的新村运动,认为新村式的"个人主义的新生活"带有避世倾向,"不站在这个社会里来做这种一点一滴的社会改造,却跳出这个社会去'完全发展自己的个性',这便是放弃现社会,认为不能改造;这便是独善的个人主义。"②

胡适力主"真的个人主义",接近于此前他所推介的"易卜生主义"。在《易卜生主义》一文中,胡适引述易卜生的主张:"我所最期望于你的是一种

---

①　周作人:《人的文学》,《新青年》1918 年第 5 卷第 6 号。
②　胡适:《非个人主义的新生活》,《新潮》1920 年第 2 卷第 3 号。

真益纯粹的为我主义。要使你有时觉得天下只有关于我的事最要紧,其余的都算不得什么。……你要想有益于社会,最好的法子莫如把你自己这块材料铸造成器。……我真觉得全世界都像海上撞沉了船,最要紧的还是救出自己","世上最强有力的人就是那最孤立的人!"这成为五四思想界引用率颇高的个人独立宣言。胡适还阐发易卜生主义中张扬个性、反抗社会的内涵,认为"救出自己"的"为我主义""其实是最有价值的利人主义",力倡"个人须要充分发达自己的天才性,需要充分发展自己的个性","发展个人的个性,须要有两个条件。第一,须使个人有自由意志。第二,须使个人担干系,负责任。"① 这与他提倡的"真的个人主义"一脉相通,都是以个人的独立自主为核心,主张个人的权利与义务、自主与自律、为我与利人相统一,与自私自利和明哲保身的个人主义区别开来。他反对"独善的个人主义",提倡"非个人主义的新生活",即"社会的新生活","'淑世'的新生活",② 就注重个人的责任担当和奋斗精神。所以,在《不朽——我的宗教》中,他以"社会的不朽论"来考察个人与社会的关系,进一步提出"小我"和"大我"的新观念:

> 我这个"小我"不是独立存在的,是和无量数小我有直接或间接的交互关系的;是和社会的全体和世界的全体都有互为影响的关系的;是和社会世界的过去和未来都有因果关系的。种种从前的因,种种现在无数"小我"和无数他种势力所造成的因,都成了我这个"小我"的一部分。我这个"小我",加上了种种从前的因,又加上种种现在的因,传递下去,又要造成无数将来的"小我"。这种种过去的"小我",和种种现在的"小我",和种种将来无穷的"小我",一代传一代,一点加一滴;一线相传,连绵不断;一水奔流,滔滔不绝:——这便是一个"大我"。"小我"是会消灭的,"大我"是永远不灭的。"小我"是有死的,"大我"是永远不死,永远不朽的。"小我"虽然会死,但是每一个"小我"的一切作为,一切功德罪恶,一切语言行事,无论大小,无论是非,无论善恶,一一都永远留存在那个"大我"之中。……这个"大我"是永远不朽的,故一切"小我"的事

---

① 胡适:《易卜生主义》,《新青年》1918 年第 4 卷第 6 号。
② 胡适:《非个人主义的新生活》,《新潮》1920 年第 2 卷第 3 号。

业,人格,一举一动,一言一笑,一个念头,一场功劳,一桩罪过,也都永远不朽。这便是社会的不朽,"大我"的不朽。①

胡适在这里继续张扬个人的价值意义,但已把个人视为"小我",纳入人类社会历史的"大我"之中加以定位,突出强调个人的责任担当,这对"最要紧的还是救出自己""世上最强有力的人就是那最孤立的人"的"易卜生主义"有了进一步提升。他的"小我"与"大我"观,与传统的群己观念接近,但着眼于"小我"是人类社会历史"大我"的一因子,一切都与"大我"和无数"小我"交互关联,息息相通,是从个人的人类性、社会性来立论,是理智、健全、淑世而非自私、独善的个人观,代表了五四时代人性论个人观的普遍认识,也就是他后来所说的"我们新青年社的一班人公同信仰的'健全的个人主义'"②。

对于易卜生的个性主义,鲁迅早在《文化偏至论》《摩罗诗力说》中就引介其个人独战社会的摩罗精神:"愤世俗之昏迷,悲真理之匿耀,假《社会之敌》以立言,使医士斯托克曼为全书主者,死守真理,以拒庸愚,终获群敌之谥。自既见放于地主,其子复受斥于学校,而终奋斗,不为之摇。末乃曰,吾又见真理矣。地球上至强之人,至独立者也!其处世之道如是。"③又在五四时期写的《随感录·三十八》重提易卜生的《国民公敌》,阐发"对庸众宣战"的"个人的自大"精神,来针砭"合群的爱国的自大"的国民性痼弊。还在名文《娜拉走后怎样》中提出经济独立对个人独立的重要意义,"为娜拉计,钱,——高雅的说罢,就是经济,是最要紧的了。自由故不是钱所能买到的,但能够为钱而卖掉。为补救这缺点起见,为准备不做傀儡起见,在目下的社会里,经济权就见得最要紧了。第一,在家应该先获得男女平均的分配;第二,在社会应该获得男女相等的势力。可惜我不知道这权柄如何取得,单知道仍然要战斗;或者也许比要求参政权更要用剧烈的战斗"④。这不仅以清醒独到的认识深化个性独立自由的思想主题,还从社会经济关系和性别关系

---

①　胡适:《不朽——我的宗教》,《新青年》1919年第6卷第2号。
②　胡适:《〈中国新文学大系·建设理论集〉导言》,《胡适全集》第十二卷,安徽教育出版社2003年版,第295页。
③　鲁迅:《摩罗诗力说》,《鲁迅全集》第一卷,人民文学出版社1981年版,第79页。
④　鲁迅:《娜拉走后怎样》,《妇女杂志》1924年第10卷第8号。

来探讨妇女解放、个性解放的必由之路。由此可见,即便是对易卜生式个性主义的阐释,五四先驱也是同中有异、各有发挥,这实际上预示着个性思想后来分化发展的不同路径。鲁迅在五四时期还写了《我之节烈观》《我们现在怎样做父亲》等长文,批判旧礼教旧道德,提倡合理做人、自他两利的新道德,认为"道德这事,必须普遍,人人应做,人人能行,又于自他两利,才有普遍的价值","人类总有一种理想,一种希望。虽然高下不同,必须有个意义。自他两利固好,至少也得有益本身。"① "我现在心以为然的道理,极其简单。便是依据生物界的现象,一,要保存生命;二,要延续这生命;三,要发展这生命(就是进化)","只能先从觉醒的人开手,各自解放了自己的孩子。自己背着因袭的重担,肩住了黑暗的闸门,放他们到宽阔光明的地方去;此后幸福的度日,合理的做人。"② 他呼唤人的生存发展权利,"一要生存,二要温饱,三要发展"③,呼吁解放妇女和小孩,宁愿自己独战黑暗也要"解放了后来的人",充满着博大的人道主义精神。有人说,"鲁迅的个人主义,继承晚清章太炎'自性的个人'的传统,以尼采的超人为榜样,发挥个人的精神意志与创造力,以期养成精神界的摩罗战士。……而鲁迅的意志型个人主义部分来自于意志自主、天命自造的阳明学,部分与魏晋时代嵇康式的抗议传统密切相关。"④ 确如其言,鲁迅的个性思想具有丰富的内涵,但在五四时期根本上还是与人的发现、人本主义、人道主义思潮紧密结合的,其尼采式的超人傲立、拜伦式的"义侠之性"以及"抗议传统",都没有离开对"自他两利"的健全人性的追求。

周作人力主文学革命要从语言变革走向"思想革命",从而提出思想革命的宣言《人的文学》。在新文学史上,这是一篇不亚于《文学改良刍议》《文学革命论》的重要文献,也不亚于《易卜生主义》的个性宣言。文中概述欧洲关于"人"的真理的三次发现,从人本主义、个人主义再到 19 世纪对于"女人与小儿"的发现,借以反观国人"从来未经解决"的"人的问题","希望从文学上

---

① 鲁迅:《我之节烈观》,《新青年》1918 年第 5 卷第 2 号,原署名"唐俟"。
② 鲁迅:《我们现在怎样做父亲》,《新青年》1919 年第 6 卷第 6 号,原署名"唐俟"。
③ 鲁迅:《忽然想到》(六),《京报副刊》1925 年第 126 期。
④ 许纪霖:《个人主义的起源——"五四"时期的自我观研究》,《天津社会科学》2008 年第 6 期。

起首,提倡一点人道主义思想",重新"发见'人',去'辟人荒'"。他界说的
"人","不是世间所谓'天地之性最贵',或'圆颅方趾'的人。乃是说,'从动
物进化的人类'。其中有两个要点,(一)'从动物'进化的,(二)从动物'进
化'的。"① 这里运用进化论和人类学理论,还原人从动物进化而来的真相,
提出人性是"兽性与神性"合一、"灵肉一致"的人学。"所谓从动物进化的
人,也便是指这灵肉一致的人"。由此他进一步申述道:

> 这样"人"的理想生活,应该怎样呢? 首先便是改良人类的关系。彼
> 此都是人类,却又各是人类的一个。所以须营一种利己而又利他,利他
> 即是利己的生活。第一,关于物质的生活,应该各尽人力所及,取人事所
> 需。换一句话,便是各人以心力的劳作,换得适当的衣食住与医药,能保
> 持健康的生存。第二,关于道德的生活,应该以爱智信勇四事为基本道
> 德,革除一切人道以下或人力以上的因袭的礼法,使人人能享自由真实
> 的幸福生活。这种"人的"理想生活,实行起来,实于世上的人无一不利。
> 富贵的人虽然觉得不免失了他的所谓尊严,但他们因此得从非人的生活
> 里救出,成为完全的人,岂不是绝大的幸福么? 这真可说是二十世纪的
> 新福音了。只可惜知道的人还少,不能立地实行。所以我们要在文学上
> 略略提倡,也稍尽我们爱人类的意思。②

这里界定个人与他人和人类的关系,是个人在人群之中既相关又独立,
从物质到精神都要追求"利己而又利他,利他即是利己"的"人的"理想生活。
这绝非自私自利的利己主义,也不是毫不利己的超人主义,而是正当健全的
人本主义、个人主义和人道主义的综合,与胡适"真的个人主义"、鲁迅"自他
两利"思想有着明显的共通之处。周作人还着重说明:

> 我所说的人道主义,并非世间所谓"悲天悯人"或"博施济众"的慈
> 善主义,乃是一种个人主义的人间本位主义。这理由是,第一,人在人类
> 中,正如森林中的一株树木。森林盛了,各树也都茂盛。但要森林盛,却

---

①　周作人:《人的文学》,《新青年》1918 年第 5 卷第 6 号。
②　同上。

仍非靠各树各自茂盛不可。第二,人爱人类,就只为人类中有了我,与我相关的缘故。墨子说"兼爱"的理由,因为"己亦在人中",便是最透彻的话。上文所谓利己而又利他,利他即是利己,正是这个意思。所以我说的人道主义,是从个人做起。要讲人道,爱人类,便须先使自己有人的资格,占得人的位置。耶稣说,"爱人如己。"如不先知自爱,怎能"如己"的爱别人呢?至于无我的爱,纯粹的利他,我以为是不可能的。人为了所爱的人,或所信的主义,能够有献身的行为。若是割肉饲鹰,投身给饿虎吃,那是超人间的道德,不是人所能为的了。

用这人道主义为本,对于人生诸问题,加以记录研究的文字,便谓之人的文学。……简明说一句,人的文学与非人的文学的区别,便在著作的态度,是以人的生活为是呢,非人的生活为是呢这一点上。①

之所以较长引用这些原文,是因为周作人在此对"个性主义"与"人道主义"的关系说得再明白不过,后人对他此一时期个性观念的引申或批判大多有些误读或曲解。从这样的"人学""个人主义的人间本位主义""人道主义"和"人的文学"思想出发,周作人又进一步提倡他的"平民文学"和"个性的文学"。在《平民文学》中,他认为平民文学与贵族文学的根本区别在于"文学的精神"是否"普遍与真挚","第一,平民文学应以普通的文体,写普遍的思想与事实","第二,平民文学应以真挚的文体,记真挚的思想与事实。"② 这是其人道主义文学观的衍化。在《个性的文学》中,他有四点结论:"(1)创作不宜完全没煞自己去模仿别人,(2)个性的表现是自然的,(3)个性是个人唯一的所有,而又与人类有根本上的共通点,(4)个性就是在可以保存范围内的国粹,有个性的新文学便是这国民所有的真的国粹的文学。"③ 他还在《文艺的统一》中开始批评某些论者"极端的注重人类共同的感情而轻视自己个人的感情"的观点,认为"文学是情绪的作品,而著者所能最切迫的感到者又只有自己的情绪,那么文学以个人自己为本位,正是当然的事。个人既然是人类

---

① 周作人:《人的文学》,《新青年》1918 年第 5 卷第 6 号。
② 周作人:《平民文学》,《每周评论》1919 年第 5 期,原署名"仲密"。
③ 周作人:《个性的文学》,《新青年》1921 年第 8 卷第 5 号,原署名"仲密"。

的一分子,个人的生活即是人生的河流的一滴,个人的感情当然没有与人类不共同的地方","个人所感到的愉快或苦闷,只要是纯真切迫的,便是普遍的感情,即使超越群众的一时的感受以外,也终不损其为普遍。"① 这不仅旗帜鲜明地提倡个性文学,把"人的文学"引向创作个性论,还进一步为当时兴起的个人抒情、自我表现的创作倾向作出理论辩护,也为他潜心垦殖"自己的园地""只想表现凡庸的自己的一部分"开辟了道路。较之他提倡的"美文",这种表现凡庸的也就是平常的真切的自我个性的观点,不仅充实了那"须用自己的文句与思想,不可去模仿他们"② 的名句的意思,而且还是很得蒙田、兰姆一路随笔的真髓而切中美文体性的要义,甚至比其"美文"观念的影响更为内在和深远。正是在此基础上,周作人才能对"个性"说作出超越时人的切实而突出的理论贡献。

尽管新文学先驱者对人道主义中的人性、个性有不同的阐释,但都在"辟人荒",讲"人学",以个人与人类相通的人性思想来探讨个人的权利与责任,强调个人的独立自主和个性的自由解放,追求利己又利人的理想人生,要求新文学是"人的文学","个性的文学","这文学是人性的,不是兽性的,也不是神性的","这文学是人类的,也是个人的,却不是种族的,国家的,乡土及家族的。"③ 这成为五四文学革命提倡新文学新道德的"公同信仰"和主流意识。五四时期的散文理论正是以这一文学观念为指导,把散文的个性理论与人道主义中的自然人性论、个人自主自律论紧密地衔接在一起。

以人道主义为基础的个性主义文学思潮,为五四散文冲破载道传统和古文义法的束缚,走上解放文体、张扬个性的发展道路提供了思想武器和精神动力。五四散文作家自觉地以自己的心灵去感受内外面世界,关怀社会人生,关注"生命"和"爱"的主题,充分表现"自我"的喜怒哀乐,主观抒情色调空前浓厚,整个文坛呈现着多种风格流派并存共荣的繁富景观。从杂文随笔到美文小品,无不突破传统载道代言散文的藩篱,在个性张扬的自由抒写中喊出和感通人们心中的喜怒哀乐,折射出时代的精神风采。与创作同步,散

---

① 周作人:《文艺的统一》,《晨报副刊》1922 年 7 月 11 日,原署名"仲密"。
② 周作人:《美文》,《晨报》1921 年 6 月 8 日,原署名"子严"。
③ 周作人:《新文学的要求》,《艺术与生活》,河北教育出版社 2002 年版,第 19 页。

文的理论批评也主要针对传统散文桎梏个性的道统和文统,极力批判载儒家之道和代圣贤立言,抨击"桐城谬种""选学妖孽",突出强调散文的写实求真,鲜明表现作家的真情实感和个性特征。

首先,五四散文界注重散文个人情感的健全抒发,将其视为个性解放的重要保障。胡适的《文学改良刍议》提出的"文学八事"中,第一事即为"言之有物",而且特别强调这"所'谓物',非古人所谓'文以载道'之说也"。而言之有物又首推"情感","情感者,文学之灵魂。文学而无情感,如人之无魂,木偶而已。"① 如果说胡适对文学情感的健全书写还带有"刍议"性的话,那么陈独秀则是以"革命"的姿态,宣扬自我情感表现的必要性和迫切性。他有感于"盘踞吾人精神界根深蒂固之伦理道德文学艺术诸端,莫不黑幕层张,垢污深积",提出文学革命三大主义:"推倒雕琢的、阿谀的贵族文学,建设平易的、抒情的国民文学;推倒陈腐的、铺张的古典文学,建设新鲜的、立诚的写实文学;推倒迂晦的、艰涩的山林文学,建设明了的、通俗的社会文学。"这里,陈独秀其实是将传统文学等同于周作人所说的"非人文学"。他认为唐宋八大家所谓"文以载道"与八股文的"代圣贤立言"实属"同一鼻孔出气",视"明之前后七子及八家文派之归方刘姚"为"十八妖魔辈",尊古蔑今,咬文嚼字,"虽著作等身,与其时之社会文明进化丝毫无关系。"而为彻底改变传统散文泯灭个性、陈陈相因的弊病,他进而呼吁"目无古人,赤裸裸的抒情写世"的"时代之文豪","不顾迂儒之毁誉,明目张胆以与十八妖魔宣战"。② 胡、陈二人将有无自然、健康的情感抒写作为区别包括散文在内的古今文学的一大标志,对传统散文束缚个性自我、虚伪写情作出反拨,并扬此抑彼,其思想基础即为人道主义及其在五四时期所派生的人性论。因为人性论的一大特征就在于肯定人的价值和合理存在,这其中就包括对人的思想情感的尊重。

重视文学中个人情感的健全抒写,其实也代表了五四新文学先驱在散文理论建设方面的共同心声。周作人认为美文"可分出叙事与抒情",但他又强调"美文"的抒情不能有"衰弱的感伤的口气",否则就"不大有生命了"。叶

① 胡适:《文学改良刍议》,《新青年》1917年第2卷第5号。
② 陈独秀:《文学革命论》,《新青年》1917年第2卷第6号。

圣陶对散文作者的要求是:"我不希望你们说人家说烂了的应酬话,我不希望你们说不曾弄清楚的勉强话,我更不希望你们全不由己纯受暗示而说这样那样的话。如其如此,我所领受的只是话语的公式,是离散的语言文字,是别人家的话语,而不是你们的心的独特的体相。"① 王统照根据美国文艺理论家韩德的观点将散文分成历史、描写、演说、教训、时代五类,并指出它们的共同点是"自由说话""活泼、有力",有"清显的想象"。② 此外,鲁迅、胡梦华、朱自清也表达了相似的观点,都是强调作者个性表现的率真自然和散文创作的不假雕饰。尽管真切自然是所有文学门类创作的基础,不为散文所独有,但相对于小说、诗歌、戏剧,散文是一种个性表现最为直接的文体,散文情感的自然真实无疑更具有文体规范意义,特别是对于刚从传统载道散文的束缚中摆脱出来,急于示范"活的文学"的现代散文创作来说尤为重要。如此也就可以从另一方面说明,胡梦华在《絮语散文》中为何会偏爱蒙田而认为培根不是一个"纯粹的絮语散文作家",就在于后者的情感表现过于"简约谨严",与五四时期那种"健全的个人主义"不够合拍。

其次,注重散文个性表现的现实担当意识。在"人的文学"理论的呼吁下,文学与现实社会、人生发生了前所未有的联系,"将文艺当做高兴时的游戏或失意时的消遣的时候,现在已经过去了。我们相信文学是一种工作,而且又是于人生很切要的一种工种"③,"文学应当反映社会的现象,表现并且讨论人生的一般问题。"④ 如前所述,散文是一种关乎日常人生的文类。相对于小说和诗歌,散文因其个性表现的直接性,对现实社会和日常人生的切入更为深入、有力。正是如此,五四散文家大多以一种人道主义情怀,强调散文个性表现的现实指向,显现出鲜明的社会批评和文明批评诉求,即如鲁迅谈及《语丝》所说的"任意而谈,无所顾忌,要催促新的产生,对于有害于新的旧

---

① 叶圣陶:《读者的话》,见余树森编《现代作家谈散文》,百花文艺出版社1986年版,第30—31页。
② 王统照:《散文的分类》,《文学旬刊》1924年第26、27号。
③ 见《文学研究会宣言》,《新青年》1921年第8卷第5号。
④ 茅盾:《中国新文学大系小说一集·导言》,《茅盾文艺杂论集》上集,上海文艺出版社1981年版,第522页。

物,要竭力加以排击"①。因此这一时期散文理论的个性话语,张扬的并非是那种"只知道自己"的极端的个人,也不是那种孜孜于功利性诉求的有限的个人,而是将两者调和起来,呈示为自然、健全的态势,既是共谋的,也是共赢的,具有内在的契约性。事实上,以人性论为思想基础的散文观念在 20 世纪 30 年代受到冲击,也与这一契约关系的失衡有关。

朱自清在总结五四散文的创作成就时说道:"就散文论散文,这三四年的发展确是绚烂极了:有种种的形式,种种的流派,表现着、批评着、解释着人生的各面,迁流曼衍,日新月异:有中国名士风,有外国绅士风,有隐士,有叛徒,在思想上是如此。或描写,或讽刺,或委曲,或缜密,或劲健,或绮丽,或洗炼,或流动,或含蓄,在表现上是如此。"② 这是思想解放、个性解放、文体解放的必然结果,同时也展示着人性发现、个人觉醒后多元探索、分途发展的不同路向。这种分化在 20 世纪 20 年代中期以后更为明显,有的彻底沦为"独善的个人主义",有的走向社会解放与个性解放兼容的道路,有的则在重审五四个性观的基础上,对之作出调整和修正。前两类"个性"说留待后文专门评述,这里还是继续探讨以人性论、人道主义为思想基础的"个性"说,着重考察它在现代中国"新人文主义"者和京派年轻一代作家那里的变迁蔓延。

三

五四"健全的个人主义"虽为文学创作注入真率、热情的气质,但也致使部分作家肆意宣泄个人的喜怒哀乐,出现浮夸滥情的作风。正是在此背景下,新人文主义被引介进来,试图对这一时期个性表现的偏颇及其负面影响作出纠偏。

"一战"给西方资本主义世界带来空前严重的社会危机和精神危机,物质主义泛滥,道德沦丧,人性异化,陷于对资本主义怀疑、痛苦和迷惘之中的西方知识界开始迅速分化。以白璧德为代表的一部分保守的知识分子企图回

---

① 鲁迅:《我和〈语丝〉的始终》,《萌芽月刊》1930 年第 1 卷第 2 期。
② 朱自清:《论现代中国的小品散文》,《文学周报》1928 年第 345 期。

到历史和传统中寻求济世良方,在日趋功利化、物质化的世风之中实现人类精神的重建。白璧德把造成社会危机的根源归结为传统信仰和道德观念的丧失,希望通过复活古代的人文主义精神,重新建立"人的法则",以此克服现代社会的物欲横流和道德沦丧。由此,白璧德批判了近代以来以培根和卢梭为代表的两种不同的人道主义倾向:一种是不断地宣扬人征服自然的力量的功利主义;一种是不断地扩张人的自然情感的浪漫主义。他特别指出,正是卢梭"返归自然"的观点将文艺复兴以来反抗中世纪神性偏向的现代解放运动引入另一歧途,致使物欲横流、情感泛滥。因此白璧德将卢梭作为首选之敌并以此为基础对近代西方文明进行反思与批判。在他看来,要纠正、改良近代以来西方的文明问题,需因势利导,对症下药:即博采东西,并览古今,然后折中归一,"夫西方有柏拉图、亚里士多德,东方有释迦及孔子,皆最精于为人之正道而其说又在在不谋而合,且此数贤者,皆本经验,重事实……今宜取之而加以变化,施之于今日,用作生人之模范。"① 质言之,在白璧德看来,倡言东西方文明精髓相结合的宗教道德,就能拯救被功利主义、浪漫主义引向歧途的人心,从而达到救人救世的目的。

因此白璧德把孔子、佛陀、苏格拉底与耶稣并称为四大圣人,企图恢复古典文化(儒家文化、佛教文化、古希腊文化和基督教文化)的精神和传统的秩序,以此来匡救现代西方文明的弊端。他将孔子与亚里士多德一起作为人文主义传统的代表,并借鉴儒家学说阐发自己的新人文主义思想。他的《人文主义界说》就是"以儒家思想为阐释的根本",其理论基石人性善恶二元论和理性节制的思想也与儒家的天理人欲观颇多相合之处。这也是白璧德的新人文主义思想能在当时中国知识界引起共鸣的原因。

所谓的二元人性论就是认为在人身上有一种能够施加控制的"自我"和另一种需要被控制的"自我"。这两种"自我"即通常所说的理性与欲望。白璧德认为人性中永远包含着理性与欲望的冲突,并称之为"窟穴中的内战",社会生活中的善恶之争即以此为本源。在宗教信仰、传统道德规范等已经纷纷动摇或崩坏的现代社会中,必须重新确立古代人文主义的原则,也就是个

---

① 吴宓:《白璧德中西人文教育谈·按》,《学衡》1922 年第 3 期。

人必须用自己的理性来对冲动和欲望加以"内在的控制"。白璧德反复强调,这种自我节制就是新人文主义的核心。新人文主义与五四时期以人道主义为思想基础的人性论具有共通之处,也有所分歧。两者都承认人有感性欲望和自然需求,强调健全的人性,并由此衍生出人权、自由、平等等社会政治学说。二者的不同在于,人性论有针对不合理的社会环境的一面,重视个人对外在秩序和既定规范的否定和超越;新人文主义则认为社会的痛苦与纷争都起源于人的罪恶天性,因此强调的是社会与传统借助于某种内在的精神力量对个体施加控制。正是如此,白璧德特别强调人文主义者(Humanist)和人道主义者(Humanitarian)的区别,尽管两者实际上无法完全分开。把物质主义风行、道德伦理败坏等社会问题归结于人性中恶的一面的放纵,把挽救社会危机和精神危机寄托在传统伦理道德的复兴和完善上,白璧德显然把问题简单化,其所提出的对策也比较抽象,根本上还是一种理想化的设计。因为保守而又脱离现实社会,新人文主义思潮在当时西方国家里并没有引起多大的反响,但其对传统人文精神的张扬,特别是对儒家某些信条的复归,却得到了"学衡派"诸子和梁实秋等人的认同,并在新旧文学论争及对五四文学的反思中被引入中国。

学衡派的主要成员梅光迪、吴宓、汤用彤皆为白璧德门徒,学衡派的其他成员和常为《学衡》杂志写稿的作者,如胡先骕、陈寅恪、郭斌龢、张歆海、奚伦、楼光来、范存忠等亦亲聆过白璧德的教诲,《学衡》杂志也译介了诸多关于白璧德新人文主义思想的文章,如《白璧德中西人文教育说》《现今西洋人文主义》《白璧德之人文主义》《白璧德论民治与领袖》《白璧德论今后诗之趋向》《白璧德释人文主义》《白璧德论班达与法国思想》《穆尔论现今美国之新文学》《穆尔论自然主义与人文主义之文学》等。学衡派的文化/文学观念也对白璧德的新人文主义亦步亦趋。白璧德认为政治、文化之根本在于道德,如果无道德制裁,则凡人会陷入横行无忌之状态,因此要求社会永久的安稳,"唯有探源立本之一法,即改善人性,培植道德而已。"① 受白璧德影响,学衡诸人特别重视道德对于文学的作用及影响。吴芳吉在反驳胡适"八不主义"

---

①　吴宓:《白璧德论民治与领袖》,《学衡》1924 年第 32 期。

时指出,"文以载道"的"道"可指"孔孟之道",但也可以作为"道德之简称";认为"文学自有独立之价值,不必以道德为本"的说法是"似是而非之言。"① 胡先骕认为文学有文、质之分,质"总括之不啻一般之人生观",即"人性二元""理欲之战""以理制欲""道德训练"等。② 他也如白璧德一样反对浪漫主义及卢梭式的"非道德"的个性张扬:"近日一切社会罪恶,皆可归狱于所谓近世文学者,而溯源寻本,皆卢梭以还之浪漫主义有以使之耶。"③ 在他看来,浪漫主义只强调顺从人的情感冲动,忽略对情感的节制,故放纵浪漫主义流行,无疑会增加社会上的罪恶。正是如此,学衡派认为五四文学是西方近代浪漫主义思潮的延续,"新文学最近之趋势"为"浪漫主义代谢之迹"④。这实际上是在否定五四文学中失去约束的个性表现精神。

　　就散文而言,学衡派并不反对文学表现自我和个性自由,他们反对的是无节制的、轻佻浮夸的自我和个性。易峻道:"吾人尝谓文章降及晚清,殆为八股试帖之风所沉瀣一气,务于规矩准绳摇曳唱叹之格调,驯至体例僵腐,气息卑弱。姚氏所谓神理气味为文章之精者,殆全为所谓格律声色所磔琢以靡丧。白话文起,而以活泼自然之道矫之,亦是痛下针砭之法,使勿矫枉过正、跰踰常轨,而惟务于体例气息之解放革新,求体例气息之活泼自然,则谁曰不宜?顾新文学之所革新者,既重在文学之调句,又复肆而无制,流而忘返,荡检踰闲,漫无理法。"⑤ 胡适诟病桐城古文规矩谨严,"甘心做通顺清淡的文章",胡先骕认为这是"浅识之论",他认为"豪宕感激之气"之文易为虚张声势,上焉者可成就韩愈苏轼等人的诗文,但下焉者却容易流于龚自珍等人的泛滥洋溢,此类文章虽然文笔流利,但却往往内蕴不足。他进一步指出,韩愈诗文"佳者不在南山而在秋怀","盖阅世深,见道笃,精气内敛,才逼才思,自然高妙也。桐城文家除三数人外,为文多偏于柔,故外貌枯淡,不易炫人耳目,然'选言有序,不刻画而足于昭物情。'此正其所长,不足为病也。此正安诺德所谓典雅之文也。"正是出于这一考量,胡先骕并不满意梁启超的报章体

---

① 吴芳吉:《再论吾人眼中之新旧文学观》,《学衡》1923 年第 21 期。
② 胡先骕:《文学之标准》,《学衡》1924 年第 31 期。
③ 同上。
④ 胡先骕:《欧美新文学最近之趋势》,《东方杂志》1920 年第 17 卷第 18 号。
⑤ 易峻:《评文学革命与文学专制》,《学衡》1933 年第 79 期。

散文:"至梁启超之文,则纯为报章文字,几不可语夫文学。其'笔锋常带情感',虽为其文有魔力之原因,亦正其文根本之症结,如安诺德之论英国批评家之文'目的在感动血与官感,而不在感动精神与智慧',故喜为浮夸空疏豪宕激越之语,以炫人之耳目,以取悦于一般不学无术之'费列斯顿',其一时之风行以此,其在文学上无永久之价值亦以此。其文学之天才,近于阳刚一流,故不喜法度与剪裁,无怪乎自幼不喜桐城文,至以'杂以俚语韵语及外国语法、纵笔所至不检束'为解放。"因此,他认为章士钊古文"义理绵密,文辞畅达,远在梁启超报章文体之上。"[①] 显然,学衡派诸子认为,只有讲究内蕴和理性,散文才能有高妙、典雅的格调。虽然其基于道德理性的个性风格观念与传统古文的"道"与"义理"有所交集,并因此被新文学作家斥为复古运动,但两者却不能相提并论。因为学衡派强调文学的道德律令,并不是为了抹去个性,根本上是为实践其理想的文学标准:"一为供娱乐之用,一为表现高超卓越之理想、想象与感情。……必求有修养精神、增进人格之能力,而能为人类上进之助者。"[②] 如此观之,他们的散文观念注重的是"合目的性"的文学功能,是为重建文学的主体性观念,也与胡适等所抱持的"健全的个人主义"思想有相通之处,非传统载道文学观念可比。

学衡派对于新文学个人主义泛滥的洞悉,不无可圈可点之处,对于提升新文学的精神品格亦有理论上的警醒意义,然而其失当之处亦不可无视。梁实秋曾指出:"可惜的是,《学衡》是文言的,而且反对白话文,这在当时白话文盛行的时候,很容易被人视为顽固守旧。人文主义的思想,其实并不一定要用文言来表达,用白话一样可以阐说清楚。人文主义的思想,固有其因指陈时弊而不合时宜处,但其精意所在绝非顽固迂阔。可惜这一套思想被《学衡》的文言主张及其特殊的色彩所拖累,以至于未能发挥其应有的影响,这是很不幸的。"[③] "学衡派"之所以未能发挥"应有的影响",固然与其反对白话和眷念传统文化有关,但在更深层次上,则是他们忽视了新文化运动发生的历

---

① 胡先骕:《评胡适五十年来中国之文学》,《学衡》1923 年第 18 期。
② 胡先骕:《欧美新文学最近之趋势》,《东方杂志》1920 年第 17 卷第 18 号。
③ 梁实秋:《关于白璧德先生及其思想》,《梁实秋文集》第一卷,鹭江出版社 2002 年版,第547 页。

史必然性和必要性。新文化运动的发起本是为了弥补此前器物变革、制度变革的不足,是晚清以来几代知识分子为救亡图存苦苦探索的结果,其方案设计及其实践过程,免不了有审时度势的考量,有着明确的目的性和价值取向。而学衡派对新文化运动的期待却不在于此,他们重在"讲究学术,阐明真理"①,"故改造固有文化,与吸取他人文化,皆须先有彻底研究,加以至明确之评判……则四五十年后,成效必有可覩也。"② 所以吴宓在《评新文化化运动》中说道:"学问之道,应博极群书,并览古今,夫然后始能通底彻悟。比较异同,如只见一端,何从辩正。势必以己意为之,不能言其所以然,而仅新称,遂不免党同伐异之见。则其所谓新者,何足重哉,而况又未必新耶?""吾之不慊于新文化运动者,以其实,非以其名也",因为"今新文化运动其于西洋之文明之学问,殊未深究,但取一时一家之说,以相号召。故既不免舛误迷离,而尤不足当新之名也。"③ 这种拒绝实用理性的观念,更接近于从纯学理和抽象性文化的角度来考量新文化运动,目的在于构建一个学术共同体,且带有理想主义的色彩,明显脱离了具体的时代语境和现实需求,与五四先驱借助思想革命推动社会革命和民族解放的初衷大不相同。所以他们才会将龚自珍和梁启超散文的激越恣肆视为炫人耳目,把五四白话散文的活泼自然看成是"肆而无制"。应该说,学衡派引入新人文主义虽然丰富了现代散文理论的"个性"说,但其理论面向与中国散文的现代转型诉求并不合拍,整体上并未改变20年代散文理论建设的走向。

梁实秋亦深受白璧德新人文主义的影响。他在介绍白璧德及其新人文主义时道:"人文主义倡导的节制的精神是现代所需要的。……在情感泛滥和物质主义过渡发展的时代,主张纪律和均衡的一种主义该是一种对症的良药","人文主义者认定人性是固定的、普遍的,文学的任务即在于描写这根本的人性。"④ 围绕新人文主义的一些基本原则,梁实秋展开了他对文学的本质、文学的价值尺度和文学的社会功能等问题的论说。梁实秋认为:"文学发

① 见《〈学衡〉杂志简章》,《学衡》1922年第1期。
② 梅光迪:《评提倡新文化者》,《学衡》1922年第1期。
③ 吴宓:《论新文化运动》,《学衡》1922年第4期。
④ 梁实秋:《白璧德及其人文主义》,《梁实秋文集》第七卷,鹭江出版社2002年版,第293、296页。

于人性,基于人性,亦止于人性。人性是很复杂的(谁能说清楚人性包括的是几样成分?),惟因其复杂,所以才是有条理可说,情感想象都要向理性低首。在理性指导下的人生是健康的常态的普遍的,在这种状态下所表现出的人性亦是最标准的,在这标准之下所创作出来的文学才是有永久价值的文学。"[1]因此,"伟大的文学乃是基于固定的普遍的人性","人性是测量文学的唯一标准。"[2] 梁实秋之所以在"人性"之前加上"固定""普遍""健康""标准""纯正"等修饰语,就是因为基于新人文主义的善恶二元人性论,人性是善恶交错的,需要用理性来加以引导和控制。因此,在梁实秋的文学批评理论中,"理性"同样是一个至关重要的概念。理性,既是梁实秋对文学创作提出的要求,也是他文学批评所遵循的原则:"创作品是以理性控制情感和想象,具体的模仿人性;批评乃是纯粹的理性的活动,严谨地评判一切的价值。"[3] 在他看来,为了保证文学能够表现普遍的固定不变的人性,就必须有一种与此相吻合的"理性"规范。他强调文学的纪律,强调文学批评要以普遍的人性为标准,以节制的理性对文学进行"伦理的选择"和"价值的估定",理性是"最高的节制机关",文学必须"以理性驾驭情感,以理性节制想象"。[4] 这样一来,与其师白璧德一样,梁实秋也批评人道主义,把人道主义视作情感泛滥的结果:"情感在量上不加节制,在作者的人生观上必定附带着产出'人道主义'的色彩。人道主义的出发点是'同情心',更确切些应是'普遍的同情心'","其根本思想乃是建筑于一个极端的假设,这个假设就是'人是平等的'。平等观念的由来,不是理性的,是情感的。"[5] 这也就不难理解他为何会以一种反浪漫主义的姿态面对新文学并对五四以来所普遍张扬的人道主义大加驳斥。有论者指出:"梁实秋的'人性论'并不等同于一般所说的'资产阶级人性论',或者说,不是'正宗'的人道主义人性论,而是比较特殊的新人文主义'二元人性论'。"[6] 确如其言,梁实秋的人性论多了一层具有古典主义内涵的新人文主

---

① 梁实秋:《文学的纪律》,《梁实秋文集》第一卷,鹭江出版社 2002 年版,第 143 页。

② 梁实秋:《文学与革命》,《梁实秋文集》第一卷,第 312 页。

③ 梁实秋:《王尔德的唯美主义》,《梁实秋文集》第一卷,第 171 页。

④ 梁实秋:《文学的纪律》,《梁实秋文集》第一卷,第 139 页。

⑤ 梁实秋:《现代中国文学之浪漫的趋势》,《梁实秋文集》第一卷,第 44、45 页。

⑥ 温儒敏:《中国现代文学批评史》,北京大学出版社 2003 年版,第 53 页。

义伦理的限定,这也是其被视为新古典主义批评家之所在。

　　因此,梁实秋以古典主义的理性标准来衡量新文学,对新文学学习西方、推崇情感、印象主义、自然与独创等浪漫倾向都有非议,说这些是"浪漫的混乱","到处弥漫着抒情主义","流于颓废主义","趋于假理想主义","不能不流为人道主义","专要寻出个人不同处,势必将自己的怪僻的变态极力扩展,以为光荣,实则脱离了人性的中心",这实质上是在否定五四文学的"'从心所欲'而'逾矩'"的个性解放精神。他认为:"古典主义者最尊贵人的头;浪漫主义者最贵重人的心。头是理性的机关,里面藏着智慧;心是情感的泉源,里面包着热血。……按照人的常态,换句话说,按照古典主义者的理想,理性是应该占最高的位置。但是浪漫主义者最反对就是常态,他们在心血沸腾的时候,如醉如梦,凭着感情的力量,想象到九霄云外,理性完全失了统驭的力量。"① "情感就如同铁笼里猛虎一般,不但把礼教的桎梏重重的打破,把监视情感的理性也扑倒了。"② "'抒情主义'的自身并无什么坏处,我们要考察情感的质是否纯正,及其量是否有度。从质量两方面观察,就觉得我们新文学运动对于情感是推崇过分。"③ 这与学衡派的文学观念有相通之处,但不一样的是,梁实秋并不复古,也不反对白话文学,而是想用古典理性来节制新文学个人主义的情感泛滥,以常态人性来矫正个性的病态暴露:"欲救中国文学之弊,最好是采用西洋的健全的理论,而其最健全的中心思想,可以'人本主义'一名词来包括。人本主义者,一方面注重现实的生活,不涉玄渺神奇的境界;一方面又注重人性的修养,推崇理性与'伦理的想象',反对过度的自然主义。"④ 梁实秋此处所谓的"人本主义"也即他所信仰的白璧德的新人文主义,实际上与他所反对的"人道主义"很难截然分开,与其说他反对人道主义,毋宁说是反对五四时期人道主义思想在推动个性解放方面的过犹不及。

　　所以,梁实秋并不反对正常的、自然的个性表现,他一直强调"文学的纪律是内在的节制,并不是外来的权威。"对于那些戕害文学自由精神、桎梏文

　　① 梁实秋:《现代中国文学之浪漫的趋势》,《梁实秋文集》第一卷,鹭江出版社 2002 年版,第41—42 页。
　　② 同上书,第 42 页。
　　③ 同上书,第 43 页。
　　④ 梁实秋:《现代文学论》,《梁实秋文集》第一卷,第 399 页。

学形式的“外来权威”,他都主张统统给予革除:“把‘外在的权威’打倒,然后文学才有自由”。① 就散文的个性表现来看,他承认“散文是没有一定的格式的,是最自由的,同时也是最不容易处置,因为个人的人格思想,在散文里绝无隐饰的可能,提起笔来便把作者的整个的性格纤毫毕现的表示出来”,“每一个人便有一种散文”,“文调的美纯粹是作者的性格的流露,所以有一种不可形容的妙处……散文的妙处真可说是气象万千,变化无穷。”② 正是基于这样一种通达的态度,梁实秋的散文理论批评有时也显得较为宽容。梁实秋与鲁迅有过多年的论战,甚至被鲁迅称为“丧家的”“资本家的乏走狗”,但他对鲁迅的杂文却采取比较客观的评价态度:“新文学运动以来,比较能写优美的散文的,我认为首应推胡适、徐志摩、周作人、鲁迅、郭沫若五人。”对于鲁迅杂文的讽刺和泼辣笔法,他也不加否定:“鲁迅的散文是恶辣,著名的‘刀笔’,用于讽刺是很深刻有味的,他的六七本杂文是他最大的收获。”③ “鲁迅先生的文章,是不见血的,因为笔锋太尖了,一直刺到肉里面去,皮肤上反倒没有痕迹。我们中国的麻木的社会,真需要这样的讽刺的文学。讽刺文学的艺术,是极值得研究的。我们细读《华盖集续编》可以看出鲁迅先生最成功的几种讽刺的技术。”④ 不因人废文,不因个人恩怨否定对方的创作实绩,这实际上也是在实践其“理性驾驭情感”的批评理念。另一方面,肯定白话散文在个性美学上的创获,也可见出梁实秋与学衡派在对待新文学上的不同态度。

在理性节制论的指导下,梁实秋很讲究“散文的艺术”,认为“散文的美固重个性,但散文的艺术亦有较为普遍的原则。”⑤ 也即,他想通过对散文具体艺术技巧和手法的营构,将“文学的纪律”付诸实施。首先,他强调散文的情理相当。梁实秋认为,“散文绝不仅是历史哲学及一般学识上的工具。在英国文学里,‘感情的散文’(Impassioned prose)虽然是很晚产生的一个类型,而在希腊时代我们该记得那个‘高超的郎占诺斯’,这一位古远的批评家说过,散文的功效不仅是诉于理性,对于读者是要以情移。感情的渗入,与文调

<hr />

① 梁实秋:《文学的纪律》,《梁实秋文集》第一卷,鹭江出版社 2002 年版,第 139 页。
② 梁实秋:《现代文学论》,《梁实秋文集》第一卷,第 410、411 页。
③ 同上书,第 411 页。
④ 梁实秋:《〈华盖集〉续编》,《梁实秋文集》第六卷,鹭江出版社 2002 年版,第 358 页。
⑤ 梁实秋:《现代文学论》,《梁实秋文集》第一卷,第 412 页。

的雅洁,据他说,便是文学的高超性的来由。不过感情的渗入,一方面固然救散文生硬冷酷之弊,在另一方面也足以启出恣肆粗陋的缺点。"有鉴于此,他提醒道:"高超的文调,一方面是挟着感情的魔力,另一方面是要避免种种的卑陋的语气,和粗俗的辞句。"因此,他对于"嬉笑怒骂,引车卖浆之流的语气,和村妇骂街的口吻,都成为散文的正则",很不以为然,认为"像这样恣肆的文字,里面有的是感情,但是文调,没有!"① 这近似于《诗大序》所说的"发乎情,止乎礼",也是他再三鼓吹"文学发于人性,基于人性,亦止于人性"的具体阐释。

其次,梁实秋认为,凡艺术都是人为的,散文艺术也是如此。他指出:"散文的文调虽是作者内心的流露,其美妙虽是不可捉摸,而散文的艺术仍是所不可少的。"何谓"散文的艺术"?梁实秋用"简单"二字来概括。在他看来,一般的散文写作往往违背简单的原则,在艺术上的毛病是太多枝节,线索不清楚;太繁冗,在琐碎处致力太过,令人生厌;太生硬,干枯无趣,不能引人入胜;太粗陋,失掉纯洁的精神。这就有待于作者"选择"与"割爱",也就是"散文的艺术便是作者的自觉的选择。"他引证法国作家福楼拜的话说明选词择句的重要,并指出:"平常人的语言文字只求其能达,艺术的散文要求其能真实"。"选择"就是为了达到"作者心中的意念的真实","在万千的辞字中他要去寻求那一个——只有那一个——合适的字,绝无一字的敷衍将就。""选择"的同时也要求散文作家舍得"割爱"。"割爱"不仅涉及语言文字,而且关乎内容。梁实秋认为:"散文的艺术中之最根本的原则,就是'割爱'。一句有趣的俏皮话,若与题旨无关,只得割爱;一段题外的枝节,与全文不生密切的关系,也只得割爱;一个美丽的典故,一个漂亮的字眼,凡是与原意不甚洽合者,都要割爱。散文的美,不在乎你能写出多少旁征博引的故事穿插,亦不在乎多少典丽的辞句,而在能把心中的情思干干净净直截了当的表现出来。"因此,"简单就是经过选择删蔓以后的完美状态。"② 在谈及浪漫主义者时,梁实秋指出:"浪漫主义者一方面要求文学的自然,一方面要求文学的独创。其

---

① 梁实秋:《论散文》,《新月》1928 年第 1 卷第 8 号。
② 同上。

实凡是自然的便不是独创的,这似乎是浪漫主义者的矛盾。"① 在这里,梁实秋指出了作为个性表现重要范畴的"独创性"的"非自然性",因为它必须借助"人为"的艺术手段才能实现。所以,梁实秋一面认为"散文是没有一定的格式的,是最自由的",又一面主张散文写作必须有选择和删蔓,这并非犯了逻辑矛盾,而是洞悉了散文个性表现的内在辩证之处,说明他对散文乃至文学的创作规律有着深刻的认识。也可发现,他这种散文个性观念背后的所谓"最健全的""人本主义",其实是对五四时期"健全的个人主义"的调整和修正,他是想去除后者极端发展的一面给散文创作带来的消极影响,根本上还是属于以人道主义思想为基础的人性论"个性"说的谱系。

但也必须看到,无论是所谓"标准""健康"的人性,还是试图以理节情,梁实秋的文学观念和批评标准实际上取消了文学创作的繁复性和审美的多样化,也是"一个极端的假设"。特别是他几乎将整个五四新文学都视为具有浪漫主义的倾向,不做区别加以批判,既违背了历史事实,也使他所主张的个性观念止于新人文主义"二元人性论"的维度,缺乏自然活泼的气度。比如他认为散文要有"高超的文调",过度强调简单和割舍枝蔓,都会抑制主体情感的自由表达,使散文创作少了自然从容之风,某种程度上背离了反封建、张扬个性的五四精神。

四

进入 20 世纪 30 年代以后,虽然救亡压倒了启蒙,但五四时期确立起来的"人的文学"的命题仍在继续。不过,真正以严肃的姿态自觉或不自觉地继承五四文学传统的是"京派"新一代作家。

学界对"京派"的界定向来众说纷纭,但一般认为"京派"有新、老两代之分,老"京派"的代表人物有周作人、胡适、废名、俞平伯等,新"京派"主要以沈从文、朱光潜、李健吾、何其芳、李广田、李长之、梁宗岱等一批后起作家为

---

① 梁实秋:《现代中国文学之浪漫的趋势》,《梁实秋文集》第一卷,鹭江出版社 2002 年版,第50页。

代表。① 整体观之,"'京派'的文学倾向导源于文学研究会滞留在北方而始终没有参加'左联'(包括北平'左联')的分子"②,"'京派'文学是'人的文学'"③,但到了30年代,作为五四新文学运动发起者和推动者的老"京派"作家大多已没有五四时期的那种精进和锐气,反倒是新"京派"作家在不断地追怀五四精神及其形塑的新传统。朱光潜认为辛亥革命并没有成功打破封建势力,铲除封建社会的诸多积弊,只有到了"五四运动才唤醒民众,使他们觉悟到封建社会的毒,觉悟到挽救危亡,必须民众自己努力更生,而努力更生必从思想教育做起。辛亥革命只是政治的革命,五四运动才是思想革命的先声。"因此,他认为五四运动虽"可以说是过去了。但是就影响言,它还不能说是过去了,目前文化界的动态多少是由它种因"。④ 青年批评家李长之虽对五四运动多有否定,但也肯定其启蒙精神和思想解放意义:"假若要用一个名称以确切说明'五四'精神的话,我觉得应该用启蒙运动。……我们试看'五四'时代的精神,像陈独秀对于传统的文化之开火,像胡适主张要问一个'为什么'的新生活,像顾颉刚对于古典的怀疑,像鲁迅在经书中所看到的吃人礼教(《狂人日记》),这都是启蒙的色彩。"⑤ 对五四精神念念不忘的沈从文,也在《文运的重建》《"五四"二十一年》《五四》《纪念五四》《五四和五四人》等多篇文章中,对五四运动的深远意义给予了多方面的肯定,将其作为时代前进和社会变革的动力:"从民八起始,近二十年中国变化太大了。向这个二十年短短历史追究变化的原因,我们必承认五四实在是中国大转变一个枢纽,有学术自由,知识分子中的理性方能抬头,理性抬了头,方有对社会一切不良现象怀疑与否认精神,以及改进或修止愿望。文学革命把这种精神与愿望加以表现,由于真诚,引起了普遍影响,方有五卅,方有三一八,方有北伐,方有

---

①　参见许道明的《京派文学的世界》(复旦大学出版社1994年版)、刘峰杰的《论京派批评观》(《文学评论》1994年第4期)、高恒文的《"京派":备忘与断想》(《文艺理论研究》1995年第4期)、杨义的《中国现代小说流派》(人民出版社1998年版)、黄健《京派文学批评研究》(上海三联书店2002年版)等著述。

②　见吴福辉编:《京派小说选》"序言",人民文学出版社2011年版,第1页。

③　高恒文:《"京派":备忘与断想》,《文艺理论研究》1995年第4期。

④　朱光潜:《五四运动的意义和影响》,《中国青年》1942年第6卷第5期。

⑤　李长之:《迎中国的文艺复兴》,商务印书馆2013年版,第33—35页。

统一,方有抗战。"① 但从文学的角度来看,从五四文学到"京派"文学,这期间的影响与接受是一个复杂的过程,有人认为:"如果京派文学以及五四以后其他类型的文学与五四新文学运动的关系是一个函数关系,那么京派文学与其他类型文学分别是'积',五四新文学运动所提供的则是一个'常量','变量'是新吸收或生长的成分。以京派文学为例,五四新文学提供的内容乘以新吸收的生长的成分等于京派文学,京派文学与五四新文学约减也就是京派文学的独特之处。求'积'是运算的目的,但得先找出'常量'和'变量'。"② 对于新"京派"作家来说,"常量"与"变量"的关系,不仅指他们对五四精神的回望和坚守,更体现为他们对五四精神的修正和提升。

一方面,他们追怀着五四时期"人的文学"的思想命题。沈从文在《窄而霉斋闲话》中写道:"'京样'的'人生文学',提倡自于北京,而支配过一时节国内诗歌的兴味,诗人以一个绅士或荡子的闲暇心情,窥觑宽泛的地上人事,平庸,愚卤,狡猾,自私,一切现象使诗人生悲悯的心,写出不公平的抗议,虽文字翻新,形式不同,然而基本的人道观念,以及抗议所取的手段,仍俨然是一千年来的老派头,所以老杜的诗歌,在精神上当时还为诸诗人崇拜取法的诗歌。但当前诸人,信心坚固,愿力宏伟,弃绝辞藻,力取朴质,故人生文学这名词,却使人联想到一个光明的希望。"他还说要"重新把'人生文学'这个名词叫出来",③ 颇有努力承续"五四"文学精神的意图。

但另一方面,他们又企图以"当代"的眼光重新释读"五四"传统,并在此基础上对这一传统进行历史救赎,以挽救其自我否定式的恶性发展。在周作人《人的文学》一文中,人是"从'动物'进化的",这向我们表明,人的动物性生存本能和凡俗欲望在当时获得了思想界的正视与肯定,但它对于五四以后文学的政治化、商业化潮流多少起到了推波助澜的作用,这正是新"京派"作家所厌恶的。为此,他们在相当程度上更加强调人性中对于动物性生存状态的超越性因素,将写作看成是将人从纯粹自然的动物性存在提升到生命价值层面的一种方式。沈从文道:"从商品与政策推挽中,伟大作品不易产生,写

---

① 沈从文:《文运的重建》,《中央日报》1940 年 5 月 4 日。
② 查振科:《对话时代的叙事话语——论京派文学》,春风文艺出版社 2005 年版,第 58 页。
③ 沈从文:《窄而霉斋闲话》,《文艺月刊》1931 年第 2 卷第 8 期。

作的动力,还有待于作者从两者以外选一条新路,即由人类求生的庄严景象出发,因所见甚广,所知甚多,对人生具有深厚同情与悲悯,对个人生命与工作又看得异常庄严,来用宏愿与坚信,完成这种艰难工作,活一世,写一世,到应当死去时,倒下完事,工作的报酬,就是那工作本身;工作的意义,就是他如历史上一切伟大作者同样,用文字故事来给人生作一种说明,说明中表现人类向崇高光明的向往,以及在努力中必然遭遇的挫折。"① 所以沈从文常常强调文学是严肃的事业,需要"具有独立思想的作家"②,希望"将文学当成一种宗教,自己存心作殉教者,不逃避当前社会做人的责任"③。沈从文的观点也基本代表了新"京派"作家的期待,归结起来,就是文学要表现人生和排除功利,践行一种现实、严肃的"文学者的态度"。这说到底,体现的正是对五四"人的文学"核心内涵的继承与发展。众所周知,周作人首倡"人的文学"时就强调"人的文学"与"非人的文学"最根本的区别"只在著作的态度不同。一个严肃,一个游戏"④,这意味着"人的文学"的口号中,不仅规定了文学所描写和反映的对象,更包含着对于作者的立场与写作态度的期许。周作人所说的"用这人道主义为本,对于人生诸问题,加以记录研究的文字,便谓之人的文学",首要强调的正是"为人生"的立场和态度。在此基础上再来考察沈从文的"文学者的态度",分明可以看到二者之间的一致性与连贯性。如果说,"严肃""现实"的态度是两个时期文学思想的基本共同点,那么,"纯粹性"则体现了沈从文等人在新的时代环境中的新思考。五四时期作为社会变革先声的文学重在离析与破坏,必然带有功利性的诉求。而到了"革命文学"时代,新"京派"作家在延续"人的文学"血脉的基础上,又特别强调了文学必须拒绝过分的功利性赋予,反对将文学作为宣传的工具甚或沽名钓誉的投机手段,反对政治和商业对于文学的侵袭。这些新的观点和内涵,不仅奠定了新"京派"的思想基础,更体现在新京派文人对"纯粹"的审美观念的追寻,成为这个群体在特定时期中最为独特的坚持与主张。这正是他们与五四启蒙

---

① 沈从文:《白话文问题——过去当前和未来检视》,《战国策》1940年第2期。
② 沈从文:《元旦日致〈文艺〉读者》,《沈从文全集》第十七卷,北岳文艺出版社2002年版,第204页。
③ 沈从文:《新文人与新文学》,《大公报》1935年2月3日。
④ 周作人:《人的文学》,《新青年》1918年第5卷第6号。

主义者的不同之处。换言之,京派作家想通过反抗五四启蒙传统中的另一部分——由平民意识与实用理性膨胀而成的当代现实,努力提高与凸显五四传统中的个性主义,并张扬这一传统中的精神性与超越性维度。

新"京派"作家对五四精神的扬弃态度,在他们对周作人等人散文的评价中很明显地体现了出来。在《自己的文章》中,周作人说道:"有人好意地说我的文章写得平淡,我听了很觉喜欢但也很惶恐。"① 周作人所谓的"有人"中,就包括部分新"京派"作家。1926 年,朱光潜在评论《雨天的书》时,就对周作人散文中平淡自然的风格和超然冷静的人生姿态给予了很大的肯定:"我们读周先生这一番话,固不敢插嘴,但总嫌他过于谦虚,小林一茶的那种闲情逸趣,周先生虽还不能比拟,而在现代中国作者中,周先生而外,很难找得第二个人能够做得清淡的小品文字。他究竟是有些年纪的人,还能领略闲中情趣。如今天下文人学者都在那儿著书或整理演讲集,谁有心思去理会苍蝇搓手搓脚! 然而在读过装模做样的新诗或形容词堆砌成的小说(应该说'创作')以后,让我们同周先生坐在一块,一口一口的啜着清茗,看着院子里花条蝦蟆戏水,听他谈'故乡的野菜','北京的茶食',二十年前的江南水师学堂,和清波门外的杨三姑一类的故事,却是一大解脱。"② 很明显,朱光潜对周作人早期散文清淡隽永的风格很是推崇。沈从文对周作人五四时期的散文也表示了相似的看法:"从五四以来,以清淡朴讷文字、原始的单纯,素描的美,支配了一时代一些人的文学趣味,直到现在还有不可动摇的势力,且俨然成一特殊风格的提倡者与拥护者,是周作人先生。""无论自己的小品,散文诗,介绍评论,通通把文字发展到'单纯的完全'中,彻底地把文字从藻饰空虚上转到实质言语来,那么非常切贴人类的情感,就是翻译日本小品文,及古希腊故事,与其他弱小民族卑微文学,也仍然是用同样调子介绍与中国年轻读者晤面。因为文体的美丽,最纯粹的散文,时代虽在向前,将仍然不会容易使世人忘却,而成为历史的一种原型,那是无疑的。"③ 不仅朱、沈二人,其他新"京派"作家也时常在不经意间流露出对周作人的倾慕。李长之道:"周作人

---

① 周作人:《自己的文章》,《西北风》1936 年第 10 期。
② 朱光潜:《〈雨天的书〉》,《一般》1926 年 11 月号,原署名"明石"。
③ 沈从文:《论冯文炳》,《沈从文全集》第十六卷,北岳文艺出版社 2002 年版,第 145 页。

先生的批评原是很好的,趣味也极高,学识又富,常能根据健全的头脑和常识,而写出清淡而隽永的批评文字来,不过他不是专弄批评的,现在则久又不执笔作这种文章了,我自己感觉到这是文坛上的一件大损失。"① 新"京派"作家对周作人五四时期清新淡远的小品文风格的推崇,正是基于他们一直提倡的纯粹健全的文学观念,也体现了他们对五四时期以人道主义个性观为思想基础的散文精神的追怀。

所以,当 20 世纪 30 年代的散文创作走向功利化或者个人自娱自乐的时候,他们纷纷对之提出了批评,试图在坚持艺术独立性、严肃性和纯正性等方面进行理论与创作的探索。沈从文在分析五四以后的文学状况时道:"谈及文学运动分析它的得失时,有两件事值得我们特别注意:第一是民国十五年后,这个运动同上海商业结了缘,作品成为大老板商品之一种。第二是民国十八年后,这个运动又与国内政治不可分,成为在朝在野政策工具之一部。因此一来,若从表面观察,必以为活泼热闹,实在值得乐观。可是细加分析,也就看出一点堕落倾向,远不如'五四'初期勇敢天真,令人敬重。原因是作者的创造力一面既得迎合商人,一面又得傅会政策,目的既集中在商业作用与政治效果两件事情上,它的堕落是必然,不可避免的。"② 又说:"人生文学的不能壮实耐久,一面是创造社的兴起,也一面是由于人生文学提倡者同时即是'趣味主义'讲究者。趣味主义的拥护,几乎成为地方文学见解的正宗,看看名人杂感集数量之多,以及稍前几个作家诙谐讽刺作品的流行,即可明白。讽刺与诙谐,在原则上说来,当初原不悖于人生文学,但这趣味使人生文学不能端重,失去严肃,琐碎小巧,转入泥里,从此这名词也渐渐为人忘掉了。"③ 根据这一观察,他对周作人及其追随者把散文创作引向闲适幽默、自遣把玩的倾向进行了批评。

在《论冯文炳》一文中,沈从文借评废名之机,委婉地表达了对周作人、废名、俞平伯等人"绅士""趣味"的不满:"趣味的恶化(或者这只是我个人的见解),作者(指废名)方向的转变,或者与作者在北平的长时间生活不无关系。

---

① 李长之:《梁实秋著〈偏见集〉》,《国闻周报》1934 年第 11 卷第 50 期。
② 沈从文:《新的文学运动与新的文学观》,《战国策》1940 年第 9 期。
③ 沈从文:《窄而霉斋闲话》,《文艺月刊》1931 年第 2 卷第 8 期。

在现时,从北平所谓'北方文坛盟主'周作人、俞平伯等等散文揉杂文言文在文章中,努力使之在此等作品中趣味化,且从而非意识的或意识的感到写作的喜悦,这'趣味的相同',使冯文炳君以废名笔名发表了他的新作,在我觉得是可惜的。这趣味将使中国散文发展到较新情形中,却离了'朴素的美'越远,而同时所谓地方性,因此一来亦完全失去,代替作者过去优美文体显示一新型的只是畸形的姿态一事了","但在文章方面,冯文炳君作品,所显现的趣味,是周先生的趣味。"他认为废名创作中所显露的"衰老厌世意识","不康健的病的纤细的美",除了满足"个人写作的怪悦,以及二三同好者病的嗜好",对于文学工作来说,是一种精力的浪费。① 因此,他认为小品文的倡导者"要人迷信'性灵',尊重'袁中郎',且承认小品文比任何东西还重要。真是一个幽默的打算!"②

对于鲁迅的战斗性杂文,他也表示了保留意见:"对统治者的不妥协态度,对绅士的泼辣态度,以及对社会的冷而无情的讥嘲态度,处处莫不显示这个人的大胆无畏精神。虽然这大无畏精神,若能详细加以解剖,那发动正似乎也仍然只是中国人的'任性';而属于'名士'一流的任性,病的颓废的任性,可尊敬处并不比可嘲弄处为多。并且从另一方面去检查,也足证明那软弱不结实;因为那战斗是辱骂,是毫无危险的袭击,是很方便的法术。"之所以得出如此结论,主要在于鲁迅杂文较为激烈的情绪而产生的不"纯粹性"。有人认为"把'意气'这样东西除去,把'趣味'这样东西除去,把因偏见而孕育的憎恶除去,鲁迅就不能写一篇文章了"。对此沈从文表示赞同:"那年青人说的话,是承认批评这字样,就完全建筑在意气与趣味两种理由上而成立的东西。但因为趣味同意气,即兴的与任性的两样原因,他以为鲁迅杂感与创作对世界所下的那批评,自己过后或许也有感到无聊的一时了。我对于这个估计十分同意。"③

朱光潜对西方美学深有研究,他反对审美的偏执,讲究文学情感的健康

---

① 沈从文:《论冯文炳》,《沈从文全集》第十六卷,北岳文艺出版社 2002 年版,第 146、148、150 页。

② 沈从文:《谈谈上海的刊物》,《大公报》1935 年 8 月 18 日。

③ 沈从文:《鲁迅的战斗》,《沈从文全集》第十六卷,第 165、168—169 页。

及趣味的醇正。他认为:"文艺不一定只有一条路可走。""读诗较广泛者常觉得自己的趣味时时在变迁中,久而久之,有如江湖游客,寻幽览胜,风雨晦明,川原海岳,各有妙境,吾人正不必以此所长,量彼所短,各派都有长短,取长弃短,才无偏蔽。古今的优劣实在不易下定评,古有古的趣味,今也有今的趣味。"因此,"文艺批评不可抹视主观的私人的趣味,但是始终拘执一家之言者的趣味不足为凭。文艺自有是非标准,但是这个标准不是古典,不是'耐久'和'普及',而是从极偏走到极不偏,能凭空俯视一切门户派别者的趣味;换句话说,文艺标准是修养出来的纯正的趣味。"① 在《诗论》中,朱光潜提出:"诗和散文的风格不同,也正犹如这首诗和那首诗的风格不同","不能凭空立论,说诗在风格上高于散文。诗和散文各有妙境。"况且,"许多小品文是抒情诗。"② 在这里,朱光潜从纯文学的角度,把散文和诗歌置于同等的地位,这与周作人所说的读好的美文"如读散文诗"的观点如出一辙。因此,他不满于有人把散文题材、主题世俗化的说法。对于摩越在《风格论》中所说的"风俗喜剧所表现的心情,须用散文","散文是讽刺的最合适的工具",以及时人所认为的"极好的言情的作品都要在诗里找,极好的叙事说理的作品都要在散文里找",他都认为是"一种的传统的偏见"。③ 可以说,朱光潜秉持的是一种纯散文的观念,这使他对散文的个性艺术和风格趣味都持一种健全态度,显示出新"京派"作家特有的文学理念。在《论小品文》中,朱光潜提倡小品文创作的独创性,批判了周作人、林语堂及其一批追随者提倡晚明小品文的食古不化:"我对于晚明小品文也有同样的感觉,它自身本很新鲜,经许多人一模仿,就成为一种滥调了。我始终相信在艺术方面,一个人有一个人的独到,如果自己没有独到,专去模仿别人的一种独到的风格,这在学童时代做练习,固无不可,如果把它当作一种正经事业做,则似乎大可不必。中国人讲艺术的通病向来是在创造假古董。扬雄生在汉朝,偏都要学周朝人说话,韩愈生在唐朝,偏要学汉朝人说话,归有光生在明朝,方苞生在清朝,偏要学汉唐人说话。'古文'为世诟病,就因为它是假古董,我们生在二十世纪,硬要大吹大

---

① 朱光潜:《谈趣味》,《益世报》1935 年 3 月 6 日。
② 朱光潜:《诗论》,《朱光潜全集》第三卷,安徽教育出版社 1987 年版,第 106、109 页。
③ 同上书,第 109 页。

攂地捧晚明小品文,不是和归有光,方苞之流讲'古文'的人们同是闹制造假古董的把戏吗?归方派古文家和现在晚明小品文的信徒都极为向'雅'字方面做,他们所做到的只是'雅得俗不可耐'。"① 对于 20 世纪 30 年代小品文复古倾向的批判,朱光潜的观点颇为接近胡适"一时代有一时代之文学"的口吻,只是其出发点与落脚点已不再是为打破"载道"文章桎梏,而是在于反拨低级趣味的小品文写作,为现代散文开辟一方净土:"我并不反对少数人特别嗜好晚明小品文,这是他们的自由。但是我反对这少数人把个人的特殊趣味加以鼓吹宣传,使它成为弥漫一世的风气。无论是个人的性格或是全民族的文化,最健全的理想是多方面的自由的发展。晚明式的小品文聊备一格未尝不可,但是如果以为'文章正轨'在此,恐怕要误尽天下苍生。"② 可见,朱光潜对晚明式小品的批判与其说是因为周、林等人小品文趣味的偏执,毋宁是针对这一偏执对文学严肃性的消解。由此,他继续批判道:"现在一般文人偏向小品文,小品文又偏向'幽默'一条路走。小品文本身不是一件坏事,幽默本身也不是一件坏事。但是我相信幽默要有一个分寸,把这个分寸辨别恰到好处,却是一件极难的事。……滥调的小品文和低级的幽默合在一起,你想世间有比这更坏的东西么?极上品的幽默和最'高度的严肃'往往携手并行;要想一个伟大的文学产生,我们必须有'高度的严肃',我们的小品文的幽默是否伴有这种'高度的严肃'呢?"对于小品文趣味错误走向的担忧,他甚至不无偏激地认为小品文写作对于长篇大制创作的消极影响:"现在一般人特别推尊小品文,也可以说是沿袭中国数千年来的一种旧风尚。这种旧风尚实在暴露中国文学的一个大缺点,就是缺乏伟大艺术所应有的'坚持的努力'。我并非说作品的价值大小完全可以篇幅长短为准。但是拿中国文学和欧洲文学相较,相差最远的是大部头的著作,这是无可讳言的。……原因固然很多,我以为其中之一就是太看重小品文。他们的精力大部分在小品文中消磨去了,所以不能作较大的企图。现在我们的新兴文艺刚展开翅膀作高飞远举的准备,我们又回到旧风尚去推尊小品文,在区区看来,窃期期以为不可。"③ 李

---

① 朱光潜:《论小品文》,《朱光潜全集》第三卷,安徽教育出版社 1987 年版,第 427 页。
② 同上书,第 428 页。
③ 同上书,第 428—429 页。

健吾也有类似的不满:"就艺术的成就而论,一篇完美的小品文也许胜过一部俗滥的长篇。然而一部完美的长作大制,岂不胜似一篇完美的小品文?"① 可见在新"京派"作家看来,周作人、林语堂等人鼓吹闲适幽默趣味,不是"发扬性灵"而是"销铄性灵"②,误导文坛,已危及散文的健康发展。

与此同时,新"京派"作家也努力为现代散文寻求新的出路,力图"为抒情的散文找出一个新的方向",追求"纯粹的柔和,纯粹的美丽"。③ 在创作上,他们也强调自我表现,朱光潜认为:"文章只有三种,最上乘的是自言自语,其次是向一个人说话,再其次是向许多人说话。第一种包含诗和大部分文学,它自然也有听众,但是作者用意第一是要发泄自己心中所不能不发泄的,这就是劳伦斯所说的'为我自己而艺术'。这一类的文章永远是真诚朴素的。第二种包含书信和对话,这是向知心的朋友说的话,你知道我,我知道你,用不着客气,也用不着装腔作势,像法文中一个成语所说的'在咱们俩中间'。这一类的文章的好处是家常而亲切。第三种包含一切公文讲义宣言以至于《治安策》《贾谊论》之类,作者的用意第一是劝服别人,甚至于在别人面前卖弄自己。他原来要向一切人说话,结果是向虚空说话,没有一个听者觉得话是向他自己说的。这一类的文章有时虽然也有它的实用,但是很难使人得到心灵默契的乐趣。"④ 何其芳当时就主张:"文艺什么也不为,只为了抒写自己,抒写自己的幻想、感觉和情感",⑤ 他在自言自语的独语中精心"画梦",追求着"纯粹的柔和,纯粹的美丽"。这是朱光潜所说的第一种文章的代表,当时京派举办的《大公报》文艺奖,就把唯一的散文奖评给何其芳的《画梦录》。李广田也主张:"散文的语言,以清楚,明畅,自然有致为其本来面目,散文的结构,也以平铺直叙,自然发展为主,其所以如此者,正因为散文以处理主观的事物为较适宜,或对于客观的事物亦往往以主观态度处理之的缘故。写散文,实在很近于自己在心里说自家事,或对着自己人说人家的事情一样,

① 李健吾:《〈鱼目集〉》,见《咀华集·咀华二集》,复旦大学出版社 2005 年版,第 66 页。
② 同上。
③ 何其芳:《我和散文(代序)》,见《还乡杂记》,文化生活出版社 1949 年版,第 7 页。
④ 朱光潜:《论小品文》,《朱光潜全集》第三卷,安徽教育出版社 1987 年版,第 425—426 页。
⑤ 何其芳:《〈夜歌和白天的歌〉初版后记》,《何其芳文集》第二卷,人民文学出版社 1982 年版,第 253 页。

常是随随便便,并不怎么装模作样。"① 从散文特性来把握自我表现的自由自然,颇为接近五四时期众家关于絮语闲谈文风的理论言说。他后来对个性人格的要求,"那最好的,自然是'为己'与'为人'合一,我自己的生命与无数人的生命共鸣,我生命中有人,人生命中有我,一切从自己真实体验中出发,而这个自己又是一个扩大了的人格","人不能没有自己,也唯有这样的一个'自己'才是一个完整的个体,从这样的'自己'中创作出来的艺术,也将是最完整的艺术。"② 这"为己"与"为人"合一而"扩大了的人格",正是五四健全个性思想的承传发展,李健吾认为李广田散文"内外一致,而这里的一致,不是人生精湛的提炼,乃是人生全部的赤裸","在他的书里,没有什么戏剧的气氛,却只使人意识到淳朴的人生,他的文章也没有什么雕琢的词藻,却有着素朴的诗的静美"③,说的也是这层意思。上述评价看似具有艺术至上的倾向,但却非狭隘地"为艺术而艺术"。因为这些散文观念主要是针对实用理性对文学的侵蚀乃至绑架这一现状而发的,他的内核在于"严肃""纯正",最终是为了散文创作的健康发展,重建五四"人的文学"的主题,寻回被放逐的健全的人性和个性。正是在此意义上,与"学衡派"和梁实秋一样,新"京派"作家的散文理论也在阐发健全人性、艺术个性上对"个性"说作出了充实、修正和完善,或者说是对人性论"个性"说的螺旋式提升。

---

① 李广田:《谈散文》,《中学生》1948 年第 197 期。
② 李广田:《谈文艺创造》,《中学生》1948 年第 195 期。
③ 李健吾:《〈画廊集〉——李广田先生作》,见《咀华集·咀华二集》,复旦大学出版社 2005 年版,第 80、81—82 页。

第二节 言志论的"个性"说

　　1927 年以后，随着阶级矛盾和民族矛盾的进一步激化，以及政治权力对文化管控的升级，五四以来的个性主义思潮日趋分化，人性和个性的观念在不同的阵营里被赋予不同的内涵和功能。反映到散文理论批评界，则是围绕个性与自我，形成言志论和社会论两种针锋相对的理论形态。前者面对政治高压，发展了五四文学个性观念中自主自决的一面，固守个人主义和自由主义立场，逃避个人的社会责任而强调"性灵"与"闲适"，走向独善、超然的自我中心主义。而后者则主张人是"社会关系的总和"，个性具有种族、阶层、阶级的区别，要求个性与社会性、阶级性相统一。两种理论形态的对峙在 20 世纪 30 年代前半期达到了白热化的阶段，直至抗战后，随着民族救亡全面上升为时代主题，这一对峙才日渐消散。但期间两者的对抗与对话却构成了现代散文理论"个性"说的重要内容，无论论及哪一方，实际上都要以另一方为参照系来展开。本节首先探讨与五四人性论"个性"说关系较为密切的言志论"个性"说。

　　言志论"个性"说可谓五四人性论"个性"说的变体。它由五四以后一批固守个性自由园地的自由主义知识分子所主导，始于周作人及其弟子所提倡的散文言志观，经以林语堂为首的"论语派"的鼓吹而风行于 20 世纪 30 年代文坛。言志论"个性"说调和了五四的散文个性观、古代中国的抒情言志传统和西方的自由主义、表现主义理论，提倡自我和闲适的散文观念，具有鲜明的隐遁色彩和超然意趣。当然,在反对散文个性表现工具理性化的同时,这一派理论也致力于为现代散文理论建设开拓出本土化、民族化的路径。特别是在现代散文文体风格的建构上,提出了一些新的审美范畴,如"涩味"与"简单味"(周作人)、"隔"与"不隔"(废名)、"语录体"(林语堂)等。因此,对于言志论的"个性"说,应一分为二,改变过去一边倒的否定态度,重估其价值意义。

一

周作人是言志论"个性"说的首倡者。如果追根溯源可以发现,他反复述说散文的自我言志,其实是他在社会理想和文学理想受挫的情况下,对五四时期"健全的个人主义"的调整。推及开来,这一理论形态既延续了五四时代反载道文学的传统,又是对"人的文学"之"个人主义的人间本位主义""利己又利他"等理念的偏执发展,最后发展成对个人所偏好的传统审美趣味的张扬,形成自我言志、独抒性灵、追求闲适趣味的美学观念。

周作人在《人的文学》一文中指出,"人"来自于"动物",是从"动物"进化;同时"人"又不能等同于"动物",而是"进化"了的"动物"。据此,人性既包括动物本能,又有其社会(人类)属性。这样的人性观在当时当然惊世骇俗,特别是他把自然本能作为人性的基础,对于传统的"神道主义"和封建礼教无疑是一次重大的冲击。周作人自然人性论的思想基础就是盛行于五四时期的人道主义,"我所说的人道主义,是从个人做起。要讲人道,爱人类,便须先使自己有人的资格,占得人的位置",他以耶稣的"爱邻如己"为例,认为"如不先知自爱,怎能'如己'的爱别人呢?"①《人的文学》可以说是一篇反映周作人五四时期文学思想基本面貌的纲领性文献,它可见出周作人对文学中个人和个性的重视,但将人性坐实于人类性,也反映出其"个人"与"个性"观念的抽象性。这在同一时期他谈论文学的诸多文字中有着更明显的体现。他在《新文学的要求》里指出:"这文学是人类的,也是个人的;却不是种族

---

① 周作人:《人的文学》,《新青年》1918 年第 5 卷第 6 期。

的,国家的,乡土及家族的。"① 在《文艺的统一》中也说:"文学是情绪的作品,而著者所能最切迫的感到者又只有自己的情绪,那么文学以个人自己为本位,正是当然的事。个人既然是人类的一分子,个人的生活即是人生的河流的一滴,个人的感情当然没有与人类不共同的地方。……据我的意见,文艺是人生的,不是为人生的,是个人的,因此也即是人类的"②。将"个人"从种种现实社会关系中抽离出来,而弥散于所谓的"人类"中,致使"个人"内涵充满了形而上的抽象性。循照这一逻辑,他秉执一种无用之用的文学观念:"我以为文艺是以表现个人情思为主;因其情思之纯真与表现之精工,引起他人之感激与欣赏,乃是当然的结果而非第一目的"③;"以个人为主人,表现情思而成艺术,即为其生活之一部,初不为福利他人而作,而他人接触这艺术,得到一种共鸣与感兴,使其精神生活充实而丰富,又即以为实生活的基本;这是人生的艺术的要点,有独立的艺术美与无形的功利。"④ 而这所谓受到审美共鸣的"他人"根本上也是指整体性意义上的"人类","文艺以自己表现为主体,以感染他人为作用,是个人的而亦为人类的,所以文艺的条件是自己表现,其余思想与技术上的派别都在其次。"⑤ 可以见出,五四时期周作人的文学个性观念有着浓厚的人道主义成分,与其个人、个性相连的并不是具体的现实社会,而是普泛的、抽象的人性和人类性。相反,他对现实社会的功利性介入保持着警惕性:"倘若用了什么大名义,强迫人牺牲了个性去侍奉白痴的社会,——美其名曰迎合社会心理,——那简直与借了伦常之名强人忠君,借了国家之名强人战争一样的不合理了。"⑥ 可以说,这一时期周作人"人的文学"观念虽然具有将个人从各种社会属性中解放出来的进步倾向,但也导致其个人理念从一开始就缺乏社会性的规范与制约。他虽然认为文学是"人生"的,也是"人类"的,但此处的"人生"和"人类"是一种基于抽象的理性原则和道德原则的空想,有如他当时所参与的"新村"运动一样,与现实社会是

---

① 周作人:《新文学的要求》,《晨报》1920 年 1 月 8 日。
② 周作人:《文艺的统一》,《晨报副刊》1922 年 7 月 11 日,原署名"仲密"。
③ 周作人:《文艺的讨论》,《晨报副刊》1922 年 1 月 20 日,原署名"仲密"。
④ 周作人:《自己的园地》,《晨报副刊》1922 年 1 月 22 日,原署名"仲密"。
⑤ 周作人:《文艺上的宽容》,《晨报副刊》1922 年 2 月 5 日,原署名"仲密"。
⑥ 周作人:《自己的园地》,《晨报副刊》1922 年 1 月 22 日,原署名"仲密"。

错位的。

这样一来,当他面对具体社会现实的时候,特别是五四退潮以后发生的一系列社会政治事件——尽管这一时期他还继续以"流氓"和"叛徒"的姿态创作了许多揭露时弊、试图改造国民精神的杂感文,他的社会理想和文学理想都面临着破灭。在此情况下,他不是以个人的力量积极介入现实社会,而是继续强调他所重视的个人性,将建基于个人本位、个性自由的个性主义加以阐扬,个性也由"人的文学"的一个因素逐步变为具有独立意义的理论命题,他也由此逐渐失去对社会事功的兴趣,走"与一切生物共同的路","只想缓缓的走着,看沿路景色,听人家的谈论,尽量的享受这些应得的苦和乐。至于路线如何……那有什么关系呢?"① 文学上则是怀疑其启蒙的功能:"足供有艺术趣味的人的欣赏,那就尽够好了。至于期望他们教训的实现,有如枕边摸索好梦,不免近于痴人"②;又说"我们太要求不朽,想于社会有益,就太抹杀了自己;其实不朽决不是著作的目的,有益社会也并非著者的义务……文艺只是自己的表现","只想表现凡庸的自己的一部分,此外并无别的目的。"③ 在这里,周作人的文艺观开始从"无形的功利"向"无功利"的审美靠拢,并把它与新的载道文学对立起来。到了 1927 年以后,周作人"由信仰而归于怀疑"的"转变方向"④,使他进一步放弃了早年的启蒙诉求,倚重资产阶级的自由主义,反对"统一思想的棒喝主义","各派社会改革的志士仁人,我都很表示尊敬,然而我自己是不信仰群众的……。我知道人类之不齐,思想之不能与不可统一,这是我所以主张宽容的理由。"⑤ 这就背离了社会时代的主潮,以此来谈论人性和文学,在复杂的社会斗争中,周作人最终走向独善的个人主义,"愈益加紧的向趣味主义的顶点上跑"⑥。所以五四以来周作人文艺思想的变化是从"个人主义的人间本位主义"到"个人主义"的转变,前者

①　周作人:《寻路的人》,《晨报副刊》1923 年 8 月 1 日,原署名"作人"。

②　周作人:《教训之无用》,《晨报副刊》1924 年 2 月 26 日,原署名"荆生"。

③　周作人:《〈自己的园地〉序》,《晨报副刊》1923 年 8 月 1 日。

④　周作人:《〈艺术与生活〉序二》,《苦雨斋序跋文》,河北教育出版社 2002 年版,第 47 页。

⑤　周作人:《〈谈虎集〉后记》,《北新》1928 年第 2 卷第 6 号。

⑥　阿英:《〈现代十六家小品〉序》,俞元桂主编《中国现代散文理论》,广西人民出版社 1984 年版,第 414 页。

是以人道主义为思想基础,带有抽象的"利己"和"利他"性质,后者虽然也带有自由、平等等人道主义因素,但根本上是以自我为中心、以个人为目,个人与群体、社会之间有着明显的界限,这也是转向后的周作人把握自我与他人、社会的态度和审视文学价值的标准。周作人的散文观念从五四时期的人性论"个性"说到20世纪20年代后期逐渐明朗的言志论"个性"说,正是基于这一思想变化的逻辑而演进,也即其言志论的"个性"说是从"人性"论的个性说转变而来。当然,这种转变并非彻底的断裂,在周作人所频频谈及的个人与自我中,仍有五四那种人性剖析、人道关怀的意涵。他只是不满于散文的人道关怀成为宣传革命和"主义"的载体,成为另一种形式的载道文学。

前文已论及,周作人通过梳理中国文学史上"言志"与"载道"交互关系为自己的"个性"说寻求历史依据,但他并没有从词源学的角度详细考索载道和言志的意涵,而是借题发挥,借古讽今,用自己的文学观念来解读甚至不惜误读中国古代文学中的这两种创作倾向,梳理和重估它们背后两股文学思潮的价值意义。正如陈子展当年所指出的,周作人是在"争文学上的正统"①,可谓一语道破。问题是,周作人是基于何种立场来"争文统"?在此过程中他与左翼文艺界或显或隐的论争和对抗仅仅是散文观念的差别,还是另有他图?这些都值得细加辨议。

在周作人的演讲录《中国新文学的源流》问世后不久,鲁迅就写了一篇《听说梦》。该文意在批评《东方杂志》某一记者所写的《新年的梦想》一文,其中有这样一段话:

> 但他(按:指东方杂志记者)后来有点"痴"起来,他不知从哪里拾来了一种学说,将一百多个梦分为两大类,说那些梦想好社会的都是"载道"之梦,是"异端",正宗的梦应该"言志"的,硬把"志"弄成一个空洞无物的东西。然而,孔子曰,"盍各言尔志",而终于赞成曾点者,就因为其"志"合于孔子之"道"的缘故也。

很明显,鲁迅的话是针对周作人而来的。他以周氏兄弟关系破裂后特有的对

---

① 陈子展:《公安竟陵与小品文》,见陈望道编《小品文和漫画》,生活书店1935年版,第124页。

话方式,指出周作人将中国文学史拆分为两大部分的荒谬性,进而说明周作人的散文"言志"论也只不过如孔子一样是为合于自身之"道"。对于周作人言志论的批评,如果说鲁迅还隐约其辞的话,那么伯韩的观点则直接得多,算是代表了当时左翼文坛的态度:"不错,小品文是言志的,但言志之中便载了'道',天下没有无'道'之'志',尽管你'道其所道,非吾所谓道',但总而言之,言志是不知不觉地载了道了。"① 很显然,与周作人一样,左翼作家也不否认"志"与"道"的不可分离。其实,不只是左翼批评家,一些政治派别色彩较淡的文人,也从思想史和学术的角度,撰文辨析"言志"与"载道"的异同,指出两者并非截然对立。例如钱钟书认为:"周先生把文学分为'载道'和'言志'。这个分法本来不错,相当于德昆西所谓 Literature of Knowledge 和 Literature of Power",但是,"'诗以言志'和'文以载道'在传统的文学批评上,似乎不是两个格格不相容的命题","它们在传统的文学批评上,原是并行不背的,无所谓两'派'。"② 在钱钟书看来,即使像韩愈、姚鼐那样一向被认为载道文学的代表人物也会有"抒写性灵""自我表现"的时候,而自我标榜"独抒性灵,不拘格套"的公安派也曾推崇"阳明之学",认可正统的八股文。总之,反对者们都认为言志与载道之间没有绝对的区别,"志"与"道"的意涵有重叠之处。正如上文所说的,周作人并没有否定这两个概念在内涵与外延上的交集,面对各方面的批评,他曾解释说:"因为诗言志与文以载道的话,仿佛诗文混杂,又志与道的界限也有欠明了之处,容易引起缠夹",所以"我这言志载道的分派本是一时便宜的说法"。③ 话虽如此,在落实到具体的价值判断时,他还是坚持自己的二分法。在为自己编选的《中国新文学大系·散文一集》所作的总结性长篇导言中,他大量引述了自己此前提出的言志散文观,并解释道:"我看文艺的段落,并不以主义与党派的盛衰为唯一的依据,只看文人的态度,这是夹杂宗教气的主张载道的呢,还是纯艺术的主张载道的呢,以此来

---

① 伯韩:《由雅人小品到俗人小品》,见陈望道编《小品文和漫画》,生活书店 1935 年版,第 5 页。

② 钱钟书:《中国新文学的源流》,见《中国新文学的源流》,华东师范大学出版社 1995 年版,第 83 页。

③ 周作人:《〈中国新文学大系·散文一集〉导言》,见《中国新文学大系·散文一集》,上海良友图书印刷公司 1935 年版,第 11 页。

决定文学的转变。"① 如此看来,他主言志反载道的散文观并不因为受到多方批评而改变,反而是在反复申明中愈加强化自己所赋予的特定含义和现实用意。

前文已指出,把"志"从具有礼教意义的怀抱改造为个人的情志,并非从周作人开始,而是古已有之,实际上志情合一的观念也为许多现代文人学者所认同。除了前文所说的朱自清,朱光潜也认为:"古代所谓'志'与后代所谓'情'根本是一件事,'言志'也好,'缘情'也好,都是我们近代人所谓'表现'。"② 也就是"志"与"道"虽然不可明确区分开来,但"志"还是以表现个人主观情感为主要面向。"志"这一内涵取向在一定范围内的共识某种程度上造成了对周作人言志论的误读。因为当时的大多数批评者仅仅停留于此一概念的具体内涵,而没有看到周作人"言志"论背后的话语姿态:那就是作为一种非功利的、个人化的自我言说。这一自我言说与周作人的文学和文化理想紧密相连,侧重的是一己情感体验的"寄寓",是想通过自我的自由言说,表明他对"遵命文学"的拒绝。这才是周作人散文言志论的关键所在。所以他为防止"志"与"道"界限"欠明瞭","容易引起缠夹",才特意追加"言他人之志即是载道,载自己的道亦是言志"等说明。很明显,在周作人那里,判断言志与载道的唯一标准要看是否有个人的价值立场。只要"道"来自于自己个人的体悟,不是被动表达社会集团的意志,也是言志;他人的"志",哪怕是独具只眼的情思,对于自我而言也是载道。对此,林语堂曾解释道:"无论何名辞,总容易被人曲解附会。周作人用'载道'与'言志',实同此意,但已经有人曲解附会,说'言志派'所言仍就是'道',而不知此中关键,全在笔调,并非言内容,在表现的方法,并非在表现之对象。"③ 周作人所谓的"志"当然不"全在笔调",但也确实非全在"表现之对象",而是更接近于他在 20 世纪 40 年代所说的"诚"与"不诚":"现在想起来,还不如直截了当的以诚与不诚分别,更

---

① 周作人:《〈中国新文学大系·散文一集〉导言》,见《中国新文学大系·散文一集》,上海良友图书印刷公司 1935 年版,第 12 页。

② 朱光潜:《朱佩弦先生的〈诗言志辩〉》,《朱光潜全集》第九卷,安徽教育出版社 1993 年版,第 497 页。

③ 林语堂:《小品文之遗绪》,《人间世》1935 年第 22 期,原署名"语堂"。

为明了。本来文章中原只是思想感情两种分子，混合而成，个人所特别真切感到的事，愈是真切也就愈见得是人生共同的，到了这里志与道便无可分了，所可分别的只有诚与不诚一点，即是一个真切的感到，一个是学舌而已。"①正是这一点不为当时的理论界所注意，所以他们才反复纠缠于言志与载道的涵义之辨。概言之，周作人并非不知道"言志"与"载道"的意涵具有内在的相通性，两者无法截然分开，他主要是立足于自己的文化、文学理想，以一个过渡时代思想者的姿态为自己寻求自由言说的空间，而反对者要么是从纯学术角度给予质疑，要么是站在政治、阶级的立场进行批判和反驳，双方对"言志"的理解实际上是错位的。

周作人的散文言志论虽坐实在自我言说的层面上，但它却与五四时期的自我表现观念不可同日而语。周作人在五四时代就经受了资产阶级民主思想的熏陶，倾向于追求自由的生活之境和创作之境。到了 20 世纪 30 年代，国民党当局建立了严格的出版审查制度，规定了什么不能谈什么不能写，而左翼文艺界又号召新文学家应该如何谈如何写。在周作人看来，此时的思想言论已经不能像五四时期那样无所顾忌、随意而谈，因此只能在左右的夹击下另求其他方式，"抱住一点固定的东西。没有一点固定的东西，就无法在流转变迁的世界中立身处世、评人论世。"②整体观之，周作人对自我言说的坚守，主要通过两种路径来展开的。

其一是回归传统审美情趣。个性自由之于部分现代知识分子，既有积极反抗的一面，也有着消极自守的面向。在五四时期，乘思想解放大潮，他们把个性的反抗和破坏力量发挥得淋漓尽致；到了 20 世纪 30 年代，在左右两股政治力量的夹击下，他们妥协、避让，个性诉求开始显露出消极的一面，并最终以闲适自得的姿态展示于世人面前，这也是他们所要抱住的"固定的东西"。周作人在这方面表现得最为明显和持久。早在《自己的园地》旧序中，他就说道："我平常喜欢寻求友人谈话，现在也就寻求想象的友人，请他们听我无聊赖的闲谈"，并解释"想象的友人"为"能够理解庸人之心的读者"。③ 在

① 周作人：《汉文学的前途》，《艺文杂志》1943 年第 1 卷第 3 期，原署名"药堂"。
② 陈平原：《林语堂与东西方文化》，《中国现代文学研究丛刊》1985 年第 3 期。
③ 周作人：《〈自己的园地〉序》，《晨报副刊》1923 年 8 月 1 日。

《〈雨天的书〉自序一》里又说:"常引起一种空想,觉得如在江村小屋里,靠玻璃窗,烘着白炭火钵,喝清茶,同友人谈闲话,那是颇愉快的事。"① 这说明,周作人在早期的日常生活和创作中,就倾心于闲适的境界,但这时他还是一个"叛徒",还有"对于一切专断与卑劣之反抗"的锐气。到了 30 年代,出于对自身人身安全的考虑以及政治文化立场的调整,再加上个人性格的原因,他开始专注于闲适境界的营构,希冀"寄孤愤于幽闲"。他明确表示:"闲适是一种很难得的态度,不问苦乐贫富都可以如此"。而这最终又影响到了他的散文观念:"自己查看文章,即流年光景且不易得,文章底下的焦躁总要露出头来,然则闲适亦只是我的一理想而已"。② 闲适审美在中国古代文学中源远流长,它常以享乐和余裕的心境,对人世间的一切作超脱、旁观、同情的观照,以寻求暂时的解脱。一旦有相似的政治气候和社会土壤出现,认同者就很容易从中获得精神支持并将其激活。周作人所追求的闲谈絮语的散文风格在五四时期已经确立,但他那时的散文因受着西方絮语散文和五四健全的个性观念的影响,显得活泼、自然、亲切。而到了这一时期,政治形势日趋严峻,一边是当权者的"文字狱",一边是左翼文坛的"革命文学",他从对絮语闲谈的追求逐渐转向对传统"闲适""性灵"的推崇,其散文个性话语中的隐逸色彩也就越来越明显。

在回归传统闲适审美的过程中,周作人试图矫正五四以来文艺界对传统文学全盘否定的激进做法,有选择性对民族文学血脉里遗传下来的活力因素进行吸收和再造,如重释了古典文学中的情趣、风致、风味等审美范畴,并努力将这些传统的美学资源应用于现代散文的改造中。他在《〈陶庵梦忆〉序》中说道:"我们读明清有些名士派的文章,觉得与现代文的情趣几乎一致"③。在《杂拌儿·跋》中又说:"平伯所写的文章自具有一种独特的风致。——喔,在这个年头儿大家都在检举反革命之际,说起风致以及趣味之类恐怕很有点违碍,因为这都与'有闲'相近。可是,这也没有什么法儿,我要说诚实话,便不得不这么说。我觉得还应该添一句:这风致是属于中国文学的,是那

---

① 周作人:《〈雨天的书〉序一》,见《苦雨斋序跋集》,河北教育出版社 2002 年版,第 23 页。
② 周作人:《自己的文章》,《西北风》1936 年第 10 期。
③ 周作人:《〈陶庵梦忆〉序》,《语丝》1926 年第 110 期,原署名"岂明"。

样地旧而又这样地新。"① 在数月后的《燕知草·跋》中,他又进一步阐述道:
"在论文——不,或者不如说小品文,不专说理叙事而以抒情分子为主的,有
人称它为'絮语'过的那种散文上,我想必须有涩味与简单味,这才耐读,所以
它的文词还得变化一点。以口语为基本,再加上欧化语,古文,方言等分子,
杂糅调和,适宜地或吝啬地安排起来,有知识与趣味的两重的统制,才可以造
出有雅致的俗语文来。"② 对于传统风致情趣的认可,周作人甚至在备受批判
的桐城古文身上也能找到有价值的东西。他一面对于桐城古文"所谓'义
法',却始终是不能赞成",一面又说:"他们的文章比较那些假古董为通顺,
有几篇还带些文学意蕴而且平淡简单,含蓄而有余味,在这些地方,桐城派的
文章,有时比唐宋八大家的还好。"③

　　其二追寻非功利的审美品格。这一时期周作人对散文非功利审美品格
的追求,其实是其五四时期所持的文学独立观的变体。周作人在五四时代、
"语丝"时代都是文学独立观的拥护者。他认为文学应该与政治、革命乃至学
术等领域保持距离,但在宣导文学独立的同时,他并不反对文学对于人生、社
会的"无用之用"。即使是他开始构思散文言志论的时候,相对更注重的是从
纯文学的立场发见现代散文与晚明小品之间审美情趣的相似性,并没有把它
提高到反新式"载道文学"的高度。而随着当局对文学领域控制的加强和左
翼革命文学的兴起,才使他不断强调文学的非功利性。他认为身处乱世,不
应多谈政治,而应"关起门来努力读书",以"苟全性命于乱世"④;而对于左翼
文坛,他鼓吹"文学无用论",认为"文学即是不革命。能革命就不必需要文
学及其他种种艺术或宗教,因为他已有了他的世界了"⑤。因此,周作人的非
功利散文个性论很大程度上是在与当时两股政治势力的对抗和对话中确立
起来的。他不仅要为自己辩解,发掘古代性灵小品的精神流脉,为现代散文
寻求历史依据与合法性,称现代散文是一条被重新发掘出来的古河⑥;而且还

---

①　周作人:《〈杂拌儿〉跋》,见《永日集》,河北教育出版社 2002 年版,第 75 页。
②　周作人:《〈燕知草〉跋》,《新中华报副刊》1928 年第 10 号,原署名"岂明"。
③　周作人:《中国新文学的源流》,华东师范大学出版社 1995 年版,第 47 页。
④　周作人:《闭户读书论》,《新中华报副刊》1928 年第 10 号,原署名"岂明"。
⑤　周作人:《〈燕知草〉跋》,《新中华报副刊》1928 年第 10 号,原署名"岂明"。
⑥　周作人:《〈杂拌儿〉跋》,见《永日集》,第 77 页。

针对政治力量把文学功利化的做法,批评新八股文和新载道文学。如他在《论八股文》《谈策论》《中国新文学的源流》等文中,都有借否定旧式八股文批评当时各种新式八股文的隐秘意图。

1930 年,周作人发表《论八股文》一文,这是一篇隐晦批评当时文艺界左右两派把文学政治化、功利化的文章。文章一发表,就有读者感到"岂明先生的态度,真有些好教人闷煞哉","《八股文》一文,的确有些难于捉摸。"① 也有批评家疑惑《论八股文》做甚",进而斥其为"一个复古的废物老人"所提出的"复古"主张②。其实他们只是被周作人的历史循环论和持续了好几年的"怀古"情结所迷惑,只要结合时代语境,该文的用意还是很清楚的。周作人突如其来地论起八股文,是想通过对载道散文历史渊源的梳理,批评当时文学政治化的急功近利。他说中国人"自己没有思想,没有话说,非等候上头的吩咐不能有所行动",其实是暗指党派文学大量生搬各种理论术语,并借此党同伐异的现象。所以,他又说八股文"就是在今日也还完全支配着中国的人心",堪称"中国文学史上承前启后的一个大关键";八股精神甚至"在那些不曾见过八股的人们心里还是活着",中国的土八股、洋八股、党八股也"夺舍投胎地复活着"。③ 这实际上是在梳理文学工具化的历史渊源和精神遗产。两年后,在《中国新文学的源流》这一演讲中,周作人又再次为载道散文进行探源。他把八股文和桐城派古文作为清代学术的反动,也是以讲史为契机,批评功利的文学观。在他看来,文学的政治化、功利化,与历史上任何一次载道文学的兴起一样,仅仅是一时的兴盛,"以后也仍然要有变化",随时都会被言志文学所淹没,不值得瞩目与追捧。

虽说周作人这时的散文言志论包含着个人抒情、艺术独立、非功利、反道统等复杂内涵,在坚持散文的个性表现精神和美文特性方面也传承了五四的散文传统,但却少了早年的启蒙热情及社会批评与文明批评的锋芒。在自编文论集《艺术与生活》的序文中,他说:"一个人在某一时期大抵要成为理想派,对于文艺与人生抱着一种什么主义。我以前是梦想过乌托邦的,对于新

---

① 见《骆驼草》1930 年第 5 期"邮筒"专栏署名"廖翰庠"的来信。

② 谭丕模:《谈"骆驼草"上的几篇东西》,《新晨报副刊》1930 年第 621 期。

③ 周作人:《论八股文》,《骆驼草》1930 年第 2 期,原署名"岂明"。

村有极大的憧憬,在文学上也就有些相当的主张。我至今还是尊敬日本新村的朋友,但觉得这种生活在满足自己的趣味之外恐怕没有多大的觉世的效力,人道主义的文学也正是如此,虽然满足自己的趣味,这便已尽有意思,足为经营这些生活或艺术的理由。以前我所爱好的艺术与生活之某种相,现在我大抵仍是爱好,不过目的稍有转移,以前我似乎多喜欢那边所隐现的主义,现在所爱的乃是在那艺术与生活自身罢了。"① 又在该文集的另一序文中说:"我本来是无信仰的,不过以前还凭了少年的客气,有时候要高谈阔论地讲话,亦无非是自骗自罢了,近几年来却有了进步,知道自己的真相,由信仰而归于怀疑,这是我的'转变方向'了。"② 这两篇序文分别写于 1926 年和 1930年,可谓对他自己思想观念转变的记录和回顾,说明他从早年带有"蔷薇色的梦"的人道主义理想中走了出来,认清自己所主张的文学观念和所写的启蒙文章并没有"多大的觉世的效力",开始玩味"艺术与生活自身"的趣味。他在"苟全性命于乱世"中,提倡"闭户读书论","翻开故纸,与活人对照,死书就变成活书"③,切身感受"不能麻醉,还是清醒地看见听见,又无力高声大喊"的"凡人之悲哀"④,又提倡"文学无用论","我们凡人所可以文字表现者只是某一种情意,固然不很粗浅但也不很深切的部分,换句话说,实在是可有可无不关紧急的东西,表现出来聊以自宽慰消遣罢了","老实说,禅的文学做不出,咒的文学不想做,普通的文学克复不下文字的纠缠的可做可不做,总结起来与'无一可言'这句话岂不很有同意么?……知道了世间无一可言,自己更无做出真文学来之可能,随后随便找来一个题目,认真去写一篇文章,却也未始不可,到那时候或者简直说世间无一不可言,也很可以罢","我在此刻还觉得有许多事不想说,或者不好说,只可挑选一下再说,现在便姑且择定了草木虫鱼……万一讲草木虫鱼还有不行的时候,那么这也不是没有办法,我们可以讲讲天气罢",⑤ 一再宣称"以后应当努力,用心写好文章,莫管人家鸟

① 周作人:《〈艺术与生活〉序一》,见《苦雨斋序跋文》,河北教育出版社 2002 年版,第 45 页。
② 周作人:《〈艺术与生活〉序二》,见《苦雨斋序跋文》,第 46—47 页。
③ 周作人:《闭户读书论》,《新中华报副刊》1928 年第 10 号,原署名"岂明"。
④ 周作人:《麻醉礼赞》,《益世报副刊》1929 年第 20 期,原署名"岂明"。
⑤ 周作人:《〈草木虫鱼〉小引》,《骆驼草》1930 年第 23 期,原署名"岂明"。

事,且谈草木虫鱼,要紧要紧。"① 他把这种处世作文的态度视为自知之明,写下《知堂说》并反复引述道:"孔子曰,知之为知之,不知为不知,是知也。荀子曰,言而当,知也;默而当,亦知也。此言甚妙,以名吾堂。"② 他认为:"现今的时代正是颓废时代,总体分裂,个体解放,自然应有独创甚或偏至的文艺发生","这样新文学必须是非传统的,绝不是向来文人的牢骚与风流的变相。换一句话说,便是真正个人主义的文学才行","总之现代的新文学,第一重要的是反抗传统,与总体分离的个人主义的色彩",因而"颓废派"文学比"革命文学""或要占更大的势力"③。他又辩称:"现在中国情形又似乎正是明季的样子,手拿不动竹竿的文人只好避难到艺术世界里去,这原是无足怪的。"④上述言论较为曲折地透露了周作人在 20 世纪 20、30 年代之交的复杂心态,总的说来是看透了乱世的把戏,认清了自我的处境,转向超然独善的个人主义,把艺术作为避难所,从而把"志"去"道"化,把"志"自我化、闲适化和超然化,将性灵小品认定为文学的正宗和现代散文的祖宗,也将自己一派的散文小品抬高到"言志"正宗的地位上。他坚持认为"小品文是文学发达的极致,他的兴盛必须在王纲解纽的时代",小品文是"个人的文学之尖端","是近代文学的一个潮头"⑤。这固然坚守着思想解放、个性解放与文体解放相统一的五四立场,但这样的个性观却是他面对时代变幻妥协与避让的产物,最终只能以"苟全性命于乱世"自嘲,以"知堂"自诩,以"平淡""闲适"为个人生活与艺术追求的"理想","我的意见实实在在以我所知为基本,故自与他人不能苟同。至于文章自己承认未能写得好,朋友们称之曰平淡或闲适而赐以称许或嘲骂,原是随意,但都不很对,盖不佞以为自己的文章的好处或不好处全不在此也","看自己的文章,假如这里边有一点好处,我想只可以说在于未能平淡闲适处,即其文字多是道德的。"⑥ 虽然他还很在意自己文章的"未能平淡闲适处",但这样的个性表现已无五四时代"谈龙谈虎"的锐气锋芒,诚

---

① 周作人:《〈苦茶随笔〉后记》,《益世报》(天津版)1935 年 7 月 24 日,原署名"知堂"。
② 周作人:《知堂说》,见《知堂文集》,河北教育出版社 2002 年版,第 3 页。
③ 周作人:《新文学的二大潮流》,《绮红》1929 年第 1 卷第 1 期。
④ 周作人:《〈燕知草〉跋》,《新中华报副刊》1928 年第 10 号,原署名"岂明"。
⑤ 周作人:《〈近代散文抄〉序》,见《苦雨斋序跋文》,河北教育出版社 2002 年版,第 127 页。
⑥ 周作人:《自己的文章》,《西北风》1936 年第 10 期。

如郁达夫所评说的："近几年来,一变而为枯涩苍老,炉火纯青,归入古雅遒劲的一途了。"① 缘于相似的处境和心态,周作人这一明哲保身、超然独善的个人自由主义思想,吸引了一批追随者,在散文创作和理论批评上引领着言志化、性灵化、趣味化的潮流。

<h2 style="text-align:center">二</h2>

周作人的散文言志论能够引起广泛的关注和影响,首先当然与他在当时文坛的重要地位有着密切关系;但也必须看到,聚集在他周围的一批弟子对其散文理论的附和、阐发也是一个重要因素。事实上,无论在当时还是后来,文艺界谈论周作人的散文言志论及其闲适、性灵、趣味等审美范畴时,也常涉及其弟子的散文个性观念,并将他们与周作人视为一个相对固定的群体加以观照。这里以俞平伯、废名这两位与周作人关系密切的弟子的散文个性观念为例,考察他们与周作人散文言志论的互动共生关系。

在周作人所谓四大弟子中,交往最早的是俞平伯。据钱理群考证,早在1919 年 12 月,他们在出席"新潮"社的会议上就有过一面之缘,1920 年 10 月开始第一次通信,1922 年初,他们就新诗问题公开探讨过,彼此之间的关系又进了一步。② 而到了 1925 年秋,俞平伯入教燕大,成为周作人的同事,此后的接触当然更为频繁。但他们在散文上的交集,见诸于文字的,大概始于 1923年。1945 年,周作人回忆道:"十一年夏天承胡适之先生的介绍,叫我到燕京大学去教书,所担任的是中国文学系的新文学组。……那时教师只是我一个人,助教是许地山,到第二年才添了一位讲师,便是俞平伯③。……我最初的教案便是如此,从现代起手,先讲胡适之的《建设的文学革命论》,其次是俞平伯的《西湖六月十八夜》。……接下去是金冬心的《画竹题记》等,郑板桥的题记和家书数通,李笠翁的《闲情偶寄》抄,金圣叹的《水浒传序》。明朝的有

---

① 郁达夫:《〈中国新文学大系·散文二集〉导言》,《郁达夫全集》第六卷,花城出版社 1983 年版,第 272 页。

② 钱理群:《周作人论》,上海人民出版社 1991 年版,第 391—394 页。

③ 据考证,俞平伯进入燕大并非是 1923 年,而是 1925 年。见高恒文的《周作人与周门弟子》,大象出版社 2014 年版,第 86 页。

张宗子、王季重、刘同人，以至李卓吾，不久随即加入了三袁，及倪元璐、谭友夏、李开先、屠隆、沈承、祁彪佳、陈继儒诸人，这些改变的前后年月现今也不大记得清楚了。大概在这三数年内，资料逐渐收集，意见亦由假定而渐确实，后来因沈兼士先生招赴辅仁大学讲演，便约略说一过，也别无什么新鲜意思，只是看出所谓新文学在中国的土里原有他的根，只要着力培养，自然会长出新芽来。"① 由此可以推断，燕京大学的授课是周作人将现代散文追溯到晚明小品这一观念的最初发端。而周作人在此将俞平伯的《西湖六月十八夜》纳入教学计划，将其与明清散文并谈，也意味着周作人与俞平伯在散文审美趣味上的共鸣。这也是后来周、俞能够在同一文学阵线上互相声援并成为师生的原因之一。1925 年 5 月，俞平伯致信周作人，称张岱的《琅嬛文集》"行文非绝无毛病，然中绝无一俗笔；此明人丰姿卓越处。"② 而周作人在回信中则指出："现今的散文小品并非五四以后的新出产品，实在是'古已有之'，不过现今重新发达起来罢了"，"现在的小文与宋明诸人之作在文字上固然有点不同，但风致实是一致。"③ 很显然，周作人后来一再宣扬的散文复兴论就是这些论断的进一步发展，他后来追慕晚明小品及鼓吹言志、闲适、性灵等审美范畴，实际上在此已呼之欲出。

在周作人散文言志论的建构过程中，许多重要观点都是在为俞平伯等弟子散文集所作的序跋文中提出来的。1926 年，周作人在为俞平伯点校的《陶庵梦忆》写的序言中就明确指出，现在散文受外国文学的影响最少，是文艺复兴的产物，特别是明清有些名士派的文章与现代散文在"思想上固然难免有若干距离"，但所表现出来的"对于礼法的反动则又很有现代的气息"。④ 在这里，周作人还只是泛泛而谈地指出两者在气度上的相似，至于如何相似，他没有进一步说明。但两年后，在为俞平伯的散文集《杂拌儿》作跋的时候，他显然找到了例证，将这一集子里的文章与晚明散文勾连了起来。他先是指出"平伯所写的文章自具有一种独特的风致"，然后结合自己此前提出的"文艺

---

① 周作人：《关于近代散文》，见《知堂乙酉文编》，河北教育出版社 2002 年版，第 56—57 页。
② 见《俞平伯全集》第九卷，花山文艺出版社 1997 年版，第 207 页。
③ 见《周作人书信》，河北教育出版社 2002 年版，第 86 页。
④ 周作人：《〈陶庵梦忆〉序》，《语丝》1926 年第 110 期，原署名"岂明"。

复兴"说,进一步宣扬公安派的散文是"真实的个性的表现",其"对于著作的态度"是一元的,与现代散文的写作态度一致,最终总结这是他"读平伯的文章,常想起这些话来"。① 这明显是夫子自道。因为周作人此前自编的《雨天的书》《泽泻集》等散文集里的文章很明显已有晚明小品的"风致",他却不以己为例,现身说法,而是在为他人所作的跋文中借题发挥。这种话语策略跟他后来的"文抄公"做法具有异曲同工之妙。

接下来,他从现代散文中发现的许多与古代言志散文相近的审美范畴,也多是在为俞平伯等人所作的序跋文中提出来的,尽管时人多认为这些审美范畴更适合于周作人自己的散文。1928 年,在《〈燕知草〉跋》一文中,他又指出,"我平常称平伯为近来的一派新散文的代表,是最有文学意味的一种",而这种"文学意味"并不是"纯粹口语体"的细腻流丽,而是还必须有"涩味"和"简单味",即"以口语为基本,再加上欧化语,古文,方言等分子,杂揉调和"。他总结道:"平伯的文章便多有这些雅致,这又就是他近于明朝人的地方。"② 然后又把话题引向非功利的文学观以及现代散文与晚明小品在个性表现精神上的相似性。这看似老生常谈,实际上是从审美趣味上丰富他的散文言志论,也是进一步彰显自己的文学观念和文化姿态。他借《〈杂拌儿之二〉序》提出散文的"气味",认为在"文词与思想"之外,还应"添上一种气味","气味这个字仿佛有点暧昧而且神秘,其实不然。气味是很实在的东西,譬如一个人身上羊膻味,大蒜气,或者说是有点油滑气,也都是大家所能辨别出来的。"在周作人看来,"气味"之所以值得提倡,在于"盍各言尔志。我们生在这年头儿,能够于文字中去找到古今中外的人听他言志,这实在已是一个快乐,原不该再去挑剔好丑。但是话虽如此,我们固然也要听野老的话桑麻,市绘的说行市,然而友朋间气味相投的闲话,上自生死兴衰,下至虫鱼神鬼,无不可谈,无不可听,则其乐益大,而以此例彼,人境又复不能无所偏向耳。"又说俞平伯这一文集里"文词气味的雅致"兼有"思想之美","以此为志,言志固佳,

① 周作人:《〈杂拌儿〉跋》,见《永日集》,河北教育出版社 2002 年版,第 75—77 页。
② 周作人:《〈燕知草〉跋》,《新中华报副刊》1928 年第 10 号,原署名"岂明"。

以此为道,载道亦复何碍。"① 这又联系上了他的"言志"与"载道"之辨。

如上可见,周作人散文言志论里的一些重要观点多出现在他与俞平伯有关的文字交往中。从这一理论体系的提出到进一步完善成熟,上述序跋文可谓起到了穿针引线的作用。1935 年,周作人在《〈中国新文学大系·散文一集〉导言》中说道:"我对于新文学的散文之考察,陆续发表在序跋中间,所以只是断片,但是意思大抵还是一贯,近十年中也不曾有多大的变更。"事实上,该文中周作人所引用的"序跋",除去为沈启无写的《〈近代散文钞〉序》,其他的都是为俞平伯写的。个中缘由,主要在于他与俞平伯散文观念的相近及亲密的师徒关系。

而在俞平伯这方面,他虽然没有像周作人那样鼓吹晚明小品,宣扬自我、闲适和性灵,但偶有关于散文的片言断语却显示出他与周作人的同声相应。早年的俞平伯也是"人的文学"的支持者。1922 年 3 月 31 日,俞平伯在写给周作人的信中说道:"我底大意,以为文学是人生底(oflife),不是为人生(for life),文学不该为什么,一无所为,便非文学了。这层意思,我与先生极表同情。"② 然而俞平伯毕竟是一个具有家学渊源、旧学功底深厚、深受传统文化影响的知识分子,在他身上具有一种挥之不去的士大夫气质。这种经历和气质使他最终还是向着传统审美旨趣靠拢,与周作人的散文言志论产生共鸣。1923 年,他在重印清代沈复的《浮生六记》时道:"文章事业的圆成本有一个通例,就是'求之不必得,不求可自得'。这个通例,于小品文字的创作尤为显明。我们莫妙于学行云流水,莫妙于学春鸟秋虫,固不是有所为,却也未必就是无所为。这两种说法同伤于武断。古人论文每每标一'机'字,概念的诠表虽病含混,我却赏其谈言微中。陆机《文赋》说:'故徒抚空怀而自惋,吾未识夫开塞之所由。'这是绝妙的文思描写。我们与一切外物相遇,不可著意,著意则滞;不可绝缘,绝缘则离。"③ 尽管在这里俞平伯没有否认文学与人生的关系,但显然也没否认传统文学中"香象渡河""羚羊挂角"等可遇不可求的

---

① 周作人:《〈杂拌儿之二〉序》,见《苦雨斋序跋文》,河北教育出版社 2002 年版,第 120—121 页。

② 见《周作人俞平伯往来通信集》,上海译文出版社 2013 年版,第 4 页。

③ 俞平伯:《重刊〈浮生六记〉序》,《俞平伯全集》第二卷,花山文艺出版社 1997 年版,第 98 页。

美学意境,至少不再单一强调文学的"有所为"。到了 1925 年初,俞平伯的文学观念更有明显变化:"我总信文学的力是有限制的,很有限制的,不论说它是描画外物,或抒写内心,或者在那边表现内心映现中的外物,它这三种机能都不圆满,故它非内心之影,非外物之影,亦非心物交错之影,所仅有的只是薄薄的残影。影的来源虽不外乎'心''物'诸因子的酝酿;只是影子既这么淡薄,差不多可以说影子是它自己的了。文学所投射的影子如此的朦胧,这是所谓游离;影子淡薄到了不类任何原形而几自成一物,这是所谓独在。"又进一步说:"若你们要我解释那游离和独在的光景……我只说创作的直接因是作者当时的欲念、情绪和技巧;间接因是心物错综着的、启发创作欲的诱惑性外缘。""我故认游离于独在是文学的真实且主要的法相。"① 这明显与他此前的文学观念大不相同。尽管不能说俞平伯此时的文学观念受到了周作人的影响,但明显与此一时期周作人所持的非功利的文学观是一致的。所以才有上文所述的他去信与周作人探讨张岱的《琅嬛文集》。

　　到了 20 世纪 30 年代,俞平伯与周作人的关系已相当密切,成为"苦雨斋"的座上宾。尽管他没有像林语堂那样亦步亦趋紧跟着周作人的散文观念,甚至很少专门谈散文,但在为沈启无的《近代散文钞》所作的跋文中,我们仍然可以发现他对周作人散文言志论的深切认同。他认为小品文是"旁行斜出之文","都说着自己的话",而"正统文豪"所作之文则"什么都是,总不是自己"。又指出:"就文体上举些例罢,最初的'楚辞'是屈宋说自己的话,汉以后的'楚辞'是打着屈宋的腔调来说话。魏晋以前的骈文,有时还说说自己的话的,以后的四六文呢,都是官样文章了。韩柳倡为古文,本来想打倒四六文的滥调的,结果造出'桐城谬种'来,和'选学妖孽'配对。最好的例是八股,专为圣贤立言,一点不许瞎说,其实《论语》多半记载孔子的私房话。"这种两两分立的思维明显可见出周作人在《中国新文学的源流》中关于"载道"与"言志"论说的影响。而谈及当时的小品文创作,他也与周作人站在同一立场,指出小品文"在很古很古的年头早已触犯了天地君亲师这五位大人,现在

----

① 俞平伯:《文学的游离与其独在》,《俞平伯全集》第二卷,花山文艺出版社 1997 年版,第 5、6、7 页。

更加多了,恐怕正有得来呢。正统的种子,那里会断呢。……小品文的不幸,无异是中国文坛上的一种不幸,这似乎有点发夸大狂,且大有争夺正统的嫌疑,然而没有故意回避的必要。因为事实总是如此的:把表现自我的作家作物压下去,使它们成为旁岔伏流,同时却把谨遵功令的抬起来,有了它们,身前则身名俱泰,身后则垂范后人,天下才智之士何去何从,还有问题吗!中国文坛上的黯淡空气,多半是从这里来的。"① 这实际上是在附和周作人,回击左翼作家的批评,梳理他们的精神流脉,斥责他们在散文写作上的政治化、功利化。这一不回避"争正统的嫌疑",明显有着门派意识。因此,俞平伯看似不热心周作人的散文言志论,实却以隐秘、迂回的方式声援着其师。此前的研究多侧重于二者在散文创作上的师徒承继关系,却少有关注他们在散文理论上不动声色的互动。而这种互动,其实也是他们闲适的文化姿态在文学理论批评上的表现,这是一个可以继续深入的话题。

废名是周作人的另一入室弟子,周作人不但为他诸多作品集写了序言,甚至还请他为自己的散文集《周作人散文钞》作序,可见其与周作人的关系非同小可。不同于俞平伯,废名多次立场鲜明地支持周作人所提出的散文言志论,对其师为人与为文有着深入的阐说。

周作人曾说自己身上住着"绅士鬼"和"流氓鬼",废名也是如此,而且早年的"流氓鬼"锋芒毕露。年轻时候的废名曾经幻想着做黄兴那样的辛亥革命英雄。② 1925 年,他在评价鲁迅小说集《呐喊》中说道:"我崇拜'杀身成仁,舍生取义'的文天祥,我尤眷念那忠实地自白着'本图宦达,不矜名节'的李密",可见这一时期的废名是一个激进的、有进取心的五四青年,所以鲁迅的战斗精神才能得到他的共鸣:"鲁迅先生近来时常讲些'不干净'的话,我们看见的当然是他的干净的心","鲁迅先生,你知道吗?在这里有一个人时常念你!"③ 他还表达了继续五四思想革命的激情:"我觉得中国现在的情形非常可怕,而我所说的可怕,不在恶势力,在我们智识阶级自身!一般所谓学

---

① 俞平伯:《〈近代散文钞〉跋》,《俞平伯全集》第二卷,花山文艺出版社 1997 年版,第 252、253 页。
② 废名:《作战》,《京报副刊》1925 年第 373 号,原署名"冯文炳"。
③ 废名:《从牙齿念到胡须》,《京报副刊》1925 年第 357 号,原署名"冯文炳"。

者们,在我看来,只是一群胖绅士,至于青年,则几乎都是没有辫子的文章!所以目下最要紧的,实在是要把脑筋还未凝固,血管还在发热的少数人们联合起来继续从前《新青年》的工作。"① 此后,在《狗记者》中对段祺瑞在"三·一八惨案"中枪杀请愿民众的激烈鞭挞,《俄款与国立九校》对教育部的声讨,《共产党的光荣》对革命运动的支持,都说明废名对现实焦点问题的热切关注,具有积极入世和道义担当的精神。当然,这一时期,他也很崇拜周作人。他也跟周作人一样,开辟"自己的园地",写充满牧歌情调的《竹林的故事》,并坦陈"我自己的园地,是由周先生的走来。"② 1925 年 12 月,当周作人与"现代评论派"论争的时候,他在《"偏见"》一文中明确表达对周作人的支持:"凡为周作人先生所恭维的一切都是行,反之,凡为他所斥驳的一切都是不行。"③ 这或许就是废名"绅士鬼"的一面。尽管周作人此时已在默默耕耘"自己的园地",其思想中的"绅士鬼"逐渐走向前台,且与鲁迅基本形同陌路,但在坚持"社会批评"和"文明批评"的上,他们基本上还是在同一阵线,这也是废名能够同时成为周氏兄弟战友的缘由。但无论如何,这一时期废名思想中的"双头政治"明显与周作人更加靠近,这也是他们日后能够成为稳固的亦师亦友的关系之所在。

1926 年以后,随着新文学中心的南移,文人、学者们纷纷南下,但周作人和他的几个学生仍坚守在故都,废名和周作人的交往也因此更加密切。这种密切交往的结果,废名自然是随着对周作人理解的深入而日渐向后者的思想及其人生选择靠拢。④ 特别是 1927 年,张作霖下令解散北大,改组京师大学堂,废名愤而退学,卜居西山,基本是在实践周作人所指出的隐逸根本上就是反抗的观点。这前后发生的事情明显引起了他思想观念的变化。1927 年,他在《忘了的日记》中写道:"昨天读了《语丝》八十七期鲁迅的《马上支日记》,实在觉得他笑得苦。尤其使得我苦而痛的,我日来所写的都是太平天下的故事,而他玩笑似的赤着脚在这荆棘道上踏。又莫明其妙的这样想:倘若他枪

---

① 见废名与徐炳的"通讯",《猛进》1925 年第 4 期。
② 废名:《竹林的故事·序》,见《竹林的故事》,北新书局 1925 年版,第 1 页。
③ 废名:《"偏见"》,《废名集》第三卷,北京大学出版社 2009 年版,第 1177 页。
④ 高恒文:《周作人与周门弟子》,大象出版社 2014 年版,第 120 页。

毙了,我一定去看护他的尸首而枪毙。"又说:"有些事我还不敢写出来,'不洁净'的事,仿佛觉得写出来不大美,但我自己知道,而且可怜我,这是我做过的。我也原恕我这个不写出来的心情。"① 在闪烁其词中,相对于此前的激进姿态,其思想明显有了变化。因此,对于此前自己的所作所为,他已有了一种忆梦般的隔膜和离散:"我当初的天地是很狭隘的,在这狭隘的一角却似乎比现在看得深。那样勤苦的读人家的作品的欢喜,自己勤苦的创作的欢喜,现在觉得是想像不到的事了。但我现在依然有我的欢喜,此时要我进献于人,我还是高兴进献我现在的欢喜。不过我怕敢断定——断定我是进步了。我曾经为了《呐喊》写了一篇小文,现在我几乎害怕想到这篇小文,因为他是那样的不确实。我曾经以为他是怎样的确实呵,以自己的梦去说人家的梦。""著作者当他动笔的时候,是不能料想到他将成功一个什么。字与字,句与句,互相生长,有如梦之不可捉摸。然而一个人只能做他自己的梦,所以虽是无心,而是有因。结果,我们面着他,不免是梦梦。但依然是真实。"② 当然,这种变化,与其师周作人一样,也是一种面对险恶环境的无奈退却。他的"说梦"本质上也还是"苦而痛",在淡然中流露出的是未必淡然的现实处境及焦虑与忧愤,与周作人的"闲适"一样只是装饰内心不安的托词和逃避现实的借口。或许这些还不够足以说明废名在 20 世纪 20 年代中后期如何走向周作人的世界,及至 1930 年他为《骆驼草》撰写发刊词,他已经以一个保守主义者的面目示人:"我们开张这个刊物,倒也没有什么新的旗鼓可以整得起来,反正一晌都是于有闲之暇,多少做点事儿,现在有这一张纸,七天一回,更不容偷懒罢了。不谈国事。既然立志做'秀才',谈干什么呢? 此刻现在,或者这个'不'也不蒙允许,那也就没有法儿了。……文艺方面,思想方面,或而至于讲闲话,玩古董,都是料不到的,笑骂由你笑骂,好文章我自为之,不好亦知其丑,如斯而已,如斯而已。"③ 这样的论调,已看不到几年前那种"联合起来继续从事《新青年》的工作"的峻急姿态,而是与周作人的"闭户读书"、专谈"草木虫鱼"的观念如出一辙。或者说,从这个时候开始,废名的"绅士鬼"彻

① 废名:《忘了的日记》,《语丝》1927 年第 128 期。
② 废名:《说梦》,《语丝》1927 年第 133 期。
③ 见《骆驼草》1930 年第 1 期。

底追上了周作人,师徒从此携手共进退。

正是在这一点上,当周作人在 20 世纪 30 年代从历史循环论的角度阐发新文学及现代散文的源流的时候,废名就认为"岂明先生一向所取的一个历史态度是科学态度,一切都是事实"①。他指出中国文学从古至今是一脉相承的,不能像胡适那样认为一个时代有一个时代之文学,从而把各个时代的文学截断了来看:"岂明先生到了今日认定民国的文学革命是一个文艺复兴,即是四百年前公安派新文学运动的复兴,我以为这是事实,本来在文学发达的途程上复兴就是一种革命。有人或者要问,新文学运动明明是受了欧洲文学的鼓动,何以说是明朝新文学运动的复兴呢? 我可以拿一个比喻来回答,在某一地势之下才有某一条河流,而这河流可以在某种障碍之下成为伏流,而又可以因开浚而兴再流之势,中国文学发达的历史好比一条河,它必然的随时流成一种样子,随时可以受到障碍,八股算得它的障碍,虽然这个障碍也正与汉文有其因果,西方思想给了我们拨去障碍之功,我们只受了他的一个'烟士披里纯',若我们要找来源还得从这一条河流本身上去找,我们的新文学运动正好上承公安派的新文学运动,由他们的文体再一变化自然的要走到我们今日的'国语的文学',这是一个必然的趋势,我们自己就不意识着,它也必然的渐渐在那里形成,至于公安派人物当时鼓吹文学运动的思想与言论是怎样的与我们今日的新文学运动者完全一致,在这里我还可以不提,我只是就文学变化上一个必然性来说。我还补说一句,中国的近代文学必然的是在散文方面发达,诗则因发达之极致而走入穷途,因了散文的发达,必然的扩充到口语。"② 尽管废名并没有像周作人那样对中国文学史的变迁作出全面的梳理,而只是述说公安派与新文学及散文的内在承袭关系,但在立论的角度、思维上却与周作人的观点基本一致,甚至"中国文学发达的历史好比一条河"这样的比喻也脱胎于周作人那里。而且,他还洞见周作人不厌其烦地谈论散文言志的品格,是因为"普罗文学运动闹得煞有介事的时候,一般人都仿佛一个新的东西来了,仓皇失措,岂明先生却承认它是载道派"③。这相比当时学

---

① 废名:《〈周作人散文钞〉序》,《废名集》第三卷,北京大学出版社 2009 年版,第 1276 页。
② 同上书,第 1277—1278 页。
③ 同上书,第 1279 页。

界对周作人盲目地推崇或批判,显然有着更为清醒、深刻的认知。

但必须指出的是,废名对晚明散文其实并没有多大兴趣,他并没有像周作人、俞平伯、林语堂那样有专门论述晚明小品的文章;他谈及晚明文学,或许跟周作人一样,只是借其反载道的姿态来为现代文学/散文的“言志”精神正名。相反,他把现代散文的源流追溯至六朝诗文。他曾说:“中国文章,以六朝人文章最不可及。”“六朝文是乱写的,所谓生香真色人难学也。”① 因此,他常常以六朝文人文章的气度评价师友及其文章。在为好友梁遇春的小品文集《泪与笑》作序时,他不无别出心裁地指出:“我说秋心的散文是我们新文学当中的六朝文,这是一个自然的生长,我们所欣羡不来学不来的,在他写给朋友的书简里,或者更见他的特色,玲珑多态,繁华足媚,其芜杂亦相当,其深厚也正是六朝文章所特有,秋心年龄尚青,所以容易有喜巧之处,幼稚亦自所不免”②。如此溯源是偏见还是洞见,这是一个见仁见智的问题,但在他诸多谈及六朝文与人的文章中,还有一个目的,那就是回应其师周作人的散文言志论。

在《知堂先生》一文中,他评价周作人时道:“我们从知堂先生可以学得一些道理,日常生活之间我们却学不到他的那个艺术的态度。……‘渐近自然’四个字大约能以形容知堂先生,然而这里一点神秘没有,他好像拿了一本《自然教科书》做参考。……我常常从知堂先生的一声不响之中,不知不觉的想起了这许多事……知堂先生之修身齐家,直是以自然为怀,虽欲赞叹之而不可得也。”所谓的“渐近自然”,是指废名认为周作人身上有温良恭俭的气度:“我们常不免是抒情的,知堂先生总是合礼,这个态度在以前我尚不懂得。十年以来,他写给我辈的信札,从未有一句教训的调子,未有一句情热的话”。紧接着,他又指出周作人散文也有“渐近自然”的境界:“知堂先生待人接物,同他平常作文的习惯,一样的令我感兴趣,他作文向来不打稿子,一遍写起来了,看一看有错字没有,便不再看,算是完卷,因为据他说起稿便不免于重抄,重抄便觉得多无是处,想修改也修改不好,不如一遍写起倒也算了。他对于

---

① 废名:《三竿两竿》,《废名集》第三卷,北京大学出版社 2009 年版,第 1355 页。
② 废名:《秋心遗著序》,《现代》1933 年第 2 卷第 5 期。

自己是这样的宽容,对于自己外的一切都是这样的宽容,但这其间的威仪呢,恐怕一点也叫人感觉不到,反而感觉到他的谦虚。然而文章毕竟是天下之事,中国现代的散文,待开始以现在,据好些人的闲谈,知堂先生是最能耐读的了。"① 在这段常为人摘引的文字中,以往的研究者多只看到废名对周作人散文"随性自然"的赞赏,而没有注意到废名同时还在回应周作人的散文理论。有论者指出,"渐近自然"一词出典于陶渊明《晋故征西大将军长史孟府君传》②,废名在此将周作人比作他所倾心的陶渊明,以示敬仰之情,正如他在《关于派别》中所说的:"知堂先生的散文行于今世,其'派别'也只好说是孤立,与陶诗是一个相似的情形"③。尽管这一类比有些夸大,但也不是没有道理,因为周作人自己也很推崇陶渊明:"古代文人中我最喜诸葛孔明与陶渊明",因为他们"一个还要为,一个不想再为"④。在周作人看来,陶渊明当然属于"不想再为",他意在借此向世人说明,他之所以大谈闲适、言志,就在于他有诸葛亮"还要为"之志,却最终只落得个陶渊明的"不想再为"的结局。陶渊明《拟挽歌辞》之三云:"向来相送人,各自还其家,亲戚或余悲,他人亦已歌。"周作人认为"这样的死人的态度真可以说是闲适极了",因为生死人之常情,是无法改变的事情,"唯其无奈何所以也就不必多自扰扰,只以婉而趣的态度对付之"。⑤ 于是他借陶渊明的隐居夫子自道:"中国的隐逸都是社会或政治的,他有一肚子理想,却看得社会浑浊无可实施,便只安分去做个农工,不再来多管"⑥。显然,周作人意在说明,他对中国的社会或政治已彻底绝望,"闲适"只是他"无奈何"的一种选择,而且他已将其当作自己安身立命之所在,"安分去做","不再来多管"。这不是消极,只是认为空言无补于事,故少说话甚至不说话,一切顺其自然,以平和冲淡的态度处之。对于这一点,曹聚仁说道:"朱晦庵谓'隐者多是带性负气之人',陶渊明淡然物外,而所向往的是田子泰、荆轲一流人物,心头的火虽在冷灰底下,仍是炎炎燃烧着。周

---

① 废名:《知堂先生》,《人间世》1934年第13期。
② 高恒文:《周作人与周门弟子》,大象出版社2014年版,第153页。
③ 废名:《关于派别》,《人间世》1935年第26期。
④ 周作人:《论语小记》,《水星》1935年第1卷第4期,原署名"知堂"。
⑤ 周作人:《自己的文章》,《西北风》1936年第10期。
⑥ 周作人:《论语小记》,《水星》1935年第1卷第4期,原署名"知堂"。

先生自新文学运动前线退而在苦雨斋谈狐说鬼,其果厌世冷观了吗?想必炎炎之火仍在冷灰底下燃烧着。"① 曹聚仁的这一结论看似来自周作人的自白,但其实并未切中周作人"隐逸"及"闲适"的意旨。我们更倾向于认同这种观点:周作人关于"隐逸"的说法,和朱熹所谓的"隐者多是带性负气之人",是不大一样的。朱熹看重的是"多是带性负气之人"的"多是"之中那一部分"隐者",他们的"心头的火"还在燃烧着。而周作人虽也看到"隐者"曾经"有一肚子理想",但他更强调"隐者"在"隐逸"之后"便只安分去做个农工,不再来多管"。既然"安分",自然就不再是"带性负气之人",也就没有炎炎之火,而是如陶渊明或者废名所说的"渐近自然"了。② 周作人能够将陶渊明引为知音,恐怕也在于此。而正是在这方面,废名与周作人同气相求,他不满于别人把周作人当成一个"带性负气"的隐者。在《关于派别》一文中,他站出来为周作人辩解道:"今之人每每说知堂先生是隐逸,因之举出陶渊明来,连陶渊明一齐抹杀,据我的意见陶渊明其实已不是隐逸,已如上述,夫隐逸者应是此人他能做的事情而他不做,如自己会导河,而躲在沙滩上钓鱼,或者跑到城里来售买黄灾奖券,再不然就是此人消极,自己固然不吃饭去求长生不老,而让小孩子也在家里饿死,纵然大家不责备这些人,这些人亦自可耻矣。"言下之意,周作人的"言志"和"闲适"并非负气的逆反行为或者是消极对待人生,乃是一种源自于他的"渐近自然",所以他才说:"我是爱好知堂先生心境的和平"③。先不论废名的这一辩解是否符合事实,但在当时,至少在某种程度上契合了周作人所愿见之于他人的意愿。或者说,师徒两人在为散文言志论的辩护上达成了某种默契。所以,针对上述废名为周作人的辩解,林语堂在为该文发表时所写的跋语中道:"知人论世,本来不易,识得知堂先生面目更非私淑先生而心地湛然者莫办,废名可谓识先生矣。"④

　　周作人弟子众多,附和周作人散文言志论的不止俞平伯和废名两人,但他们要么只是重复周作人的观点,要么偶有提及,构不成与言志论的对话和

① 曹聚仁:《周作人先生的自寿诗——从孔融到陶渊明的路》,《申报》1934 年 4 月 24 日。
② 高恒文:《周作人与周门弟子》,大象出版社 2014 年版,第 159 页。
③ 废名:《关于派别》,《人间世》1935 年第 26 期。
④ 见《人间世》1935 年第 26 期。

发挥,因此本节只选取俞平伯和废名二人涉及周作人及其散文理论的相关言说,考察言志论"个性"说在周作人及其弟子之间的对话与互动。当然,正如前文所述,散文的言志观念在周作人那里只是一种姿态,而大肆鼓吹散文言志论的也并非周门弟子,而是以林语堂为首的"论语派"同人。正是在林语堂及其追随者那里,现代散文言志论"个性"说的内涵建设才全面展开。

三

林语堂在 20 世纪 20 年代末"由草泽而逃入大荒","在大荒中孤游"之后,[①] 先后创办了《论语》《人间世》《宇宙风》等刊物,提倡幽默闲适小品,在附和周作人散文言志论的同时又对其作了进一步的发挥。

如前文所述,林语堂对于周作人言志论的认同在于"言志"之"笔调",而非"言志"之"内容",重在"言志"的表现方式而非表现对象。林语堂所谓的"笔调"是指一种极具个人性的言说方式,是为他眼中的小品散文所特有的,即他一直所强调的"个人笔调"。关于"个人笔调",林语堂所谈甚多,不仅驳杂,甚至有前后矛盾之处,但大体不外乎追求散文个性表现的自主性和自由性,追求一种在"意中着想"而非在"文中着想"的境界[②]。此种笔调"系主观的、个人的,所言系个人感思","凡此种小品文,可以说理,可以抒情,可以描绘人物,可以评论时事,凡方寸中一种心境,一点佳意,一股牢骚,一把幽情,皆可听其由笔端流露出来"。[③] 很显然,题材处理轻松闲散,无论说理议论抒情皆不庄严、不拘泥、不端架子,这是"个人笔调"的要义。林语堂甚至想把"个人笔调"推广到更大的范围里去使用:"此种笔调已侵入社会及通常时论范围,尺牍,演讲,日记,更无论矣。除政社宣言,商人合同,及科学考据论文之外,几无不夹入个人笔调,而凡是称为'文学'之作品,亦大都用个人娓语笔

---

① 林语堂:《〈大荒集〉序》,见《大荒集》,生活书店 1934 年版,第 1、2 页。

② 林语堂:《说个人笔调》,《新语林》1934 年第 1 期,原署名"语堂"。

③ 林语堂:《论小品文笔调》,《人间世》1934 年第 6 期,原署名"语堂"。

调。故可谓个人笔调,即系西洋现代文学之散文笔调。"① 如果林语堂仅仅是将"个人笔调"视为散文创作的一个基本原则,那么这一概念范畴的提出,只是在重复五四时期文艺界关于"美文""絮语散文"等审美规范的言说,并无多大特色,无非是反传统桎梏,追求个性表现的自主自由。如此一来,他围绕这一概念所建构的一套散文个性表现理论也不失为中规中矩,亦不会在当时招致那么多的非议。然而,林语堂却站在自由主义的文化立场,将古今中外诸多抒情言志理论勾连起来,纳入"个人笔调"的审美范畴里,这虽然进一步推进了五四以来反道统和反文统的新文学建设,但其将"个人笔调"定于一尊而忽略散文个性表现其他面向的做法,显然多了一份工具性的期许,所谓的个性表现也就免不了是偏狭的。

　　具体来看,林语堂主张小品文应"以自我为中心,以闲适为格调",但这里的"自我"却不能等同于五四时期健全的自我表现,而是他在融通了西方表现主义和中国传统性灵学说的基础上调配出来的另一种"自我"。1929 年,林语堂出版译文集《新的文评》一书,内有意大利表现主义美学家克罗齐的《美学:表现的科学》的节译,他在序言中介绍表现主义的文艺观:"Spingarn 所代表的是表现主义的批评,就文论文,不加以任何外来的标准纪律,也不拿他与性质宗旨作者目的及发生时地皆不同的他种艺术作品作评衡的比较。这是根本承认各作品有活的个性,只问他对于自身所要表现的目的达否,其余尽与艺术之了解无关。艺术只是在某时某地某作家具某种艺术宗旨的一种心境的表现","'表现'二字之所以能超过一切主观见解,而成为纯粹美学的理论,就是因为表现派攫住文学创造的神秘,认为一种纯属美学上的程序,且就文论文,就作文论作文,以作者的境地命意及表现的成功为唯一美恶的标准,除表现本性之成功,无所谓美,除表现之失败,无所谓恶;且认任何作品,为单纯的艺术的创造动作,不但与道德功用无关,且与前后古今同体裁的作品无涉","表现派所以能打破一切桎梏,推翻一切典型,因为表现派认为文章(及一切美术作品)不能脱离个性,只是个性自然不可抑制的表现,个性既然不能强同,千古不易的抽象典型,也就无从成立","我们须明白一切的作品,是由

---

① 林语堂:《论小品文笔调》,《人间世》1934 年第 6 期,原署名"语堂"。

个性表现出来的,少了个性千变万化的冲动,是不会有美术的,这千变万化的个性的冲动,是无从纳入什么正宗轨范,及无从在美学上(非实际上)分门别类的。"① 事实上,表现主义在西方从来不是一个完全统一的流派,其成员的哲学观点和审美理念之间存在着很大的差异。个性表现只是某些成员的审美诉求,有些成员甚至是反个性表现的。林语堂在此将表现主义等同于个性表现,明显是一种误读或曲解,有急于为其散文"个性"说提供理论支撑的意图。在《论文》《论小品文笔调》《论个人笔调》等系列论及散文个性观念的文章中,尽管林语堂以极具个人化的语言对散文的个性与自我表现之关系作了深入浅出的论述,但我们仍可清晰见到内置于其中的表现主义思维。比如,在《论文》中,他把散文写作比成是十月怀胎,好的散文都是个性不可抑制的冲动表现:"文人作文,如妇人育子,必先受精,怀胎十月,至肚中剧痛,忍无可忍,然后出之。"② 立足于文学的自律性,从散文内部来阐发个性表现精神,这明显是脱胎于林氏所改造过的表现主义理论。这也在提示我们,林语堂在各种场合提到个性或个人主义的时候,虽然并不一定同时提及表现主义,但他是将后者默认为前者的思想基础的一部分。因此下文论及林语堂"个性"说的西方资源,也是基于此一逻辑展开。

　　另一方面,林语堂又追随周作人,赋予散文个性表现以"性灵"意涵,力图将传统的"性灵"学说与西方的表现主义个性论融为一起。当沈启无在周作人影响下编选的公安竟陵派散文集《近代散文钞》出版后,林语堂给予了很高的评价,并将公安竟陵诸家称为"性灵派",并指出:"我们在这集中,于清新可喜的游记外,发现了最丰富、最精彩的文学理论,最能见到文学创作的中心问题。又证之以西方表现派文评,真如异曲同工,不觉惊喜。大凡此派主性灵,就是西方歌德以下近代文学普通立场;性灵派之排斥学古,正也如西方浪漫文学之反对新古典主义;性灵派以个人性灵为立场,也如一切近代文学之个人主义。"③ 这就明确把"性灵"界定为作家自我的个性表现,同时又把它与西方个人主义联结起来。但对于何为"性灵","性灵"的内涵和外延是什么,

① 林语堂:《〈新的文评〉序言》,《语丝》1929年第5卷第30期。
② 林语堂:《论文》(下),《论语》1933年第28期,原署名"语堂"。
③ 林语堂:《论文》,《论语》1933年第15期,原署名"语堂"。

林语堂并没有给出具体的答案,甚至为其涂上了一层神秘主义的色彩,认为"性灵之为物,惟我知之,生我之父母不知,同床之妻亦不知。"赋予"性灵"独一无二、与人无关乃至神秘莫测的品性,林语堂的"个性"说显然比周作人的更加极端和随意,而内在理路的脆弱和紊乱,未尝不是导致他这一套理论话语迅速引来各界批判并在 20 世纪 30 年代中期以后逐渐被抛弃的重要因素。

　　与周作人一样,林语堂这一联结着西方表现主义和传统性灵理论的散文"言志论",带有鲜明的自由主义色彩和超然意趣,无论林语堂如何为之辩解,它根本上还是一种明哲保身的个人主义哲学。其中,首先值得注意的是他的散文闲适观。"闲适"可谓是林语堂散文个性理论的核心范畴,即他所说的小品文写作应以"以自我为中心,以闲适为格调"。换言之,林语堂所说的"自我"与"个性"是以"闲适"为主要内涵的。自 18 世纪末至 19 世纪初,随着浪漫主义的勃兴,古典庄严的礼仪传统和道德律令日渐消散,追求闲适不再被看作是不道德的行为,人们的日常生活日趋休闲化。此种社会风气影响到文学写作,便有闲适格调应运而生。正如鹤见辅所说的:"没有闲谈的世间,是难住的世间;不知闲谈之可贵的社会,是局促的社会。而不知道尊重闲谈的妙手的国民,是不在文化发达的路上的国民。"① 林语堂的闲适笔调论也源于他对西方文体的体认和把握上:

　　　　惟另有一分法,即以笔调为主,如西人在散文中所分小品文(Familiar Essay)与学理文(Treatise)是也。古人亦有"文""笔"之分,然实与此不同。大体上,小品文闲适,学理文庄严;小品文不妨夹入遐想及常谈琐碎,学理文则为体裁所限,不敢越雷池一步。此中分别,在中文可谓之"言志派"与"载道派",亦可谓之"赤也派"与"点也派"。言志文系主观的,个人的,所谓系个人思感,载道文系客观的,非个人的,所述系"天经地义"。故西人称小品笔调为"个人笔调"(Personal style),又称之为 Familiar Essay。后者颇不易译,余前译为"闲适笔调",约略得之,亦可译为"闲谈体","娓语体"。盖此种文字,认读者为"亲爱的"(Familiar)故交,作文时略如良朋话旧,私房娓语。此种笔调,笔墨上极轻松,真情

---

① 鹤见祐辅:《闲谈》,鲁迅译,《鲁迅全集》第十三卷,人民文学出版社 1973 年版,第 572 页。

易于吐露,或者谈得畅快忘形,出辞乖戾,达到如西文所谓"衣不钮扣之心境"(Unbuttoned moods)。①

由上可知,林语堂在解释"个人笔调"时虽然有些夹缠不清,但"闲"或者"闲适"最为其所重。无论是"下笔随意",还是内容"不妨夹入遐想及常谈琐碎",还是作文态度"衣不钮扣之心境"等等,都能说明他确实能从英文"Familiar Essay"获得个性表现的真髓神韵,是方家的眼光和识见。而且,这些概括不仅谈到外在的笔调,还触及文学的本体,指认小品文具有个人、言志、自由、非正式的闲适属性,这就把新老"八股"的载道散文乃至以培根、琼生等为代表的西方庄重、严肃的随笔(Formal Essay)都排斥在外。应该说,闲适作为现代知识分子的一种言说方式,对于打破载道文学的桎梏,解放个性表现不无意义,就此而言,提倡"闲适"笔调无可厚非。对于左翼文坛的批判,林语堂也辩解道:"闲适笔调便是娓语笔调,着重笔调之亲切自在。左派看定'闲适'二字定其消闲之罪,犹四川军阀认《马氏文通》为马克思遗著。"② 而且,林语堂推崇个人性、娓语性的小品文闲适笔调,不仅仅在于提倡一种新的散文话语方式,还有为此提升整个白话文学文体艺术的深远考虑,他坚信"谈话(娓语)笔调可以发展而未发展之前途甚为远大,并且衷心相信,将来有一天中国文体必比今日通行文较近谈话意味,以此笔调可以写传记,述轶事,撰社论,作自传,此则专在当代散文家有此眼光者之努力。"③ 或许当时的批评者囿于时事,浮躁于事功,未必都能看清这一点。但从当下的眼光来看,林语堂的努力不无益处和必要,至少 20 世纪 90 年代以来他和周作人、梁实秋等人闲适小品的艺术价值能够得到重估并受到追捧就是最有力的证明。因此,无论在当时还是现在,关于"闲适"笔调的论争其实涉及到的是对其社会价值与艺术价值评价的分歧。

幽默也是林语堂"个人笔调"下的一个审美范畴。幽默本来指的是一种生活态度和社交艺术,但在林语堂最初的介绍里,首先突出的是它对于写作

---

① 林语堂:《论小品文笔调》,《人间世》1934 年第 6 期,原署名"语堂"。
② 林语堂:《烟屑》(五),《宇宙风》1935 年第 7 期,原署名"语堂"。
③ 林语堂:《与又文先生论〈逸经〉》,《逸经》1936 年第 1 期,原署名"语堂"。

方式的革新意义。1924 年五六月间,林语堂相继发表《征译散文并提倡"幽默"》和《幽默杂话》两文,开始提倡"幽默"艺术及"幽默"笔调的散文。他认为中国旧文学是礼教束缚下的"板面孔文学",一旦扯下面孔便失去了"身格的尊严",所以总是以庄重、严正的笔调喋喋不休地述说着仁义道德或"天经地义"的道理,令人有寒气逼人之感。新文学虽然去除了道学气,但因其带有启蒙的功能,作家往往站在"广场上"呼唤民众,传播真理,习惯了充当大众导师的角色,文章写着写着就要忧国忧民,脸孔也不由自主地"板"起来了,行文中"板面孔"训话式的笔调也就并不鲜见。于是,他开出了"幽默"这一药方,试图通过寓庄于谐,打破庄谐界限,以"会心的微笑",变训话式笔调为谈话式笔调。他批评陈独秀的文章"大肆其锐利之笔锋痛诋几个老先生们,从一方面看起来,我也以为是他欠幽默。我们只须笑,何必焦急?"倾向的是"以堂堂北大教授周先生来替社会开点雅致的玩笑。"[①] 显然,林语堂提出"幽默",主要出于对五四启蒙文学话语方式的反思,而这也是后来革命文学运动和大众文学运动所要解决的问题。但殊途可否同归?"幽默"散文在那个时代是否行得通?这还是要回到阅读接受的问题上来。1932 年起,林语堂创办《论语》杂志,以"幽默"文学相号召。在解释《论语》创刊的"缘起"中,林语堂提出了《论语》要以"提倡幽默为目标,而杂以谐谑","在中国已有各种严肃大杂志之外,加一种不甚严肃之小刊物,调剂调剂空气而已。"在林语堂看来:"中国新文化虽经提倡,却未经过几十年浪漫潮流之陶炼。人之心灵仍是苦闷,人之思想仍是干燥。"因此,他才出来提倡幽默小品:"倘使我提倡幽默提倡小品,而竟出意外,提倡有效,又竟出意外,在中国哼哼唧唧派及杭唷杭唷派之文学外,又加一幽默派、小品派,而间接增加中国文学内容体裁或格调上之丰富,甚至增加中国人心灵生活上之丰富,使接近西方文化,虽然自身不免诧异,如洋博士被人认为西洋文学专家一样,也可听天由命去吧。"[②] 可见,林语堂创办《论语》,仍不离多年前《征译散文并提倡"幽默"》中的宗旨,就是要给当时单调、枯燥的文坛吹进一股轻松、闲适、幽默的风气,为日益走向僵化、

① 林语堂:《征译散文并提倡"幽默"》,《晨报副刊》1924 年 5 月 23 日,原署名"林玉堂"。
② 林语堂:《方巾气研究》(二),《申报》1934 年 4 月 30 日。

狭隘的散文创作注入新鲜的血液,在严肃、压抑的言论界开辟一块自由无拘、可谈天说地的园地。不同的是,林语堂此时已告别“语丝”时代,“从前那种勇气……现在实在良心上不敢再有同样的主张。”①“幽默”也因此与性灵、闲适融为一炉:“提倡幽默,必先提倡解脱性灵,盖欲由性灵之解脱,由道理之参透,而求得幽默也”②,“幽默只是一种从容不迫达观态度”,“有了超脱派,幽默自然出现”,“欲求幽默,必先有深远之心境,而带一点我佛慈悲之念头,然后文章火气不太盛,读者得淡然之味。幽默只是一位冷静超远的旁观者,常于笑中带泪,泪中带笑”,“最上乘的幽默,自然是表示‘心灵的光辉与智慧的丰富’,如麦烈蒂斯氏所说,是属于‘会心的微笑’一类的”,“不过中国人未明幽默之义,认为幽默必是讽刺,故特表明闲适的幽默,以示其范围而已。”③要达到内涵如此驳杂而又高蹈的“幽默”境界已非易事,要想通过它革新现代白话散文的写作方式更是令人怀疑。此外,当时的文坛是否如林语堂所说充满了苦闷、枯燥和道学气,这也是值得疑问的。左翼作家的文章固然有模式化和功利化的倾向,但这毕竟不是主流,何况鲁迅、茅盾、郭沫若等老作家和阿英、徐懋庸、唐弢等青年作家的散文小品皆有较高的思想性和艺术价值,“幽默”并非如此重要,甚至不需要“幽默”。

　　林语堂的“个人笔调”,当然适宜于“独抒性灵”,但并不能真正做到“不拘格套”,因为他划出了“以自我为中心,以闲适为格调”的界限,而“自我”的层次和维度是如此地丰富,“闲适”又非轻易获得,“他底‘自我’是上接着封建才人底‘自我’,他底‘闲适’是多少和庄园生活底‘闲游’保有相通的血统的。”④换言之,林语堂所鼓吹的“个人笔调”不能等同于个性表现的自在性和自由性,他将“个人笔调”与性灵和表现主义相勾连,追寻闲适、幽默等审美情趣,实际上只能代表部分“论语派”同人的散文个性理论,何况还有回避现实、“化屠夫的凶残为一笑”的消极影响。

　　这就涉及另一个问题,那就是受不同的思想文化背景和文学理想的影

---

①　林语堂:《〈剪拂集〉序》,《语丝》1928 年第 4 卷第 41 期,原署名“语堂”。

②　林语堂:《论文》(下),《论语》1933 年第 28 期,原署名“语堂”。

③　林语堂:《论幽默》,《论语》1934 年第 33 期,原署名“语堂”。

④　胡风:《林语堂论》,见茅盾等著《作家论》,文学出版社 1936 年版,第 153 页。

响,同为提倡散文的自我言志,林语堂和周作人的出发点和落脚点并不尽一致。

对于周作人来说,他主要是借个人言志和非功利审美在散文领域里寻求一块精神的庇护所。五四落潮以后,部分知识分子对现实和人生都有一种无奈的幻灭感,伴随着悲哀和失望的情绪,他们的人格立场开始由"英雄"向"平民"回归,思想上逐渐由宏观的人文关怀转向关注个人自我。周作人于此表现得尤为突出,他知道空喊革命是无益的,开始反省"人的文学"及"平民文学"中所蕴藏的功利因素,倡扬散文的言志和自我,走进十字街头的塔里装聋作哑、喝喝苦茶。在《十字街头的塔》中,周作人说到:"别人离了象牙的塔走往十字街头,我却在十字街头造起塔来住,未免似乎取巧罢? 我本不是任何艺术家,没有象牙或牛角的塔,自然是站在街头的了,然而又有点怕累,怕挤,于是只好住在临街的塔里,这是自然不过的事。"① 到了后来,"谈谈儿童或妇女身上的事情,也难免不被看出反动的痕迹"。因此周作人决定"闭户读书"、写作,不管是对左翼还是右派,也无论是对政治还是艺术,他已感到倦怠和悲观,只有偶尔出来发发牢骚的雅兴,再无五四时期那种冲锋陷阵的热情和志趣,个人言志的散文俨然成了他个人精神的安放地和庇护所。所以周作人讲个性主要是为了隔绝功利性,保持个人生活和心态的宁静,保持个人的完满和精神自由,追求"'忙里偷闲,苦中作乐',在不完全的现世享乐一点美与和谐,在刹那间体会永久"。这种境界有如他所说的:"文章的理想境我想应该是禅,是个不立文字,以心传心的境界,有如世尊拈花,迦叶微笑,或者一声'且道',如棒敲头,夯地一下顿然明了,才是正理,此外都不是路。"② 而这文学之"禅"原是与隐遁式的个性文学联结在一起的。这既是对正统文学的拒斥及被他认为具有"方巾气"的左翼文学的回击,同时也是一个特殊时代的知识分子明哲保身的策略。

不可否认,林语堂也追求闲适、趣味,坚持文学的非功利观,追求一种逝去的士大夫情趣;但我们也必须看到,林语堂孜孜不倦于言志性灵理论的建

---

① 周作人:《十字街头的塔》,《语丝》1925 年第 15 期,原署名"开明"。
② 周作人:《志摩纪念》,《新月》1932 年第 4 卷第 1 期。

构,有他之于散文本身的另一重目的,那就是通过散文言志观的倡扬,去除散文创作的"方巾气",寻求一种能够轻松表达自我和日常人生的散文文体,为现代散文的个人言志寻找出路和前途。就以他与周作人所共同推崇的晚明性灵小品为例,正如前文所述,周作人首先肯定的是其"一元""不拘一格"的反抗礼教的姿态,林语堂虽也欣赏晚明文人及其散文小品的反抗姿态,但其最终落足点不在于此,他更加注重的是在反叛、争自由的精神旗帜下晚明小品所凸显的文体风格及艺术价值。林语堂对公安性灵散文几乎到了顶礼膜拜的地步,"近来识得袁宏道,喜从中来乱狂呼。"① 他不仅首肯公安派的作文法则,而且还具体入微地分析了公安派文体风格和作文技巧的得失,这在周作人那里是很少看到的。在《论文》中,林语堂不仅大段摘录"性灵派的立论",而且还"意犹未尽",连作上下两篇,对这一派别作文的"法无定法"给予系统的论述。即使是他历来赞赏有加的金圣叹,他一方面肯定其"放足之文"的洒脱,一方面又对其文学批评上"始终缠绵困倒于章法句话之中"耿耿于怀。甚至对于有着"文言白话"之称的语录体,林语堂认为也要向公安派学习,认为"此后编书,文言文必先录此种文字,取中郎,宗子,圣叹","盖此种文字,不仅有现成风格足为模范,且能标举性灵,甚有实质,不如白话文学招牌之空泛也。"② 因此,林语堂对于晚明文人及其小品创作的认同,是从文学精神到创作法则再到文体艺术的全面认可。同为现代散文寻根,相对于周作人,林语堂对于传统言志散文的推崇更具有"古为今用"的意味,也即他所说的"在提倡小品文笔调时,不应专谈西洋散文,也须寻出中国祖宗来,此文体才会生根"③。也正是如此,他才会从自我和个人笔调出发,把幽默、性灵、"语录体"以及与此相关的闲适、絮语、闲话融为一起,由传统而现代,力求为现代散文的个人言志寻出切实可行之路。如果说周作人重性灵言志之"道",以"道"明"志"的话,那么林语堂则在此基础上兼顾到了性灵言志之"术",是一种从内到外的全面认同。正如废名在《关于派别》一文中所说的:"林语堂先生在《人间世》二十二期《小品文之遗绪》一文里说知堂先生是今日之公

---

① 林语堂:《四十自叙》,《论语》1934 年第 49 期。
② 林语堂:《语录体举例》,《论语》1934 年第 40 期,原署名"语堂"。
③ 林语堂:《小品文之遗绪》,《人间世》1935 年第 22 期,原署名"语堂"。

安,私见窃不能与林先生同。据我想,知堂先生恐不是辞章一派,还当于别处求之。"又进一步说:"我觉得知堂先生的文章同公安诸人不是一个笔调,知堂先生没有那些文采"。① 应该说,废名的这一评价是深得周作人散文言志论意旨的。时过境迁,到了 20 世纪 40 年代,周作人回首这段历史时也说道:"这里我不能不怪林语堂君在上海办半月刊时标榜小品文之稍欠斟酌也。我曾说我们写国语文,并无什么别的大理由,只因写文章必须求诚与达"②。这大概也是对林语堂鼓吹幽默、闲适的小品文时,那种似乎找到了文学出路与前途的兴奋和狂热的批评吧。

可以说,单纯从文学理想来看,林语堂的言志性灵论有着很大的建设性。但正如上文一再申述的,由于理论言说上的驳杂、夹缠和无根的超然,在他企图用个人性的言志和笔调瓦解一切载道、庄严、"方巾气"时,就显得力不从心。此外,他的小品文创作也与其理论初衷有着一定的差距,他的一些小品文虽然有性灵、幽默、闲适,但有时却显得无聊、低级,其追随者和模仿者更是如此,这无疑更加容易遭到各方的批评与抵制。

散文作为一种主体性很强的文类,不管是言志还是载道,是说理议论还是叙事抒情,都带有个人的情感姿态和价值取向。言志论的"个性"说把"志"阐释为个人的情志,并把"志"落实到自我、性灵、闲适的范畴里,走的是从个性表现到独抒性灵、从人性人道到超然独善的路子,这从现代散文的理论建设来看确实独标一帜,在当时和后来都有消解道学气、八股气、方巾气的意义,但在精神品性上,却与五四时期的个性表现观念大为不同。五四时期的个性论,带有反礼教、反专制的勃勃生气,开创了现代散文自由创新、多样发展的广阔天地。周作人、俞平伯、废名、林语堂等人在当年也是意气风发,可是五四过后,他们雄风不再,退缩至个人趣味的一方园地自娱自乐,自我个性发生了很大的变异。换言之,言志论的"个性"说,已由积极的个性变为消极的个性,是隐遁的个性,闲适的个性,趣味的个性。有人认为周作人和林语堂一派"在中国最危急最黑暗的时代,宣传一种对人生对文艺的倦怠和游戏

---

① 废名:《关于派别》,《人间世》1935 年第 26 期。
② 周作人:《国语文的三类》,《读书》1945 年第 1 卷第 3 期,原署名"十堂"。

的态度,这是一切悲观主义中最坏的一种。"① 这说法也许有些过头,但不可否认,周作人后来的堕落是他思想个性蜕变的一种结果;林语堂的优游终身倒还保持着个人自由主义的风采,但由于"个人笔调"精神源泉的日渐干枯,他后来的散文创作在个人文体的创新和艺术风格的丰厚上很难超越他二三十代的成就,反而是在越出个人性灵的小说天地中取得了独异的成就。

---

① 舒芜:《周作人概观》,湖南人民出版社 1986 年版,第 72 页。

第三节　社会论的"个性"说

　　个性的生成和衍化是一个复杂的过程,是多种因素合力促成的结果。尤其是在社会风云变幻不定的现代中国,启蒙与救亡主题的二重变奏,既有不同的重点和路径,也有相通的理念和目标,它们的交织起伏,促成了个人意识与民族意识、国民意识、社会意识和阶级意识的错综交融。这对于文学中的个性话语尤其是对散文这种主体性与现实性密切相关的文类有着深刻的制衡和影响。就此而言,现代散文理论的"个性"说不是一个封闭的体系,而是开放的、动态的、具体的,与社会性、时代性、民族性、阶级性息息相通。

一

　　现代散文理论的"个性"说被赋予"社会"和"阶级"的内涵,与20世纪20年代中期以后文学观念从个人主义到集体主义的转变密切相关。前文已述及,五四时期对个人担当精神的强调,就意味着个人性与社会性的不可分割,但真正使社会性及由此发展而来的阶级性紧密联系甚至压倒个人性,则是始于20年代后期革命文学的兴起及其对"个人主义"的批判。

　　早在20世纪20年代前期革命文学初步酝酿的时候,其提倡者就对新文学作家所奉行的个人主义观提出了批评:"他们把自己分成两半个,一个物质的我尽管吃饭、穿衣、睡觉,天天与现实为缘,在现实之中,沉陷于他们所不满意的所谓物质生活里;而另一个精神的我则游心于八表之外,鸿飞冥冥,固执而且诚恳地自欺着,把假的当做真的。他们自己固然是在幻觉中快活了,别人就只好永远坐在地狱里。这,不更见其是自私,是唯我,是自私唯我的个人主义了么? 所以我们在这样的道德上,对于那所谓'为艺术而艺术'的朋友,已经是不能不极力地为了社会而反对他们了!"① 这当然是一种偏激的看法,但却也揭示出了当时部分躲在象牙塔里的知识分子和现实的脱节,以至于文学创作成为一种自言自语、自娱自乐的方式,"他们几乎是'不知有汉,遑论魏晋',不明白自己所处的是什么样的一个时代和环境。他们对于社会全部的状况是模糊的,对于民间的真实疾苦是淡视的;他们的作品,上等的不是怡性陶情的快乐主义,便是怨天尤人的颓废主义,总归一句话,是不问社会的个人主义"②。到了 20 年代后期,随着革命文学的兴起,个人主义在太阳社等一批青年理论家那里更是成为"拥护罪恶"的代名词。蒋光慈在《关于革命文学》一文中明确提出"革命文学就是反个人主义的文学",他认为:"说文学是超社会的,说文学只是作者个人生活或个性的表现……这种理论显然是很谬误的,实没有多批驳的必要。固然,在某一部作品里,可以看出作者的个性或个人生活来,但是同时我们要知道,一个作家一定脱离不了社会的关系,在这一种社会的关系之中,他一定有他的经济的,阶级的,政治的地位——在无形之中,他受这一种地位的关系之支配,而养成一种阶级的心理。"③ 特别是"我们的社会生活之中心,渐由个人主义趋向到集体主义。个人主义到了资本社会的现在,算是已经发展到了极度,然而同时集体主义也就开始了萌芽。无政府式的个人主义之发展的结果,只是不平等,争夺,混乱,无秩序,残忍,兽性的行为……现代革命的倾向,就是要打破以个人主义为中心的社会制度,而创造一个比较光明的,平等的,以集体主义为中心的社会制度,革命的倾向是如此,同时在思想界方面,个人主义的理论也就很显然地消沉了。"就文学来说,"旧式的作家因为受了旧思想的支配,成为了个人主义者,因之他们所写出来的作品,也就充分地表现出个人主义的倾向。他们以个人为创作的中

---

① 萧楚女:《艺术与生活》,《中国青年》1924 年第 2 卷第 38 期,原署名"楚女"。
② 邓中夏:《贡献于新诗人之前》,《中国青年》1923 年第 1 卷第 10 期,原署名"中夏"。
③ 蒋光慈:《关于革命文学》,《太阳月刊》1928 年 2 月号。

心,以个人生活为描写的目标,而忽视了群众的生活。他们心目中只知道有英雄,而不知道有群众,只知道有个人,而不知道有集体。"而"革命文学应当是反个人主义的文学,它的主人翁应当是群众,而不是个人;它的倾向应当是集体主义,而不是个人主义。所谓个人只是群众的一分子,若这个个人的行动是为着群众的利益的,那么当然是有意义的,否则,也便是革命的障碍。革命文学的任务,是要在此斗争的生活中,表现出群众的力量,暗示人们以集体主义的倾向。颓废的,市侩的享乐主义的,以及什么唯美主义的作品,固然不能算在革命文学的之列。就是以英雄主义为中心的作品,也不能算做革命文学。在革命的作品中,当然也有英雄,也有很可贵的个性,但他们只是群众的服务者,而不是社会生活的中心。"① 反对个人英雄主义或英雄式的个人主义,本质上是对五四启蒙语境中的个人和个性解放的修正,或者说是对五四时期以"人"为中心的启蒙运动的反思,而这一修正和反思又牵连着新老作家的代际冲突以及话语权的争夺,正如阿英所说的:"这个时期的思潮,个人主义已经变成了可诅咒的名辞,社会的职任已被青年认为切身的职责,引起了青年的对于一切的怀疑,怀疑社会,怀疑家庭,怀疑社会上的一切旧势力,旧制度,大家都站起身来走向社会,去做社会改革的伟业。所以真能代表这个时期的作家,他的创作是涂满了怀疑的色调,对于社会是整个的不信任,个人主义的精神是死亡了的。"② 这背后的潜台词其实关涉着新一代"青年"的出场及其诉求。在社会进化论思维的惯性引导下,"青年"在现代中国一直被视为一个具有革新精神的群体,代表着活力、进步、正义,是时代的代言人和推动者。"革命文学"的发起与当时一批青年作家和批评家的奔走呼号不无关系,尽管他们对个人主义命运的判定显示出偏执和盲目自信的倾向,但在无尽的"革命"语境中,当时相当一部分从五四走来的老作家也都在自我批评中跟进了"革命"的步伐,有人认为是"他们太把时代看得透彻了,老怕落在时代后,所以尽力地嘶嚷,好让人们恭维他们是时代的先驱"③。这虽有以偏概

---

① 蒋光慈:《关于革命文学》,《太阳月刊》1928 年 2 月号。
② 钱杏邨:《死去了的阿 Q 时代》,《文学运动史料选》第二册,上海教育出版社 1979 年版,第47 页。
③ 侍桁:《评〈从文学革命到革命文学〉》,《语丝》1928 年第 4 卷第 19 期。

全之嫌,但他们确实存在着紧跟时代的焦虑意识,以至于"革命文学成为了一个时髦的名词,不但一般急激的文学青年,口口声声地呼喊革命文学,就是一般旧式的作家,无论在思想方面,他们是否是革命的同情者,也没有一个敢起来公然反对。并且有的不但不表示反对,而且倡言革命文学的需要,大做其关于提倡革命文学的论文。"① 在此背景下,五四以来的个性话语不可避免地向社会学说位移。

创造社的转向极具代表性。从早期"为艺术而艺术"的自我表现到对个人主义的批判,创造社诸作家的分分合合几乎见证了现代个人主义文学发展的曲折过程。在《革命与文学》中,郭沫若全面回顾了欧洲文学的发展进程,并以否定个人主义发见革命文学的先进性。他认为:"然而第三阶级抬头之后,以个人主义自由主义为核心的资本主义逐渐猖獗起来,使社会上新生出一个被压迫的阶级,便是第四阶级的无产者。在欧洲的今日已经达到第四阶级与第三阶级的斗争时代了。浪漫主义的文学早已成为反革命的文学,一时的自然主义虽是反对浪漫主义而起的文学,但在精神上仍未脱尽个人主义与自由主义的色彩。自然主义之末流与象征主义神秘主义唯美主义等浪漫派之后裔均只是过渡时代的文艺,她们对于阶级斗争之意义尚未十分觉醒,只在游移于两端而未确定方向。而在欧洲今日的新兴文艺,在精神上是彻底表同情于无产阶级的社会主义的文艺,在形式上是彻底反对浪漫主义的写实主义的文艺。这种文艺,在我们现代要算是最新最进步的革命文学了。""所以我们对于个人主义的自由主义要根本铲除,我们对于浪漫主义的文艺也要取一种彻底反抗的态度。"② 在写于 1926 年的《文艺家的觉悟》中,郭沫若先是指出"一个人生在世间上,只要他不是离群索居,不是像鲁滨孙之漂流到无人的孤岛,那他的种种的精神活动,无论如何是不能不受社会的影响的",接着认为"我们所处的时代是第四阶级革命的时代","我们现在所需要的文艺是站在第四阶级说话的文艺","除此之外的文艺都已经是过去的了。包含帝王思想宗教思想的古典主义,主张个人主义自由主义的浪漫主义,都已过去了。

---

① 蒋光慈:《关于革命文学》,《太阳月刊》1928 年 2 月号。
② 郭沫若:《革命与文学》,《创造月刊》1926 年第 1 卷第 3 期。

过去了的自然有它历史上的价值,但是和我们现代不生关系",最后论断说:
"在现代的社会没有什么个性,没有什么自由好讲。讲什么个性,讲什么自由
的人,可以说就是在替第三阶级说话。你假如要说'不许我有个性,不许我有
自由时,那我就要反抗'。那么刚好,我们正可以说是同走这一条路的人。你
要主张你的个性,你要主张你的自由,那请你先把阻碍你的个性、阻碍你的自
由的人打倒。而且你同时也要不阻碍别人的个性、不阻碍别人的自由,不然
你就要被人打倒。像这样要人人能够彻底主张自己的个性、人人能够彻底主
张自己的自由,这在有产的社会里面是不能办到的。那么,朋友,你既是有反
抗精神的人,那自然会和我走在一道。我们只得暂时牺牲了自己的个性和自
由去为大众人的个性和自由请命了。"① 在这里,郭沫若并没有彻底否定个性
和自由,前提是要先去除“有产社会”对个性和自由的阻碍。而这一过程实际
上是两个阶级的对抗,因此主张个性和自由不再限于个人的层面,而是指向
整个“第四阶级”的解放。成仿吾也认为:"我们维持自我意识的时候,我们
还须维持团体意识;我们维持个人感情的时候,我们还须维持团体感情。要
这样才能产生革命文学而有永远性。"② 因此,他极力反对中国文人的个人主
义“趣味”:"我们还应当特别举出我们中国人——尤其是中国文人的顽恶的
个人主义。我们中国人的个人主义大概是很著名的罢,你若不信,你只要想
想为什么在这样内忧外患交逼的今日,我们中国人还是一盘散沙,没有团结
的可能性。对于我们中国人,个人超越一切之上,个人为了自己的利益是不
妨危害他人以及社会的利益的。就是对于文艺,他们也不过献他们的一部分
的忠诚,大多数把它当做了实用的或消遣的工具。""我们现在的许多新旧的
文人们是堕落到了什么样的地步,亲眼看见的我们大概不用多费文字来指
证。约言之,在旧的破坏了而新的没有建设起来的过渡时代,个人主义益发
伸着翅膀,在纵横地驰骋,转瞬间我们已经发觉我们在一个无政府的状态中。
新文学运动的当初,暂时之间,我们也曾有过觉悟的表现。纯粹表现的要求,
国语文学的创造,这些在当时确曾有过一番蓬蓬勃勃的朝气,纵然有许多专

---

① 郭沫若:《文艺家的觉悟》,《洪水》1926 年第 2 卷第 16 期,原署名“沫若”。
② 成仿吾:《革命文学与他的永远性》,《创造月刊》1926 年第 1 卷第 4 期。

以出出风头为事的浮夸之徒,不久就证实了他们不是文艺的忠实的使者。但是现在呢?当年的朝气已经雾散冰消,剩下来的已经只是些斜阳暮霭!文学革命的精神已经不再存在,浅薄的趣味与无聊的消遣弥漫了整个的文学界。有许多不成器的东西竟在旧文人的队伍间摇头摆尾地狂跳,转瞬之间也成了一些小文妖,真不知天地间有羞耻事。"由是,他大声疾呼:"我们为什么不能稍微伟大一点?为什么不能以赤裸裸的心灵相见?忠实的文艺的使徒,勇敢的革命的战士,我们齐来把这个人主义的魔宫推到!"① 应该说,转向后的创造社诸家仍充满着个性自由的呼声和反抗专制剥削制度的革命呐喊,但又有传统群己观念、代言观念和为第四阶级请命等新旧观念的混合,把大众的个性自由视为自我个性自由的基础前提,要求牺牲自己的个性自由去争取人民的个性自由,也就是说只有本阶级的解放才有自己的个性解放。这也导致了在言说、阐释个性上出现简单化、片面化和极端化的弊端。

结合上述太阳社、创造社诸家的言论,可以发现,这些弊端的出现,与他们没有在概念上分清"个性"和"个人主义"的差别也有关系。因为前者存在于一切文学创作中,而后者极端的一面则是前者的畸形发展。在"革命文学"论争中,他们把鲁迅、茅盾、郁达夫、冰心等五四知名作家独有的创作个性都当成是落后于时代,具有小资产阶级趣味的"个人主义"加以鞭挞,这显然是错误的。比如他们认为叶圣陶对"灰色人生"的冷静观察和客观描写"只是描写个人(——当然是很寂寞的有教养的一个知识阶级)和守旧的封建社会,他方面和新兴的资产阶级的社会的'隔膜'。"② 认为鲁迅文学创作的出发点"不是集体,而是个人,他的反抗,只是为他个人的反抗。虽然有时也为着别人说几句话。我们若果细细的考察起来,究竟是抛不开'我'的成分的。他始终是一个个人主义者。"③ 当然,鲁迅、茅盾等五四作家转变思想立场后,也都接受马克思主义的思想和方法论来考察文艺问题,把人性、个性置于社会关系中加以观照。

---

① 成仿吾:《文学家与个人主义》,《洪水》1927 年第 3 卷第 34 期,原署名"仿吾"。
② 冯乃超:《艺术与社会生活》,《文化批判》1928 年创刊号。
③ 钱杏邨:《死去了的阿 Q 时代》,《文学运动史料选》第二册,上海教育出版社 1979 年版,第62 页。

　　鲁迅早年"尊个性而张精神",呼吁"精神界战士",堪称近现代个性主义的思想先驱。他的个性观念受到主观意志论的影响而带有"摩罗派"的意味,在深入解剖国民性的同时也在操刀自剖,在张扬个性精神的同时也在充实完善自己的精神个性,从而对个性内涵有着独特的阐发。在《随感录》二十五、四十、四十九和《我之节烈观》《我们现在怎样做父亲》《娜拉走后怎样》等文中,他就开始"辟人荒",对小孩、妇女和青年的"人"的问题颇有新见,提出切实而崇高的救人主张:"从我们做起,解放了后来的人","只能先从觉醒的人开手,各自解放了自己的孩子。自己背着因袭的重担,肩住了黑暗的闸门,放他们到宽阔光明的地方去"。① 这种崇高的人道精神和人格担当,可说是"摩罗"精神的践行,贯通着鲁迅的一生。在《随感录(四十三)》中,他认为:"美术家固然须有精熟的技工,但尤须有进步的思想与高尚的人格。他的制作,表面上是一张画或一个雕像,其实是他的思想与人格的表现","我们所要求的美术家,是能引路的先觉,不是'公民团'的首领。我们所要求的美术品,是表记中国民族知能最高点的标本,不是水平线以下的思想的平均分数。"② 在《论睁了眼看》中继续强调"文艺是国民精神所发的火光,同时也是引导国民精神的前途的灯火",因而疾呼"世界日日改变,我们的作家取下假面,真诚地,深入地,大胆地看取人生并且写出他的血和肉来的时候早到了;早就应该有一片崭新的文场,早就应该有几个凶猛的闯将!"③ 鲁迅的创作主张,既高扬着文艺家的个性人格精神,又具有思想启蒙时代的新要求。尽管他当时对人的觉醒、国民精神、进步思想、高尚人格的说法还较抽象,但体现了一个启蒙思想家和人道主义者对作家个性人格高标准的严格要求,亦即他的个性观念与时代、民族、社会和人生具有内在的血肉联系。他说"自有悲苦愤激","这病痛的根柢就在我活在人间",所以一再回绝别人的劝告或攻击,始终坚持杂文写作,"要做这样的东西的时候,恐怕也还要做这样的东西,我以为如果艺术之宫有这么麻烦的禁令,倒不如不进去;还是站在沙漠上,看看飞沙走石,乐则大笑,悲则大叫,愤则大骂,即使被沙砾打得遍身粗糙,头破血流,而

---

①　鲁迅:《我们现在怎样做父亲》,《新青年》1919 年第 6 卷第 6 号,原署名"唐俟"。
②　鲁迅:《随感录·四十三》,《鲁迅全集》第一卷,人民文学出版社 1981 年版,第 330 页。
③　鲁迅:《论睁了眼看》,《语丝》1925 年第 38 期。

时时抚摩自己的凝血,觉得若有花纹,也未必不及跟着中国的文士们去陪莎士比亚吃黄油面包之有趣",① 直到晚年还强调:"现在是多么切迫的时候,作者的任务,是在对于有害的事物,立刻给以反响或抗争,是感应的神经,是攻守的手足。潜心于他的鸿篇巨制,为未来的文化设想,固然是很好的,但为现在抗争,却也正是为现在和未来的战斗的作者,因为失掉了现在,也就没有了未来。"② 鲁迅反对进入"艺术之宫",提倡通俗的大众文学,坚持写时代性极强的战斗性的杂感,并非是他不重视文学个性艺术的审美价值;相反,他对文学有着深沉的热爱,《野草》的面向自我以及在取象、造境、构思上的独创性,《朝花夕拾》穿行于过去之"我"与现代之"我"的温馨回忆,都在说明,他即使不是有意地创作为"我"的"不朽之作",也是在不自觉地走向这一境界。他之所以坚持写"觉世之文",主要是怕"失掉了现在",是"为别人的设想"③。所以,从小我走向大我,鲁迅也经历了一个艰难选择的过程。他曾坦言:"我的意见原也一时不容易了然,因为其中本含有许多矛盾,教我自己说,或者是人道主义与个性主义这两种思想的消长起伏罢。"④ 但在这矛盾纠结中,人道主义终究占了上风,对劳苦大众抱有"哀其不幸,怒其不争"的博大爱心,并且"更无情面地解剖我自己"。⑤ 他后来自剖说:"我时时说些自己的事情,怎样地在'碰壁',怎样地在做蜗牛,好像全世界的苦恼,萃于一身,在替大众受罪似的:也正是中产的智识阶级分子的坏脾气。只是原先是憎恶这熟识的本阶级,毫不可惜它的溃灭,后来又由于事实的教训,以为惟新兴的无产者才有将来,却是的确的。"⑥ 也就是说,他的人学和个性思想并没有因为思想基础和阶级立场的转变而丢失,而是融入新的思想体系,转化为辩证唯物论和阶级论的人性与个性观念。这在 20 世纪 20 年代末的革命文学论争和 30 年代的小品文论争中有着明显的表现。

　　1927 年以后,鲁迅"已经诊察明白"自己的"恐怖"因由有两点:一是"我

---

①　鲁迅:《〈华盖集〉题记》,《莽原》1926 年第 1 卷第 2 期。

②　鲁迅:《〈且介亭杂文〉序言》,见《且介亭杂文》,上海三闲书屋 1937 年版,第 2 页。

③　鲁迅:《两地书·二四》,《鲁迅全集》第十一卷,人民文学出版社 1981 年版,第 78 页。

④　同上书,第 77 页。

⑤　鲁迅:《写在〈坟〉后面》,《语丝》1926 年第 108 期。

⑥　鲁迅:《〈二心集〉序言》,见《二心集》,合众书店 1932 年版,第 5 页。

的一种妄想破灭了",即进化论思想轰毁了,原"以为压迫,杀戮青年的,大概是老人。这种老人渐渐死去,中国总可比较地有生气。现在我知道不然了,杀戮青年的,似乎倒大概是青年,而且对于别个的不能再造的生命和青春,更无顾惜";二是发见了"我自己也帮助着排筵宴","我就是做这醉虾的帮手,弄清了老实而不幸的青年的脑子和弄敏了他的感觉,使他万一遭灾时来尝加倍的痛苦,同时给憎恶他的人们赏玩这较灵的苦痛,得到格外的享乐。"① 这"恐怖感"是对自己而言的,是内在的反思和思想的飞跃,使他的思想信仰从进化论转向辩证法和阶级论,并更自觉地认定文艺不能"帮忙"和"帮闲",而更要发挥抗争和战斗的作用。所以,在当时"革命文学"兴起和争论之际,鲁迅认为"根本问题是在作者可是一个'革命人',倘是的,则无论写的是什么事件,用的是什么材料,即都是'革命文学'。从喷泉里出来的都是水,从血管里出来的都是血。'赋得革命,五言八韵',是只能骗骗盲试官的。"② 这涉及作家身份的本质定性,作家自身的革命性才是衡量革命文学的根本标准,这个观点贯穿于鲁迅后来的文艺评论之中。在与梁实秋为代表的人性论的论战中,鲁迅接连写了《卢梭和胃口》《文学和出汗》《文学的阶级性》《"硬译"与"文学的阶级性"》等。他对人性问题进行阶级分析和社会历史分析,提出"人性是永久不变的么"的问题,"类人猿,类猿人,原人,古人,今人,未来的人……如果生物真会进化,人性就不能永久不变",首先从生物进化论和人类进化史的科学观点反驳永恒的"人性论"③;接着进一步运用历史唯物论的分析方法,认为"若据性格感情等,都受'支配于经济'(也可以说根据于经济组织或依存于经济组织)之说,则这些就一定都带着阶级性。但是'都带',而非'只有'。"④ 由此推论到文艺批评,他指出:"文学不借人,也无以表示'性',一用人,而且还在阶级社会里,即断不能免掉所属的阶级性,无需加以'束缚',实乃出于必然。自然,'喜怒哀乐,人之情也',然而穷人决无开交易所折本的懊恼,煤油大王那会知道北京捡煤渣老婆子身受的酸辛,饥区的灾

---

① 鲁迅:《答有恒先生》,《北新》1927 年第 49 期。
② 鲁迅:《革命文学》,《民众旬刊》1927 年第 5 期。
③ 鲁迅:《文学和出汗》,《语丝》1928 年第 4 卷第 5 期。
④ 鲁迅:《通信·其二》,《语丝》1928 年第 4 卷第 34 期。

民,大约总不去种兰花,像阔人的老太爷一样,贾府上的焦大,也不爱林妹妹的。"① 鲁迅对人性、个性及其阶级性的阐发,深化了对人性、个性的理论探索,也切中了问题的要害。他并没有否定人性、个性的客观而多样的存在,只是对不愿正视、有意遮蔽阶级性的抽象人性论者,或简单理解阶级性的机械论者,提出尖锐的批评,他那"都带"而非"只有"阶级性的论断,是对个性、人性和阶级性辩证关系的科学表述。

凭借辩证的思维方法,鲁迅对文学现象包括文学的个性风格等问题,就有了高屋建瓴、洞察内里的发现。这在《魏晋风度及文章与药及酒之关系》《革命时代的文学》《文艺与政治的歧途》《对于左翼作家联盟的意见》《上海文艺之一瞥》《门外文谈》《"题未定"草》等名文中运用自如,创见迭出。特别是他提出"知人论世"的批评要求:"我总以为倘要论文,最好是顾及全篇,并且顾及作者的全人,以及他所处的社会状态,这才较为确凿。要不然,是很容易近乎说梦的。"② 这显然是在批评当年片面吹捧陶渊明、袁中郎等名士的隐逸风和盛行的选本摘句风,对于文学批评特别是评析作家作品的个性风格具有方法论的启示意义。

与鲁迅一样,茅盾也是以辩证的眼光来看待文学的个性与社会性的关系。在文学研究会时期,茅盾对于文学与人生关系问题的阐释就明显带有社会学批评模式的特点。在《文学和人的关系及中国古来对于文学者身分的误认》一文中,茅盾不无偏激地提出:"文学属于人(即著作家)的观念,现在是成过去的了;文学不是作者主观的东西,不是一个人的,不是高兴时的游戏或失意时的消遣。……文学者表现的人生应该是全人类的生活,用艺术的手段表现出来,没有一毫私心不存一些主观。自然,文学作品中的人也有思想,也有情感,但这些思想和情感一定确是属于民众的,属于全人类的,而不是作者个人的。这样的文学,不管它浪漫也好,写实也好,表象神秘都也好;一言以蔽之,这总是人的文学——真的文学。"③ 稍后,在《新文学研究者的责任与努力》一文中,他又进一步提出:"创作须有个性,这是很要紧的条件,不用再说

① 鲁迅:《"硬译"与"文学的阶级性"》,《萌芽月刊》1930年第1卷第3期。

② 鲁迅:《"题未定"草(七)》,《鲁迅全集》第六卷,人民文学出版社1981年版,第430页。

③ 茅盾:《文学和人的关系及中国古来对于文学者身分的误认》,《小说月报》1921年第12卷第1期,原署名"沈雁冰"。

的了;但要使创作确是民族的文学,则于个性之外更须有国民性。"① 这似乎是对前一个观点的修正,但仍然将作家的个性表现置于社会性范畴之下。对于新兴的"无产阶级文学",茅盾在批评其提倡者的某些错误观念后,也提出了自己的看法,其中对于个人主义和集体主义的辨析令人深思。茅盾认为必须区分无产阶级艺术和旧有的农民艺术,"无产阶级的精神是集体主义的,反家族主义的,非宗教的。然而农民的思想则正相反。农民中的佃户虽然也是无产阶级,而最大多数的自耕农也是被压迫者,过的生活极困难,但是实际上农民的思想多倾向于个人主义,家族主义,宗教迷信的。所以然之故,半因农民的经济条件与劳工不同,半亦因落后的农业生产方法使他们不懂得合作,没有阶级意识。旧有的农民艺术里便充满了农民的此等个人主义的家族主义的和宗教迷信的思想。"② 农民不等于无产阶级,在于农民的个人主义与无产阶级的集体主义格格不入,茅盾的敏锐觉察,说明他对"无产阶级文学"有着深刻的认识,而非像创造性和太阳社一批年轻作家那样停留于口号的反复述说上。如果联系上文茅盾"创作须有个性"的说法,这也说明茅盾是有意识地把文学中的"个性"与"个人主义"区别开来的。在"革命文学"论争中,他严守着这种区别,并没有把个性解放思潮中成长起来的五四文学全盘否定,而是重点批评五四时期的个人主义文学,肯定"五卅"以后文学的革命化转向:"试看当时'资产阶级文艺的玩意儿'把文坛推进了一个怎样的局面。想来大家还记得,感情主义,个人主义,享乐主义,唯美主义的'即兴小说',充满了出版界;这些作品所反映的,只是个人的极狭小的环境,官能的刺激,浮动的感情。而'非集团主义'的《少年维特的烦恼》也成为彷徨苦闷的青年的玩意儿,麻醉剂。在这灰色的迷雾中,文艺没有时代性,更谈不到社会化。直到地下工作的第一次果实的'五卅'运动爆发时,这种迷雾还是使人窒息。"他并以创造社转向为例证实"五卅"以后个人主义如何转向集体主义,他略带嘲讽地说道:"但想来大家也不曾忘记今日之革命的文学批评家在五六年前却就是出死力反对过文学的时代性和社会化的'要人'。这就是当时的创造社

---

① 茅盾:《新文学研究者的责任与努力》,《小说月报》1921 年第 12 卷第 2 期,原署名"郎损"。
② 茅盾:《论无产阶级艺术》(二),《文学周报》1925 年第 173 期,原署名"沈雁冰"。

诸君。……在当时,创造社的主张是'为艺术而艺术';说过'毒草虽有毒而美,诗人只鉴赏其美,俗人才记得有毒'这一类的话。感情主义和个人主义的调子,充满在他们那时候的作品。去年成仿吾所痛骂的一切,差不多全是当初他自己的过犯,是一种很有意味的新式的忏悔。当时创造社的主张颇有些从者。何以故?因为那时期正是'彷徨苦闷'的时期,因为那时候'五卅'时代尚未到临,因为那时期创造社诸君是住在象牙塔里!因为'彷徨苦闷'的青年的变态心理是需要一些感情主义,个人主义,享乐主义,唯美主义,权当一醉。'五卅'时代的尚未来临,创造社诸君之尚住在象牙塔里,也说明了当时宣传着感情主义,个人主义,享乐主义,唯美主义的创造社诸君实在也是分有了当时的普遍的'彷徨苦闷'的心情。……我这一番话,并非是翻旧账簿,不过借此说明了时代对于人心的影响是如何之大,从而也指出了何以六年前板着面孔把守了'艺术的艺术之宫'的成仿吾会在六年后同样地板起了面孔来把守'革命的艺术之宫',正自有其必然律,未必象有些人的不客气的猜度所说的竟是投机,是出风头。"① 作为时代的亲历者和见证人,茅盾对个人主义走向集体主义的过程及内在逻辑的审视显然更具思辨性和说服力,这与他对个性、个人主义与时代、社会的关系的深入认知无疑是密切相关的。其实在此之前,他已精准地概括出了"革命文艺"提倡者在观念上的共通性:"(1)反对小资产阶级的闲暇态度,个人主义;(2)集体主义;(3)反抗的精神;(4)技术上有倾向于新写实主义的模样。"② 但他对于将小资产阶级等同于"个人主义"从而一概抹杀,以及去个性化的"新写实主义"并不赞同,根本上也在于他能够清醒地认识到个性与个人主义的差别,辩证看待个人性与社会性的关系。

整体而言,个性表现作为五四文学革命的基本动力和活力因素并未被现代作家所否认,只不过,现实主义文学思潮的驱动,使现代作家不再拘泥于作家自我的个性表现,而是力图将个性与社会性结合起来,继续发挥文学启蒙救亡的功能,从而就有"大我"与"小我"、"集体"与"个人"、"社会性""阶级

---

① 茅盾:《读〈倪焕之〉》,《文学周报》1929年第8卷第20号。
② 茅盾:《从牯岭到东京》,《小说月报》1928年第19卷第10号。

性"与"个人性"等主从或对立关系的一系列观念的生成与流行。当然,在此过程中,部分作家偏激地把个性表现与极端个人主义等同起来,并视之为社会性或集体主义的对立面,这和鲁迅、茅盾等人的人性、个性观念是有区别的。

二

在散文领域里,"个性"同样被赋予全新的内涵和功能。"个性"不再是封闭的、自足的审美范畴,而是密切关联着自我之外的"社会性",乃至主动接受"社会性"的过滤和阻隔,这一话语形态可视为社会论的"个性"说。与言志论"个性"说一样,社会论的"个性"说也是在特定的时代语境下对五四时期人性论"个性"说的进一步发展。五四时期的人性论"个性"说以人道主义为思想基础,是为了打破传统载道散文对人性和个性的层层桎梏,追求自然、健全的个性表现精神,而这种个性观之所以是理性的、健全的,在于它不仅是"利己"的,能够解放作家的创作个性,还是"利人"的,具有现实的担当意识,试图借由散文的个性精神和文体解放,推动现代中国的思想革命。五四时期对于絮语文风的重视就是来自于这样的理论预设。或者说,五四时期的人性论"个性"说同样不是封闭的,它要求散文以人道主义的情怀,对人类性、现实人生、社会公共问题作出关注和言说。相较而言,社会论的"个性"说虽继承了五四时期人性论"个性"说的精神,坚持个性与社会性的相通和共生,但它所强调的散文写作的社会性内涵,不只是一种普泛的人道主义关怀,更多的是指向现代中国种种社会政治问题,与阶级、革命、救亡、解放等话语纠缠在一起。在此意义上,散文的个性艺术既是"艺术的武器"更是"武器的艺术",个性精神既来自于作者的人格力量,也有待于外在社会现实的召唤和激活,散文中的个性与社会性的关系相对于人性论的"个性"说多了一层实用理性和工具理性。

社会论的"个性"说在20世纪30年代的小品文论争中体现得尤为明显。这一时期,面对周作人、林语堂等人的散文言志论,左翼文艺界运用社会学和阶级论给予辩驳和批判,其初衷虽无意于专门建构系统的散文理论,但在不断往复的论争中,一种独具本土特征和时代色彩的散文个性观念却逐渐清晰起来。整体观之,在对周作人、林语堂等人散文观念的批判中,左翼作家大多没有否定散文需要个性、重在自我表现这一基本原则,这是对五四个性解放精神的守护,或者说是人性论"个性"说在某种程度上的延续。他们反对的是将个性与自我绝对化,将其囿于一己的审美趣味,从而否定"个人"的社会性属性,使散文创作走上偏执的个人主义道路。茅盾在自叙散文写作经验时道:"我也曾尝试找找'性灵'这微妙的东西,不幸'性灵'始终不肯和我打交道;但我却也以为'个人笔调'是有的,而且大概不能不有的,只是此所谓'个人笔调'倒和'性灵'无关,而为各个人的环境教养所形成,所产生"①。这一观点与他在革命文学论争中,与鲁迅一道反对毫无根基的未来的"黄金世界"如出一辙。在林语堂那里,小品散文的"个人笔调"与"性灵"是密切相关的,而茅盾则将二者剥离,指出前者是文学创作规律的应然体现,具有社会性的内涵,而后者在现时代则是臆想的空中楼阁,是神秘而虚幻的极端个人主义理念。因此,茅盾并没有笼统地否定个性,而是反对将个性去"社会"化乃至神秘化,这在他谈及林语堂创办的小品文刊物《人间世》时说得更为明白:"在下并不反对'小品文',尤不反对有专登'小品文'的定期刊;也不主张'小品文'一定非有'世道人心'的大议论不可。在下也觉得如果每篇'小品文'而一定要有关于'世道人心'的大议论,那就是给'小品文'带上一副脚镣。在下以为'小品文'中倘使发着议论,只要不把那文章弄成了呆板板的'制艺体',例如《人间世》第二期所载老向作的《吾民其为毛人乎》,就很好;反之,一篇'小品文'记游山,记看花,只要情趣盎然,不像那《跋落叶树》似的看来看去莫明其妙,也是很好。不过有一点意见贡献给《人间世》:倘使要把'闲适''自我中心'之类给'小品文'定起唯一的轨范来,那却恐怕要成为前门拒退了'方巾气',后门却进来了'圆巾气'了!我以为'小品文'的更加丰富更加发展是有赖于大家自由地去写(不过不要叫人看不懂),各体各式,或'宇宙',或'苍蝇',都好!至于终极是何者最畅盛,时代先生冥冥中有它的决定

---

① 茅盾:《〈速写与随笔〉前记》,见俞元桂主编《中国现代散文理论》,广西人民出版社 1984 年版,第 87 页。

的力量。"① 茅盾在此强调了小品文个人情趣和自由抒写的必要性,但他所说的"情趣"和"自由"更多是基于小品散文自身的本体特性而言,且只是将其当作小品文的基本特性之一,他反对作者个人审美偏爱的任意赋值,以至于最后成为小品文唯一的审美规范。所以,他引入"社会性"的维度,使之与"个性"共同构筑起小品文的审美品格。当然,作为一名左翼作家和批评家,茅盾显然是更加注重于散文的社会性关怀,而"个性"则是"社会性"的折射,必须接受"社会性"的调控。因此他进一步说明:"我不相信'小品文'应该以自我中心,个人笔调,性灵,闲适为主","一个时代的'小品文'也有以自我中心,个人笔调,性灵,闲适为主的,但这只说明了'小品文'有时被弄成了畸形,并不能证明'小品文'生来本是畸形或应该畸形","这还是社会气运的反映。明人小品之特别被中意,就因为两者的社会气运有若干类同。但是也因为'类同'之中仍有重要的根本不同在,所以现在的'小品文'园地里就有非性灵非自我中心的针锋相对的活动。"② 这既是对林语堂散文个性观的纠偏,也是立足于现实重新观照个人与社会的关系。

茅盾的散文个性观基本上代表了左翼文艺界的观点,是一种典型的社会学批评思维。在许多左翼作家看来,个人只是社会的一分子,专注于个人而忽视其社会属性有悖于散文写作的伦理:"我们固然不否认小品文的'自由抒写',不必'劳精疲神于艺术的技巧'这些特质,但我们却不主张因此便自由地,荒诞地走到那玄学的,神秘的迷魂阵里去。我们要利用它那自由抒写的特质,去向社会着眼,并且还要依据着科学的世界观和宇宙观,那么,我们的笔头,才不会歪曲,我们的脑子,才不会再为那神秘的科学鬼所迷。"③ 因此,他们都将局限于个人之小与"苍蝇之微"的散文写作视为不良倾向,并站在时代的角度来加以批评。方非甚至认为随笔写作中,那种"即对于现状虽然不满,然而只取冷嘲热讽的态度,旁敲侧击的方法,既不敢面对现实的丑恶加以直描,更不敢取单刀直入的方法或迎头痛击的态度"也是不允许的,因为这体现了创作者个人在"社会"面前的妥协,无法彻底进击现实问题,"这从客观

---

① 茅盾:《小品文半月刊〈人间世〉》,《文学》1934 年第 3 卷第 1 号,原署名"仲子"。

② 茅盾:《小品文和气运》,见陈望道编《小品文和漫画》,生活书店 1935 年版,第 1—2 页。

③ 陈以德:《小品文的路向——从玄学的到科学的》,见陈望道编《小品文和漫画》,第 205 页。

方面言,是因恐触怒当道,或者因文狱森严,故不得不采取这种虽然无聊而实不得已的方法;然而从主观方面言,也未尝不因为‘世纪末’的悲哀,深中人心,作者大无畏精神,早已消磨净尽,人类心理畏怯而微弱,不敢直面现实了。”他从阶级分析的角度指出,这是一种“小布尔臭味”,“谈天说地,茫无涯际的知识,恰巧又是小布尔将近没落之象征。举例来说,魏晋时代的缙绅先生眼看着宗邦不振,戎马将已渡河,自身命运已趋于没落,他们自问不能挽回狂澜于既倒,于是,便群起倾向于清谈一途。所谓清谈,大抵也是茫无涯际之谈天说地。这种情形,和现在我国之小布尔,似无异致。他们也是清谈,他们无所通而又无所不通,无所读而又无所不读。又一般人的求学治事,处己待人,均取浮一样的态度。随时势之所之,不宗一家,不主一说,凡百皆疑,无所信仰,这确是小布尔之通性。今日小品文或随笔之内容泛滥,无所不谈,其为时代之反映,更为清晰了。”① 这种刨根究底的追溯,就是要从阶级根性上否定消极的个人主义的自足性和合法性,建构一种新的“个人”与“社会”的关系,即“社会”处于第一性的位置,“个人”必须主动去拥抱“社会”乃至接受“社会”的裁制。南父指出:“小品文以抒写性灵为主的说法,是被时代否定了。就算小品文里面不曾排斥‘性灵’,也该不是从前那‘性灵’了”,“性灵,是思想和情感的总和吧? 它必然要受社会条件的制约的。社会上有各种人生,便有各种性灵,小品文的作者,把哪一种性灵感染读者呢? 感染具有哪一种性灵的读者呢?”② 这看似在辩证地看待“社会”与“性灵”的关系,但其实是在指责林语堂性灵论的无根性,主张“社会”的第一性。许杰在《小品文的社会的风格》中则从“文如其人”的视角指出,“最能看出‘人’来的,却只是小品文”,只有小品文“把作者自己的形像,完全显露在纸上的”;但他进一步道:“一个人,是活着的;一个人,是有骨有肉的;同时,一个人,也须得在现代社会中,取得了衣穿,取得了饭吃,他不仅是自己的一个孤立的荒岛上的人,而是多少总要受得一些社会的陶溶,多少又有些影响到整个的社会的。一个人,是一个活着的,有骨有肉的,现代的社会人呵!”据此朴素的社会人、现代人观

---

① 方非:《散文随笔之产生》,《文学》1934 年第 2 卷第 1 号。
② 南父:《“小品文”》,见陈望道编《小品文和漫画》,生活书店 1935 年版,第 215 页。

念,他批评"绅士们,却要在古人的队伍中生活,或者要到山林里面去生活'不食人间烟火',这便是他们自认是过去的幽灵的招供,无怪乎要在城市山林的街头上,见神见鬼的谈狐说鬼了。你想,这能算是人吗,能算是现代人吗?"他强调"做小品文,我想,也应该同做人一样,第一要活着,第二要有骨有肉,第三要有现代的社会意味",从为人与为文、个人与社会的互通性方面提倡散文的"社会风格"。① 周木斋也说小品文的"自我不是凭空存在的,它必然有社会的联系,离开社会,单管自我,势必至于标新立异,否则便不自我。但一意的这样,又势必至于矫揉造作,装腔作势,说保全了自我,其实已丧失了自我,——原来要求真,结果却是假。"② 对于林语堂所鼓吹的幽默散文,鲁迅并没有一棍子打死,而是带有辩证的宽容:"幽默和小品的开初,人们何尝有贰话。然而轰的一声,天下无不幽默和小品……于是轰然一声,天下又无不骂幽默和小品",他认为,"只要并不是靠这来解决国政,布置战争,在朋友之间,说几句幽默,彼此莞尔而笑,我看是无关大体的。就是革命家,有时也要负手散步;理学先生总不免有儿女,在证明着他并非日日夜夜,道貌永远的俨然。小品文大约在将来也还可以存在于文坛,只是以'闲适'为主,却稍嫌不够。"③ 相对于当时很多人对"幽默""闲适"的全盘否定,鲁迅的这一观点无疑更具辩证和公允。他既看到了"幽默"和"闲适"作为一种个人化的情感表达方式的合理性,也指出了它们之于解决现实问题的苍白和无力。总之,当时的左翼理论界还是比较理性地看待散文中"个人"与"社会"的关系,"个人"具有"社会"的属性,"社会"的力量又来自于"个人"赋予,两者都有存在的必要,缺一不可,这是他们共同观点。只是,无论是在理论的阐述上,还是具体的批评实践中,他们都更重视散文中"社会"之于"个人"的优先性,都从社会人的角度,强调个人的社会属性和社会责任,提倡散文要反映现实生活和时代精神,在探索个人性与社会性、现实性与时代性相结合的过程中,面向外部世界扩展思想内涵和艺术视野,增强写实批判意识。

---

① 许杰:《小品文的社会的风格》,见陈望道编《小品文和漫画》,生活书店 1935 年版,第 119—122 页。

② 周木斋:《小品文杂说》,见陈望道编《小品文和漫画》,第 21 页。

③ 鲁迅:《一思而行》,《申报·自由谈》1934 年 5 月 17 日,原署名"曼雪"。

除了对小品文言志论"个性"说的批判,社会论的"个性"说还体现在左翼文艺界的报告文学理论建构上。现代中国报告文学产生于 20 世纪 20 年代,如瞿秋白的《赤都心史》和《饿乡纪程》、叶圣陶的《五月卅一日急雨中》、郑振铎的《街血洗去后》、朱自清的《执政府大屠杀记》等,虽以旅行记和纪实散文的面目出现,但其实都具有了报告文学的某些质素。但现代报告文学的崛起则始于 30 年代"左联"成立以后的理论倡导。当时进步文艺界成立"左联"的一个重要原因就是因为"中国新兴阶级文艺运动,在过去都是由小集团或个人的散漫活动,因此运动无大进展,且犯各种错误",所以他们明确提出要反对"小集团主义乃至个人主义"①,"从事产生新兴阶级文学作品"②。这所谓的"新兴阶级文学作品"就包括报告文学:

> 我们号召"左联"全体联盟员到工厂到农村到战线到社会的地下层中去。那边郁积着要爆发的感情,那边展开着迫切需要革命的非人的苦痛生活,那边横亘着火山的动脉,那边埋藏着要点火的火药库。那么,我们怎样把这些感情,把这些生活汇合组织到最进步的解放斗争来,这就是我们应该坚决开始的工农兵通信运动工作。因这些不是单纯的通信工作而是组织工农士兵生活,提高他们文化水准、政治教育,使他们起来为苏维埃政权而斗争的一种广大教化运动。从猛烈的阶级斗争当中,自兵战的罢工斗争当中,如火如荼的乡村斗争当中,经过平民夜校,经过工厂小报,壁报,经过种种煽动宣传的工作,创造我们的报告文学(Reportage)吧! 这样,我们的文学才能够从少数特权者的手中解放出来,真正成为大众的所有。这样,才能够使文学运动密切的和革命斗争一道的发展,也只有这样,我们作家的生活才有切实的改变;我们的作品内容才能够充满了无产阶级斗争意识。因此,通信运动的发展过程,毫无疑义的是无产阶级文学运动的发展过程。③

---

① "左联"成立前夕,在 1930 年 2 月 26 日召开的"上海新文学运动者底讨论会"上,与会者指出了过去文学运动的四个方面的错误,其中首要解决的便是"小集团主义乃至个人主义"。见《上海新文学运动者底讨论会》,《萌芽月刊》1930 年第 1 卷第 3 期。

② 见《中国左翼作家联盟的成立》,《拓荒者》1930 年第 1 卷第 3 期。

③ 见《无产阶级文学运动新的情势及我们的任务》,《文化斗争》1930 年第 1 卷第 1 期。

　　报告文学是运用文学艺术,真实、及时地反映社会人事的一种散文,兼有新闻和文学的特点。这就决定了报告文学作者在如实反映现实社会和人物活动的时候,必须调动文学技巧,包括展示自己的个性艺术,换言之,报告文学要发挥"种种煽动宣传"的功能,作品中个性与社会性也必须有机地结合在一起。在当时的左翼作家看来,有些散文已"落到有闲的文学者的时候,它只是变成了发抒个人情感,讽咏花月的支配物了。将这失去了的散文的精神重新复活,就是'报告文学'。"① 所以,倡导报告文学某种程度上也是左翼文艺界针对言志论"个性"说的一种理论宣示。在他们看来,报告文学作家应发挥主观能动性,积极深入现实社会,"报告文学者,当一件事情发生后,需要直接地渗入事变的动态中去,将事实时时发生的变动报告给读者。因此他应直接在事变的动态中去观察,做历史事实的见证人,检查官,要'身陷其境'地去考察。"但另一方面,作家也不是被动地反映现实,"有闻必录",而是应有个人化的取舍,"他的报道任务应是独立的,不是被动的。他的报道任务应当是和他们所属的被压迫阶层的战斗任务联在一起,他是为战斗而报道。因此他可以把那日常发生的平常事件忽略掉,而选取富有斗争性的,为大众所关心的事件来报道。"② 也就是说,报告文学作家的创作主体性既来自于他介入现实的意愿,也来自于他把握现实的能力,作家个人在此是无法自足的,他必须积极拥抱现实社会才有力量,这种合二而一的观念有如胡风对报告文学写作中作者情感表达的要求:"没有情绪,作者将不能突入对象里面,没有情绪,作者更不能把他所要传达的对象在形象上、在感觉上、在主观与客观的溶合上表现出来。……我们所要求的情绪,一定是附着在对象上面的,也就是'和'对象'一同'放射的东西。作者可以哭泣,可以狂叫,可以有任何种类的情绪激动,不但可以,而且还是应该的,但他却不能把他的哭泣他的狂叫照直地吐在纸上,而是要压缩在、凝结在那使他哭泣使他狂叫的对象里面。这样,既令读者在字面上看不见他的哭泣他的狂叫,但能够从作者所表现的对象上,从那表现过程底颠动上感受到不能不哭泣,不能不狂叫的力量。"③ 胡风的这一观

---

① 袁殊:《报告文学论》,《文艺新闻》1931 年第 18 期。
② 周钢鸣:《报告文学者的任务》,《文艺》1938 年第 1 卷第 1 期。
③ 胡风:《论战争期的一个战斗的文艺形式》,《七月》1937 年第 5 期。

点主要基于他的"主观战斗精神"理论,他反对在报告文学创作中"照直"地书写个人情绪,而是要把这种情绪化为个人的体验,个人融入社会,而所反映出来的社会现实也以其个人化的渲染充满了感染力,两者相互支撑、相互成全。胡风的这一观点也是对当时报告文学写作公式化的一种回应,对于纠正后来的"抗战八股"弊病具有一定的理论意义。

抗战爆发后,面对民族危亡,广大作家积极投入抗战救国的洪流中,他们"继承和发展现代散文反帝爱国的精神传统,自觉适应新时代的需要而调整自己的歌调,唱出新的战歌。"① 但另一方面,战争也带来了巨大的伤害,一些因战争失去家园和亲人或者到各地漂泊的文人知识分子,因"对部分现实的缺点与弱点的不满,而又因为个己力量的不够加以改善、改进,于是悲观意识便乘机攻占了他的心灵"②。这种心态反映到散文创作上,便产生了如杨刚所指摘的"新式风花雪月"的风格,她认为这类作品多为小"我"统率下所写的抒情散文,主题不外乎故乡、"爸爸、妈妈、爱人、姐姐"等,充满了怀乡病的叹息和悲情,内容空洞不着边际,充其量只是风花雪月式的自娱自乐。③ "新式风花雪月"可视为特定时代条件下文学中个人主义抒情的回潮,虽然其背后的创作心态值得理解和同情,但却与抗战时期漫天烽火、悲壮伟烈的时代基调不协调,也背离了当时文艺界"以笔为武器","以最深切的体验,最严肃的态度,发为和平与人道的呼声"的号召④。经杨刚等人批评,这一散文创作倾向很快引起了一场"反新式的风花雪月"的讨论,参与的诸家观点基本上都比较一致,他们不反对个人的抒情,而是反对将个人与抗战的大时代相分离,认为那种拘囿一己之私的抒情是不健康的,"然而,抒情决不是病! 我们决不能因为有'新式风花雪月'的存在,便武断地说应该放逐一切抒情。但是,思慕家乡,叹息苦难,孤身颓卷,含泪入梦,这是纯然个人的游际现实的病的感情,是一种对现实的逃避的结果。"⑤ 所以在他们看来,"风花雪月的吟咏,它

---

① 汪文顶:《战时散文纵横谈》,见《无声的河流——现代散文论集》,上海三联书店 2003 年版,第 70 页。

② 郑淬:《论"新式风花雪月"及其克服》,《江西青年》1941 年第 3 卷第 1 期。

③ 转引自俞元桂等:《中国现代散文史》,人民文学出版社 2019 年版,第 329 页。

④ 见《中华全国文艺界抗敌协会宣言》,《文艺月刊》1938 年第 9 期。

⑤ 俞磐:《关于新式风花雪月》,《现代文艺(永安)》1941 年第 2 卷第 4 期。

是被躲在象牙之塔里的文艺工作者作为写作素材,同时也是最与人生的各面隔离的","都是填满着浓厚的伤感和忧郁,这差不多在每一篇作品里都可以发现的,这种抒述个人情感的东西,是萎靡消沉的,万万行不通而要不得的。"① 针对这些问题,他们提出了种种应对方案,比如要澄清现实上的丑恶对作家的压迫,刊物也尽量不发表类似的作品,当然更重要的是对作家的要求,他们要努力提升自己把握、书写现实的能力:"在主体方面,'新式风花雪月'的作者们应增加自身的认识的能力与水准,并充实自己的生活,只有认识的正确才能放弃错误的悲观意识。"② 而要做到这一点,则需要作家积极主动地融入抗战大潮中:"走出你感伤的狭小的世界,去面对到现实,迎向雷雨吧。只要你一投身于抗战的激流之中,你所抒发的感情就会是非个人的,健康的了。因为在那时候,你所见到的,将是民族生死的战争,热烈的生产,可怕的黑暗;而你所吟咏的,也将是对战斗的歌唱,对生产的赞颂,对黑暗的吆喝与诅咒了。"③ 以上诸家对"新式风花雪月"的指责,无论是反对情感内容上个人与社会的脱节,还是主张散文作家应积极介入现实、走进抗战的大时代中去,都强调了个人与自我的社会属性,辩证地分析了个性抒情内在的社会性内涵。应该说,他们的这一个性观念既体现了对散文创作的学理性分析,也是对抗战这一时代主题的呼应。这一点也是后来者分析文学个性艺术所应引以为鉴的。

　　不同于言志论的"个性"说,"个性"在持社会学理论模式的现代文人那里不是一个封闭、静止、抽象的概念,而是开放、动态、具体的,其内涵随着"社会性"的变化而变化,这与他们多抱持辩证唯物主义和历史唯物主义的思想方法有关。1933 年,在《现代十六家小品》的序文中,阿英把五四以后散文的发展分成三个阶段,并梳理了其中"个人"与"社会"的交互关系。他认为五四初期的散文主要以"随感"为主,是"充分的反映了战斗的精神",但五四中后期以后,随着帝国主义势力的卷土重来和反动军阀政府高压统治的加剧,以及新思潮的输入和国内思想界的急剧分化,"一部分人固然百折不屈的继

---

① 沈东美:《新式风花雪月》,《松江新报》1941 年第 616 期。
② 郑淬:《论"新式风花雪月"及其克服》,《江西青年》1941 年第 3 卷第 1 期。
③ 俞磬:《关于新式风花雪月》,《现代文艺(永安)》1941 年第 2 卷第 4 期。

续奋斗,而另外一部分,却不能不停滞着脚步,或者转向消沉,谈风月,说身边琐事了。所谓《笑》,所谓《苍蝇》,就可以算做这一倾向的最初的代表,虽然这种小品文的产生,也还有其他的根源。"而"五卅"以后,"第二期的小品文是和第一期一样,仍不免是个人主义的,一方面是更进一步的风花雪月,一方面却转向革命。在前一期的积极倾向的小品,只是反封建,反一切社会的黑暗面,到了这一期,是更进一步的反对帝国主义,产生了积极的对于革命的要求。这很明白是由于帝国主义旧军阀压迫的更加紧急的原因,由于革命运动更加发展的原因。……从五四到五卅,在这几年的过程中,中国社会的现状发展到怎样的程度,于此可以想见。而落后的,风花雪月一派,虽偶而也发一两声对于社会现状的呻吟,大部分的时间,却依旧耗在趣味的消闲上,大概为社会斗争而淤积的血愈多,他们愈益加紧的向趣味主义的顶点上跑,虽然他们也有'不得已的苦衷'。""九·一八"事变以后为第三阶段,"小品文作者进一步的有了非常明确的社会观点,反对帝国主义与封建势力的要求更热烈,而它的短小精悍的体制也更有力量。这当然是因为在这紧急的时期,是随时需要强有力的短小的明快的文学作品,来帮助作战的。从那时起,小品文是更加强悍,更加有力,在质量双方,都有很大的开展……另一部分作家也就更得着机会,发展他们的风花雪月,身边琐事了。忙者自忙,闲者自闲;你可以看到天空翱翔的爆炸机,而另一种作家,是可以把它诗化的作为壮志凌云,呼吸大自然空气的飞鸟。你感到一肚子的闷气,拿起笔来写小品作战,而另一种作家,却闲对美人花草,作画弹琴,遣此有涯之生。是这样的一种对立,一方面是发展,一方面是没落。这样的小品文的发生,虽有它的必然,但向没落方面走,是明明白白地"。① 作为左翼文坛重要的理论批评家,阿英的社会学批评模式堪为标杆。他从二元对立的角度,把五四以后的散文创作分为具有战斗性革命性和描写个人风花雪月两种,又指出这两种风格的散文都与现实密切相关,且随着时代的变化逐次递进。在他看来,个人的风花雪月并非无源之水,而是由社会时代的反向力所催生,是逆时代潮流而动,而

---

① 阿英:《现代十六家小品·序》,见俞元桂主编《中国现代散文理论》,广西人民出版社 1984 年版,第 413—415 页。

且随着社会风云的变幻,它的封闭性和落后性也愈发明显,最终只能走向没落。这种充满辩证思维和进化论色彩的观点,相比言志论的"个性"说,显然更具力量和烟火味,但在形而下的运思逻辑里,它把散文的个性表现纳入了一个固定的框架中,预设了其品格及命运,也犯下了机械唯物主义之嫌。此外,以群在《抗战以来的报告文学》中也指出,随着"战争的延长和战时经验的丰富",以及"作者的观察方法底改进和对于现实的逼近",从"抗战初期"到"抗战深入期",报告文学的风格发生了五个方面的变化,试图总结抗战时期"社会现实的激变"对报告文学作家创作个性和作品艺术风格的"熔炼"。① 方菲的《散文随笔之产生》、林慧文的《现代散文的道路》等文,也都以动态的把握方式对不同时期的散文风格进行了梳理,这里就不详细展开。

　　抱持社会论"个性"说的理论家和作家,既有五四新文学的先驱,如鲁迅、茅盾、郭沫若等,也有五四精神熏染下成长起来的新一代作家,如阿英、冯雪峰、许杰、胡风、周木斋、唐弢、徐懋庸等,他们的文学观念无不是对五四时期那种既注重个性解放又不放弃社会责任的人性论"个性"说的继承和发展。因此,在强调散文的社会时代功能时,他们并没有忽视个人化审美的合理存在,在他们的个性话语中,作家的创作个性与时代潮流密切相关,散文的个人性和社会性也是有机统一、辩证发展的。郁达夫明确说道:现代散文的"作者处处不忘自我,也处处不忘自然与社会。就是最纯粹的诗人的抒情散文里,写到了风花雪月,也总要点出人与人的关系,或人与社会的关系来,以抒怀抱;一粒沙里见世界,半瓣花上说人情,就是现代的散文的特征之一。从哲理的说来,这原是智与情的合致,但时代的潮流与社会的影响,却是使现代散文不得不趋向到此的两重客观的条件";因为"个人终不能遗世而独立,不能餐露以养生,人与社会,原有连带的关系,人与人类,也有休戚的因依的"。② 这既是对创作实践的总结,也是社会论"个

① 以群:《抗战以来的报告文学》,见俞元桂主编《中国现代散文理论》,广西人民出版社1984年版,第493—496页。

② 郁达夫:《〈中国新文学大系·散文二集〉导言》,《郁达夫文集》第六卷,花城出版社1983年版,第266—267页。

性"说的一种思维方法和价值取向。但另一方面,过于激切的现实介入意愿及其背后的意识形态规训,致使他们有时过于强调事功价值,而忽略了对散文主体内在精神世界的注视和发掘,甚至切断了个人与社会的相通性,对于书写正常个人情感的散文也给予否认和批判,这种简单粗暴的理论宣导也影响了当时及后来的散文创作。

三

现代中国从个人的觉醒到阶级的觉醒,既标示着一个新时代的到来,还意味着一种新的观察、思考社会的方式的出场。在阶级意识觉醒的时代,人、个人、个性进一步去抽象化,而隶属到各自的阶级里,个人与社会时代的关系具体化为个人与阶级的关系,作为一种思想观念的"个性"的内涵与外延也随之作出调整。因此,我们还需进一步探析现代散文个性观念与阶级意识的关系,考察基于阶级立场和视角的社会论"个性"说。

前文已述及,在20世纪20年代前期,"阶级"已经成为"革命文学"首倡者们思考文学与社会时代关系的一个重要关键词。在接下来的革命文学论争和左翼文学运动中,阶级与文学的关系再次被频频提起,并逐渐成为一个核心的关键词:"文艺是阶级的勇猛的斗士之一员,而且是先锋"①,"因为目前的时代是'革命与战争'的时代,国际无产阶级及殖民地民族的革命斗争日益加紧,文化问题就是文化领域上的阶级斗争问题,无产阶级文学运动,中国无产阶级文学运动也就是广大工农斗争的全部的一分野。它在文化的领域中有它严重的特殊任务。"② 这也是30年代左翼文艺界从阶级的立场和视角看取散文个性表现的理论背景。比如,对于鲁迅思想个性的发展变化,瞿秋白曾在名文《〈鲁迅杂感选集〉序言》中运用阶级分析方法做出精到的论析。他认为鲁迅早年虽然"背着士大夫阶级和宗法社会的过去",但他"很早就研究过自然科学和当时科学上的最高发展阶段。而且他和农民群众有比较巩

---

① 麦克昂:《桌子的跳舞》,《创造月刊》1928年第1卷第11期。

② 冯乃超:《中国无产阶级文学运动及左联产生之历史的意义》,《萌芽月刊》1930年第1卷第6期。

固的联系。他的士大夫家庭的败落,使他在儿童时代就混进了野孩子的群里,呼吸着小百姓的空气。这使得他真像吃了狼的奶汁似的,得到了那种'野兽性'。……他从绅士阶级出来,他深刻地感觉到一切种种士大夫的卑劣,丑恶和虚伪。他不惭愧自己是私生子,他诅咒自己的过去,他竭力的要肃清这个肮脏的旧茅厕。"科学的洗礼和坎坷的成长经历,造就了鲁迅不同寻常的精神人格,使他成为封建宗法社会的逆子和绅士阶级的贰臣。在这里,瞿秋白就试图说明鲁迅创作个性的缘起与其阶级出身和阶级活动的密切相关。所以他整体上肯定"鲁迅当时的倾向尼采主义,却反映着别一种社会关系。固然,这种个性主义,是一般的智识分子的资产阶级性的幻想。然而在当时的中国……这种发展个性,思想自由,打破传统的呼声,客观上在当时还有相当的革命意义",他又总结道:"鲁迅在'五四'前的思想,进化论和个性主义还是他的基本。他热烈的希望着青年,他勇猛的袭击着宗法社会的僵尸统治,要求个性的解放。可是,不久他就渐渐的了解到封建的等级制度和中国社会里的层层压榨。"可以见出,瞿秋白在这里小心翼翼地区分了"个性"和"个性主义"两个概念。"个性"代表了一种精神诉求,而"个性主义"除此之外,还蕴含着"智识分子"落后的阶级根性。鲁迅在五四之前的寂寞和彷徨,都与这种阶级根性有关。所以,在此基础上,他指出大革命失败后鲁迅"从进化论最终的走到了阶级论"根本上是"从进取的争求解放的个性主义进到了战斗的改造世界的集体主义",因为"贫民小资产阶级和革命的智识阶层,终于发现了他们反对剥削制度的朦胧的理想,只有同着新兴的社会主义的先进阶级前进,才能够实现,才能够在伟大的斗争的集体之中达到真正的'个性解放'。"上述分析无论是针对一个时代的个性解放思潮还是鲁迅个人的精神个性,瞿秋白都是从阶级的角度加以立论。有意思的是,瞿秋白虽然肯定了鲁迅抛弃进化论的重要意义,但他关于鲁迅精神个性转变的分析,采取的却是进化论的思维,其目的在于说明鲁迅确立阶级论的必要性和正确性。这实际上也是很多左翼批评家从阶级角度分析作家作品个性风格的基本模式。他最终所概括出的鲁迅杂文风格,也是基于鲁迅与旧有阶级身份断离、确立新的阶级认同而得出的,主要有四个方面:"第一,是最清醒的现实主义";"第二,是'韧'的战斗";"第三,是反自由主

义";"第四,是反虚伪的精神"。① 瞿秋白对鲁迅的思想个性和杂文风格的
分析评价,不仅批驳了许多论敌对鲁迅及其杂文的攻击,而且矫正了太阳社、
后期创造社和左联内部对鲁迅的误解,还树立了阶级论个性分析的样板。他
在历史的逻辑演进中,梳理鲁迅从进化论到阶级论的思想变迁与时代社会变
革的关系,辩证看待进化论和个性主义的积极作用,充分肯定鲁迅的精神个
性和杂文传统在现代思想斗争史上的重要地位。尽管现在看来这样的分析
还未能充分揭示鲁迅思想个性和杂文精神的丰富内涵,但也不能不承认这是
鲁迅研究的第一座丰碑。

瞿秋白此文写于1933年,此时他正在上海养病,积极参与左翼文化运
动,他从阶级的角度分析散文作家作品的个性风格,基本上代表了左翼文艺
界阶级论的个性观念。茅盾、阿英、胡风等人的散文理论批评也常采用相似
的阶级分析方法,这在前文已有所论及,此处不再重复。整体来看,在左翼文
艺界的散文理论话语中,个人与个性的阶级分析皆有很强的工具理性,虽有
片面突出阶级性先于个人性的倾向,但总体上能够立足于散文体性,追求个
性风格与阶级意识的多样统一。左翼文艺界阶级论的"个性"说随着"左联"
的解散和全面抗战的到来被逐渐冲淡,但它的理论批评模式却在共产党领导
下的边区及各抗日根据地发扬光大。特别是1942年以后,随着文艺整风的
全面展开,文学与政治的关系得到了重新阐释,文学中的个性不仅关联着阶
级性,还与党性密切相关。

边区文艺界对文艺个性的重释是与红色政权对作家的思想改造同步展
开的。延安成为革命中心后,几乎所有前来投奔的知识分子都受到革命思想
的洗礼,在参与建设新型社会的同时,也逐渐改造着自己的思想观念。而在
改造过程中,文艺思想上的矛盾斗争和作家个体"新我"与"旧我"的内在搏
斗也随之出现,带来了文学观念和个性话语的变化,在散文领域主要表现在
有关"鲁迅式"杂文的论争上。

1941年前后,丁玲、萧军、罗烽等著文倡导在延安写作"鲁迅式"杂文。

① 瞿秋白:《〈鲁迅杂感选集〉序言》,见俞元桂主编《中国现代散文理论》,广西人民出版社
1984年版,第182、184、188、192、193、198—200页。

他们在肯定革命根据地新风貌的前提下,不同程度地批评了革命队伍内部的不足和缺陷,要求继承鲁迅杂文的独立批判精神,纯化边区的精神风气。丁玲在《我们需要杂文》里认为应该学习鲁迅,发扬杂文暴露黑暗、针砭现实的功能,不仅要揭露国民党政权"贪污腐化、黑暗、压迫屠杀进步分子"、剥夺人民"保卫自己抗战的自由"的倒行逆施,同时也要敢于正视遗留在边区及各敌后抗日根据地的"封建恶习","所谓进步的地方,又非从天而降,它与中国的旧社会是相连结着的。而我们却只说在这里是不宜于写杂文的,这里只应反映民主的生活,伟大的建设",所以她指出:"我们这时代还需要杂文,我们不要放弃这一武器。举起它,杂文是不会死的。"[1]罗烽和萧军积极响应丁玲的主张。罗烽在《还是杂文时代》里认为在"光明的边区"里,"经年阴湿的角落还是容易找到","想到此,常常忆起鲁迅先生。划破黑暗,指示一路去的短剑已经埋在地下了,锈了,现在能启用这种武器的,实在不多。然而如今还是杂文的时代。"[2]在《杂文还废不得说》一文里,萧军虽然没有指陈边区的缺点,但他也认为:"'我们现在还需要杂文吗?''杂文时代过去了吗?'这是常常有人提出来的一些疑问。我的回答,对于前者是肯定的;后者是否定的。我们不独需要杂文,而且很迫切。"他认为"杂文是思想战斗中最犀利的武器",它犹如一把剑,"剑是有两面刃口的:一面是斩击敌人,一面却应该是割离自己的疮瘤而使用","保护美的,消灭丑的;保护自己以及自己的战友;消灭敌人。"[3]此外,王实味在《政治家·艺术家》一文中也说边区也有"肮脏和黑暗"的角落,"鲁迅先生战斗了一生,但稍微深刻了解先生的人,一定能感觉到他在战斗中心里是颇为寂寞的。……他寂寞,是由于他看到自己战侣底灵魂中,同样有着不少的肮脏和黑暗。"因此他要求艺术家"自由地走入人底灵魂深处,改造它——改造自己以加强自己,改造敌人以瓦解敌人","大胆地但适当地揭破一切肮脏和黑暗,清洗它们,这与歌颂光明同样重要,甚至更重

---

① 丁玲:《我们需要杂文》,见俞元桂主编《中国现代散文理论》,广西人民出版社1984年版,第270页。

② 罗烽:《还是杂文的时代》,见俞元桂主编《中国现代散文理论》,第272页。

③ 萧军:《杂文还废不得说》,《谷雨》1942年第1卷第5期。

要。"① 以上诸家的杂文观念及其对鲁迅式杂文的推崇,既宣示着"启蒙者"的姿态,也在张扬着一种独立思考、敢于直面现实的文学精神。这种姿态和精神,显然与边区政府树立工农兵为历史主体的做法和歌颂光明面的整体基调格格不入,也给国民党反动派和日本侵略者攻击边区政府提供了口实,很快引起边区党政高层的重视,先后找丁玲、艾青、罗烽谈话,要求他们站稳立场,用马克思主义思想处理"歌颂与暴露"的问题。②

当然,更为重要的是毛泽东《在延安文艺座谈会上的讲话》③ 的指导和规训意义。《讲话》目的在于指导整个边区的文学创作,但其中的某些准则却深刻地影响了边区的个人观念与散文理论的阐发。毛泽东在《讲话》中首先要求文艺工作者"站在无产阶级的和人民大众的立场,共产党员还要站在党的立场,站在党性和党的政策的立场",确立文学的党性原则和为工农兵服务的政治方向。为此,知识分子"就得把自己的思想感情来一个变化,来一番改造","自己的思想情绪应与工农兵大众的思想情绪打成一片","由一个阶级变到另一个阶级"。这就规定和引导了知识分子思想改造的途径和目标,从阶级立场和思想感情的彻底改变来重塑知识分子的主体性,确立个性改造的阶级性和党性导向。他批评"有许多同志比较地注重研究知识分子,分析他们的心理,着重地去表现他们,原谅并辩护他们的缺点",认为"他们是站在小资产阶级立场,他们是把自己的作品当作小资产阶级的自我表现来创作的","这些同志的屁股还是坐在小资产阶级方面,或者换句文雅的话说,他们的灵魂深处还是一个小资产阶级的王国",甚至认为"小资产阶级出身的人们总是经过种种方法,也经过文学艺术的方法,顽强地表现他们自己,宣传他们自己的主张,要求人们按照小资产阶级知识分子的面貌来改造党,改造世界。在这种情形下,我们的工作,就是要向他们大喝一声,说:'同志'们,你们那一套是不行的,无产阶级和人民大众是不能迁就你们的,依了你们,实际上就是依了大地主大资产阶级,就有亡党亡国

① 王实味:《政治家·艺术家》,见《文学运动史料选》第四册,教育出版社 1979 年版,第 595—596 页。

② 见江震龙在《解放区散文研究》一书中的考证。江震龙:《解放区散文研究》,上海三联书店 2005 年版,第 92—93 页。

③ 毛泽东:《在延安文艺座谈会上的讲话》,《毛泽东选集》第三卷,人民出版社 1991 年版。下文相关引文均据此版本。

亡头的危险。只能依谁呢？只能依照无产阶级及其先锋队的面貌改造党，改造世界。"这里把"小资产阶级的自我表现"视为知识分子的阶级根性，将其提到"亡党亡国亡头"的政治高度上加以批判，个性表达不再仅仅是文学审美的问题，而是关乎着革命政权的建设和稳固。如此高位的价值判断，也体现在毛泽东对延安文艺界"各种糊涂观念"的批评上，其中涉及到了如何正确看待人性、个性和鲁迅杂文的问题：

> "人性论"。有没有人性这种东西？当然有的。但是只有具体的人性，没有抽象的人性。在阶级社会里就是只有带着阶级性的人性，而没有什么超阶级的人性。我们主张无产阶级的人性，人民大众的人性，而地主阶级资产阶级则主张地主阶级资产阶级的人性，不过他们口头上不这样说，却说成为唯一的人性。有些小资产阶级知识分子所鼓吹的人性，也是脱离人民大众或者反对人民大众的，他们的所谓人性实质上不过是资产阶级的个人主义，因此在他们眼中，无产阶级的人性就不合于人性。现在延安有些人们所主张的作为所谓文艺理论基础的"人性论"，就是这样讲，这是完全错误的。①

> "还是杂文时代，还要鲁迅笔法。"鲁迅处在黑暗势力统治下面，没有言论自由，所以用冷嘲热讽的杂文形式作战，鲁迅是完全正确的。我们也需要尖锐地嘲笑法西斯主义、中国的反动派和一切危害人民的事物，但在给革命文艺家以充分民主自由、仅仅不给反革命分子以民主自由的陕甘宁边区和敌后的各抗日根据地，杂文形式就不应该简单地和鲁迅的一样。我们可以大声疾呼，而不要隐晦曲折，使人民大众不易看懂。如果不是对于人民的敌人，而是对于人民自己，那末，"杂文时代"的鲁迅，也不曾嘲笑和攻击革命人民和革命政党，杂文的写法也和对于敌人的完全两样。对于人民的缺点是需要批评的，我们在前面已经说过了，但必须是真正站在人民的立场上，用保护人民、教育人民的满腔热情来说话。如果把同志当作敌人来对待，就是使自己站在敌人的立场上去了。我们

---

① 毛泽东：《在延安文艺座谈会上的讲话》，《毛泽东选集》第三卷，人民出版社 1991 年版，第870 页。

是否废除讽刺？不是的,讽刺是永远需要的。但是有几种讽刺:有对付敌人的,有对付同盟者的,有对付自己队伍的,态度各有不同。我们并不一般地反对讽刺,但是必须废除讽刺的乱用。①

关于人性、个性与阶级性、党性的关系,边区各界根据《讲话》精神给予了进一步阐述。他们大多认为,人性是一定社会生产关系的产物,是具体的,没有抽象的人性。而在阶级社会中,人性的根本问题是阶级性的问题;无产阶级是有史以来最先进的阶级,无产阶级的人性也是最善良、最优美的人性。在此基础上,他们又指出,党性和阶级性是一致的东西,党性是阶级性的集中表现。② 将人性具体化为阶级性和党性,这既是呼应马克思主义的原典,也是在特殊时期反主观主义、宗派主义和党八股的重要理论推进。在此背景下,如何处理个人、个性与阶级性、党性的关系,也亟待边区理论界作出回应。整体来看,他们认为个人的活动必须服从于党的要求和无产阶级的利益,"专以个人打算和成见来对付人和事的人","就是品质不够好,党性不够纯","把我们意识上的个人主义污物去掉,是使我们的品质纯净的首要办法",这是因为"我们是无产阶级的先进战士,是共产党员。自私自利的打算,应是无论如何要比一般人要小些的。我们个人利益,是与整个革命利益、党的利益一致的和分不开的。"③ 将人性、个性具体化为阶级性、党性,并不是将前者完全让位于后者,而是试图指出人性、个性只有在阶级性、党性的框架内才能得到理解,强调集体性并不意味着去个人性,相反两者在一定的条件下可以共存。正如刘少奇在《论共产党员的修养》中所指出的,党员"要根据他的个性和特长来发展他自己","党允许党员在不违背党的利益的范围内,去建立他个人的以至家庭的生活,去发展他个人的个性和特长。同时,党在一切可能条件下还要帮助党员根据党的利益的要求,去发展他的个性的特长,给他以适当

① 毛泽东:《在延安文艺座谈会上的讲话》,《毛泽东选集》第三卷,人民出版社 1991 年版,第872 页。
② 陈萍:《什么是共产党员的党性》,见潮汐社编《人性、党性、个性》,潮汐社 1947 年版,第10 页。
③ 陶铸:《主观主义的根源和克服的办法》,《解放日报》1942 年 6 月 8 日。

的工作和条件,以至加以奖励等。"① 在不违背党的政治伦理下解放和发展党员的个性,某种程度上是党对 20 世纪 30 年代革命实践中主观主义和教条主义无差别地压抑个性的反拨。当然,前提是要讲究实事求是,具体问题具体分析,个性诉求不能不分对象、时机和原则,这也是《讲话》所要解决的问题。

毛泽东对鲁迅杂文的辨析和取舍,实际上是根据上述逻辑展开的。在他看来,丁玲、萧军、艾青、王实味等人提倡鲁迅式杂文,要求揭露落后面,实际上是无视解放区和国统区的本质区别,缺乏具体分析和阶级辩证,其背后的思想基础正是抽象的人性论和个性论。另外,批判意识、隐晦迂回的文风、讽刺手法,是鲁迅杂文最鲜明的艺术个性,也是现代中国杂文最主要的文体特征。毛泽东虽然肯定鲁迅式杂文对敌斗争的积极意义,但他对鲁迅杂文的批判意识持保留态度,特别是要变鲁迅杂文的"隐晦曲折"为"大声疾呼",要求分清敌我友,不要乱用讽刺,这显然是对杂文的重新定性,也是对鲁迅式杂文的一次大改造,杂文的创作主体性和文体功能也随之受到影响,或者以另一种面目呈现。

座谈会结束后,延安文艺界随即对鲁迅式杂文提出了严正的批评,要求杂文家要站稳阶级立场,分清敌我友,不能"乱用"讽刺,实质上是反对把鲁迅杂文风格不加辩证地移植到边区来,其中对王实味的批评最为激烈。范文澜认为《野百合花》的错误,首先是批评立场的问题,其次是具体的意见,再次才是写作的技术。"② 艾青则一改此前的态度,批评王实味的杂文"充满着阴森气,当我读它的时候,就像是走进城隍庙一样。王实味文章的风格是卑下的。……他把延安描写成一团黑暗,他把政治家与艺术家、老干部与新干部对立起来,挑拨他们之间的关系,这种立场是反动的,这种手段是毒辣的。"③ 丁玲也改变了自己的观点,既批判王实味又进行自我批评。她认为王实味的问题"是一个动机的问题,是反党的思想和反党的行为,已经是政治问题,因此文艺界比对一切事都更需要有明确而肯定的态度,不是赞成便是反对,不准许有含糊或中立的态度"。她又指出整个边区文艺界面对王实味文章的失

---

① 刘少奇:《论共产党员的修养》,《刘少奇选集》上卷,人民出版社 1981 年版,第 135 页。

② 范文澜:《在中央研究院六月十一日座谈会上的发言》,《解放日报》1942 年 6 月 29 日。

③ 见温济泽:《斗争日记——中央研究院座谈会的日记》,转引自江震龙《解放区散文研究》,上海三联书店 2005 年版,第 100 页。

职,认为“这充分证明了我们对政治的钝感和浓厚的自由主义”。她还反省自己《“三八”节有感》一文:“那篇文章主要不对的地方是立场和思想方法。这是与我主观的立场不相干的。尽管我贯注了血泪在那篇文章中,安置了我多年的苦痛和寄予了热切的希望,但那文章本身仍旧表示了我只站在一部分人身上说话而没有站在全党的立场说话。那文章里只说到一些并不占主要的缺点,又是片面的看问题;那里只指出了某些黑点,而忘记肯定光明的前途。”①

　　经过文艺整风,延安文艺界从创作主体到艺术个性对鲁迅式杂文进行了全面的改造,提倡一种不同于鲁迅式杂文的“新杂文”。金灿然在《论杂文》中说道:“立场是其神髓,是其灵魂”,“决定杂文的特质的,并不在于它是不是揭发黑暗,揭发世人呕心的恶毒的浓疮,而在于它是为着什么人而揭发,站在怎样的立场上来揭发”,“只有立场站得稳了,才能明确的分别敌我,不至于把光明误认作黑暗,把革命队伍中的太阳下的黑点看成了不起的脓疮,笔锋才不致于错杀了人,揭发与赞扬,才能实事求是,恰到好处。”他“要求我们的杂文作家接触新的生活,只有与我们眼前跃进着的新的生活取得一致的步调,紧紧地抓住它,与它溶化在一起,那么我们的杂文的材料的来源才广泛,表现才能生动活泼,杂文也才能走出文化人的狭小的圈子,与广大的工农兵相结合,为他们所爱好,从他们中取得无限的生命力。”这实际上也是要求把个人与社会时代相结合,只不过这种结合是在同一个阶级里的结合。所以,他特别推崇谢觉哉的《一得书》,称赞《一得书》所反映的正是典型环境里的典型事,称赞它是杂文的“新格”,为杂文开拓了“一条广阔的新途径”。而对于最能体现杂文艺术个性的“讽刺”手法,艾思奇在《谈讽刺》一文中给予了详细的阐述,他认为鲁迅的话“一般的说讽刺必是出于善意”是不完全妥当的,对敌人不该有善意,讽刺的立场决不是“爱人类”,讽刺是“服从于阶级的、民族的斗争任务”,“讽刺并不一定是冷嘲”,对敌人时可以转化为冷嘲状态,但在自我批评和同志教育上,不应该乱用讽刺,更不能使用冷嘲的讽刺。②

---

① 丁玲:《文艺界对王实味应有的态度及反省》,《解放日报》1942年6月16日。

② 金灿然:《论杂文》,《解放日报》1942年7月25日。

"新杂文"的倡导,对于打击针对解放区的恶意的负面宣传,提升广大军民的战斗意志显然有着重要的意义,但它也影响了延安杂文作家直面现实的态度,"小我"成为了"大我","自我"则可能成为"非我",削弱了杂文作家创作的能动性。这对解放区的杂文创作产生了不良影响,并深刻地影响到了当代杂文的发展。

第三章
"个性"话语的聚焦和共识

　　围绕散文的"个性"话题,现代散文理论界虽从各自的立场和角度提出不同的观念,但在众说纷纭的议论和辩难中,也有相辅相成的聚焦和共识。就前文所述的三种"个性"说来看,言志论的"个性"说和社会论的"个性"说实际上都是从人性论的"个性"说里演变而来的,而言志论的"个性"说和社会论的"个性"说也有内在的互动和对话。它们虽互为差异,但其中每一种个性观念的建构,都是以其他两种为参照系,同时也因着社会景深和意识形态的牵掣,在某种程度上互相化合着对方。这就需要我们求同存异,从众声喧哗中寻绎现代散文理论"个性"说的共性内涵和基本问题。

第一节　文类对话与散文的个性表现

　　尽管"诗"（韵文）与"文"（散体文）向来被认为是中国古代文学的正宗，但这只是个大概的文类区分。五四以来确立了文学的"四分法"，小说、戏剧开始与诗歌、散文相提并论，论者多以为这跟晚清以来小说、戏剧地位的提高有很大的关系，但问题并非那么简单。日本学者斋藤希史在《近代文学观念形成期的梁启超》一文中指出：

　　　　小说能够顺理成章地与诗文同列于"文学"这一名称之下，只是近代以后的事情。不过如果把直到近代才发生的这一变化，概括成因小说地位的上升从而自然而然地加入了文学的行列，却是不确切的。实际上是文学这一概念本身发生了极大的变化，paradigm 的变化，波及到的écriture 的各个布局。现今我们称之为"小说"的这一文学形式自身，也是因为这布局的重建才得以成立……在此之前，对文言的笔记和白话章回小说虽也曾与其他形式一起作为一个整体来看待，但是却不曾注意到其异于其他的特性，从未把它作为一个独立的文体来考虑。①

虽然这是针对现代小说而论，但现代诗歌、散文、戏剧文类地位的升降亦是如

① ［日］斋藤希史：《近代文学观念形成期的梁启超》，［日］狭间直树编《梁启超・明治日本・西方：日本京都大学人文科学研究所共同研究报告》，社会科学文献出版社 2012 年版，第 264—265 页。

此。这实际上指出了一个问题,即:现代文学"四分法"的确立,主要不是缘于四种文类自身在文学版图上的功能和地位,而是与近代以来"文学"观念的变迁密切相关。或者说,正是新的"文学"概念的提出,重新规划了四种文类的功能和地位,进而才有了"四分法"这一新型文学格局的确立。如此,我们至少需要注意两点:一是这四个文类虽然有着不同的话语方式和体裁形式,但它们在共享"文学"这一概念的前提下,有着可化约的"本体性"质素。二是四个文类是互为建构的,它们的外延与内涵也是相对的,特别是随着"文学"观念的迁移,它们之间的位置及边界也会相应发生改变。这两个方面实际上是互为关联的,因此百年来文艺理论界常在文类的对话视野中,根据它们之间可化约的质素,界定某一文类乃至子文类的概念及其审美范畴。

散文写作在中国有着悠久的历史,五四以来"散文小品的成功"更是"几乎在小说戏曲和诗歌之上"①。现代散文虽然跻身于四大文类,在创作上也取得较大的成就,但理论界关于其内涵与外延的界定一直是聚讼纷纭,莫衷一是。在无法完成概念界定及范畴体系建设的情况下,理论界就常常以文类的互为建构思维,通过散文与诗歌、小说、戏剧的文类对话,寻绎散文本体的独特性。"个性"作为现代散文最为核心的审美范畴,也成为当时众多散文家关注的焦点。

在四大文类中,散文和诗歌都是主观性较强的文类,二者的区别与联系也最为理论界所关注。关于诗与散文的关系,西方文论史上已作了较为深入的探讨。亚里士多德认为,诗是一种比历史更富哲学性、更严肃的艺术,因为诗倾向于表现带普遍性的事,而历史却倾向于记载具体事件。② 在西方文论里,"散文"是一种与韵文(诗)相对的文类,"历史"属于"散文"的范畴,因此亚里士多德的这一论断实际上也是在辨析诗与散文的区别。在这里,他从哲学的高度,发现了诗歌和散文两种文类在形而上与形而下层面上的差异。对此,黑格尔有进一步的阐释,他认为"诗只为提供内心观照而工作。……所以在全部事物之中,只有那些可以向精神活动提供动力或材料的才可以出现在

---

① 鲁迅:《小品文的危机》,《现代》1933 年第 3 卷第 6 期。
② [古希腊]亚里士多德:《诗学》,陈中梅译注,商务印书馆 1996 年版,第 81 页。

诗里。例如作为人的环境或外在世界的那些外在事物本身并没有什么意义，只有在和人的意识中精神因素发生联系时，它们才有重要的意义，才成为诗所特有的对象"。而散文的思维方式是一种单凭"知解力"的日常意识，"日常的(散文的)意识完全不能深入事物的内在联系和本质以及它们的理由，原因，目的等等"，它只是"按照外在有限世界的关系去看待。"① 黑格尔的观点虽然有崇诗抑文之嫌，但也更加清晰地指出诗歌与散文在本体上的某些差异，即同样是侧重自我表现的文类，散文充满了日常意识和相对感性的表达，而诗歌写作则是面向生命本真敞开，是对日常和庸俗的反抗或升华。

亚里士多德和黑格尔等人关于诗与散文不同掌握方式的分辨，在西方文论界具有深远的影响，也为五四以后的中国文论界所引介。尤其彬援引了亚里士多德的观点，指出"在诗里，诗人创造一个超现实的美的境界"，"散文则不是'创造的'而是'记实的'。散文只是将现实的情形或概念记述出来的文学作品。"② 姚远则将诗与散文的这一区别指认为两个不同的哲学世界，认为散文属于"现象界，即是亚里士多德底世界"，而诗歌"属于空想界，是柏拉图底世界"。③ 曾沛霖则进一步深入，将诗与散文的自我表现提高至两个不同的境界，他认为："诗与散文的分野，就看作者读者与境界所发生的关联怎样，当作者经受一种特殊境界的时候，由于情绪的高涨，感到自我的消失，因而沉入朦胧状态，所写出的东西就是诗"，"至于散文，就与诗完全不同，作者在写的时候，不必将自我完全沉入境界中的，也就是说：散文容许作者加入客观的成分，同样，读者在读散文的时候，不管怎样的受感动，终能意识到自己在意境之外"，因此"散文的情绪类乎轻快"。④ 对于散文与诗歌在本体上的差异，朱光潜有着更深入全面的思考："就大体论，散文的功用偏于叙事说理，诗的功用偏于抒情遣兴。事理直截了当，一往无余，情趣则低徊往复，缠绵不尽。"⑤ 叙事说理为日常之需要，主体只能将其意见、观念直截了当地表达出来，而诗歌的抒情遣兴显然不仅仅是外在的情感形式，还背靠着诗人内在的

① [德]黑格尔：《美学》第三卷下册，朱光潜译，商务印书馆 1981 年版，第 19、22、23 页。
② 尤其彬：《诗与散文在本质上的区别》，《青年界》1935 年第 5 期。
③ 姚远：《诗的散文化与散文的诗化》，《中国诗坛》1939 年第 3 期。
④ 曾沛霖：《诗与散文》，《育英周刊》1933 年第 9 期。
⑤ 朱光潜：《诗论》，《朱光潜全集》第三卷，安徽教育出版社 1987 年版，第 112 页。

精神世界、情感结构,是深邃而潜藏的,优秀的诗歌不能、也可不能将其直接出之,而是必须采用一种"低徊往复,缠绵不尽"的修辞策略。因此,朱光潜认为诗与散文的区别不在于题材的选择,也不在于有无韵律,而在于叙事说理与抒情遣兴功能的差异,这更能揭示两者在本体上的不同,也为突显散文个性表现的独特性提供了理论基础。

尽管中西方的"散文"概念不尽一致,但以上诸家借用西方资源展开的"诗""文"之辨,明显是从诗歌形而上的超越性与散文形而下的日常性来看待两者关系的。正如前文所述,这一时期诸家对于散文日常性的观照,还有着一个不言自明的前提,那就是在五四个性解放文学思潮的推动下,现代散文不再像古代散文那样被道统和文统所束缚,散文作家既是社会的一分子,也是一个自主、自由的俗世个体,他可以自己的眼光和立场关注现实人生和身边琐事,言说异质于以往"经世文章"的"日常性"主题,这就坐实了自五四以来提出的"人的文学""平民文学""写实文学"等观念,散文中的自我与个性表现也就显得直接而亲切。所以,在写于1925年的《诗论》中,郁达夫引用了当时美国加州大学文学教授盖利(C. M. Gayley)的观点指出,散文是作家日常交换意见的器具,而诗的实质则是高尚集中的想象和情感的表现。① 李素伯也认同盖利的观点道:"我们可以说,诗歌有独自的理想主义,而小品散文则较为近人情。换句话说,诗歌有神秘的不可理解的幻想境地,而小品散文大都是日常人生抓住现实的记录,最多在表现上幽默或深刻些。"② 此外,胡梦华提出"絮语散文",周作人、林语堂推崇"以自我为中心"的闲适小品,实际上也是这一散文个性观念的变体。

整体观之,现代散文理论界关于散文与诗歌个性表现的阐述,既基于两者的本体性差异,也围绕着具体的历史语境而展开。正是在文类对话中,散文个性表现的方式和功能才被照亮。通过文类对话,当时的理论界以图确立散文个性表现的特性:相对于诗歌个性表现超脱于日常生活、主体诗意化、诗体塑形化的特征,散文则擅长抒写个人日常感兴,自我表现也更为亲切和自

---

① 转引自郁达夫:《诗论》,见《郁达夫文集》第五卷,花城出版社1982年版,第202页。
② 李素伯:《小品文研究》,新中国书局1932年版,第12页。

由。这在很大程度上完成了散文领域里"为人生的文学"话语的建构,开启了散文理论话语的现代性进程。

不同于将诗歌与散文区隔为两种不同的审美境界,现代散文理论界分辨散文与小说、戏剧的个性表现意涵,更多的是从它们的叙事形式展开,涉及文学创作的具体操作层面。

在西方文论里,有与中国四大文类大体对应的英文概念,如"Poetry"(诗歌)、"Theatre"(戏剧)、"Novel"(小说)、"Prose"(散文)。但是,西方的"Prose"一直是个广义的散文概念,泛指除韵文以外的一切散体文:"Prose 散文常用来指所有口头的和文字的叙说。"① 这样一来,西方理论界所谓的"散文"(Prose)就包括了小说等叙事文体,在维·什克洛夫斯基的《散文理论》、韦勒克的《文学理论》、弗莱的《批评的解剖》等论著中,"散文"这一概念甚至主要是指小说。当然,西方文论界有从"Prose"中离析出"Nonfictional Prose"(非小说性散文)这一概念,它是指除小说以外的一切散体文。② 相比"Prose","Nonfictional Prose"与现代中国的"散文"概念有更大的交集,但由于把众多非文学性的写作(应用文)也纳入其中,它仍无法与后者等同,反而是更加接近于中国古代的"散文"(散体文总称)概念。现在的问题是,五四以来的中国文学观念深受西方文学的影响,却为何没有接受西方的"三分法",而是在西方意义上的叙事性文类里拆分出散文与小说两种不同的文类?这或许是传统文类观念的残留所致。因为小说在古代中国是一种地位不高的文类,而散文则是与诗歌并称的文学正宗,尽管近代以来中国的文学观念发生了较大的变化,但它们仍然分而治之,呈现出与西方不一样的文类划分法。但也必须看到,当时的理论界虽然对散文与小说的疆界有着清晰的认识,却并没有因此自设壁垒,无视文类本体互通的可能性,诸多论者在阐述散文个性或主体性的问题时,也常从散文与小说的文类比较视野中,提出了一些值得重视的观念,这某种程度上也是在隐秘地回应西方的文类观念。由于

---

① [美]M. H. 艾布拉姆斯:《欧美文学术语词典》,朱金鹏等译,北京大学出版社1990年版,第271页。

② "Nonfictional Prose"(非小说性散文)基本上是一个包罗万象的概念,政论、辩论、历史、传记、自传、书信、日记、格言、忏悔录、新闻报道、宗教经典、哲学论著都被纳入其中。见《简明不列颠百科全书》编辑部编:《简明不列颠百科全书》第三卷,中国大百科全书出版社1985年版,第167页。

戏剧与小说皆被当时的理论界视为叙事性文类,因此戏剧有时也成为他们观照散文个性表现的一个参照面。

1921 年,周作人在《美文》中将“美文”视为“论文”(Essay)的一种,并指出:“文章的外形与内容,的确有点关系,有许多思想,既不能作为小说,又不适于做诗,(此只就体裁上说,若论性质则美文也是小说,小说也就是诗,《新青年》上库普林作的《晚间的来客》,可为一例)便可以用论文式去表他”。在这篇具有开拓性的散文理论文字中,周作人基于“外形与内容”关系的考虑,有意识地将散文的性质置于小说等文类中加以甄别。这也说明现代散文理论界从一开始就具有文类的分辨意识。如果再结合他进一步指出的,美文“须用自己的文句与思想”,不可模仿外国创作,便可发现,他有意将散文与小说、诗歌等区别开来,主要还是出于个性表现向度的考虑。① 当然周作人在此文中没有继续展开,但后来者却对这一问题给予了充分关注。

1927 年,朱自清在梳理五四散文的创作成绩时认为,散文与小说、戏剧相比,“我们可以说,前者是自由些,后者是谨严些……小说的描写,结构,戏剧的剪裁与对话,都有种种规律(广义的,不限于古典派的),必须精心结撰,方能有成。散文就不同了,选材与表现,比较可随便些”。② 这一论断初步涉及到了不同文体对作家个性表达的预期,即小说、戏剧主要通过虚构的人物、情节或矛盾冲突间接表达作家的创作个性,而散文的个性表现则去除了虚构的帷幕,显得更为直接和自由。

关于散文在个性表现方面与小说、戏剧的差异,1935 年,许钦文在《小品文与个性》中有过详细的阐述。他认为,“在一般的小说和剧本里,所谓‘个性的表现’,有着两种意义:其一是‘人物’的个性的表现,就是把‘故事’中的人物的姿态和性情写得透达……其二是作者自己的个性的表现”,“不过在一般的小说和剧本上……对于人物的个性的表现,可以故意的努力做到;作者的个性,须于无意中流露,出于自然,是可致不可求的。”而“小品文不必有一定的‘结构’,无须遵守‘三一律’,不妨凭着主观的兴感,随弯倒弯的写

---

① 周作人:《美文》,《晨报》1921 年 6 月 8 日,原署名“子严”。
② 朱自清:《论现代中国的小品散文》,《文学周报》1928 年第 345 期。

去。……由于自然的流露,无以做作,不容虚伪,才是作者的真面目。所以小品文,虽然是短短的,在'人格的表现'这文学的基本原则上,倒是占着重大地位的。"① 许钦文在这里所说的"两种意义"其实是密切相关的。"'人物'的个性",是指小说、戏剧中典型人物的塑造问题,这背后当然与"作者自己的个性"密切相关。但小说、戏剧里"作者自己的个性"必须借助虚构的人物和故事来实现,是间接的、潜隐的,有如艾布拉姆斯评价莎士比亚的戏剧时所说的"上帝之手"②,无处不在但又无迹可寻。而散文就不同,散文虽然也有些虚构成分,但这一虚构最终还是服务于写实求真的需要,是为了达到周作人所说的"真实简明"艺术效果,因此散文的个性表现必须是直接的、显在的。正如许杰所说的:"一些文学体裁,如同小说与戏剧等,却毕竟要转了一个弯,作者自己的面目,以及他的性格与个性,每每是要躲到作品的后面去的;只有小品文,却把作者自己的形象,完全显露在纸上的。"③ 对此,葛琴也指出散文个性表现的优势:"在一篇散文中间,是比在一篇小说或速写、报告中间,更容易显出作者的性格,思想和人生观的。"④ 小说、戏剧的创作是一个复杂的系统工程,理论界将它们与散文并置而谈,很多时候是在化繁为简,以突显散文个性表现的独特性。

作为一种主体性较强的文类,写实的散文在敏锐感应世态人生变化方面显然比虚构的小说和戏剧更具优势。所以,强调散文的个性表现相对小说、戏剧更为直接、明快,也与当时理论界发出文学积极介入现实的号召相关。鲁迅1926年以后基本停止小说创作而集中于写作批判性的杂文,很大程度上也是在回应这一召唤。1935年,郁达夫在为"新文学大系"的散文集写导言时说道:"艺术家是善感的动物,凡世上将到而未到的变动,或已发而未至极顶的趋势,总会先在艺术家的心灵里投下一个淡淡的影子……这一种预言者的使命,在小说里原负得独多,但散文的作者,却要比小说家更普遍更容易来挑起这一肩重担。近年来散文小品的流行,大锣大鼓的小说戏剧的少作,

---

① 许钦文:《小品文与个性》,《申报·自由谈》1935年4月26日,原署名"钦文"。
② [美]M. H. 艾布拉姆斯:《镜与灯:浪漫主义文论及批评传统》,郦稚牛等译,北京大学出版社2004年版,第301页。
③ 许杰:《小品文的社会风格》,见陈望道编《小品文和漫画》,生活书店1935年版,第120页。
④ 葛琴:《略谈散文》,《文学批评》1942年9月创刊号。

以及散文中间带着社会性的言辞的增加等等,就是这一种倾向的指示。"① 正是如此,20 世纪 30 年代的散文创作一直保持着强劲的风头,以至于有"小品文年"的说法,甚至有人怀疑小品散文的"写作"影响了小说、戏剧的"创作"。

　　值得注意的是,由于散文个性表现相对直接、亲切和自由,无须过多文学技巧的征用,少了其它文类各种成规和形式的束缚,因此现代散文理论界常将之与散文创作的繁荣联系起来。徐仲年在分析 20 世纪 30 年代初期"时下最流行的文艺作品,乃是小品文"时指出:"作者们爱做小品文,原来可以省时间,贪懒! 长篇的创作需要想象,观察,修辞等等;巨幅的理论文需要研究,考证,整理,批评等等;都非提笔就可写的! 至于诗歌,全赖 inspiration,更不能勉强! 写小品文,在一般人的眼光里,不必下这样大的功夫;事实上也局部的是如此。"② 而在左翼文艺界看来,散文创作的繁荣,还得益于其自在自由的本体特性与当时中国社会历史情态的遭遇。方菲在谈及"散文随笔之产生"时道:"随笔文短小精悍,无论怎样说法,其描写之用力必比诗歌小说戏剧——滥调者自然不论——为少,其结构,其布局,均比别种文学作品较为容易","我们现在已处于资本主义社会之烂熟时期,人们无不感觉烦忙、苦闷、憔悴,因之,无一不灰心、丧志、乏勇气,无朝气,无恒心,无耐性,其作品便必然以短小精悍见长而又能即物言志之随笔为文坛上之一主要形式了。"③ 也就是说,在特殊的时代背景下,散文自身形式体制的独特性及其直接明快的个性表现精神与作家的创作心境得以充分应合,进而推进了散文随笔一时的风行。上述徐、方关于散文繁荣的原因分析基本上代表了当时文论界的主流观点。当然,现代散文创作兴盛的原因还不仅于此,作家群的扩大、刊物的增多、印刷业的发达、接受群体审美趣味的转变等,都在某种程度上刺激了散文的创作;但从现有的资料来看,几乎所有的作家和批评家都把散文随意自由的创作特性当成其风行文坛的首要原因。这实际上也是他们试图从创作实绩的角度来进一步确证散文在个性艺术的运用上之于诗歌小说戏剧的独特

---

① 　郁达夫:《〈中国新文学大系·散文二集〉导言》,《郁达夫文集》第六卷,花城出版社 1983 年版,第 267 页。
② 　徐仲年:《论小品文》,《文艺茶话》1933 年第 2 卷第 3 期。
③ 　方菲:《散文随笔之产生》,《文学》1934 年第 2 卷第 1 号。

优势。

　　由上可知,现代文论界围绕"个性"范畴的文类辨析,既有基于纯学理的立场,也有依据现实的种种考量;既重新定义了散文的个性表现,也重新定义了散文这一文类本身,而这种定义又被广阔的社会历史景深所牵掣,前文论及的三种"个性"说的生成与此也有很大关系。而且,文类的对话,不仅为现代散文个性观念的浇筑和散文文类地位的确立提供了必不可少的理论支撑,自20世纪50年代以来,每当散文是否可以单独成为一种文类而遭到质疑时,学界也常常通过文类对话,对散文的个性表现艺术加以厘析和提炼,从而作出辩护和正名。

第二节 散文的"体性"问题

文学上的"体性"指的是作品风格("体")与作家个性("性")的关系。刘勰的《文心雕龙》对此有过阐说。他指出创作是作者有了某种情感的冲动，才发而为文的。所以作者的才、气、学、习等，都和作品所表现出来的风格特征有着密切的关系。五四以来，创作主体的思想个性和艺术才能获得解放，在个性抒写中自由驱遣笔墨，自主创造自己的个人文体和艺术风格，从而有创新、独创、文体家、个人笔调、个人风格等散文观念的阐发和倡导。在散文"体性"的探讨中，当时的理论界不仅追求散文创作个性的独特面目，也重视文体风格的多样化，从而推进了现代散文理论"个性"说的深化和充实。

一

散文中的"体性"亦即人们常说的"文如其人""风格即人"。人与文的关系复杂多样，大多是文如其人，也有人文分离的，但即使文不尽如其人，其人在文中也会或多或少显或隐地在文本中留下某些印痕。现代散文理论界较多关注文如其人问题，强调散文的个性表现和个人创造，这是散文的体性使然，因为散文本是个人"心声"的流露，更便于创作主体的自由发挥和自主创造，也更能见出作者的真实情形和艺术风采。

这首先得从创作主体性谈起。文学理论中关于创作主体性有狭义和广义之分。前者指文学创作过程及文本中作家的主体性,属于艺术层面的;后者除了涵盖前者,还包括现实生活中作家作为社会实践主体的主体性。本节主要从广义的角度考察现代散文理论"个性"说关于创作主体性的阐述。刘再复在《论文学的主体性》中说道:"文艺创作强调主体性,包括两层基本内涵:一是文艺创作要把人放到历史运动中的实践主体的地位上,即把实践的人看作历史运动的轴心,看作历史的主人,而不是把人看作物,看作政治或经济机器中的齿轮和螺丝钉。也不是把人看作阶级链条中的任人揉捏的一环。也就是说,要把人看作目的,而不是手段。或者说我们要把人看作目的王国的成员,而不是看作工具王国的成员。二是文艺创作要高度重视人的精神的主体性,这就是要重视人在历史运动中的能动性、自主性和创造性。"① 这一观点亦适用于文学生产过程。现代散文理论"个性"说对于创作主体性的追求,首先是从实践主体性的层面致力于解除散文作家外在的桎梏,把作家看作一个具有独立人格的人,一个具有自由灵魂的人,使他们作为一个具体的"人"而存在,创作出"人"的散文;其次是在发现"人"精神力量和创造才能的基础上充分发挥散文作家的主观能动性和自主创造性,创造出具有思想艺术个性的散文作品。这样的个性,正如郁达夫所说的:"我的所谓个性,原是指Individuality(个人性)与 Personality(人格)的两者合一性而言"②。

现代散文理论"个性"说关于作家实践主体性的建构得益于五四时期"人"的发现和个性的觉醒。古代文人受制于礼教罗网而难以独立自持,近代文人虽有"立人"之思以图唤醒国民意识,但个人、个性意识还不流行,甚至受到误解和排斥。五四运动的发轫,即以"民主""科学""自由""人道""个性"为关键词,极力倡导独立自主的个性人格。在《青年杂志》的发刊词《敬告青年》一文中,陈独秀"谨陈六义",其中位列第一的就是"自主的而非奴隶的",要求有"独立自主之人格","一切操行,一切权利,一切信仰,唯有听命各自固有之智能,断无盲从隶属他人之理。"③ 至于五四初期的"人的文学"观念,

---

① 刘再复:《论文学的主体性》,《文学评论》1985 年第 6 期。

② 郁达夫:《〈中国新文学大系·散文二集〉导言》,《郁达夫文集》第六卷,花城出版社 1983 年版,第 263 页。

③ 陈独秀:《敬告青年》,《青年杂志》1915 年第 1 卷第 1 期。

首要的也是"讲人的意义,从新要发见'人',去'辟人荒'",① 亦即承认人的合法权利和人格平等。对于散文作家来说,就是要为个性的自由发展和充分实现创造条件,去除思想桎梏,坚持独立思考、自由创作,完成实践主体性和精神主体性的统一。"语丝派"提倡"自由思想,独立判断,和美的生活"②,坚持"不用别人的钱,不说别人的话",以保持"自由言论之资格"。③ 钱歌川认为现代小品文的发达很大的一个原因是现代散文作家"不像在专制时代那样受着束缚",而是"已经从奴役中解放出来,各人都想表现自己的个性,爱为自己写照,行文都带点自传的色彩。"④ 郁达夫认为"五四运动最大的成功,第一要算'个人'的发见。从前的人,是为君而存在,为道而存在,为父母而存在,现在的人才晓得为自我而存在了。我若无何有乎君,道之不适于我者还算什么道,父母是我的父母;若没有我,则社会,国家,宗族等那会有?以这一种觉醒的思想为中心,更以打破了械梏之后的文字为体用,现代的散文,就滋长起来了。"⑤ 作为对现代散文第一个十年创作成果的总结,郁达夫可谓形象地指出了散文作家实践主体性的解放对于散文个性艺术的发挥和成长起到的决定性作用。

现代散文理论"个性"说不仅要求实践主体性的解放,还深入到创作主体的精神内部,强调创作主体的自我能动修习。此一能动性是作家凭借先天禀赋和气质,经过后天的生活实践和艺术修养而形成的独特的生活经验、思想识见、个人性格、审美理念以及艺术才能的结晶。⑥

整体来看,自觉、能动发挥散文作家的创作个性几乎是当时理论界的共识,从立意选材、谋篇布局和艺术传达都要求作家的自主创造和个性精神的贯注。胡梦华认为絮语散文需要有"散文家天生的扩大的意志,还要有抒情

---

①　周作人:《人的文学》,《新青年》1918 年第 5 卷第 6 期。

②　见《〈语丝〉发刊词》,《语丝》1924 年第 1 期。

③　周作人:《答伏园论"〈语丝〉的文体"》,《语丝》1924 年第 54 期,原署名"岂明"。

④　钱歌川:《谈小品文》,《论语》1948 年第 144 期,原署名"味橄"。

⑤　郁达夫:《〈中国新文学大系·散文二集〉导言》,《郁达夫文集》第六卷,花城出版社 1983 年版,第 261 页。

⑥　参见王朝闻主编的《美学概论》(人民出版社 2002 年版)和童庆炳的《艺术创作与审美心理》(百花文艺出版社 1999 年版)。

诗人的缠绵的情感,自然派小说家的敏锐的观察力;更要有卓绝的艺术手段把这些意志的、情感的、观察力的结晶融会贯通。"① 现代散文理论界多认为散文有即兴创作的便利,但李辉英却提出了不一样的看法:"小品文随你兴之所至,稍事挥毫,就成了。这话是不正确的。小品文,惟其因为小,——短小,有时还要谈大品所要谈的,所以无论在题材方面或是文学方面,都要经过仔细的采择,运用的。"② 在 20 世纪 30、40 年代诸多关于散文小品的"作法"或"讲义"中,作家的艺术能动性常常作为一项重要能力被提出来。如李素伯的《小品文研究》一书专节论述"作者的修养与准备",提出小品文作者"要有生活的吟味力""要有深入的观察力""要有丰富的想象力""要有适当的表现工具"。冯三昧的《小品文研究》以"小品文作家的资格"一节讨论小品文作家的思想艺术储备。他认为:"小品文作家比诸一般作家,尤其需要敏感与机智。同一人生自然,一般作家都可在无拘限的空白的原稿纸上,作周详的记述和细密的描写;小品文作家却就不然,他非深入自然的核心,窥破人生的奥秘,便不足以出奇制胜。"③ 由于散文一向被视为随意、自由的文体,在当时和后来的理论界,关于散文作家的审美能力和创作能力的自我培育常被忽视,对上述观念的发掘无疑可以完善现代散文的"体性"理论。

　　文学的"体性"讲求作家创作个性和文体风格紧密、自然的结合,"作家的创作个性按照由隐以至显和因内而符外的艺术规律,就形成了笔区云谲、文苑波诡的无限多样化的不同艺术风格。"④ 散文的写作素材一向以零散、片段为主,现代散文理论界无论是致力于实践主体性的解放,还是强调创作主体内在的能动修习,都不是片面突出自我的意志,强行黏合破碎的素材,而是为了将杂乱无章但又充满生机和多样色彩的日常生活素材以一种自然的结构和情调给予凝聚起来,既纤毫毕露地表现自我,又让风格真切自然地流露出来。蒙田在其小品文集的寄语中说道:"若是为了哗众取宠,我就会更好地装饰自己,就会酌字斟句,矫揉造作。我宁愿以一种朴实、自然和平平常常的

---

① 胡梦华:《絮语散文》,《小说月报》1926 年第 17 卷第 3 号。
② 李辉英:《写点小品文罢》,见陈望道编《小品文和漫画》,生活书店 1935 年版,第 80 页。
③ 冯三昧:《小品文研究》,世界书局 1933 年版,第 65 页。
④ 王元化:《文心雕龙讲疏》,华东师范大学出版社 2017 年版,第 84 页。

姿态出现在读者面前,而不作任何人为的努力,因为我描绘的是我自己。”①蒙田的这一理念指引了西方近代以来散文随笔的创作,被引介到中国以后,得到了现代散文理论界的认同和创化。在他们看来,作者不做作、不虚伪,行文上自然天成、不事雕琢,自我的个性表现就能达到本色的境地,也即作家的个性和作品的风格必须表里相符。

洪深别出心裁地把小品散文作家的个性人格比作卤汁,把散文作品比作卤料,并指出两者的紧密关系和互为表里:“小品文的可爱,就是那每篇所表示的作者个人底人格。不论什么材料,非经通过作者个人底情绪,是不会‘够味儿’的。粗糙一点的说,作者底人格,他的哲学,他的见解,他的对于一切事物的‘情绪的态度’,不就很像卤汁么!如果这个好,随便什么在这里渗浸过的材料,出来没有不是美品珍品。反之,如果一个作者,没有适当的生活经验,没有交到有益的活人或书本朋友,那末,从他的卤汁里提出来的小品,只是一个隘狭的无聊的荒谬的糊涂的人底私见偏见,怎样会得‘够味儿’呢!小品文,是最富于个人成分的。每一个作家,各有他的一锅卤汁。这个卤汁,必须是有滋味,能滋养,再一点不含毒素,而后作者才可以‘从心所欲,不逾矩’地写小品文!”②李素伯在谈到欧阳修、苏东坡等古代散文家的小品文创作时说道:“他们具有诗人的天才,充溢着生命的力而无处发泄,便在人以为小道的小品里不经意的偶然流露,而后世的我们,反可从这些断编零简里窥出他们的真面目,这正是非常可喜的事。”③就此而言,当时散文理论界经常谈及的即兴之笔,也是试图以轻松自然的创作态度构建起自然确切的体性关系。如上文一再提及的被广为认同的厨川白村论 Essay,他认为散文是作家“兴之所至”,“想到什么就纵谈什么,而托于即兴之笔”,其实也是在谈论散文“体性”自在自为的确立。现代散文理论界甚至在此基础上引入“灵感”的概念,来看待“体性”由隐至显、因内符外的生成。林语堂将“随兴所之”作为“作文六诀”之一,又说:“由精神可进而言神感(烟士波利钝),由神感可进而言性

---

① [法]蒙田:《致读者》,见《蒙田随笔全集》上卷,潘丽珍等译,译林出版社 1996 年版,第31 页。

② 洪深:《卤》,见陈望道编《小品文和漫画》,生活书店 1935 年版,第 96—97 页。

③ 李素伯:《小品文研究》,新中国书局 1932 年版,第 6—7 页。

灵。精神到时,不但意到笔随,抑且笔意先,欲罢不能,一若佳句之来,胸中作不得主宰,得之无意之中,腕下有鬼自驱驰之。胸中作不得主宰,得之无意之中,故托为'神感'之说"。① 徐懋庸也认为"小品文的材料,可不能预先计划,全靠灵感触发。灵感未至之时,纵然万象森罗于目前,亦只如穷汉行经食品之肆,眼看着这香甜可口之物,而不能染指。灵感既发,则便如炼就魔术之指,点石亦能成金。"②

如果进一步深究,上述诸家对"即兴"和"灵感"的关注,与20世纪20、30年代现代文学界汲纳精神分析学说及其无意识理论不无关系;尽管我们无法明确证实精神分析学派对现代散文理论"个性"说的理论影响,后者也没有前者那样对作家的无意识进行深入、系统的阐述,但是它们之间却明显地存在着共通性。当然,即兴与灵感不完全等同于无意识,后人对于这些理论话语也多从自然天成的角度去评价,但它们确实丰富了传统文学的"体性"理论,其间所蕴含的非理性因素也是我们查探"个性"说现代性内涵的重要依据。

二

前文所论及的三种形态的"个性"说,虽有各自的思想立场和价值取向,但它们在个性与人性、人生的基本关系上还有交叉互动的一面。人性论"个性"说自不待言,言志论"个性"说本是从人性论"个性"说发展而来。作为言志论"个性"说的代表人物,周作人的"人的文学"观可视为人性论"个性"说的思想纲领。周作人是从思想文化前沿退守个人精神小天地之后,才有意突出"言志"中属于个人化的情趣意涵,大力鼓吹公安派的闲情逸致,其实他本身更看重魏晋文章,也注重人情物理、常识和生物,"由草木虫鱼,窥知人类之事"③,又着重发挥个性独立和自由所蕴含的反道统、反政治和文化专制的意义。这些表明周作人的散文言志论是他"人的文学"观的变种。林语堂追随

---

① 林语堂:《记性灵》,《宇宙风》1935年第1期,原署名"语堂"。
② 徐懋庸:《金圣叹的极微论——小品文作法讲义第一章》,《人间世》1934年第1期。
③ 周作人:《〈秉烛后谈〉序》,见《立春以前》,河北教育出版社2002年版,第174页。

周作人的散文理论,把散文的个性表现等同于他一再宣扬的"性灵",赋予其神秘主义色彩,但他还是承认:"若谓性灵玄奥,则心理学之所谓'个性',本来玄奥,而个性之确有,固不容疑惑也。凡所谓个性,包括一人之体格、神经、理智、情感、学问、见解、经验、阅历、好恶、癖嗜,极其错综复杂。"① 先不问其理论是否具有周延性,但将"性灵"与作家个人的经验、阅历、学问等因素合而谈之,至少也展示了"性灵"中"人间世"的一面。所以,他进一步指出,性灵"卓大坚实,非一朝一夕可致,必经长期孕育。世事既通,道理既澈,见解愈深,则愈卓大坚实。性灵未加培养,事理不求甚解,人云亦云,及既舒纸濡墨,然后苦索饥肠以应付之,斯流为萎靡纤弱"②,他所说的性灵小品文,则"可以发挥议论,可以畅泄衷情,可以摹绘人情,可以形容世故,可以刻记琐屑,可以谈天说地"③。如此观之,他的"性灵"理论只是极端强调个人所特有、心灵所秘藏的一面,根本上还是离不开社会性的涵养和功能指涉。至于社会论的"个性"说,它固然有淡化或异化主体个性的弊病,但其强调个人的社会担当和历史使命、充实和拓展主体心怀的积极面,本质上又和五四时期的人道关怀、民主诉求一脉相通,亦可说是五四精神另一向度的传承。总而言之,如果求同存异,三种形态的"个性"说在创作主体性的人道关怀和人性发掘上是殊途同归的,在守护个性自由、自主创造的诉求上也是异口同声。

但现代散文理论界关于散文作家创作主体性的论说,整体上还是有两种不同的倾向。一是注重现实人生关怀和社会文化批评的创作主体的外向化;一是关注自身精神现象、坚持独抒个人情怀的创作主体的内向化。在时代形势的催化下,前者既强化着创作主体的社会性又弱化着个体的自我性,并持续抑制着内倾化意识。后者则在高压时势下不断分化,或逐渐外向扩展,或愈加内敛自闭,走向独善自娱,但在固守个人方寸心田方面有新的开垦,对前者也有竞争性的挑战和互补性的互动。当然,这两种指向都有不足之处。前者注重创作主体和散文艺术的社会性、现实性和战斗性,也充满胡风所说的一种主观战斗精神和能动创造精神,但如果作家的生活经验、思想修养和艺

---

① 林语堂:《记性灵》,《宇宙风》1935年第1期,原署名"语堂"。
② 林语堂:《论文》(下),《论语》1933年第28期,原署名"语堂"。
③ 林语堂:《〈人间世〉发刊词》,《人间世》1934年第1期。

术魄力尚不相称,又简单接受文学社会学理论,那就会写出一些为人诟病的标语口号式的新八股,既没有艺术性,也没有主体个性,这是外向化容易产生的消极影响。这与后者的自恋自闭、自我收束一样,也是自我个性和创作主体的蜕化和异化,都从反面警醒着散文作家的文体选择和自我表现。以往学界多只关注不同散文流派身处这两种倾向时所持的极端化态度,却较少注意到作家个体在这两种理论模式中切换对于散文体性关系的影响。在这方面,“何其芳现象”可谓是一典型的例子。

何其芳散文从《画梦录》到《星火集》,体现的是创作主体从内向外、从“小我”走向“大我”的心路历程。起初,他认为“文艺什么也不为,只为了抒写自己,抒写自己的幻想、感觉、情感”①,“觉得在中国新文学的部门中,散文的生长不能说很荒芜,很孱弱,但除去那些说理的,讽刺的,或者说偏重智慧的之外,抒情的多半流入身边杂事的叙述和感伤的个人遭遇的告白。”因此他“愿意以微薄的努力来证明每篇散文应该是一种纯粹的独立的创作,不是一段未完篇的小说,也不是一首短诗的放大”,立意“为抒情的散文找出一个新的方向”。② 他抱着自我表现的艺术观和艺术创新的散文观,在长达两年的精雕细琢中,完成了《画梦录》的 17 篇散文作品,以艺术上的独创性获得了《大公报》1936 年度的文艺奖,为抒情散文开创了追求形式美的新风气。他吟咏着“温柔的独语”,“悲哀的独语”,“狂暴的独语”,自我意识相当强烈,抒写自己的幻想、感觉和情绪极为细致、深切。他把自己青春期的哀乐得失写得楚楚动人:“我曾有一些带伤感之黄色的快乐,如同三月的夜晚的微风飘进我梦里,又飘去了。我醒来,看见第一颗亮着纯洁的爱情的朝露无声地堕地。我又曾有一些寂寞的光阴,在幽暗的窗子下,在长夜的炉火边,我紧闭着门而它们仍然遁逸了。我能忘掉忧郁如忘掉欢乐一样容易吗?”(《黄昏》)他还把孤独感拿来细细玩味:“设想独步在荒凉的夜街上,一种枯寂的声响固执的追随着你,如昏黄的灯光下的黑色影子,你不知该对它珍爱抑是不能忍耐了:那是你脚步的独语”;“黑色的门紧闭着:一个永远期待的灵魂死在门内,一个永

---

① 何其芳:《谈自己的诗——〈夜歌〉后记》,《诗文集》1945 年第 1 期。
② 何其芳:《我和散文(代序)》,见《还乡杂记》,文化生活出版社 1949 年版,第 3、7 页。

远找寻的灵魂死在门外。每一个灵魂是一个世界,没有窗户。而可爱的灵魂都是倔强的独语者。"(《独语》)这种孤独者的内心独语,精微幽玄,耐人寻味,也是他在象牙塔里生活和思考的结果。然而,当他走出学校,接触到现实社会生活以后,"再也不能继续做着一些美丽的温柔的梦,而且安静的用心的描画它们",开始"厌弃我自己的精致",自责"为什么这样枯窘",为什么"独自摸索的经历的是这样一条迷离的道路"?这种反思标志着刻意画梦阶段的结束,"因为看着无数的人都辗转于饥寒死亡之中,我忘记了个人的哀乐","现在我最关心的是人间的事情"。① 于是,他从个人的苦闷深渊自拔出来,从梦境回到现实,由自我中心主义转到人道主义的立场上,开始"要使自己的歌唱变成鞭子还击到这不合理的社会的背上"②,从而写出了具有现实批判精神的《还乡杂记》,并认为文学的"根株必须深深的植在人间,植在这充满了不幸的黑压压的大地上。把它从这丰饶的土地里拔出来一定要枯死的,因为它并不是如一些幻想家或逃避现实者所假定的,一棵可以托根,生长,并繁荣于空中的树。"③ 抗战爆发后,他奔赴延安,"从环境,从人,从工作学习了许多许多",特别是参加延安文艺座谈会以后,经过痛苦的脱胎换骨的思想斗争,他完全抛掉了旧我,实现了从小资产阶级到无产阶级的彻底转变。他抒写旧我与新我、小我与大我的矛盾纠葛,还带有个性表现及其更新变化的心灵轨迹,但在努力反映新生活新人物的时候,由于体验不深,未能将其转化为自己切身的独到的感受,所表达的内容和采用的形式就不仅没有原先刻意画梦时代的异彩,也未能充分表现出新生活新人物的底色和精神。

　　这种"何其芳现象",一般认为是思想进步、艺术退步的代表。何其芳后来也承认这个事实:"当我的生活或我的思想发生了大的变化,而且是一种向前迈进的变化的时候,我写的所谓散文或杂文都好像在艺术上并没有什么进步,而且有时甚至还有些退步的样子……由于否定了过去的风格而新的风格又还没有形成,由于否定了过去的艺术见解而新的艺术见解又还比较简单,只是强调为当前的需要服务,只是强调内容正确和写得朴素,容易理解……

---

① 何其芳:《我的散文(代序)》,见《还乡杂记》,文化生活出版社 1949 年版,第 5、8、11、12 页。
② 何其芳:《〈刻意集〉序》,《刻意集》,文化生活出版社 1938 年版,第 8 页。
③ 同上。

现在看来,只讲求艺术的完美和不讲求艺术的完美,都是不行的。"① 这种思想和艺术的发展不平衡的矛盾现象,在新文学史上并不少见,学界一般认为是作家对新的内容和新的形式还不适应,需要一段学习和实践的时间。何其芳的艺术探索说明这确是一个艰难曲折的过程,但问题远非这样简单,还有更为直接的个人因素和更为复杂的社会原因值得反思。这一时期的何其芳从个人主义、唯美主义的审美倾向中走了出来,确立起为时代和人民而艺术的新观念,但也由此走向另一个极端,即基本抛弃过去的艺术经验,忽视散文的艺术性,忌讳犯唯美主义旧病,从而妨碍了自己散文创作艺术的进展。与此相关,他在否定为个人而艺术的旧倾向、树立为新现实新读者服务的新观念的同时,把作家追求自己的思想艺术个性与当时急于避开的小资产阶级的自我表现等同起来,这样一来也就抑制了正常、健康的个性表现。作者当时处于新我克服旧我的过程中,恐怕旧我残余会夹杂在新的思想感受中顽强表现出来,担心个人的思想感受不正确,与人民群众有距离,给读者带来不好的影响,因此不敢大胆抒情,连个人的切身感受也尽量回避。这种心境显然有碍于创作主体对生活素材的主观熔铸和开掘生发,束缚了自身想象力和创造力的充分发挥,最终损害散文艺术的提高和完善,影响散文体性关系的健康发展。忽视艺术性,回避正常的个性表现,这种偏颇的艺术观念不仅存在于何其芳身上,解放区其他作家也犯有类似的错误,有其复杂的政治文化语境。解放区文学在反映新的世界上,在创造新的艺术形式和艺术语言上,在追求大众化和民族化上,给新文学开拓了一个崭新局面。但另一方面,文学批评的政治化倾向,笼统地批判"自我表现",没有分清政治问题与艺术问题、讲究艺术形式美与形式主义、追求创作个性和小资产阶级自我表现等界限,如此总总,造成不少作家只注意内容正确,及时为当前需要服务,而不敢充分表现自己的独到体会,不敢执意追求艺术的完美丰富,以免招来非议。这种气氛导致了作家个性和创作心态的拘束,创作主体的主观能动性和自由创造精神当然就难以得到充分发挥和实现。② 总之,"何其芳现象"是创作主体性由内

---

① 何其芳:《散文选集·序》,《何其芳研究专集》,四川文艺出版社 1986 年版,第 290 页。
② 汪文顶:《何其芳散文的流变》,见《无声的河流》,上海远东出版社 2003 年版,第 200—201 页。

转外的代表,当他苦于找不到光明出路、只好把自己局限在狭小天地时,他凭借灵敏的艺术感觉和鲜明的个性风格,在艺术上惨淡经营,刻意求工,为现代散文抒情艺术的发展作出了独特的贡献,但视野狭窄,文思容易枯窘;而当他认清前进方向、开阔生活视野后,本该努力使艺术与思想和生活同步前进,却由于艺术观的矫枉过正,而放弃原先的艺术追求,到头来吃了"不讲求艺术的完美"的亏,失却了个性艺术的光彩。如此处理散文的体性关系和体性观念值得一再反思。

三

现代散文虽然"有种种的样式,种种的流派",打破了"'美文不能用白话'的迷信",然而正如前文所论及的,散文作家激进的反传统态度,有时也会造成以激情代替理性,导致个人主义的泛滥,使得部分散文作品显得稚嫩粗糙。其次,现代散文在很长一段时间内并没有理论上的自觉,许多作家甚至不把它当成文学的一个部门,而是视为"伟大创作"前的"练笔",缺少了一种严肃的创作态度。再次,现代散文的成长、成熟期,也是社会风云变幻不定的年代,"缺少安定的环境与心境,至为明显,所以作家们,也不免被迫着放弃长篇著作的企求,而改写简短的小品文。何况还有许多处境困难的知识分子,想藉笔墨来维持生活,自然是短小的易于动手。"环境的恶劣和生活的压力,导致某些作家把散文的"创作"降格为换取稿费的"写作",同时"大量生产的结果,自不免粗制滥造,勉强塞责。"① 因此,五四以来,尽管文学中的自我与个性受到了广泛认同,但却由于上述的原因,散文的个性表现仍存在着主观任意性的情况,导致徒有"作风"而缺乏真正的艺术个性。

在西方文论中,"作风"又称"矫饰作风",一般指作家脱离表现对象,任由癖好、积习随意发挥,导致文体风格的失调,带有贬义性。黑格尔在《美学》中曾严格区分过"作风"与"独创性"问题,他指出:"单纯的作风必须和独创性分别开来。因为作风只是艺术家的个别的因而也是偶然的特点,这些特点

---

① 陈醉云:《小品文往哪儿走》,见陈望道编《小品文和漫画》,生活书店 1935 年版,第 54 页。

并不是主题本身及其理想的表现所要求的,而是在创作过程中流露出来的。"在他看来,"作风则是特属于某一艺术家的构思和完成作品时所现出的偶然的特点,它走到极端,可以与真正的理想概念直接相矛盾。就这个意义来说,艺术家有了作风,就是拣取了一种最坏的东西,因为有了作风,它就只是在听他个人的单纯的狭隘的主体性的摆布。"在此基础上,黑格尔提出了艺术的独创性,他认为:"独创性是和真正的客观性统一的,它把艺术表现里的主体和对象两方面融合在一起,使得这两方面不再互相外在和对立。从一方面看,这种独创性揭示出艺术家的最亲切的内心生活;从另一方面看,它所给的却又只是对象的性质,因而独创性的特征显得只是对象本身的特征,我们可以说独特性是从对象的特征来的,而对象的特征又是从创造者的主体性来的。"① 黑格尔所说的"作风"是指艺术家创作个性的任意发挥,失去对创作对象本质性的精确把握,因而是"一种很坏的个别性"。对此,歌德也有类似的看法,他把艺术品分成三种等级:"自然的单纯模仿","作风","风格"。他认为:"作风是用灵巧而精力充沛的气质去攫取现象;风格则奠基于最深刻的知识原则上面,奠基在事物的本性上面,而这种事物的本性应该是我们可以在看得见触得到的形体中认识到的。"② 歌德虽然没有明确贬抑"作风",但在他看来,"作风"主要指艺术家倚重单纯的主观性,在审美主客体关系的处理上,以他自己个人的思想感情去支配、驾驭作为客体的自然现象,这与黑格尔所定义的"作风"的涵义相近。而"风格"在歌德看来则是艺术所能达到的最高境界,它奠基于主体所遵循的"最深刻的知识原则"与作为客体的"事物的本性"之上,是主客体的和谐一致,从而达到物我交融的境界。在此,歌德的"风格"与被黑格尔推崇的"独创性"也是相通的,指主体积极拥抱客体而产生的一种创造性,这种创造性贯通于创作主体的所有作品,成为作家独创性的深刻印记。这种界分是必要的,它进一步完善了独创性风格作为文学"体性"的理想境界所代表的美学内涵。

现代散文理论界虽没有明确讨论过"作风"与"风格"或"独创性"的问

---

① [德]黑格尔:《黑格尔经典文存》,上海大学出版社 2001 年版,第 43—44、47 页。

② [德]歌德:《自然的单纯模仿·作风·风格》,见歌德等著《文学风格论》,王元化译,上海译文出版社 1982 年版,第 4 页。

题,但在他们的散文体性观念中,却常常暗合着对“作风”的拒斥和对独创性风格的推崇。如梁实秋认为散文要避免“太多枝节”“太繁冗”“太生硬”“太粗陋”,① 实际上就是要去除黑格尔所说的那种“狭隘的主体性”所造成的“偶然的特点”。值得注意的是,现代散文理论界强调作家要以自由不拘的心态创作,营造一种“絮语闲谈”的文风,这首先是相对于正统庙廊文学的庄重矜持、凝滞呆板而言的,是针对“古文义法”等艺术教条提出来的一种语体策略,并不等同于散文作者可以随意涂鸦,不求艺术匠心。厨川白村就要求读者从随笔作家“装着随便的涂鸦模样”中,领会到“其实却是用了雕心刻骨的苦心的文章”。② 对于随笔体性的这一辩证关系,诸家也给予了足够的重视。胡梦华发挥了厨川白村的观点道:“表面看来虽然平常,精细的考察一下,却有惊人的奇思,苦心雕刻的妙笔。”③ 周作人在谈到清代郝兰皋的文章时道:“措辞质朴,善能达意,随便说来仿佛满不在乎,却很深切地显出爱惜惆怅之情,此等文字正是不佞所想望而写不出者也。”④ 对此,郁达夫在 20 世纪 30 年代的总结说得更为明确:“至于个人文体的另一面的说法,就是英国各散文大家所惯用的那一种不拘形式家常闲话似的体裁‘Informal or Familiar Essays’的话,看来却似很容易,像是一种不正经的偷懒的写法,其实在这容易的表面下的作者的努力与苦心,批评家又那里能够理会?”⑤ 这在认同个性自由表现的理论基础上,深化了对散文“体性”的认识,辩证地指出了自主自由并非没有限度,而是隐藏着作者艺术个性的潜心创造。事实上,现代散文史上有关个性表现的论争,各派扬己之长,攻敌之短,也是在斥责对方个性观念建基于偶然性和非理性之上,而宣称己方个性观之于散文实诚、深刻、独树一帜地表达自我的正确性和必要性。比如左翼作家攻击自由派文人的散文理论及其创作对个人趣味的无限夸大,自由派文人批评左翼散文理论的功利性及其散文

---

① 梁实秋:《论散文》,《新月》1928 年第 1 卷第 8 号。

② [日]厨川白村:《出了象牙之塔》,鲁迅译,《鲁迅全集》第十三卷,人民文学出版社 1973 年版,第 169 页。

③ 胡梦华:《絮语散文》,《小说月报》1926 年第 17 卷第 3 号。

④ 周作人:《模糊》,《大公报》1935 年 11 月 15 日,原署名“知堂”。

⑤ 郁达夫:《〈中国新文学大系·散文二集〉导言》,《郁达夫文集》第六卷,花城出版社 1983 年版,第 263 页。

创作个性的枯萎,皆可见出他们对那种不及物的散文个性表现的否定,对忠于自我和现实、能和"真正的客观性统一"的独创性的认同与坚守。

可见,要真正具有个人风格,作家不能仅仅停留于"攫取现象",而是要深入到创作对象的内部。理论界诸家对此很为重视。他们注重依托创作者自身素质的修养和人格力量,以主体的心灵智慧与客体的碰撞成就散文的理性精神。石苇说小品文作家:"要不拘泥于因袭的成见,不执着于现实的功利,而对世间的一切,作清新的观照和重新的估价。"① 李素伯强调小品文作家要培养自己的深刻的观察力,从平凡的生活中发现真知:"小品文形既短小,不能如小说戏剧等作品可以容纳繁杂的材料;所以,对于人生各样的现象,要以我们奇警锐敏的透察力,去接触一切,感觉一切,体会一切,抓住自然和人生的生命"②。周作人与其兄鲁迅虽有过很深的误会和矛盾,但在评价鲁迅的散文时,却能够公正地说:"鲁迅写小说散文又有一特点,为别人所不能及者,即对于中国民族的深刻的观察。大约现代文人对于中国民族抱着那样一片黑暗的悲观的难得有第二个人吧。"之所以如此,在周作人看来是因为鲁迅"在书本里得来的知识上面,又加上亲自从社会里得来的经验,结果便看见一种充满苦痛与黑暗的人生。"③ 其实也是从另一方面说明,散文作家要善于深刻体认创作对象,以期获取"独创性"的艺术境界。

---

① 石苇:《小品文讲话》,上海光明书局 1933 年版,第 16 页。
② 李素伯:《小品文研究》,新中国书局 1932 年版,第 42 页。
③ 周作人:《关于鲁迅》,《宇宙风》1936 年第 29 期,原署名"知堂"。

第三节 "个性"的真实性

在相当长的时间里,理论界倾向于认为散文必须描写真人、真事、真情,并将其视为散文创作最基本的要求和不容偏离的审美原则。但何为"真",散文写作如何做到"真",却很难说得清楚。中国古代的文学理论批评大多重直觉感悟,带有具象思维的特点,无法对"真"的内涵作出逻辑性的分析,西方文论对"真"的理解又往往与哲学思辨相结合,陷入从概念到概念的推演之中。现代散文理论界虽常常强调个性之"真"的重要性,但面对这一理论难题,他们似乎无力也无意对其进行深入的探索。因此个性表现的真实性既是现代散文理论"个性"说绕不开的话题,又是一个让人难于勘探的理论区域。我们所能做的是从现代散文理论界的片言只语中,对其作一番梳理。

一

人是一种有复杂情感的动物,情感维系着人的自然属性和社会属性。因此,人的解放最为重要的是要寻求人的精神的解放,人的情感的自由表达。不管是近代的维新改良,还是五四时期轰轰烈烈的思想解放运动,都是要从根本上改变几千年来个人的情感受到礼教制约的不自由状态,也就是要让人的真情实感有一个自由表达的空间。"真情实感"之于散文创作虽然有着悠久的诗学传统,但到了近代,由于社会时代环境的使然,以及语言工具从文言到白话的转变,它被理论界赋予了新的内涵,且对其衡量的标准也一直在变化。

自近代以来,文学创作上真情近性的诉求逐渐汇成了一股潮流。从龚自珍的"尊情"说,到王国维"能写真景物、真感情者,谓之有境界"①,无不致力于情感的解放。五四时期"人"的觉醒和个性的解放,对于真情实感的诉求要比此前任何时候都来得强烈。胡适在《文学改良刍议》中把"须言之有物"排在文学改良"八事"之首,他认为言之有物"约有二事",即"(一)情感"和"(二)思想","情感"居第一重要位置,并说:"近世文人沾沾于声调字句之间,既无高远之思想,又无真挚之情感,文学之衰微,此其大因矣。"② 可见真情实感在胡适看来对于新文学的发展有着首要的作用。陈独秀则把"立诚的写实文学"作为文学革命的三大主义之一,在他看来,"求夫目无古人,赤裸裸的抒情写世,所谓代表时代之文豪者,不独全国无其人,而且举世无此想。"③钱玄同在为胡适的《尝试集》所作的序文中,痛斥"毫无真实的情感"的"文妖",提出"做文章是直写自己脑筋里的思想"。④ 尽管五四初期新文学先驱把"立诚的写实""真实的情感"作为新文学的标准,但这主要还是为了突破道统思想对于主体情感的外在束缚,强调人作为时代的主体和文学的主体本身所应该具有的表达真情实感的权利,重点不在于开拓散文作家的内心世界,追求内在情感之真。首先,五四初期新文学的主要任务是打倒旧文学的"文以载道"和"代圣贤立言",而代之于尽情尽兴地说自己的话。从当时的散文杂感创作实践上来看,"那时候的白话是出自政治方面的需求,只是戊戌变法的余波之一"⑤,正如某些论者所指出的,其所谓的情感的"真实",更多的是作者面对当时中国各个领域的种种弊端,自由地、尖锐地发表自己的意见,本质上是对社会问题所作的真实的反映和批判。⑥ 换言之,这一时期新文学先驱对于白话散文创作中情感"真实"的要求,主要不在于抒发个人内心世

---

① 施议对:《人间词话译注》,岳麓书社 2003 年版,第 13 页。
② 胡适:《文学改良刍议》,《新青年》1917 年第 2 卷第 5 号。
③ 陈独秀:《文学革命论》,《新青年》1917 年第 2 卷第 6 号。
④ 钱玄同:《〈尝试集〉序》,《新青年》1918 年第 4 卷第 2 号。
⑤ 周作人:《中国新文学的源流》,华东师范大学出版社 1995 年版,第 56 页。
⑥ 佘树森:《现代散文理论鸟瞰》,见《现代作家谈散文》,百花文艺出版社 1986 年版,第 5 页。

界的真情实感,而是重点强调时代潮流在作家心灵的"镜面钟身"上留下"影"与"响"的"真实"。① 其次,现代散文的兴起首先得益于白话文运动的展开。从文言文到白话文,这不仅是语言工具的解放,更重要的是语言工具的更新所带来的思想情感的解放。白话散文的第一要义就是"话怎么说就怎么写",也就是要把作家情感完整流畅地表达出来,改变道统与文统对创作主体的桎梏。新文学初期几篇有影响的论文,如《文学改良刍议》《文学革命论》《我之文学改良观》《建设的文学革命论》《怎么样做白话文》等都无不针对"怎么说"和"怎么写"等形式问题进行重点阐说。对于那些僵化、陈陈相因的古文,陈独秀指出:"归方刘姚之文,或希荣慕誉,或无病而呻,满纸之乎者也矣焉战。每有长篇大作,摇头摆尾,说来说去,不知道说些甚么。"② 刘半农在谈到"散文之当改良"时说:"非将古人作文之死格式推翻,新文学决不能脱离老文学之窠臼。古人所作论文大都死守'起承转合'四字,与八股家'乌龟头''蝴蝶夹'等名词,同一牢不可破",所以"当处处不忘有一个我","吾辈心灵所至,尽可随意发挥。万不宜以至灵活之一物,受此至无谓之死格式之束缚。"③ 在这里,他们将文体解放和个体情感的自由表达联系起来思考,把个性的解放寄寓于"真情实感"上,目的在于通过破除"温柔敦厚""止乎礼义"等古典戒条,摆脱文言语法系统对于个性的束缚。或者说,在这一时期,散文理论界是从摆脱古文"义法"的角度提出真情实感论,倡扬一种健全、流畅的情感表达方式。

当然,并不是说新文学初期的理论界没有从内在的精神层面关注散文真情实感的意愿,只是在还没有打倒古文"义法",完成散文反"载道"的任务,获得情感的人道主义解放之前,就直接诉诸于精神层面的自主自由,显然是不太可能的。而另一方面,当散文创作逐渐走向成熟并获得理论上的自觉以后,把真情实感仅仅坐实于"放达"之真,也是不可行的。因为每一个从传统创作模式中摆脱出来的散文作家,在创作现代白话散文时都会有自然情感的

---

① 瞿秋白:《〈赤都心史〉序》,见萧斌如编《中国现代文学序跋丛书·散文卷》,海南人民出版社1988年版,第12页。

② 陈独秀:《文学革命论》,《新青年》1917年第2卷第6号。

③ 刘半农:《我之文学改良观》,《新青年》1917年第3卷第3号。

流露,而新文学初期所强调的真情实感主要是针对具有普泛意义的"人"的自由而言的,正如傅斯年所说的:"我们所以不满意于旧文学,只为他是不合人性,不近人情的伪文学,缺少'人化'的文学","我们对于将来的白话文,只希望他是'人'的文学"①,这自然就较少从作为个体的"人"的角度来看待情感表达的真实性,个人化的情感诉求也因让位于"类"的情感解放而被忽视。然而人的情感又是丰富的,特别是社会时代的召唤和白话散文艺术手法的日趋成熟,丰富多样的个人化情感必然要寻求新的表达方式。

五四落潮以后,随着新文学阵营的分化和重新组合,散文创作整体上由面向社会时代的"呐喊"走向面向自我的"省思",同时"以自我表现为中心"的"Essay"理论的输入和影响,作者的人格、个性更被认为是构成散文"美质"的重要因素之一,再加上白话散文艺术手法的完善和成熟,打破了"美文不能用白话的迷信"。这种种因素使得散文理论界对于个性自由的倡扬开始从"类"转向"个",对于散文真情实感的要求则从面向外在的"立诚的写实"拓展到了面向内在的"自我的真实"。这一内在的"真实"除了强调情感自然健康流淌,不装腔作势、无病呻吟,还要求作者进一步深入,以整个的生命,以赤裸诚挚的心灵去感知事物、拥抱世界,以期窥见人的本质,探索人的灵魂,感悟人的本己存在的可能,从而由内而外地建构起诗学的"真实"。冰心说:"能表现自己的文学,就是'真'的文学","能表现自己的文学是创造的,个性的,自然的,是未经人道的,是充满了特别的感情和趣味的,是心灵里的笑语和泪珠"②。她在谈及《寄小读者》一书的创作时进一步说道:"我就以我的灵肉来探索人生。以往的试验探索的结果,使我写寄了小朋友这些书信。这书中有幼稚的欢乐,也有天真的眼泪!"③郁达夫虽然在书写颓废感伤上缺乏节制,但他一向主张散文中自我的本真呈现,他在谈及游记散文时说:"到了地旷人稀的地方,你更可以高歌低唱,袒裼裸裎,把社会上的虚伪的礼节、谨严的态度,一齐洗去。人与自然,合而为一,大地高天,形成屋宇,蠛蠓蚁虱,不觉其微,五岳昆仑,也不见其大。偶或遇见些茅篷泥壁的人家,遇见些性情纯

---

① 傅斯年:《怎样做白话文》,《新潮》1919年第1卷第2号。
② 冰心:《文艺丛谈》,《小说月报》1921年第12卷第4号。
③ 冰心:《〈寄小读者〉四版自序》,《北新周刊》1927年第36期。

朴的农牧,听他们谈些极不相干的私事,更可以和他们一道的悲,一道的喜。"① 朱光潜则称散文"是由心里来的","心里怎么想,手里便怎么写",因此他把自己的文章称为"单纯的精神方面的自传"。李健吾这样理解散文:"它要求内外一致,而这里的一致,不是人生精湛的提炼,乃是人生全部的赤裸。"② 这在林语堂提倡的"性灵"说中揭示的最为明白,他认为性灵主"真"字,做性灵之文犹如生命的孕育:"吾尝谓文人作文,如妇人育子,必先受精,怀胎十月,至肚中腹痛,忍无可忍,然后出之。……既受精矣,见月有感,或见怪有感,思想胚胎矣,乃出吾性灵以授之,出吾血液以育之,务使此儿之面目,为吾之面目"③。

对于自我情感表达的内在之真,有些散文家甚至将其比喻为"梦"。孙俍工认为一切艺术创作的情感表达要像艺术家在梦中的创作一样,如此发自心底的自我表现才能来得真切自然,"梦底心象虽是假的,是虚的,然梦底感情却是真的,梦底意识却是实在的",他进一步指出小品文创作"最带有梦底性质","心象无论怎样虚假,然其感情无论怎样是真实的",好的小品文"必是能使读者阅者陷于催眠状况,如到了做梦一样地境地",小品文"所表现的愈近于梦,其作品就愈有价值,愈能感动人呀!"④ 此一新奇譬喻在于指出小品散文的情感要得到真实的表达和释放,就需要作者如在梦中一样把自己置于自然、拟真的情境中,将灵魂深处的自我展示出来,这既是创作经验的总结,也是对散文作者的期待和要求。所以,许多现代散文家为了说明自我表现的内在真实性,常将自己的散文创作比作梦的记录。沈从文在谈到他的散文创作时表明:"我要写我自己的心和梦的历史"。何其芳说:"我很珍惜着我的梦,并且想把它们细细地描画出来",因此他用"画梦"来命名自己的散文集。梁遇春称自己所作的随笔小品是"偷饮了春醪"以后,"醉梦的生涯所留下惟

---

① 郁达夫:《住所的话》,《文学》1935 年第 5 卷第 1 号。

② 李健吾:《〈画廊集〉——李广田先生作》,见《咀华集·咀华二集》,复旦大学出版社 2005 年版,第 80 页。

③ 林语堂:《论文》(下),《论语》1933 年第 28 期,原署名"语堂"。

④ 孙俍工:《梦与小品文和漫画》,见陈望道编《小品文和漫画》,生活书店 1935 年版,第 57、58 页。

一的影子。"① 深受佛教文化影响的许地山在其《空山灵雨》的弁言中说自己的创作动机:"生本不乐","自入世以来,屡遭变难,四方流离,未尝宽怀就枕。在睡不着时,将心中似忆似想的事,随感随记;在睡着时,偶得趾离过爱,引领我到回忆之乡,过那游离的日子,更不得不随醒随记。积时累月,成此小册。以其杂沓纷纭,毫无线索,故名《空山灵雨》。"② 按照精神分析学派的观点,梦本身就是一种内在精神意识的幻化,是被压抑的深层的"本我"对表层"自我"控制的"突围",尽管现代散文家所谓的"梦"大多是一种象征所指,但他们从"梦"的角度来解析自己的散文创作,无疑是以此来喻指自我的本真展示。

把情感的真实从新文学初期率性自由、修辞立诚的书写,拓展到裸呈个人的内在情感体验,这是现代散文理论建设的一大发展,也为现代散文创作发掘内在精神世界提供了理论准备。

二

出于对传统载道文学的反拨,新文学运动先驱者从一开始就试图重建文学的思想价值体系,要求"不作无病之呻吟","务去滥调套语",而且"须言之有物",也就是要去流俗和虚浮,在自由言说的基础上,以"真言"和"箴言"获取现代性批判的深度和力度。散文在很大程度上更是依靠着熠熠生辉的思想性而存在。有人认为,"散文作为文学种类中最自然朴素的'存在',它不仅要求散文作家在他作品中体现出精神性的倾向,而且要求这种精神必须是独特的。因为散文不似小说那样有人物、情节可以依傍,也不像诗歌那样以跳跃的节奏、奇特的意象组合来打动读者。散文是以自然的形态呈现生活的'片断',以'零散'的方式对抗现实世界的集中性和完整性,以'边缘'的姿态表达对社会和历史的臧否。"③ 散文的这一特征使它只能以深邃的思想性来展示其艺术魅力,因此现代散文理论界一向注重于散文思想性的获取。对

---

① 梁遇春:《〈春醪集〉序》,见《春醪集》,北新书局1930年版,第2、3页。
② 许地山:《〈空山灵雨〉弁言》,《小说月报》1922年第13卷第4号。
③ 陈剑晖:《论散文作家的人格主体性》,《文艺理论研究》2003年第5期。

此,钟敬文说得很明确:"我以为做小品文,有两个主要的要素,便是情绪与智慧。平常的感情和知识,有时很可用以写小说做议论文的,移到小品文,则要病其不纯粹,不深刻。它需要湛醇的情绪,它需要超越的智慧"①。梁遇春说:"国人因为厌恶策论文章,做小品文时常是偏于情调,以为谈思想总免不了俨然,其实自 Montaigne 一直到当代,思想在小品文里面一向是占很重要的位置,未可忽视的。"② 林语堂也指出,幽默小品是"有思想寄托"③ 的,因此可以"启迪灵知","助长思想"④。而散文思想内容的充实则是与真实性密切相关的。郁达夫认为:"有些文学如散文、史传、论文之类,是偏重在智的方面的",而文学上"智的价值"就是"所谓的独创性,不过是当那一瞬时的一种感觉,以那一个特殊的形式来表现,而使成为这作家自己特有的一种思想或作品而已",而且它是与"真理真实"不可分离的,"含真实性愈多,内容也愈充实而健全的一句话,却是千真万确的。"⑤ 但现代散文的篇幅往往都比较短小,这就决定了它不能以长篇大论取胜,虽有"自己的文句和思想",却可能无法具备与之相匹配的智性价值:"正在于来得自由,大家都可以随便做得,非有独到之处,难以使人注意。"⑥ 这种情况下,仅有真实性是不够的,更重要的是在真实中见真知,因此"真知灼见"成了现代散文理论界评估自我表现及其思想价值的一条重要审美法则。林语堂说:"凡出于个人之真知灼见,亲感至诚,皆可传不朽。"⑦ 李素伯也说对于社会时代的刻画,"短小精悍无所不包的小品文自然是最适宜的工具,以之描写社会的剪影,描写集团的生活,描写机械的伟力,描写现代化的一切;如果这些是从你自己的观察或经验得来,而确具有真知灼见,那当然是时代所需要的。"⑧ 正是在这个意义上,"真知灼见"成为了自发机杼的保证,它既能够保证个性的伸张,同时深刻独到思想性又

---

① 钟敬文:《试谈小品文》,《文学周报》1928 年第 349 期。
② 梁遇春:《〈小品文续选〉序》,见《小品文续选》,北新书局 1935 年版,第 1 页。
③ 林语堂:《论幽默》(下篇),《论语》1934 年第 35 期,原署名"语堂"。
④ 林语堂:《与又文先生论〈逸经〉》,《逸经》1936 年第 1 期,原署名"语堂"。
⑤ 郁达夫:《文学上的智的价值》,《现代学生》1933 年第 2 卷第 9 期。
⑥ 许钦文:《小品文与个性》,《申报·自由谈》1935 年 4 月 26 日,原署名"钦文"。
⑦ 林语堂:《论文》,《论语》1933 年第 15 期,原署名"语堂"。
⑧ 李素伯:《"自己的话":关于散文·小品之三》,《文艺茶话》1934 年第 2 卷第 6 期,原署名"所北"。

让散文的个性魅力持久长青。

在当时的理论界看来,"真知灼见"主要体现在两个方面:一是作者对于社会时代要有深刻的把握,二是从日常人生中见真知。就前者而言,散文创作要具有强烈的社会时代意识,作者要以一双慧眼攫取社会的本质,并从根本上给以深刻地揭示出来,以起到文学改良社会的作用。正如何谷天所说:"小品文,看起来好象很容易;实际上,用千把两三千字来表现一种事物,要真真明确而锋利地雕刻出那思想和感情,要真真做到每句话每个字都象钉子钉在木头上那样准确铁硬,确是很难的。从前曾有一些反对者骂某人的小品文为'尖刻',其实我们闭目一想,这'尖刻'两字倒是颂扬,不,或者说是确切的评语。倘不是'针针见脓',怎么使他失声地喊出'呵呀'?我想,小品文所忌的,倒是不能'尖刻'。"① 鲁迅在《两地书·一○》中指出,"辩论之文"要有"剧毒","正对'论敌'之要害,仅以一击给与致命的重伤",鲁迅强调杂文的"剧毒",就是强调真知灼见的深刻性和破坏性。李广田谈及鲁迅的杂文时也说:"内容是现实的,多方面的,文字的深刻老练,泼辣有力,别的作家实在不易企及。"② 这不仅是对鲁迅杂文贴切的评价,也是对杂文葆有真知灼见的价值认同。对于后者来说,散文中人性和人生的关怀既是具体可感的,也是一种最高的抽象存在,既要有"平民的精神"的人道主义,也要有"贵族式"的超越性以对抗迫切的功利观,那就是"以平民的精神为基调,再加以贵族的洗礼,这才能够造成真正的人的文学"③。在此情况下,真知灼见成了理论界上扬散文精神品格的重要保障,亦即强调从日常人生的细微处见真知,凭借智慧的理性让"有限的平凡存在"向"无限的超越发展"。周作人说好的散文随笔"要在文词可观之外再加思想宽大,见识明达,趣味渊雅,懂得人情物理"④。梁实秋说:"能够沉静的观察人生,透彻的表现人性的一部,这就是文学家"⑤,因此以"先有高超的思想,然后再配上高超的文调"⑥,是散文获得智

① 何谷天:《小品文对于我》,见陈望道编《小品文和漫画》,生活书店1935年版,第85页。

② 李广田:《谈散文》,《中学生》1948年第197期。

③ 周作人:《贵族的与平民的》,《晨报副刊》1922年2月19日,原署名"仲密"。

④ 周作人:《谈笔记》,《文学杂志》1937年创刊号,原署名"知堂"。

⑤ 梁实秋:《论第三种人》,见《偏见集》,正中书局1934年版,第90页。

⑥ 梁实秋:《论散文》,《新月》1928年第1卷第8号。

性价值的两个重要方面。李素伯援引厨川白村的理论说明小品文的意义和特质是"作者最真实的自我表现与生命力的发挥,有着作者内心的独特的体相","只是不经意的抒写着自己所经验感受的一切","却能出其不意的,找得到人生里随处都散布着的每颗沙砾的闪光,使你惊叹,使你惊喜"①。亦即,从平凡中见真知,化腐朽为神奇。这有如本森在《随笔作家的艺术》中所说的,散文家应是人生的热心者,"把人生道路上看来单调乏味的空间、平平无奇的地段转化为华丽、新奇的东西"②。

三

当然,将现代散文理论界关于个性之真的言说分为"真情实感"和"真知灼见",只是就其侧重面而言,两者并未有严格的区分,无论是真情还是真知,根本上都是理论界对个性表现之真的可能性的期许。林语堂认为理想的小品文须是"轻松自然,发自天籁,宛如天地间本有此一句话,只是被你说出而已。"③ 这实际上是在追求本真本色的个性表现。本真高于自然之真,本真本色的艺术追求,就相当于"悟道",天地万物正是以其"道"开启人的愚冥,让人体验、感悟、超脱,进入无拘无束的境界。王国维在《人间词话》中把境界分为"有我之境"和"无我之境",认为"有我之境,以我观物,故物皆著我之色彩。无我之境,以物观物,故不知何者为我,何者为物。"④ 现代散文理论界对本真本色的追求其实是对"无我"境界的向往,相对于真情实感和真知灼见,它是一种境界之真。但"无我"并不是要去我,相反"我"无处不在,本真本色并不会消解主体个性,而是让个性的表达臻于极境。柯勒律治在阐述莎士比亚集主体性与上帝般的非人格化于一身的悖论时道:"使自己激射而出,刺入

---

① 李素伯:《小品文研究》,新中国书局 1932 年版,第 6、13 页。
② [英]亚瑟·克里斯托夫·本森:《随笔作家的艺术》,刘炳善译,见阿狄生等著《伦敦的叫卖声》,三联书店 2013 年版,第 279 页。
③ 林语堂:《小品文之遗绪》,《人间世》1935 年第 22 期,原署名"语堂"。
④ 王国维:《人间词话译注》,岳麓书社 2003 年版,第 7 页。

了人性和人类情感的所有形式之中……莎士比亚成了一切,然而又永远是他自己"①。卡莱尔在谈及歌德时也说道:"很难通过其作品来发现……他的精神构成是什么样的,他的脾性、他的情感、他的个人特性又是怎样。凡此种种在他身上都自由存在……他看上去不是这个人,也不是那个人,而就是一个人。我们认为,这是任何一门艺术的大师才具有的特征;尤其是所有伟大诗人的特征。"在这些理论批评家看来,正是创作主体像无处不在的"上帝"一样,以一种本真本色的面目出现,才把生命精神的个体特质与普遍性很好地结合起来,创作出伟大的艺术作品。

现代散文理论界对于本真之个性的追求,具有相似的理论期许。在他们看来,只有更真才是更为自己的,才能够更显示出个性色彩。李广田在其《〈银狐集〉题记》中说道:"在这些文字中已很少有个人的伤感,或身边的琐事,从表面上看来,仿佛这里已经没有我自己的存在,或者说这已是变得客观了的东西。……尽管这些文字中没有一个'我'字存在,然而我不能不承认我永在里边。"② 孙席珍在谈到周作人的散文时说:"虽说是'忘情忘我',从另一方面看,周先生的散文却正是句句含有他自己的气分的。"③ 在忘我与本我之间,个性达到了本真本色的极致,这也是现代散文理论"个性"说的最高理想和最高境界。

但从文学的创作规律来,个性之"真"是有限度的,极"真"之个性表现只能说是一种境界追求。现代白话散文虽然打破了文言文的桎梏,开创了一种能够自由言说的语体,但语言作为一种工具,它永远有着自己不能克服的缺点,那就是言不能完全表达心声。这既是语言与思想情感的互为异质所致,也是因为人的思想情感往往被先在的语言所引导、规范和限制,特别是语言表达通常具有公共性,它在为一个人思想情感敞开的同时,必然也要遮蔽其中最具个人化的部分。相对于虚构性文类,散文语言对思想情感的呈现较为

---

① 转引自[美]M.H.艾布拉姆斯:《镜与灯:浪漫主义文论及批评传统》,郦稚牛等译,北京大学出版社2004年版,第301页

② 李广田:《〈银狐集〉题记》,《大公报》1936年8月10日。

③ 孙席珍:《论现代中国散文》,见俞元桂主编《中国现代散文理论》,广西人民出版社1984年版,第420页。

直接有力,但也无法摆脱这一规律的制约。此外,文体自身的规范性也限制了"真"的绝对性,"没有一种文学形式能够全面地把人的一切真情实感,全面地、彻底地表现出来。一种特殊文体之所以能够存在,仅仅是因为它能够表现人的一个侧面,人的'真情''实感'(还有智性和理性)在文体中的分化,不仅仅是形式的,而且是内容的","文学形式的规范不但可以预期内容,而且可以强迫内容('真情''实感')就范。"① 这种情况同样困扰着现代散文理论界诸家,他们不仅要面临着"言"不能绝对为"心声"的缺憾,也要面临着散文自身体制对真情真知的规范。因此,他们常常在困惑中反省"个性"之"真"的有限性。周作人在《再谈文》中说道:"情动于中而形于言,这自是定理,但是言往往不足以达情,有言短情长之感。佛教里的禅宗不立文字,就是儒家也有相似的意思"②。在《草木虫鱼小引》又说:"我平常很怀疑心里的'情'是否可以用了'言'全表了出来,更不相信随随便便地就表得出来。什么嗟叹啦,咏歌啦,手舞足蹈啦的把戏,多少可以发表自己的情意,但是到了成为艺术再给人家去看的时候,恐怕就要发生了好些的变动与间隔,所留存的也就是很微末了。死生之悲哀,爱恋之喜悦,人生最深切的悲欢甘苦,绝对地不能以言语形容,更无论我文字,至少在我是这样感想,世间或有天才自然也可以有例外,那么我们凡人所可以文字表现者只是某一种情意,固然不很粗浅但也不很深切的部分,换句话来说,实在是可有可无不关紧急的东西,表现出来聊以自慰消遣罢了。"③ 鲁迅在《〈野草〉题辞》中也说道:"当我沉默着的时候,我觉得充实;我将开口,同时感到空虚。"④ 这也是鲁迅先生对复杂的内心世界与自我表达之间矛盾的深刻省思。现代散文史上两大宗师的意见可谓如出一辙。

---

① 孙绍振:《"真情实感"论在理论上的十大漏洞》,《江汉论坛》2010 年第 1 期。
② 周作人:《再谈文》,见《苦竹杂记》,河北教育出版社 2002 年版,第 206 页。
③ 周作人:《〈草木虫鱼〉小引》,《骆驼草》1930 年第 23 期,原署名"岂明"。
④ 鲁迅:《〈野草〉题辞》,《语丝》1927 年第 138 期。

第四节　在个人性与公共性之间

　　散文中的"个性"首先是指"个人性"的审美表达,即在散文创作中,作者以个人的方式立意、选材、布局、行文的过程。与此相对的是散文的"公共性"指涉,它是指散文面向现实发声的公共关怀,这是由其善于直面现实社会的本体特性所决定的。个人性与公共性是散文创作规律使然,它们既对立又有对话,构成了散文个性艺术的一体两面,现代散文理论的诸种个性话语实际上都本源于此。或者说,个人性与公共性的关系也是现代散文理论"个性"说的一部分,无论理论界内部有多少分歧,在这两者关系的言说上却有着异口同声的共识。本节主要从文章学和社会学的角度来考察现代散文理论界关于个人性与公共性依存关系的阐述。

一

　　前文我们把现代散文理论的"个性"说分为三种形态,然而,这只是相对意义上的区隔。从个性的内涵上来看,三种"个性"说中的个人性与公共性都有着相联系相统一的一面。社会论的"个性"说把个人置于社会关系中考察个人性与公共性相互依存、互动发展的辩证关系。人性论的"个性"说在追求健全个性的同时充满着对现实人生的人道关怀,即使是新"京派"作家,他们对小品散文急功近利的政治化和商业化的批评,也饱含着用文学重建民族精神的公共关怀。至于一向被认为具有逃避倾向和隐遁色彩的言志论"个性"说,其鼓吹者对于个性的自守本意上是不想重蹈传统载道散文的老路,让散文成为政治的传声筒或社会时代的注脚,但从周作人的闲适观到林语堂的幽默论,其实都没有完全离开对社会人生等公共性问题的关注,像周作人所说的"绅士鬼"和"流氓鬼"的纠缠,在这一派散文家的理论言说上都有或多或少的存在。

现代散文中的个人性与公共性之所以能够并存不悖,首先源于两者的不可分割性。人作为一个独立的个体,必须具有自身的特殊性,特别是人作为一种有意识的、会思考的动物,更是强化了自我的指涉性;但人作为社会的一分子又具有鲜明的公共属性,人的个体特殊性从来就不能脱离其社会属性而存在,自我、个性也从来都不是绝对化的。文学是人学,在从人到文的转化中,这种对立统一的关系仍然存在,只是不同的文类有不同的呈现形式。就两者的统一性而言,在小说中,它往往隐藏于情节和结构的背后;在诗歌中,又常为意象和象征所掩盖。散文是一种主体性较强且又自由书写现实社会和日常人生的文类,因而也是个人性与公共性互动共生表现得较为明显的一个文类,这种关系形式几乎渗透到散文创作的各个环节,在题材内容、精神品格、表达方式等方面,我们都可以发现两者之间的相通性。现代散文的兴起既是思想解放的成果,也得益于从文言到白话的解放,人与文的衔接达到了前所未有的紧密,个人性与公共性之间的统一关系也得到了充分凸显。现代散文理论界在阐释散文的个性内涵上无疑不能忽略这一问题,亦即散文中个人性话语与公共性话语的内在统一是他们无法回避的论域。

理论界重视散文中个人性与公共性的融合,还与社会时代的感召密切相关。现代中国时局动荡不安,团结御侮、发奋图强是迫切的现实问题,启蒙、救亡、革命等重大事件构成了历史行进的基本环节,集体主义的力量和国家民族的重建也成为一代知识分子的精神诉求和行动指南,客观上为文学的公共关怀留下了表达和阐释的空间。在此情况下,文学中的个性与自我显然是无法自足的,其生成与发展离不开历史与主体的合谋。因此,有良知的现代作家大多处在这样的矛盾状态中:要发展文学须给予个人充分的自由,包括身体的和精神的,而文学的创作又不能无视国家民族的共同体利益。这使得他们对于个性自由和自我表现多少有点戒备心理,他们所谓的个性解放都是有一定限度的。即使是个性解放的积极倡导者,他们的文学观念也常常在公共性与个人性之间游移。郭沫若早期曾极端地喊出"为艺术而艺术"口号,他一面说"文艺也如春日之花草,乃艺术家内心之智慧的表现",一面又说"文艺乃社会现象之一,故必发生影响于全社会",具有"统一人类的感情"的功能。① 看似在个人主义观念内部埋置了否定性的因素,实际上正体现出了那个时代作家在处理个人性与公共性关系上的暧昧姿态。创造社后期某些成员突变到对自己原有主张的批判,看起来有些可笑,其实有其必然性。而一些持社会学模式的理论家对于文学中的个性也表现出了宽容的态度。比如,茅盾在提倡"为人生的艺术"时,也不反对文学的个性审美。他说道:"新文学中也有主张表现个性,但和名士派的绝对不同,名士派只是些假情感或是无病呻吟,新文学是普遍的真情感,和社会同情不悖的。"② 也就是说文学表现个性并不排斥作家介入现实、书写人生的使命感和责任感,两者是可以携手并进的。

就现代散文而言,从其雏形"随感录"开始,新文学先驱就基于独立自由的精神进行写作,但另一方面,他们又通过社会批评和文明批评,围绕各种社会问题展开讨论,积极参与思想文化价值体系的重建。个人性与公共性在"随感录"上的兼容作为一种新的审美规范,滋养了之后散文理论中的个性话语。譬如,五四落潮后,"语丝"以独标一格的姿态出现于现代文坛,一方面是"姑且发表自己所要说的话",另一方面则是"想冲破一点中国的生活和思想界的昏浊停滞的空气。"③ 至于 20 世纪 30 年代的小品文论争,论争的双方事实上都没有否认两者并行不悖的可能性和必要性,只是在小品文表现个人和发挥公共性功能的认知上存在着差异而已。总而言之,要现代作家完全脱离现实人生,脱离时代和政治,让个人坠入虚空或凌驾于国家民族之上,显然是不可能的。创作实践如此,理论言说也是如此。

---

① 郭沫若:《文艺之社会的使命》,《文学》1925 年第 4 期。
② 茅盾:《什么是文学》,见《茅盾文艺杂论集》,上海文艺出版社 1981 年版,第 151 页。
③ 见《语丝》周刊 1924 年创刊号。

二

现代散文理论界对于中国古代载道散文的批评不外乎从三个方面展开。一是道之所载的题材的狭隘性。二是所载之道在思想内容上的功利性。三是僵化古板的载道方式,亦即载道之文的语法系统。深受载道文统影响的古代散文就是在这三个方面把个人性与公共性截然分开,"写个人便专写个人,一议论到天下国家,就只说古今治乱,国计民生"①。现代散文要充分表现个性,就必须破除清规戒律,当时的理论界主要从以下三方面着手:扩大散文的题材,宇宙之大苍蝇之微无所不包;解放散文的思想内容,"处处不忘自我,也处处不忘自然与社会";提倡独标一格的艺术手法,同时又看重其穿透现实社会的能力。这三个方面都涉及到了个人性与公共性的兼容并包。

现代散文理论界一直有着较强的题材意识。在诸家看来,散文题材范围广泛且种类繁多,天上与人间、自然与社会、历史与现实,几乎无不可取材。周作人说:"上自生死兴衰,下至虫鱼神鬼,无可不谈,无可不听"②。郁达夫也说:"散记清淡易为,并且包含很广,人间天上,草木虫鱼,无不可谈"③。尽管如此,在这些无所不包的题材中,我们大概仍可将他们分为两种类型。一是宏大的、严肃的,主要是观照社会现实、国计民生的;一是日常的、轻松的,主要涉及个人身边琐事和所谓"草木虫鱼"等平凡的话题,注重展示个人生活、人情小调。对于当时的散文理论界来说,题材是中立的,题材的大小本身并无价值上的高下之分。就如厨川白村所说的:"所谈的题目,天下国家的大事不待言,还有市井的琐事,书籍的批评,相识者的消息,以及自己过去的追怀,想到什么就纵谈什么"④,这已为理论界所普遍认同。这种价值判断,也意味着个人性题材与公共性题材可兼而用之,无论叙写何种题材,不管是个

---

① 郁达夫:《〈中国新文学大系·散文二集〉导言》,《郁达夫文集》第六卷,花城出版社 1983 年版,第 266 页。

② 周作人:《〈杂拌儿之二〉序》,见《苦雨斋序跋文》,河北教育出版社 2002 年版,第 120 页。

③ 郁达夫:《〈达夫自选集〉序》,《达夫自选集》,天马书店 1933 年版,第 4 页。

④ [日]厨川白村:《出了象牙之塔·Essay》,见《鲁迅全集》第十三卷,人民文学出版社 1973 年版,第 164—165 页。

人的日常琐事,还是社会热点问题,都是等值的,从而赋予题材择取以充分的自由性。胡梦华说絮语散文"内容虽不限于个人经历、情感、家常掌故、社会琐事,然而这种经历、情感、掌故、琐事确是它最得意的题材",至于"国家政闻、社会舆论不大说的,有时也许讨论得着"。① 李素伯认为:"自个人生活的记录至天下国家的大事,这是内容材料选择的自由。"② 葛琴指出:"凡是引起我们一种较深的印象或激发起悲哀、愤怒、欣悦、赞美的感情底东西,都可以是散文的题材,自然,历史的重大事件,有时也可以作为散文题材"③。当然,个人性题材与公共性题材的并置展开不是简单的叠加,而是有机的交互、融合,这既是文学创作的基本规律,也是散文写作展开过程中必须面对的问题。

现代散文的主要品类,如小品、随笔、杂文等,整体来看篇幅都比较短小。对于这种短小的形式体制如何处理题材,当时的理论界主要有两种设计:小题大做和大题小做。小题大做就是微中见著,小中寓大。对于杂文,鲁迅指出:"比起高大的天文台来,'杂文'有时确很像一种小小的显微镜的工作,也照秽水,也看脓汁,有时研究淋菌,有时解剖苍蝇。从高超的学者看来,是渺小,污秽,甚而至于可恶的,但在劳作者自己,却也是一种'严肃的工作',和人生有关,并且也不十分容易做。"④ 臧克家说小品散文应该是"小器物倒有个大用处",能让人从"一篇小文章里触发到远大处,而对于社会的光明和黑暗两面得到正确的认识。"⑤ 孙席珍认为:"纯正的小品文,除了形式较短以外,内容虽然是大至宇宙小至微尘可以无所不谈,但在这无所不谈之中,要能谈得出新意义来——所谓要能从一粒砂里看出世界,也能从世界里看出一粒砂。"⑥ 陈叔华说娓语体小品文"表面似乎小,但内容却很大。篇幅虽然简短,但所包的东西亦很丰富。所写诚然是小事,但这些小事里总有蕴藏着的较大方面。"⑦ 徐懋庸认为:"小品文虽写苍蝇之微,但那不是孤立的苍蝇,那是存

---

① 胡梦华:《絮语散文》,《小说月报》1926 年第 17 卷第 3 号。
② 李素伯:《什么是小品文》,《小品文研究》,新中国书局 1932 年版,第 4 页。
③ 葛琴:《略谈散文》,《文学批评》1942 年创刊号。
④ 鲁迅:《做"杂文"也不易》,《文学》1934 年第 3 卷第 4 号。
⑤ 臧克家:《我的胃口》,见陈望道编《小品文和漫画》,生活书店 1935 年版,第 63 页。
⑥ 孙席珍:《关于小品文和漫画》,见陈望道编《小品文与漫画》,生活书店 1935 年版,第 195 页。
⑦ 陈叔华:《娓语体小品文释例——小大辩》(上),《人间世》1935 年第 28 期。

在于宇宙的体系中而和整个体系相联系的苍蝇,因此,小品文虽从小处落笔,却是着眼在大处的","小品文虽小,但必须有和写大作品一样的思想的体系,智识的基础,技术的程度。狮子搏兔,牛刀割鸡,小品文的作法有如是者。"① 可见所谓的小题大做,就是凭借较为短小的体制,从个人见闻的小事、琐事中推及广泛的社会人生,这也是理论界诸家根据散文自身的形式特征所进行的理论探索。

与"小题大做"相反的是"大题小做"。提倡"大题小做",与当时严苛的言论审查制度有关。也就是,当一些敏感的公共话题无法详实地展开时,作家只好将其寄寓于个人小事之中,再迂回曲折地指向这些话题。茅盾在《〈茅盾散文集〉自序》里说道:"在这时代,'大题目'多得很。也有些人常在那里'大题小做',把天大的事说得稀松平常,叫大家放下一百廿四个心静静地去'等候五十年'。我的所谓'大题小做'不是这么一种作法。我的意思是:大题不许大做,就只好小做了。"② 茅盾没有明确指出"大题小做"的展开机制,但我们从鲁迅先生以下的话中可以得出答案:"自从中华民国建国二十有二年五月二十五日《自由谈》的编者刊出了'吁请海内文豪,从兹多谈风月'的启事以来,很使老牌风月文豪摇头晃脑的高兴了一大阵,讲冷话的也有,说俏皮话的也有,连只会做'文探'的叭儿们也翘起了它尊贵的尾巴。但有趣的是谈风云的人,风月也谈得,谈风月就谈风月罢,虽然仍旧不能正如尊意。""'月白风清,如此良夜何?'好的,风雅之至,举手赞成。但同是涉及风月的'月黑杀人夜,风高放火天'呢,这不明明是一联古诗么?"③ 如果结合茅盾、鲁迅等人散文的创作特色,可以推断他们所说的"大题小做"就是迫于现实的压力,把敏感的社会政治题材下沉到与自己有关的小事上,或者是把重大的、严肃的题材以轻松、戏谑的手法表现出来。这样一来,既可以免去文章的空洞乏力,达到独出机杼、匠心独运的效果,又可以实现取材上"风月"(个人性)和"风云"(公共性)的自由切换,避免由此招来的政治迫害。

以中立的态度看待小品文的题材范围,现代散文理论界在解决"写什么"

① 徐懋庸:《大处入手》,见陈望道编《小品文与漫画》,生活书店1935年版,第94页。
② 茅盾:《〈茅盾散文集〉自序》,见《茅盾散文集》,天马书店1933年版,第1页。
③ 鲁迅:《〈准风月谈〉前记》,《准风月谈》,上海联华书局1936年版,第1、2页。

这个问题上打破了传统散文观念的束缚,试图为创作主体的解放和个性的发挥扫清障碍。固然,"新的创作对象,新的生活素材,在它们激起作家的创作想象之前,似乎始终是'中立的'。当它们进入作家的艺术思维范围的时候,它们就会对创作过程发生积极有效的影响。"① 同样,尽管理论上允许散文创作可以自由选择题材,但真正进入创作实践的时候,出于现实因素的考量或受作者文学观念的影响,很有可能"一个不留神,就要弄到遗却'宇宙之大'而惟有'苍蝇之微',仅仅是'吟风弄月'而实际'流为玩物丧志'了。"② 20世纪30年代那场关于"宇宙与苍蝇"题材的论争就是由此引发的。

"宇宙之大""苍蝇之微"是林语堂关于小品散文题材的一种形象说法,它既可以指题材的大小,也可以引申为题材的个人性与公共性面向。整体观之,这次争论并没有否定题材大小的等值性,也没有否定个人性题材与公共性题材融为一起的可行性,论争的缘起某种程度上是这一理论与创作实践的背离所导致的。埜容在《人间何世?》一文中批判《人间世》道:"逐篇读下去,却始终只见'苍蝇',不见'宇宙'。莫非又和近来的《论语》相似,俏皮埋煞了正经,肉麻当作有趣;压根儿语堂先生要提倡的是'苍蝇之微',而不是'宇宙之大'么?"③ 聂绀弩也说:"他们说'宇宙之大苍蝇之微',无所不谈,好像他们底视野真是广阔,题材真是丰富了,其实不然。他们是把眼光注视在人类社会的现实生活以外的大或微,却刚刚对不大不微的人类社会的现实生活闭上了眼睛"。④ 从林语堂的角度来看,他虽然偏向于书写"苍蝇",但他也反感"吟花弄草"⑤ 的无聊之作,只是他更反对"正经文章之廓大虚空题目"⑥,从而走向只有"宇宙"而无"苍蝇"的极端。然而由于受到闲适文学观念的影响,再加上当时一些二三流文人不成功的跟风,致使以林语堂为首的"论语派"的创作实践脱离了最初的理论设计,陷入了只有"苍蝇"而无"宇宙"的另

---

① ［苏联］赫拉普钦科:《作家的创作个性和文学的发展》,满涛译,上海译文出版社1982年版,第123页。

② 茅盾:《小品文半月刊〈人间世〉》,《文学》1934年第3卷第1号,原署名"仲子"。

③ 廖沫沙:《人间何世?》,《廖沫沙文集》第一卷,北京出版社1986年版,第53页。

④ 聂绀弩:《我对于小品文的意见》,见陈望道编《小品文和漫画》,生活书店1935年版,第158页。

⑤ 见《人世间》1934年第5期的"投稿注意"。

⑥ 林语堂:《论小品文笔调》,《人间世》1934年第6期,原署名"语堂"。

一种极端。对此,郁达夫曾有过持平之论:"当《人间世》发刊的时候,发刊词里曾有过'宇宙之大,苍蝇之微,无不可谈'的一句话,后来许多攻击《人间世》的人,每每引这一句话来挖苦《人间世》编者的林语堂先生,说'只见苍蝇,不见宇宙'。其实林先生的这一句话并不曾说错,不过文中若只见苍蝇的时候,那只是那一篇文字的作者之故,与散文的范围之可以扩大到无穷尽的一点,却是无关无碍的。"① 当然,林语堂自己的某些作品,如《我怎样买牙刷》《论躺在床上》《论西装》等文,确实也是话题琐屑、无聊,专注于把玩个人趣味,并无多少现实意义,这免不了为左翼文艺界所痛斥。概言之,这场论争与其说讨论的是"宇宙"与"苍蝇"孰优孰劣的问题,毋宁说是围绕"宇宙"与"苍蝇"题材分配的失衡而展开的。只是,由于双方政治立场和文学观念的不同,这场论争的范围最终溢出了小品散文的题材问题,成为两种派别、两种文学观念之争,而且意气用事,给后来的研究者设置了重重迷障。

从"新青年"时代的"杂感"开始,散文就一直充当思想革命的先锋,鲁迅说散文小品是"萌芽于'文学革命'以至'思想革命'的"②。在现代中国特殊的社会历史语境中,散文思想性的指认主要是以其介入具体现实的广度和深度为依据的,这从鲁迅的杂文受到普遍的尊崇,周作人、林语堂等人的性灵闲适散文受到持续批判可以得到证明。这也说明,现代散文的思想性是与其现实的公共关怀密切相关的,而在当时的散文理论界看来,这种公共关怀不是与现实的简单对接,而是与作者的经验、学识、思想等个人性涵养密切相关的。李广田特别强调了散文作家改造自我之于沟通"世界"的重要性,他说:"从身边琐事到血雨腥风,这一创作领域之扩大应当先从生活领域之扩大作为开始","最要紧的是改造自己的生活。要打破自己的小圈子,看见、认识,并经验那个大圈子的生活,要使自己和世界相通,要深知那血雨腥风和深知身边琐事一样,要使身边琐事和血雨腥风不能分开",如此才能写出有时代精神气息的作品。③ 葛琴则把这种从个人之小到社会之大的变通,归结为"思

---

① 郁达夫:《〈中国新文学大系·散文二集〉导言》,《郁达夫文集》第六卷,花城出版社 1983 年版,第 265 页。

② 鲁迅:《小品文的危机》,《现代》1933 年第 3 卷第 6 期。

③ 李广田:《论身边琐事与血雨腥风》,见俞元桂主编《中国现代散文理论》,广西人民出版社1984 年版,第 146 页。

想力"的培育和提升:"这种感情是和作者的思想力相关联的。一个艺术作者对于宇宙与人生的问题,对于历史与社会的问题,常常是在思考着,探索着,因此日常一切具体的事物,往往会特别敏锐地引起他的情感的激发,一个作家的思想力愈强,他的情感愈崇高、优美、真实,于是文章的感召力愈强烈"。因此她要求作家"应该站在时代的前面,应该是有更广阔的心胸和更高远的遥望的","更努力地从实际生活战斗中,去培养我们的情感和思想力。"① 这类论述扣紧散文小品以个人视角能动反映广泛社会人生的特性,触及作家生活经验、思想视野和艺术修养等创作主体因素的优化问题,即使抛开其背后的意识形态观念,无论是对当时还是今天的散文写作,都具有借镜意义。

当然,散文作家的公共关怀仅靠主观意愿是不够的,还需要有足够公共空间的支撑。特别是现代中国知识分子的言论常遭各种外部因素的干扰和堵截,如何突围和"发声",是他们必须积极面对的问题。散文作为一种直面现实的文体,为此更为当时的理论界所重视。比如作为现代文学史上第一个主要刊发散文的《语丝》周刊,其发刊词就说道:"我们只觉得现在中国的生活太是枯燥,思想界太是沉闷,感到一种不愉快,想说几句话,所以创刊这张小报,作自由发表的地方。"又说"我们所想做的只是想冲破一点中国的生活和思想界的昏浊停滞的空气。我们个人的思想尽自不同,但对于一切专断与卑劣之反抗则没有差异。我们这个周刊的主张是提倡自由思想,独立判断,和美的生活。"② 显然,在语丝社同人看来,个性表现的自由性、散文思想的深刻性及其公共空间的建构是三位一体、互相成全的。现代散文界的历次论争,如小品文论争、"孤岛"鲁迅风杂文论争、重振杂文论争,也基本上与此一问题密切相关,或者说,这也是现代散文理论界的一个共识。

有论者指出,现代随笔是中国现代知识分子重要的言说载体③。其实,不光是随笔,在现代散文的诸多子文类中,记叙小品、抒情美文、杂文乃至具有私密色彩的书信日记等都可以看作是现代文人立言的载体。理论界诸家能够对个人性题材和公共性题材一视同仁,很大程度上是因为题材在他们看来

---

① 葛琴:《略谈散文》,《文学批评》1942年创刊号。
② 见《语丝》1924年创刊号。
③ 黄科安:《知识者的探求与言说——中国现代随笔研究》,中国社会科学出版社2004年版。

只是一种材料而已,他们重视的是如何借助散文来言说自我,以个人的视角观察、思考、表述外部世界。这就涉及到现代散文的艺术表达问题。

传统散文的形式体制有各种各样的成规,陈陈相因,新文学初期对于"桐城谬种"和"选学妖孽"的批判,其中一个重要步骤就是要废除"古文义法",确立白话散文自己的表达方式。作为一种新的言说方式,在新文学运动初期,它的内涵建设相对比较简单,那就是胡适所说的"话怎么说就怎么写",就是用明白清楚的语言真切自然地表达自己的思想。因此,白话文运动除了是一种语言工具的变革,还促进了文学表达方式的解放。这也促使现代散文的艺术技巧和风格走向了多元化:"或描写,或讽刺,或委曲,或缜密,或劲健,或绮丽,或洗练,或流动,或含蓄,在表现上是如此。"① 正如我们在前文反复申明的,散文是一种善于书写现实的文类,而现实又是如此的错综复杂、变动不居,它反过来又催使散文不断地改变自己予以回应。就此而言,现代散文风格形式的多样化既是文类成熟的标志,也说明散文在不断地发展出新的艺术手法以应对现实的变化。而艺术手法的翻新,又离不开五四以来个性解放思潮的影响,因为正是它使散文作者有了自由言说的可能与空间。概而言之,现代散文异彩纷呈的艺术风格,既缘于主体的个性解放,也来自于其深切的现实关怀。或者说,与题材择取、思想品格的确立一样,现代散文言说艺术的形成与发展,也蕴含着个人性与公共性的统一。正是如此,对于那种既深受作者人格精神的涵养,又能作为一种话语工具真切有力地介入、把握现实的表现手法和艺术风格,当时的散文理论界一直推崇有加。

例如,对于讽刺,鲁迅是这样下定义的:"一个作者,用了精炼的,或者简直有些夸张的笔墨——但自然也必须是艺术的地——写出或一群人的或一面的真实来,这被写的一群人,就称这作品为'讽刺'。"② 因此,"非写实决不能成为所谓'讽刺'"③。又有人指出:"热中,情热于某一现象,某一人生侧面,希望妨碍社会的强化和发展的现象归于消灭,从而加速社会的发展——

---

① 朱自清:《论现代中国的小品散文》,《文学周报》1928 年第 345 期。
② 鲁迅:《什么是"讽刺"》,《杂文》1935 年第 3 期。
③ 鲁迅:《论讽刺》,《文学》1935 年第 4 卷第 4 号,原署名"敖"。

站在这一立场上于是文坛就有了所谓讽刺。"① 显然他们肯定了讽刺作为一种艺术手法的现实指涉性。又如,受自由派文人青睐的"闲适""幽默"等手法,其实并非像左翼文人所贬低的那样,毫无社会内涵可言。周作人说道:"有些闲适的表示实际上也是一种愤懑,即尚寐无吪的意思。外国的隐逸多是宗教的,在大漠或深山里积极的修他的胜业,中国的隐逸却是政治的,他们在山林或在城市一样的消极的度世。"② 这其实是夫子自道。在谈到自己的文章时,周作人又说:"拙文貌似闲适,往往误人,唯一二旧友知其苦味"③。这"苦味"主要来源于对这个时代的不满和反抗。对于幽默,林语堂一直将其置于广泛的人生中加以看待。他说:"幽默到底是一种人生观,一种对人生的批评","是一种从容不迫达观态度"。④ 面对文艺界对幽默的批评,林语堂曾沉痛地说道:"在国亡无日之际,武人操政,文人卖身,即欲高谈阔论,何补实际? 退而优孟衣冠,打诨笑谑,知我者谓我心忧,不知我者谓我胡求,强颜欢笑,泄我悲酸。"⑤ 虽不无辩解之意,但却也道出了其所倡导的幽默笔调,决不仅仅是个人趣味的偏好,它还力图指向深广的现实社会。阿英曾中肯地说道:"打硬仗既没有这样的勇敢,实行逃避又心所不甘,讽刺未免露骨,说无意思的笑话会感到无聊,其结果,就走向了'幽默'一途。"⑥ 沈从文在论及20世纪30年代幽默小品的盛行时也说道:"这方面幽默一下,那方面幽默一下,且就证实了这也是反抗,这也是否认,落伍不用担心了。另一面又有意无意主张把注意点与当前实际社会拖开一点,或是给青年人翻印些小品文籍,或作点与这事相差不多的工作,便又显得并不完全与传统观念分道扬镳(这些人若觉得俗气对于他有好处,当然不逃避这种俗气,若看准确风雅对于他也有方便处,那个方便自然也就不轻易放手!)因此一来,作者既常常是个有志之士,同时也就是个风流潇洒的文人。谁不乐意作个既风雅又前进的文人?",

---

① 沈任重:《论讽刺杂文》,《前线日报》1941年3月28日。

② 周作人:《重刊〈袁中郎集〉序》,见《苦茶随笔》,河北教育出版社2002年版,第59—60页。

③ 周作人《药味集·序》,见《药味集》,河北教育出版社2002年版,第2页。

④ 林语堂:《论幽默》,《论语》1934年第33期,原署名"语堂"。

⑤ 林语堂:《编辑滋味》,《论语》1933年第15期。

⑥ 阿英:《林语堂小品序》,见萧斌如编《中国现代文学序跋丛书·散文卷》,海南人民出版社1988年版,第798页。

因此他又认为"中国近两年来产生了约二十种幽默小品文刊物,就反映作家间情感观念种种的矛盾。"① 如此看来,不管是闲适还是幽默,它们作为一种言说的方式,既透露出个人化的趣味,又常常在广泛的社会人生边缘徘徊。只是由于它们的暧昧性,又不能直接服务于现实,这才引起了反对者的不满和批判。

三

如上所述,散文的个人性与公共性的价值判断在理论界存在着双重标准,而且这双重的标准因着社会时代语境的变迁和散文家身份的转换而互为消长。

从形而上的层面说,个人性和公共性只是表示着主体写作视域可能的涉指以及写作价值的某种取向,并没有存在孰是孰非或价值高低的问题。这在新文学的第一个十年表现得最为明显。在这一时期,为着共同的反道统任务,当时的散文理论界主要致力于为一种新的文类的确立进行理论上的探索,话题更多集中于散文的概念、范畴、体制、特质以及文本的组织结构上,少了外来的功利性因素的干扰,因此对于散文的个人性和公共性多能持公平之论。即使五四以后,虽然受特定的时代语境的影响,理论界诸家对个人性和公共性的价值定位存在着较大的差异,但当他们以一位普通作家或学者的身份来讨论散文的个人性和公共性时,就显得相当宽容。比如李素伯的《小品文研究》,冯三昧的《小品文研究》和《小品文讲话》,夏丏尊、刘薰宇的《小品文作法上的注意》等,这些著作和文章一般主要是从文学本体的角度探讨小品文,不大涉及社会意识形态,因此在处理散文小品的个人性与公共性的关系上显得较为灵活,不刻意拔高一方或者打压一方。

而当公共性和个人性进入形而下的操作层面时,即何谓公共、何谓个人成为一种实然,公共或个人的内置及其文学存在方式可以被具体感知时,价值判断就开始形成。特别是五四以后,散文外向化和内倾性的分歧日益明

---

① 沈从文:《风雅与俗气》,《水星》1935 年第 1 卷第 6 期。

显,这两种不同的使命开始为不同的散文创作所承担,一方面是要让散文成为时代的"匕首"和"投枪",另一方则是追求艺术的独立,确立起散文抒发性灵、表达自我的精神品格。自此,散文的个人性与公共性有了实实在在的内容,并比附于不同的文学观念,两者也就开始接受不同价值标准的评判。不过也必须注意到,虽然两者的对立多于对话,但理论界仍为它们的内在沟通设置两种路径:即公共性的取材,作者当基于自立自由的精神,并以具有个人风格的语言加以表现;而个人性题材的叙写,则应蕴含世道人情的公共关怀。①

---

① 丁晓原:《论现代散文的公共性与个人性》,《江海学刊》2008 年第 1 期。

第四章
个性风格的批评实践

　　五四以后,现代散文创作之所以能够繁荣发展起来,除了理论的倡导和滋养,还得益于批评实践的持续跟进。从散文作品的传播流通,到新的散文作家的崛起,再到散文社团流派的形成,都与散文批评的推动密不可分。其中,关于散文作家作品个性风格的品鉴也成为了现代散文理论"个性"说的重要组成部分。前面几章主要从理论言说的角度考察"个性"说的渊源、形态及内涵,本章则从批评实践的角度探究"个性"说在作家作品个性风格评鉴上的运用和发挥,涉及个性风格的主观因素和客观因素,以及批评思维和批评文体。

第一节　个性风格的主观因素

　　现代散文的批评主体和批评对象大多同属一个文学时代,文学交互关系比较密切,因此前者常常从个人经历、思想观念、学识和素养、禀赋和气质等方面,把捉后者作品中人与文的互照。但另一方面,批评主体也充分审视了现代中国社会政治的复杂性及其孕育出的知识分子人格的丰富性,并据此指出散文中人与文的错位关系。在此基础上,现代散文批评进一步考察了散文作家对文体的选择和利用,同时也观照散文文体对散文作家的预期和反作用。另外,批评主体并没有满足于人与文的表层关系,而是在某种程度上引入传统批评美学的境界观念,看取现代散文中的人格与文境。

一

　　文学风格产生于作品内容与形式的特定融合,是作家的创作个性在其作品中所表现出来的审美属性和审美特征。因此,在艾布拉姆斯所谓的作家、作品、读者、世界的四要素中,作家与作品的关系最为密切,从知人论世的角度探究一个作家与其作品的关系无疑更符合文学创作的规律,"文如其人"也由此成为一条古老而又有实效的审美批评原则。早在先秦时期,孟子就提出了"养气说",主张"养吾浩然之气""塞于天地之间"。① "养气说"对作家气质的重视深刻地影响了中国古代的文学批评。到了汉代,扬雄提出"言,心声也;书,心画也。声画形,君子小人见矣"②的观点,后代论者多沿着这一观念发挥。刘勰说道:"故辞理庸俊,莫能翻其才;风趣刚柔,宁或改其气;事义浅深,未闻乖其学;体式雅郑,鲜有反其习:各师成心,其异如面。"③晚清文人何绍基认为,若要诗文卓然成家,必须先学为人:"诗文不成家,不如其已也,先学为人而已矣。……人与文一,是为人成,是为诗文之家成。"④对于人与文的关系,西方文论家也有类似的看法。朗加纳斯在《论崇高》中说道:"雄伟的风格乃是重大的思想之自然结果,崇高的谈吐往往出自胸襟旷达、志气远大的人。"⑤布封说文学作品的"知识、事实与发现都很容易脱离作品而转入到别人手中,它们经更巧妙的手笔一写,甚至于会比原作还要出色些哩。这些东西都是身外物,文笔却是人的本身。"⑥马克思在《评普鲁斯最近的书报检查令》中也提出了类似的观点:"真理是普遍的,它不属于我一个人,而为大家所有;真理占有我,而不是我占有真理。我只有构成我的精神个体性的形式。'风格就是人'。"总之,"文如其人"是古今中外文论家津津乐道的一个命题,有着悠久的理论传统。

前文已说明,现代散文理论界虽然对散文创作该如何表达个性与自我的理解存在着差异,但对于作品中须凸显个性气质和人格精神却有一致的认同,由人而文也因此成为当时理论批评界品鉴作品个性风格的一种重要方式。特别是现代散文的批评主体和批评客体大多属于同一个时代,相互之间比较了解,前者往往能够凭借这一优势,准确地把捉住后者的个性、人格、气质、胸襟,并由此进入作品风格的评价中,得出令人信服的结论。杨振声说及

---

① 孟轲:《孟子》(节选),见王筱云等主编《中国古典文学名著分类集成·文论卷》第一册,百花文艺出版社1994年版,第4页。

② 扬雄:《法言》,山东友谊出版社2001年版,第78页。

③ 刘勰:《文心雕龙》,陆侃如、牟世金译注,齐鲁书社1995年版,第368页。

④ 何绍基:《使黔草自序》,见郭绍虞主编《中国历代文论选》下册,中华书局1963年版,第308页。

⑤ [古罗马]朗加纳斯:《论崇高》,《文艺理论译丛》第2期,钱学熙译,郭斌和校,人民文学出版社1958年版。

⑥ [法]布封:《论文笔》,见《布封文钞》,任典译,人民文学出版社1958年版,第10页。

朱自清的散文风格时道："我觉得朱先生的性情造成他散文的风格。你同他谈话处事或读他的文章,印象都是那末诚恳、谦虚、温厚、朴素而并不缺乏风趣。对人对事对文章,他一切处理的那末公允,妥当,恰到好处。他文如其人,风华是从朴素出来,幽默是从忠厚出来,腴厚是从平淡出来。"① 杨振声曾是朱自清多年的同事,这样恰切的评价显然来自于他对朱自清为人为文有着较为全面深入的了解,看似简要的描述,实则揭示了朱自清散文的人格依据。徐蔚南在读了刘大白的散文集《白屋文话》后指出:"刘先生是一位散文家。他的文不仅写得周到精详,不仅写得痛快淋漓,而且写到极端地明晓畅,简直明白到太明白了,不准旁人有插嘴余地的样子。"他把刘氏散文的艺术风格与他"这个人"联系起来:"他散文能写到这个地步,原因很简单。如果看见过他的人,一定就可猜想得到的。高高的前额,额顶上稀少的头发,从眼镜边缘望出来三角形眼睛的眼光,常常闭紧着嘴似在凝集思想的习惯,一望而知是个富于理智与意志的人。他最初又是研究算学的,早成了一副善于分析与综合的头脑。他的散文所以能写成这样的格整,当然就靠他的理智与意志的作用咯。"② 郁达夫向来认为一切作品都是"作家的自叙传",他常常从"人"的身上寻绎"文"之风格的成因,他说丰子恺"以李叔同(现在的弘一法师)为师,弘一剃度之后,那一种佛学的思想,自然也影响到了他的作品。人家只晓得他的漫画入神,殊不知他的散文,清幽玄妙,灵达处反远出在他的画笔之上。"③ 在谈到叶绍钧时,郁达夫又道:"叶绍钧风格谨严,思想每把握得住现实,所以他所写的,不问是小说,是散文,都令人有脚踏实地,造次不苟的感触。"④ 上述诸家从作家的性格气质、思想观念乃至职业身份等方面透析他们散文作品的风格特性,都出自于他们作为批评对象同时代人的细致观察和切身体会,虽然整体上显得较为笼统,也存在绝对化之嫌,但围绕具体的文学现

---

① 杨振声:《朱自清先生与现代散文》,原载《中建》(北平版)1948年第1卷第4期,见朱金顺编《朱自清研究资料》,北京师范大学出版社1981年版,第10页。

② 徐蔚南:《〈白屋文话〉序》,见萧斌如编《中国现代文学序跋丛书·散文卷》,海南人民出版社1988年版,第179页。

③ 郁达夫:《〈中国新文学大系·散文二集〉导言》,《郁达夫文集》第六卷,花城出版社1983年版,第276页。

④ 同上书,第277页。

场评人论文,显然有较大的说服力。

人心不同,其异如面,即使生活环境和成长经历相似的作家,他们的作品往往也表现出不一样的风格特征。对此类作家作品加以辨析,无疑更能说明"文如其人"的理论效能。鲁迅和周作人兄弟就是一个典型的例子,他们散文的风格特征常被放在一起加以比较。郁达夫说道:"鲁迅的性喜疑人——这是他自己说的话——所看到的都是社会或人性的黑暗面,故而语多刻薄,发出来的尽是诛心之论",而"周作人的理智既经发达,又时时加以灌溉,所以便造成了他的博识;但他的态度却不是卖智与炫学的,谦虚和真诚的二重内美,终于使他的理智放了光,博识致了用。"① 朱光潜说周作人和鲁迅是同胞兄弟,"所以作风很相近。但是作人先生是师爷派的诗人,鲁迅先生是师爷派的小说家,所以师爷气在《雨天的书》里只是冷,在《华盖集》里便不免冷而酷了。"② 此外,阿英的《现代十六家小品》、李素伯的《小品文研究》、钱谦吾的《语体小品文作法》也多采用类似的批评方法,他们大多不是孤立地谈论一个作家,而是把他们放到同一个风格流派的作家群里进行比较,从各人不同的性格气质中甄别出不同的文学风格。

然而人与文的关系,是一个非常复杂的精神现象。若只简单地因人论文,易在批评实践上陷入偏差。因为作家的个性气质或人格精神只是构成作家创作个性众多因素中的一个,而非创作个性的全部。在形成作家创作个性的众多因素中,大体可分成两大类:一是由作家独特的生活道路、思想观点、人格精神、气质禀赋等因素合力造就的所谓的"人格素质",它属于作家的人格范畴领域;另一类是由作家的独特艺术理想、审美情趣、艺术修养、艺术才能等因素沉淀下来的所谓的"审美素质",它属于作家的审美范畴领域。从人与文的关系来看,后者比前者对文学作品风格的形成更有影响力,亦即作家的生活个性和人格素质对风格的形成只起到一种间接作用,而审美素质或审美范畴则起着较为直接的影响。因此,在具体的审美创造中,只有作家的人格素质转化为审美素质,即人格素质通过审美素质这个"中间环节"的过渡和

---

① 郁达夫:《〈中国新文学大系·散文二集〉导言》,《郁达夫文集》第六卷,花城出版社 1983 年版,第 273、274 页
② 朱光潜:《〈雨天的书〉》,《一般》1926 年 11 月号,原署名"明石"。

转换,才能对风格的形成产生影响。此外作家创作个性的众多因素既可以单独参与作品风格特性的铸造,也可能与外来的因素相结合影响作品风格的形成;既可以直接全面地进入作品的风格,也有可能受到抑制而只是部分地呈现。由于作家审美创造活动的丰富性,更由于人格素质向审美素质转换的复杂性和多变性,作家的创作个性与作品风格常发生错位,出现人与文的不一致。对于这一问题,古今的文论家都有所注意。早在金代,元好问就有"心画心声总失真,文章宁复见为人。高情千古《闲居赋》,争信安仁拜路尘"①的感叹。清代纪昀也深感"以文观人"或"以人观文"的批评思维过于简单和教条,他说:"此亦约略大概言之,不必皆确⋯⋯。人与文绝不类者,况又不知其几耶!"② 钱钟书在《谈艺录》中也对人文同构说提出质疑:"'心声心画',本为成事之说,实是先见之明。然所言之物,可以饰伪:巨奸为忧国语,热中人作冰雪文,是也。"③ 因此文学风格与作家创作个性的关系是极为复杂的,它们并非是一种对等关系,既有一致之处,也有背反的时候。

现代散文批评对于文与人的这一辩证关系也有着自觉的意识,在看到文如其人可能性的同时,也指出了由人到文的有限性。孙席珍说徐祖正是"严肃,诚挚而又虔敬的人",他热爱人生,然而文章风格却反变冷淡,"我们读了他的作品,觉得似被一种温煦的空气所笼罩,在他的优美细微的文字和那种象煞无关心的态度中,往往使人感到更深刻的人间味。"④ 这种文与人的不一致,除了与评价者主观印象的偏差有关,也缘于上文所说的作家的人格素质没有完全转化为审美素质,上述评价虽没有对此展开进一步的理论分析,但却用形象化的语言指出了这一点,显示出了辩证的审美批评思维。当然,人与文的不一致,既是文学创作规律使然,也有作家主观上的干预所致。这需要批评家对作家有更全面的了解,对作品有更深入的解读。邵洵美谈及林语

---

①　元好问:《论诗诗》,见王筱云等主编《中国古典文学名著分类集成·文论卷》第二册,百花文艺出版社 1994 年版,第 30 页。

②　转引自何西来:《文格与人格》,陕西师范大学出版社 1999 年版,第 26—27 页。

③　钱钟书:《谈艺录》,中华书局 1984 年版,第 162—163 页。

④　孙席珍:《论现代中国散文》,见俞元桂主编《中国现代散文理论》,广西人民出版社 1984 年版,第 422 页。

堂时道:"语堂的文章所以能幽默,那全因为他生活的严肃。"① 林语堂常嘲笑中国人处世太滑稽以至于接近幽默,而文章却是枯燥无味,因此他试图通过倡导幽默理论翻转中国人为人为文的态度,即以一种严肃的人文情怀来创作幽默的小品文,这一倡导对于当时中国的时事形势来说虽不合时宜,但其之于现代中国散文精神风貌的革新意义却不能一概抹杀。邵洵美对林语堂幽默小品的评价,某种程度上切中了林语堂的苦衷。

更多的情况是,作家的个性气质和人格精神是丰富多样的,在不同的条件和语境下会展示出不同的面向;此外,描写对象的独特性也会影响主观情感的选择性投射。诸如此类不确定因素都会使人与文之间表现出错综复杂的关系。钱钟书曾指出:"人之言行不符,未必即为'心声失真',常有言出于至诚,而行牵于流俗。蓬随风转,沙与泥黑;执笔尚有夜气,临事遂失初心。……身心言动,可为平行各面,如明球舍利,随转异色,无所谓此真彼伪,亦可为表里两层,如胡桃泥笋,去壳乃能得肉。"如其所言,在文学批评中,衡人论文不应把人与文简单地对等起来,而应该充分正视两者之间存在着的复杂关系。鲁迅自白"横眉冷对千夫指,俯首甘为孺子牛",即是一典型的例子。在《为了忘却的纪念》一文中,可见出鲁迅先生对烈士的怀念和尊敬、对反动势力卑劣行径的愤恨,但他又不愿老沉浸在悲痛之中,而是化悲痛为力量,以战斗来"记念"死者,在文章中表现深沉的悲愤和坚韧的战斗精神。对于这一复杂的情感结构,李长之在谈及此文时曾有过精彩的评析:"从鲁迅的文章看,他是时常压抑着自己的深厚的热情的,不错,他不喜欢风花雪月,不错,他不喜欢悱恻缠绵,然而他情感的浓烈与真挚,是远出于风花雪月、悱恻缠绵之类之上的。"② 鲁迅因袭历史的重负,肩扛黑暗的闸门,把温情和激情藏于冷峻的文字之下,其人其文有时看似不尽一致,实则是他对抗虚无、反抗绝望、刺破黑暗的战斗方式。正如孙福熙所说的:"大家看起来,或者连他自己,都觉得他的文章中有凶狠的态度,然而,知道他的生平的人中,谁能举出他的凶狠的行为? 他实在极其和平的,想实行人道主义而不得,因此守己愈严是有

---

① 邵洵美:《你的朋友林语堂》,《论语》1936 年第 94 期。
② 李长之:《鲁迅批判》,北京出版社 2003 年版,第 128 页。

的,怎肯待人凶狠呢? 虽然高声叫喊要人做一声不响的捉鼠的猫,而他自己终于是被捉而吱吱的叫的老鼠。"① 所以,人与文的错位,很多时候是基于现实因素的考量。特别是在现代中国,文学创作既可以是纯粹的个人行为,也可能是与不同阵营对话的一种方式;既可以为自己带来文坛声名,也可能招来反动政治力量的迫害。这就需要现代散文家在表现自我时有所取舍。而对于类似复杂的人与文关系的揭示,则需要批评家对批评对象的人格精神及其所处的社会语境有深入的体认。所以,通过人与文错位关系的解读,现代散文批评既呈示了作家个性与作品风格之间的繁复关系,也让我们看到了这一错位关系所指涉的复杂外部环境。

二

现代散文在其发展过程中衍生出了诸多子文类,比较重要的有记叙抒情小品、杂文、报告文学等,这些子文类都曾代表过一个时期散文创作的基本面貌。散文子文类的衍生,既缘于散文文体自身的发展变化,也与社会时代的召唤密切相关。若从散文体性的角度来看,也可视为作家个人文体选择的结果。每一位作家都有自己的创作个性,每一种文体都有其独特的功能,当作家选择某种文体进行创作时,既是出于对自我创作个性的考量,也可以是借某种文体来容纳他个人的价值追求。

正是如此,现代散文批评常从文体选择的角度进入作家作品个性风格的评析,发现主体精神和文体功能的内在契合度。穆木天说只有诗和散文才是徐志摩真正的创作,他说:"诗人徐志摩长于流露抒发自己的感情而拙于描写社会生活。……他是一个信仰感情的人,他不懂科学。而抒情诗,抒情的散文是足以作他的感情的表现之工具而有余。抒情诗,抒情的散文,是足以包容他的思想的。"② 徐志摩一向被认为是小资产阶级知识分子,在一些持社会学解读模式的批评家眼里,徐志摩那些想象新奇丰富、修辞艳丽纷繁的散文

---

① 孙福熙:《我所见于〈示众〉者》,《京报副刊》1925 年第 145 号。
② 穆木天:《徐志摩论》,见茅盾等著《作家论》,文学出版社 1936 年版,第 49—50 页。

与其阶级属性密切相关,而穆木天则抓住其长于抒情的创作个性,从文体选择的角度来看待他散文的风格特色,排除了意识形态对审美分析的干扰,多了一些人性化的包容,其论断也能较为人所信服。不仅批评家从"文体选择"的视角来品评他人的散文创作,一些作家往往也从自我选择的角度来审视自己的散文创作。朱自清自陈"所写的大抵还是散文多",主要与自己的才力和性格气质有关,"不能做诗","觉得小说非常难写",戏剧"更是始终不敢染指","既不能运用纯文学的那些规律,而又不免有话要说,便只好随便一点说着;凭你说'懒惰'也罢,'欲速'也罢,我是自然而然采用了这种体制。"柯灵则将自己在"孤岛"时期选择创作沉郁悲愤的杂文归因于时代的感触:"然而耻于低首,不甘噤默,有些愤懑和感触,禁不住要呐喊几声,表示抗议。这就是我的一些杂文的由来。"① 作家以自己的亲身体会来谈论散文创作的体性关系,陈述个人的性格、才情及身处其中的外部环境与其散文风格的遇合,显然更具有说服力,进一步印证了从文体选择的角度进入作家作品个性风格评价的合理性和必要性。

对于一些运用多种散文体式进行创作的作家,现代散文批评也注重于从体性的角度来看待其不同体式的选择运用。鲁迅作品体裁丰富多样,从散文创作来看,就有杂文、记叙抒情散文、散文诗等体式,且鲁迅又赋予各种体式不同的精神意蕴。对于当时文坛上有人把鲁迅称为"文体家",锡金反驳道:"鲁迅先生的新体诗的创作,看来是即以当时最通行和习用的体式来使用的,他即以这样的体式来写他的诗,灌注了他的思想内容,对于一个更适合的体式的探求和运用,却终使他换用了散文诗的形式。他的诗是为表现他的内容而写的,目的不注重在完成体式,这一点,正如他之后又从散文诗而进一步采用更应手的战斗的杂文体式,他的文学事业全不是注重在完成一种文体上的,他并不是象那些皮相者所理解成的是一个文体家(Stylist)。"② 虽然作家会选择不同的散文体式进行创作,并展示出不同的风格,但这种多样化背后还是有着统一的基调和主导的风格。尤其是在现代中国复杂的时代环境下,

---

① 柯灵:《〈市楼独唱〉前记》,见萧斌如编《中国现代文学序跋丛书·散文卷》,海南人民出版社 1988 年版,第 1339 页。

② 锡金:《鲁迅与诗歌》,《新中国文艺丛刊》1939 年第 3 期。

作家选择不同的散文体式进行创作,既是一种话语策略,也是表达内在复杂精神诉求的需要。阿英认为,在郁达夫的散文创作中,"纪游小品"以"清新"取胜,"纪叙小品"则"以简明老练见长","日记文"也"老练得多",但无论是哪种体式,都"充分的表现了一个富有才情的知识分子在动乱的社会里的苦闷心怀。"① 这确实指出了郁达夫在散文创作上"心"的丰富性和"体"的多样化运用。

　　每一种文体类型都有约定俗成的特点、要求和规范,作家选择何种文体进行写作,就必须遵循该文体最基本的形式法则。但另一方面,作家又不是被动地选择文体,他可以充分调动各种艺术技巧,使自己的创作个性深深地铭刻于作品之中,显现出与其他作家不一样的风格特性。因此,任何一种文学创作都可视为作家的个人风格与其所选择文体的本体风格的互动共生。现在散文创作的繁荣,既缘于它自由文体的确立,也是现代散文作家运用自主自由的文体法则,积极发挥创作个性的结果。与此相应,现代散文批评在论及散文作家的文体选择时,常常会指出他们对某种散文体式的创造性运用。比如对于鲁迅杂文,时人都重在看取他赋予这一文体独特的精神内涵和审美新质。刘大杰说:"杂感在鲁迅的笔下,成就了一种精美的文体,现在已经有许多人在模仿他,将来也会有许多人要模仿他。杂感文是鲁迅作战的武器,是一把锋利无比的钢刀。这把刀一到他的手里,便没有人抵挡得住。"② 鲁迅杂文的一大特点是讽刺和幽默,这两种手法虽非鲁迅首创,但鲁迅先生却将其发挥到了极致,因此当时的理论批评界在谈及鲁迅的杂文时,几乎都会高度肯定他的再创造之功。这正如茅盾所说的:"有些讽刺和幽默的文章能够刺激读者,然而不耐咀嚼。有些是虽耐咀嚼,然而咀嚼出来的东西所起的作用只是消极的。鲁迅的讽刺和幽默却是使人不得不然要一遍一遍地咀嚼,而且愈咀嚼他的积极的作用也愈强烈。他的小说固然如此,他的杂感尤其发挥了这特点。这一新的形式(杂感),是他所发明,所创造,而且由他发展

---

　　① 阿英:《郁达夫小品序》,见萧斌如编《中国现代文学序跋丛书·散文卷》,海南人民出版社1988年版,第789页。
　　② 刘大杰:《鲁迅与写实主义》,《宇宙风》1936年第30期。

到最高阶段。"① 散文本是一种自由抒写个性的文体,现代作家选择散文进行创作也主要是看重它兴之所至、随意而谈的文体特性,但他们要在个性风格、个人文体上作出开拓性贡献实际上并不容易。因此,现代散文理论批评史上各种散文选本和小品散文"作法""讲义"对名家散文创作的介绍,基本上也是以他们运用得最为成熟、最能体现出个人风格的某种散文体式为例证。

文体的概念从来都不应当仅仅理解为单纯的文学体裁,它的内涵是相当丰富的,它是作家认识和把握世界以及实现自我的一种方式。巴赫金认为,文学形式(文体)具有"感情意志的张力","形式要表现作者和观照者对材料之外的某种东西的评价态度"②,因此他如此解读文学形式:"我在形式中发现自己,发现自己价值上形成的有效积极性,我鲜明地感觉到自己所创造的客体的活动,而且不仅是在第一性的创作过程中,也不仅是在我自己创作的时候,还有在艺术作品的观照中。因为我必须在一定程度上意识到自己是形式的创造者,才谈得上实现艺术上有意义的形式本身","我必须感到形式是我对内容的一种积极的有价值的态度,才能从审美上感受形式:我在形式中并且通过形式讴歌、叙述、描绘,我用形式表现自己的爱、自己的主张、自己的理解。"③ 因此,作家选择和运用何种文体既能体现作家的主体人格和精神面貌,也能见出作家理解世界、认识自我的视角和方式。

现代散文在不同时期包含一些不同的文体名称,如美文、小品文、杂文、随笔、报告文学等。这些称谓不仅反映出概念指涉的差异,还指向与之相应的文体内涵,这些内涵又是众多散文作家在选择不同体裁并不懈地进行创作的基础上沉淀下来的,是某种精神文化的象征。比如小品文更倾向于容纳轻松闲适的内容,杂文带有"社会批评"和"文明批评"的功能,报告文学则善于及时、真实地反映现实生活和焦点话题。这些文体的成型都不是一蹴而就,而是散文作家在创作实践中慢慢塑造起来的,表征着他们的精神诉求和审美取向,也呼应着某种时代精神。所以,在现代散文批评家看来,散文作家选择何种散文体式进行创作,都不是偶然和随意的,而是意味着作家的人生哲学、

---

① 茅盾:《研究和学习鲁迅》,《文学》1936 年第 7 卷第 6 号。
② 巴赫金:《巴赫金全集》第一卷,河北教育出版社 1998 年版,第 312 页。
③ 同上书,第 357—358 页。

人格精神、审美意向与其所选择的文体的内涵的高度契合。在当时的文坛，提到鲁迅必定要把他跟杂文联系在一起，提到周作人、林语堂也必定要涉及到他们的闲适小品。阿英论及周作人的小品文时道："到了 1924 年以后，他的努力与发展，却移向另一方面——小品文的写作，这以后周作人的名字，是和'小品文'不可分离的被记忆在读者们的心里，他的前期的诸姿态，遂为他的小品文的盛名所掩。"① 胡风说幽默闲适小品是林语堂"作为自己沉醉自己满足底主体"②。在这些批评家看来，文体不再是一种器物般的形式，而是某种生命形式的符号化，散文作家运用何种体裁进行创作，是两种形式的碰撞和交融，此时文体与作者合二为一，互为映像，乃至不可分离。

必须指出的是，不仅作家可以选择文体，以个人的思想观念浇筑出独特的艺术风格，文体也会选择性地表现或者说激发出作家的思想情感。这是因为"人不是一个客体，而是一个灵魂的主体，不是一个单层次的平面，而是一个有意识和潜意识的立体。不是一个真情实感的静态的统一体，而是知、情、意不断相互扰动不断变异的复合体"③。文体虽然具有"折射出作家独特的个性特征、感觉方式、体验方式、思维方式、精神结构和其他社会历史、文化精神"④ 的功能，但每一种文体只能表现创作主体的某个侧面，而不能表现出全部，这也是不同文体存在的一个依据。曹丕在《典论·论文》中说道："夫文本同而末异，盖奏议宜雅，书论宜理，铭诔尚实，诗赋欲丽。此四科不同，故能之者偏也；唯通才能备其体。"刘勰在《文心雕龙》里也说："章、表、奏、议，则准的乎典雅；赋、颂、歌、诗，则羽仪乎清丽；符、檄、书、移，则楷式于明断；史、论、序、注，则师范于核要；箴、铭、碑、诔，则体制于弘深；连珠、七辞，则从事于巧艳。"⑤ 皆指出了文体形式之于思想内容所具有的规范性。

现代散文批评正是以辩证的眼光，不仅看到了作家选择着文体，也看到文体形式对于作家主体情思的预期。柯灵在谈及自己孤岛时期的创作时道："我以杂文的形式驱遣愤怒，而以散文的形式抒发忧郁，我的精神的眷乱，用

---

① 阿英：《周作人的小品文》，见陶明志编《周作人论》，北新书局 1934 年版，第 102—103 页。
② 胡风：《林语堂论》，见茅盾等著《作家论》，文学出版社 1936 年版，第 157 页。
③ 孙绍振：《"真情实感"论在理论上的十大漏洞》，《江汉论坛》2010 年第 1 期。
④ 童庆炳：《童庆炳文学五说》，时代文艺出版社 2001 年版，第 211 页。
⑤ 刘勰：《文心雕龙》，陆侃如、牟世金译注，齐鲁书社 1995 年版，第 394 页。

这方法给了奇妙的统一。"① 鲁迅在创作上从小说转入杂文,不仅改变了自己的文学道路,而且不同文体运用所呈示的风格差异也明显地表现出来,这一变化很快被批评界所注意到。在转变的初期,就有人敏感地指出"他的小说表现的是他对于现在的悲观,而论文所表现的却是他对于现在的不满和对于将来的希望","在创作的小说里所表现的是一种态度,在论文里是另一种态度,用几个抽象的形容词来说,则前者是失望的,冷的,后者是希望的,热的,他的作品对于革命的文化运动上的贡献,我们可以说,论文实在比小说来得大。"② 这类评述虽然也涉及到作家的文体选择问题,但更主要的还是在于说明文体实践具有开掘作家精神世界的功能。进一步说,文体对于作家的逆向选择不仅仅在于多侧面地展示作家的精神个性,也会迫使作家去开拓出新的话语方式表达自己独特的情思,这或许也是造成现代散文体式多样的另一个原因。

三

个性风格的品评还深入到文境层面。所谓文境,是指散文作品具有独创性的审美境界,与诗境同中有异,是文艺学境界说的重要范畴。早在唐代,王昌龄在《诗格》中就提出:"诗有三境:一曰物境,二曰情境,三曰意境。物境一:欲为山水诗,则张泉石云峰之境,极丽绝秀者,神之于心,处身于境,视境于心,莹然掌中,然后用思,了然境象,故得形似。情境二:娱乐愁怨皆张于意而处于身,然后驰思,深得其情。意境三:亦张之于意而思之于心,则得其真矣。"③ 在可见的文献中,王昌龄第一次提出这三种境界,也是第一次明确地提出"意境"这一在中国古代有着重要影响的审美范畴。王昌龄只是把"意境"作为境界的一个层次,与"物境""情境"并无高低之分,但在后来的许多

---

① 柯灵:《〈晦明〉代序》,见萧斌如编《中国现代文学序跋丛书·散文卷》,海南人民出版社1988年版,第1372页。

② 一声:《第三样世界的创造——我们所应当欢迎的鲁迅》,《少年先锋旬刊》1927年第2卷第15期。

③ 王昌龄:《诗格》,见王筱云等主编《中国古典文学名著分类集成·文论卷》第一册,百花文艺出版社1994年版,第168—169页。

文论里，"意境"的价值意义被不断抬升，而物境、情境的意涵则衍化为"写实""抒情"等美学范畴，最后甚至成为"意境"的组成要素，即认为"情景交融"创设了"意境"。然而"意境不等于情景交融，情景交融只是创造与生发意境的重要方式和手段。"① 到了清末，王国维在《人间词话》中把境界分为"有我之境"和"无我之境"两种："有我之境，以我观物，故物皆著我之色彩。无我之境，以物观物，故不知何者为我，何者为物。"王国维受到西方文艺理论的影响，他的"有我之境"与"无我之境"主要是为了阐明"理想与写实二派之所由分"，也就是区分浪漫主义和现实主义两种创作方法，因此他并未细分文章的境界。② 然而细究起来，王国维的所谓"无我之境"与"物境"有叠加之处，"有我之境"则又包含着"情境"和"意境"。只不过王国维的境界说注重于审美主客体的交融，而王昌龄的境界说，除了"物境"外，"情境"和"意境"都更重视主体的"张之于意"。对此，宗白华在《中国艺术三境界》一文中对艺术境界层次的划分，可谓对上述两者的调和。他把艺术境界分为三种："写实（或写生）的境界"，"传神的境界"，"妙悟的境界"。③ 在该文中，宗白华综合了前两者的观点，既清晰地区分了艺术的三种境界，也注重于审美主客体的交互关系，试图构建出一个自洽的衡人论艺的评价标准。

个性之于现代散文，既解放了审美主体，张扬自我，也解放了审美客体，宇宙之大苍蝇之微皆可取材。相对于古代散文，现代散文在写实上力求细腻逼真，形神兼到；写意抒情也力求真切自然，情理相生；此外，"物理""人情"交融、以境取胜的现代散文作品也不在少数。虽然不能简单袭取"物境""情境""意境"来评价现代散文的创作，现代散文批评也很少直接使用这三个概念，但在品评散文的写实求真、写意抒情、意味意蕴等方面，当时的批评家确实致力于探寻人格与文境交错离合的奥秘。

郁达夫认为，在中国古代散文"写自然就专写自然"，而现代散文则"处处不忘自我，处处不忘自然与社会"，"社会性与自然融合在一处"。但无论是写景咏物，还是记人记事，现代散文理论批评都讲求真实可信，要求散文作

---

① 蒲震元：《中国艺术意境论》，北京大学出版社 1995 年版，第 1 页。
② 王元化：《文心雕龙创作论》，上海古籍出版社 1984 年版，第 111—112 页。
③ 宗白华：《中国艺术三境界》，《宗白华全集》第二卷，安徽教育出版社 1994 年版，第 382 页。

家对创作对象有独到的观察和细实的描写。进一步说,当时的散文批评也不无追求一种近乎"了然境象,故得形似"的"物境"。但要达到这样的境界,散文的写实显然不能仅仅只是还原和再现,还应让读者有身临其境之感;也不能仅停留于表面的真实,还应深入创作对象的内部,发掘其实然的本质。也即要有一种立足于现实又超越具体现实的境界。比如朱自清的散文名篇《背影》,用朴素的文字,把父亲对儿女的爱,表达得深刻细腻,真挚动人,时人推崇有加。佐卿认为朱自清的《背影》:"细腻的描写出自己父亲慈爱心情,每句话里流露天伦之爱,从文章里,细心能体会出来,'背影'中的深邃气息,这是朱自清先生的散文最高潮。"[1] 鲁迅杂文有着醇熟的艺术境界,而这首先得益于其对现实的深刻观察,在勾勒形象、托物寓理、以事晓理等方面有着难以超越的艺术魅力。李素伯谈到鲁迅《华盖集》等几部杂文集时就说道:"他眼光的犀利锐敏,用笔的冷隽诙谐,物无遁形的描写,和老吏断狱似的有力的评量,真是'入木三分',是以立懦而敦薄。"[2] 由"物无遁形的描写"到入木三分的"评量",这实际上是指出了鲁迅书写现实的深刻之境。

现代散文批评对类似"物境"的推崇在记物写景散文的鉴赏上体现得尤为明显。就以郁达夫而论,他的游记写景状物逼真传神,让人如临其境,又能兼披中怀,针砭时政,体现出一位爱国作家嫉恶如仇的率直人格。因此时人对他的游记创作评价都比较高。比如,王瑾指出,郁达夫游记文笔"生动流丽",内容"恬淡忠实","在景物的描写中,夹着历史掌故的考据,人情风俗的叙说","写到一个'像'字,已是不易;何况还传出'神韵'来。使人读了某一个地方的游记,恍若置身其境一般。"[3] 阿英也以郁达夫的游记《屐痕处处》为例指出,该文集所写的虽是在景物方面,却"得到更高一步的发展","反映出作者的愤懑,一幅过渡期中的知识阶级一种典型的画像。"[4] 应该说,郁达夫游记传达出来的"神韵",离不开他对风景的传神写照,而这一独有"物境"的生成又与他个人的人格精神紧密相连,他让眼前之景通向了更为广阔的现实

---

① 佐卿:《朱自清的散文》,《读书青年》1945 年第 2 卷第 4 期。
② 李素伯:《小品文研究》,新中国书局 1932 年版,第 108 页。
③ 王瑾:《郁达夫的游记》,《书报展望》1936 年第 1 卷第 6 期。
④ 阿英:《一九三四年中国文学小记》,《文艺电影》1935 年第 2 期。

人生,具体之"景"有了向超拔之"境"拓进的可能。上述批评文字对郁达夫写景文的赞赏,根本上也是对其写实求真之高超境界的认可,这与当时散文理论界讲求个性表现之真是互为呼应的,为引导现代散文走向现实主义的写作方向提供了重要的理论支撑。

散文同小说、戏剧等叙事文学相比,较难刻画和塑造丰满的人物形象,也不易讲述曲折复杂的故事,展开波澜壮阔的情节,因此不能苛求它能够对社会时代和现实人生作出深广的艺术概括。它的长处在于以短小轻便的体制,自由灵活的笔墨,从广泛的社会人生中摄取人事物的一鳞一爪,或抓住心灵一瞬间,表现和抒写创作主体从生命体验中获得的情绪。因此在写实求真之外,写意抒情对于散文也有着重要的意义。刘勰在《文心雕龙》里说道:"情者,文之经。"① 现代散文理论界对此也很重视。陈光虞认为,"小品文的生命和灵魂,就是由作者的个性所造成的特殊情趣和风致"②。贺玉波给小品文下的定义中也指出:"小品文是用畅快,轻松,即兴的心情,把片断的思想和情趣表现出来的文章。"③ 此外,钟敬文认为"情绪"与"智慧"是小品文的两个基本要素,梁实秋认为散文"高超的文调",有一方面是来自于"挟着感情的魔力",还有周作人的"趣味"说,林语堂的"性灵""幽默""笔调"等理论,都不同程度地论及散文写情的重要性;甚至像茅盾这样重视文学社会功用的左翼作家也不否认小品散文的写情:"一篇'小品文'记游山,记看花,只要情趣盎然,不象那《跛落叶树》似的看来看去莫名其妙,也是很好。"④

情感表达固然是散文的一个重要因素,但抒情如何能够达到深切的境地,或者说营造出一种"情境",却并非易事,因为在这背后需要作家主体人格的充分涵养。正是如此,现代散文批评很少单独谈论散文作品中的情感表达,而是多从体性的角度将其与作者的精神个性合观,围绕情趣、情思、情调、情致、情韵等审美范畴品评出其独有的境界。李广田说朱自清的"《背影》一篇,论行数不满五十行,论字数不过千五百言,它之所以能够历久传诵而有感

① 刘勰:《文心雕龙》,陆侃如、牟世金译注,齐鲁书社 1995 年版,第 402 页。
② 陈光虞:《小品作法》,上海启智书局 1935 年版,第 8 页。
③ 贺玉波:《小品作法》,广益书局 1934 年版,第 14 页。
④ 茅盾:《小品文半月刊〈人间世〉》,《文学》1934 年第 3 卷第 1 号,原署名"仲子"。

人至深的力量者,当然并不是凭藉了甚么宏伟的结构和华赡的文字,而只是凭了它的老实,凭了其中所表达的真情。”① 赵景深在谈及丰子恺的散文小品时道:“子恺的小品里既是包含着人间隔膜和儿童天真的对照,又常有佛教的观念,似乎他的小品文都是抽象而枯燥的哲理了。然而不然,我想这就是他小品的长处。他哪怕是在极端的说理中,讲‘多样’和‘统一’这一类的美学原理,也带着抒情的意味,使人读来不觉得头痛。”② 林荫南也认为,俞平伯的散文“病在太喜欢说道理”,“弄得呆板,笨拙,讨厌”,但他肯定俞氏的《清河坊》“却是一篇极佳妙的文章。在这里面,腐酸的议论发得比较少,而又把握得一种诗的情趣。”③ 可以看出,以上评价多是一种感性的体悟,还没有上升到理论思辨的层面,这既与传统感悟式批评思维的残留相关,也源自于散文情趣的不可捉摸性。但无论恰当与否,都是肯定批评对象的情感表达具有融合写人、记事和说理而上升到一个较高境界的作用。

　　人格与文境紧密相连,情境的生成离不开散文作家人格精神的投射。在这一方面,当时的批评实践有着自觉的意识。特别是对一些在理论和创作上皆以个性和自我示人的散文作家,当时的散文批评更是充分注意到了这一点。如章锡琛说周作人的散文“几乎每句都有他自己的气分,真是‘暗中摸索’也辨别得出。”④ 钟敬文说周作人的小品文“文体是幽隽淡远的,情思是明妙深刻的,在这类创作家中,他不但在现在是第一个,就过去两三千年的才士群里,似乎尚找不到相当的配侣呢。”⑤ 同样,对于俞平伯的《杂拌儿》,钟敬文也试图从中发现独有的情境:“平伯君这个集里所收的文章,有考据的,有说理的,有描写风景的,有抒写情思的,性质很不一律,但除了一小部分属于考据性质的,语意颇为简质外,大概都很丰饶着一种迷人的情味,而使我们一读,就认得出是作者个性所投射的特殊风格。”⑥ 将情境看作是作家人格精神

①　李广田:《最完整的人格:哀念朱自清先生》,《观察》1948 年第 5 卷第 2 期。
②　赵景深:《丰子恺和他的小品文》,《人间世》1935 年第 30 期。
③　林荫南:《模范小品文读本》,光华书局 1933 年版,第 72 页。
④　章锡琛:《〈周作人散文钞〉序》,见萧斌如编《中国现代文学序跋丛书·散文卷》,海南人民出版社 1988 年版,第 398 页。
⑤　钟敬文:《试谈小品文》,《文学周报》1928 年第 349 期。
⑥　钟敬文:《杂拌儿》,《文学周报》1928 年第 345 期。

的渗透,文与人互证,有理有据,某种程度上赋予了其可辨性,体现了五四以来理论批评界对散文作家作品个性风格的重视。

在中国古代的文学批评中,"意境"向来被认为是一种妙境,"超于象外","不着一字,尽得风流"是其特征,它常常是"静伏的、暗蓄的、潜在的,只有在创作者欣赏者的头脑中,意境才浮动起来,呈现出来,生发出来。"① 因此,意境来自于文本但又不尽属于文本,对意境的鉴赏讲究的是妙悟,具有佛家参禅的意味。现代散文主要以记事抒情、说理议论为主,很难用"意境"这一审美范畴加以框定,当时的散文批评鉴赏也较少用"意境"一词来评定文章境界,但在对散文作家作品创作风格的整体性把握上,批评家还是常常将之引向格调境界的认定,某种程度上也具备了传统"意境"审美的批评思维。

周作人评价自己的文章时说:"我近来作文极慕平淡自然的景地。但是看古代或外国文学才有此种作品,自己还梦想不到有能做到的一天,因为这有气质境地与年龄的关系,不可勉强,像我这样褊急的脾气的人,生在中国这个时代,实在难望能够从容镇静地做出平和冲淡的文章来。"② 周作人的这一自评具有谦虚的成分,他的散文的一大特点就是平和冲淡,这一艺术风格是他散文中"人情物理"充分交融、发酵的结果。传统的诗文评多认为情景交融创造了"意境",就此而言,周作人散文中的"平和冲淡",也可视为"物境"和"情境"进一步升华后所达到的一种妙悟的意境。这正如郁达夫的评价:"舒徐自在,信笔所至,初看似乎散漫支离,过于繁琐,但仔细一读,却觉得他的漫谈,句句含有分量,一篇之中,少一句就不对,一句之中,易一字也不可,读完之后,还想翻转来从头再读的。"③ 与周作人的平和冲淡不同,鲁迅的散文特别是杂文多以深刻犀利取胜,这样的散文虽然不重妙悟,但其释愤抒情而又能紧贴现实的写法,也能开拓出刚健不饶、雄桀伟美的崇高境界,这一境界不仅立足于"物"的写实,也不仅是"情"的真挚,而是二者兼有,是另一种类型的"意境"。蔡元培在1930年代出版的《鲁迅全集》序言中总结鲁迅先生的

---

①　蒲震元:《中国艺术意境论》,北京大学出版社1995年版。

②　周作人:《〈雨天的书〉自序二》,见《雨天的书》,河北教育出版社2002年版,第4页。

③　郁达夫:《〈中国新文学大系·散文二集〉导言》,《郁达夫文集》第六卷,花城出版社1983年版,第272页。

人与文时说："先生阅世既深,有种种不忍见不忍闻的事实,而自己又有一种理想的世界,蕴积既久,非一吐不快。……杂文与短评,以十二年光阴成此多许的作品,他的感想之丰富,观察之深刻,意境之隽永,字句之正确,他人所苦思力索而不易得当的,他就很自然的写出来,这是何等天才! 又是何等学力。"① 对于鲁迅杂文的深邃意境,徐懋庸说得更清楚："鲁迅用的是'剥笋'式,他要暴露一个问题的真相,就动手把它的外面所有的皮依次剥去,剥了一层,'然而'还有一层,'不过'这一层样子不同了,'如果'剥进去,那还有许多,'倘'不剥完,就不会看出真相。这样的一层层的剥进去。最后告诉你'总之'真相如何。这就是深刻,象田螺一样,愈绕愈深入,并不是平面上的兜圈子。但这种现象,不关作法,其实是思想方法所产生的。"② 鲁迅杂文之所以具有"入木三分"的深邃之境,根本上在于他对真相的不懈追寻和高超的观察现实能力,以上诸家正是从这个角度发现了鲁迅杂文具有充沛战斗精神的秘密。

对于散文中的人格文境,由于文学观念的差异,批评家在品评中往往有所侧重。在中国现代文学史上,社会学批评思维渗透到文学批评的各个角落。对于一部分批评家来说,他们反对把散文创作限制在一个狭小的世界里自娱自乐,注重的是散文表现社会现实所展示出来的深度、广度和力度,追求的是人格和文境的博大深广。阿英认为："青年的读者,有不受鲁迅影响的,可是,不受冰心文字影响的,那是很少,虽然从创作的伟大性及其成功方面看,鲁迅远超过冰心。"③ 李素伯在谈到许地山的玄思小品时不无遗憾地说道："作者在作品里虽表现了古典美的特质和优长,但作者的心情,文字的效力,是离远了'大众',与'时代'起了分解,便很容易的被世人忘却了。"④ 冰心和许地山在当时都是具有较大影响的散文作家,不管以上的评论是否符合事实,但说他们不够伟大,容易被人忘记,主要是基于他们过于注重自我,不能

---

① 蔡元培:《鲁迅先生全集序》,见李宗英,张梦阳编《六十年来鲁迅研究论文选》上册,中国社会科学出版社 1982 年版,第 225—226 页。

② 徐懋庸:《鲁迅的杂文》,《徐懋庸选集》第三卷,四川人民出版社 1984 年版,第 12—13 页。

③ 阿英:《冰心小品序》,见萧斌如编《中国现代文学序跋丛书·散文卷》,海南人民出版社 1988 年版,第 768 页。

④ 李素伯:《小品文研究》,新中国书局 1932 年版,第 143—144 页。

走向广阔的社会人生而得出的结论。在这些批评家看来,散文深广境界的开拓,有赖于强大的人格力量;只有强健的人格精神,才能有力地切入社会时代中去,把最本质的东西给以揭示出来。对于鲁迅杂文的战斗精神,当时相当一部分批评家就是以此为出发点来展开解读的。胡风说道:"他的作品或杂文之所以能够那样在读者心里发生力量,就不外是他的笔尖底墨滴里面渗和着他的血液的原故。'吃的是草,挤出的是牛奶,血',没有比他自己的这一句话更能解释融合着思想家、战士、艺术家的他的一生。"① 换言之,这一派的批评家更为关注的是作家扎根于现实和时代的人格精神之于文境的生成作用,在他们看来,文章境界及其审美价值的大小主要由主体人格的高低所决定。而在另一方面,对于那些持审美尺度的批评家来说,他们更看重的是主体人格精神在文章中的沉淀及其意蕴的酿就。李健吾在比较鲁迅与陆蠡的散文时说:"读鲁迅的散文,大部分是他所谓的杂文,我们恍如回到读但丁的《神曲》的经验,中世纪和十三世纪活在他的爱憎的热情。逃亡,疲倦,战斗,永远战斗。但丁用诗做战斗的工具,属于中世纪;鲁迅用散文做工具,属于现代:'而小品文的生存,也只仗着挣扎和战斗的。'陆蠡没有那么重的恨,他的世界不像鲁迅的世界那样大,然而当他以一个渺小的心灵去爱自己的幽暗的角落的时候,他的敦厚本身摄来一种光度,在文字娓娓叙谈之中,照亮了人性的深厚。这就是做一个小人物的好处,如若自身并不发光,由于谦虚和爱,正也可以'凡爱光者都将得光。"② 鲁迅与陆蠡本不是同一类的作家,然而李健吾却把他们放在一起比较,他不是从政治的、社会历史的视角,或伦理道德的视角,而是从人性和审美的角度,来评判两位作家散文的精神境界;他虽看到两位作家人格文境的差异,但他既不抬高鲁迅,也不贬低陆蠡。这样的批评更为理性,也更切合作家创作的本意与作品的实际底蕴。

---

① 胡风:《关于鲁迅精神的二三基点》,见李宗英、张梦阳编《六十年来鲁迅研究论文选》上册,中国社会科学出版社 1982 年版,第 218 页。
② 李健吾:《陆蠡的散文》,见《咀华集·咀华二集》,复旦大学出版社 2005 年版,第 180 页。

第二节　个性风格的客观归因

　　散文作家毕竟是处在一定的社会现实中进行创作,其文笔风格的发生与演进深受诸多客观因素的影响,特别是在现代中国复杂的历史语境中,尤其要考虑到这一点。当然,这些客观因素也是通过作家的主体人格参与到散文风格的创造,在这一过程中,既有作家积极主动的迎合,也有他们无法抗拒的被动接受。有鉴于此,除去主观因素的观照,现代散文批评也很重视从客观的层面去探寻散文家个性风格的成因,主要涉及时代变革、中外文学经典和地域文化等问题。这当然是文学批评所必须循照的基本规律,问题是如何立足于具体语境,发见这些因素的介入。

一

　　每一个作家都生活在特定的时代中,时代精神对作家的创作个性总会产生不可抗拒的影响。与此相关,同处一个时代的作家,他们的文体风格也总是或多或少地呈现出共同的特征。刘勰说:"时运交移,质文代变。"① 也正如雪莱所说的:"我避免摹仿当代任何作家的风格。但是,在任何时代,同时代的作家总难免有一种近似之处,这种情形并不取决于他们的主观意愿。他们

---

① 刘勰:《文心雕龙》,陆侃如、牟世金译注,齐鲁书社 1995 年版,第 527 页。

都少不了要受到当时时代条件的总和所造成的某种共同影响,虽然在一定程度上说来,每个人之所以周身浸透着这种影响,毕竟是他自己造成的。"① 现代文学三十年,正是中国风云变幻的年代,时代环境不仅影响了现代文学整体的历史进程,就是具体的作家、作品也深深打上了时代的烙印。因此,在现代文学理论批评史上,"时代"一直是个绕不过去的关键词,不仅持社会学模式的批评家对之有着自觉的认同,就是那些主张表现自我的自由主义文人也无法否认它的影响。

散文的写实倾向,使它对于时代的感应比其他文类更为直接和鲜明,它是"感应的神经,攻守的手足"。正是如此,时代背景成为了某些批评家解读散文作家作品个性风格的逻辑起点。比如对于引领着写实精神的鲁迅杂文,诸多批评家都倾向于从时代的视角来加以评析。瞿秋白说:"急遽的剧烈的社会斗争,使作家不能够从容的把他的思想和情感熔铸到创作里去,表现在具体的形象和典型里;同时,残酷的强暴的压力,又不容许作家的言论采取通常的形式。"② 对于鲁迅杂文的风格,阿英也有与此相似的观点:"读作者以前的杂感集,正面的抨击居多,这里(按:《自由书》)只能若隐若现了,在这里,我们可以认识我们的时代。"③ 从时代影响的角度来看待作家的散文风格,这几乎是当时社会学批评的基本思路,也是社会论"个性"说在批评实践上的落实和体现。无论针对的是现实主义作家的创作,还是一些疏离于社会时代的作家,这类批评家都试图从"时代—作家—作品"这一链条中发现散文作家作品个性风格的生成机制。随着无产阶级文学和革命文学的兴起,以及左翼文学运动的蓬勃展开,某些批评家还从阶级的视角阐释时代精神,并以此审视散文作家文体风格的形成和演变。茅盾认为,与前期创作相比,徐志摩的散文集《自剖》《巴黎的鳞爪》和他的诗歌创作一样,一方面"感情和思想的'浮'和'杂'好些了",另一方面"也失却了勇敢乐观犷悍的色调。"他进一步指出:

---

① [英]雪莱:《〈伊斯兰的起义〉序言》,见《西方文论选》下册,上海译文出版社 1979 年版,第 49 页。

② 瞿秋白:《〈鲁迅杂感选集〉序言》,见萧斌如编《中国现代文学序跋丛书·散文卷》,海南人民出版社 1988 年版,第 503 页。

③ 阿英:《〈现代名家随笔丛选〉序记》,见俞元桂主编《中国现代散文理论》,广西人民出版社 1984 年版,第 467 页。

"自然这两者中间说不上什么因果关系,但有一点却不能忽视,这就是悲痛地认明了自己一阶级的运命的诗人的心一方面忍俊不住在诗篇里流露了颓唐和悲观,一方面,却也更胆小地见着革命的'影子'就怕起来。"① 值得注意的是,对于这一转变,徐志摩曾自述道:"这几年生活不仅是极平凡,简直是到了枯窘的深处",创作上不再像早期那样"生命受了一种伟大力量的震撼"②。在这里,徐志摩从个人生活的角度来审视自己散文创作风格的转变,虽然也是一种客观归因,但更多的还是着眼于个人因素上;而茅盾则站在时代与阶级的立场来看待这一变化,时代处于决定性的位置,作家个人及其作品则是被动的呼应。这种批评思维到了延安时期则更加明显。金灿然说道:"高尔基与鲁迅的杂文之所以写得那样辛辣,那样洋溢着战斗的力与热爱,笔锋的遒键固然是重要的条件,但作为其基石的则是那阶级立场的明确与坚定。"③ 在这一部分批评家看来,没落阶级的作家无法紧跟时代,把握住时代的主旋律,看不清社会进步的方向,其作品风格情趣必然是软弱无力;而作家站在无产阶级的立场,就站在时代的制高点上,他们的散文风格也因此而遒键,更有精神力量。

当然,从时代视角切入论析作家作品的个性风格,并非持社会学模式的批评家所专有,一些重视文学独立和审美自由的批评家也不否认时代与散文作家作品个性风格的关系。只是在他们对"时代—作家—作品"的关系梳理中,时代只是一个"背景",不具有决定作用,更重要的是作家对时代的能动性回应,以及如何将这一回应转化为创作个性,塑造出自己的艺术风格。如李长之《鲁迅批判》一书,作者抛开当时流行的社会学批评模式,用精神分析的方法来解读鲁迅的人格精神与文学创作的关系,但他不是孤立地看待鲁迅的精神个性,而是将其置于鲁迅成长过程中的时代和环境中来加以考察,进而将鲁迅的"精神进展"分为六个阶段;而为说明"和他的精神进展的阶段相当",他也把鲁迅的杂文创作分成六个阶段,并概括出其风格的流变:"总起来

---

① 茅盾:《徐志摩论》,见茅盾等著《作家论》,文学出版社 1936 年版,第 13 页。
② 徐志摩:《〈猛虎集〉自序》,《徐志摩全集》第三卷,天津人民出版社 2005 年版,第 393—394 页。
③ 金灿然:《论杂文》,《解放日报》1942 年 7 月 25 日。

看,这里所论到的杂感集是十三册,随路指出的典范的文字,是五十八篇。说到他的文字的进展,先是平铺直叙,虽然思想是早有些。此后便转入曲折,细微和刻画,仿佛骨骼是有了,但不丰盈,再后则进而为通畅,有了活力。最后则这两种优长,兼而有之,就是含蓄了,凝整了,换言之,便是,不光有骨头,不光有血肉,而具有了精神。"① 虽然将鲁迅现实生活经历与"精神进展"及杂文风格对应起来,过于绝对化,但李长之并没有将"时代"视为一种决定性因素,时代环境对风格的影响最终还是需要通过作家精神个性的中介才能起作用,他更重视的是鲁迅人格与文格的关系。这样的散文风格批评既能立足于文学本身,又具有开放性的视野,免去了社会学批评的简单化倾向。类似的批评思维在沈从文、李健吾、梁实秋等人的散文批评上也有着明显的体现。值得注意的是,周作人等自由主义文人虽然在理论上主张散文创作要疏离时代和社会,但当他们在论及自己和同人散文创作中的个人言志倾向时,也常常引入时代的视角来加以审视,主要是从反作用力的角度来看待时代的影响。周作人在谈到自己"草木虫鱼"一类的文章时道:"我在此刻还觉得有许多事不想说,或者不好说,只可挑选一下再说,现在便姑且择定了草木虫鱼,为什么呢? 第一,这是我所喜欢,第二,他们也是生物,与我们很有关系,但又到底是异类,由得我们说话,万一在草木虫鱼还有不行的时候,那么这也不是没有办法。"② 对于左派文人的责难,周作人在这里讲得很清楚,即自己避开现实,遁入"草木虫鱼"的写作,是时代的原因,是专制的社会使自己"不好说",而非真的"不想说"。周作人虽然口口声声要"闭户读书",但却又不得不承认时代之于自己言志散文创作的反作用力,这或许是一个无法化解的悖论。在论及俞平伯的散文集《燕知草》时,周作人也采用相似解读视角。他认为俞平伯的散文像晚明小品一样多有"雅致"和"隐遁色彩",是因为"现在中国情形又似乎正是明季的样子,手拿不动竹竿的文人只好避难到艺术的世界里去。"时代的相似性造就了风格的相似性,逃避现实、专注于个人言志,本质上是对"时代"的消极反抗,所以他又说"平伯这部小集是现今散文一派的代表,可

---

① 李长之:《鲁迅批判》,北京出版社 2003 年版,第 129—130 页。

② 周作人:《〈草木虫雨〉小引》,见《看云集》,河北教育出版社 2002 年版,第 15—16 页。

以与张宗子的《文秕》相比,各占一个时代的地位"。①

时代的力量是巨大的,特别是在波诡云谲的现代中国,散文作家的创作个性及其艺术风格免不了被时代精神推动着前进。因此,现代散文批评也注意从动态的角度来把握作家作品的个性风格。最为典型的当属抗战初期上海"孤岛"文坛关于"鲁迅风"杂文的论争。1938 年 10 月 19 日,鲁迅逝世两周年的纪念日,各大报刊纷纷出版纪念特辑。巴人在《申报·自由谈》上发表了《超越鲁迅——为鲁迅逝世二周年纪念作》一文,指出:"鲁迅的精神固然是部分地活在人们的心里,但鲁迅的艺术的战斗力,却没有活在后一代人的笔端。难道真让他的死,带去我们的一切?"因此他进一步指出要"学习鲁迅","战取鲁迅","超过鲁迅",认为鲁迅杂文中的"刻苦的精神"和"战斗的手法","都是我们学习鲁迅,战取鲁迅的必要条件,总有一日,以我们自己的力量,继之以我们的子孙的力量,而超越鲁迅!"② 同一日,阿英在《每日译报·大家谈》上,发表《守成与发展》一文,对当时盛行的"鲁迅风"杂文提出不同意见:"抗战以来每当看到鲁迅风的杂文,我总这样想:如果鲁迅不死,他是不是依旧写着这样的杂文,还是跟着抗战的进展而开拓了新的路? 我的答案是属于后者的。我想鲁迅的杂文,决不会再像在过去禁例森严时期所写的那样纡回曲折,情绪上,也将充满着胜利的欢喜。他的新杂文,将是韧性战斗的精神,胜利的信念配合着一种巴尔底山的,突击的新形式,明快,直接,锋利,适合着目前的需要。"③ 显然,相对于巴人强调学习鲁迅的杂文风格,阿英更重视超越鲁迅,主张放弃"过去禁例森严时期所写的那样纡回曲折"的风格,并在该文中暗指巴人模仿鲁迅杂文的"悲凉气概",阿英对鲁迅杂文的这一态度与其一贯秉执历史唯物主义的理论方法有关。作为回应,巴人写了题为《"有人"在这里》一文,表明自己并非"袭取鲁迅"④。随后,阿英也撰写了《题外文章》一文,试图确认"目前文坛上模仿鲁迅风气是不是盛甚?""这种

---

① 周作人:《〈燕知草〉跋》,《新中华报副刊》1928 年第 10 号,原署名"岂明"。
② 巴人:《超越鲁迅——为鲁迅逝世二周年纪念作》,《申报·自由谈》1938 年 10 月 19 日。
③ 阿英:《守成与发展》,《译报·大家谈》1938 年 10 月 19 日。
④ 巴人:《"有人",在这里》,《申报·自由谈》1938 年 10 月 20 日。

倾向的增长对发展前途是不是有害?"① 对此,巴人又发表《题内话》表示,再次说明鲁迅杂文的风格还未到需要被扬弃的阶段,"模仿本是创作的必要过程","没有守成,即想发展,那是取消鲁迅者的企图",只有先学习鲁迅的杂文风格,才能"战取""超越"鲁迅的杂文。② 此后,又有庞朴、杨晋豪、文载道、列车、周木斋、马前卒、枳敌、巨川、莫思等人加入论战。整体来看,主导这场论争的"孤岛"进步作家多执社会学的批评模式,论争的双方实际上都是从时代发展变化的角度里看待鲁迅杂文的个性风格,只是在"守成"与"发展"何者为先的问题上有所分歧。由于论争溢出文学的范围而成为意气之争,也为一些别有用心的文人攻击孤岛进步作家提供了机会,中共江苏文委发出了停止论争的要求,最后由《译报》主笔钱纳水召集部分"孤岛"文艺工作者讨论"鲁迅风"杂文的论争问题,签署《我们对于"鲁迅风"杂文问题的意见》,呼吁上海文艺界团结起来,停止论争。作为对这场论争的总结,《意见》也是从动态的角度来看待鲁迅的杂文风格,认为鲁迅的思想个性是随着时代环境的发展而进步的,"要从世界文化思想革命史上来研究他","如果只捧住鲁迅的全部著作,而忘记了时代环境,不只是学不到鲁迅,而是有害","鲁迅杂文的风格在现在,绝非失却存在的价值,而是要更积极地发挥其特殊性。我们也不只是守住鲁迅的成就,而且要向前发展着","鲁迅的杂文的幽默讽刺风格,在现在,甚至于将来,只要社会的革命斗争继续存在,仍然有伟大的价值。"③鲁迅作为现代杂文的奠基者和推动者,其精神个性和杂文的艺术风格具有独特的价值和巨大的影响,在这次论争中,双方对其杂文风格无论是肯定还是否定,无论是坚持守成还是主张发展,实际上都试图辩证看待时代与文学的关系问题,重估全面抗战这样大的时代环境下鲁迅杂文的艺术风格及其价值意义。围绕这一问题进一步扩大视野,可以发现,不仅仅是鲁迅,周作人、林语堂、梁实秋、朱自清、郁达夫等知名散文作家在不同时期得到不同的评价,产生不同的影响,都是与这种动态的价值判断相关。

① 阿英:《题外文章》,《译报·大家谈》1938 年 10 月 21 日。
② 巴人:《题内话》,《申报·自由谈》1938 年 10 月 22 日。
③ 《我们对于"鲁迅风"杂文问题的意见》,《译报·大家谈》1938 年 12 月 8 日。

二

前文论及"个性"说的理论资源时,我们从传统和异域两个维度来探溯当时散文个性观念的形成。事实上,这两个面向既是考察现代散文个性观念来源的重要路径,也是探究散文作家作品个性风格成因的重要维度。

整体观之,现代作家主要通过留学、译介等方式大量吸收异域的精神资源,获取的渠道主要有三种,分别是欧美、日本、苏俄,他们或接受其中一种,或综合汲取,内容涉及文学、哲学、政治学等方面的内容。就散文而言,诸如鲁迅、周作人、林语堂、梁实秋、郁达夫、朱自清、梁遇春、徐志摩、何其芳等名家的创作,都或多或少地受到异域资源的滋养。与此相应,当时的批评家在论及这些散文家的时候也有意识地从外来影响的角度加以考量。周作人无论在理论上还是在创作上都有追崇中国古代言志散文的倾向,但他却是最早介绍外国"美文"、讲授欧洲文学史的先驱者,朱自清说周作人的散文风格"所受的'外国'影响比中国的多"①,其实是指他把英美的"绅士风"与中国的"名士风"融为一体。苏雪林认为鲁迅的杂文风格与其受尼采、厨川白村、罗曼罗兰等人的影响有关,"《热风》里有许多文字,宛如高山峻岭的空气,那砭肌的尖刺,沁心的寒冷,几乎使体弱者不能呼吸,然而于生命极有益。这与尼采的 Thus spake Zarathustra 风格很有些相近,无怪人家要喊他为'东方尼采'了。"② 鲁迅、周作人的散文风格受外来的影响已是众所周知,当时的批评界还探寻和发现一些滋养过散文作家创作个性而又为后来者所忽视的外来影响,比如西班牙作家阿左林对新"京派"作家散文创作的影响。

对于阿左林的散文风格,徐霞村在《一个绝世的散文家:阿左林》一文中有过介绍:"阿左林的最大的发现是把日常的东西——一朵花,一个罐子,一个桌子的正确的名字连合起来,而造成一种迷人的文体。在他的散文里,长句和比喻是不存在的,我们所看到的只是一些精细而清晰的朴素的描写。"③

---

① 朱自清:《论现代中国的小品散文》,《文学周报》1928 年第 345 期。
② 苏雪林:《论鲁迅的杂感文》,《文艺》1937 年第 4 卷第 3 期。
③ 徐霞村:《现代南欧文学概观》,神州国光社 1930 年版,第 94—95 页。

阿左林的散文大概在 20 世纪 20 年代末被引介到中国,尽管在被引介进来的西方作家中并不算知名,但他却影响了何其芳、李广田、卞之琳、师陀等人的散文创作。卞之琳晚年曾回忆道:"西班牙阿左林的散文实际上影响过写诗的戴望舒和何其芳以至我自己。"① 其实,早在 40 年代曾卓在《阿左林小集》就有过具体述说:

> 在中国,他不为一般读者所注意是当然的,在目前的中国,这也是应该的吧。但就我所知,在作家们中间,受他影响的人也颇有几个。如:《画梦录》时代的何其芳、李广田。芦焚(师陀)似乎也受他很深的影响,他的《看人集》、《江湖集》中的某些作品,颇有一点阿左林的风味,而最近出版的《果园城记》,其中的《说书人》、《邮差先生》、《灯》等篇,与《西万提斯的未婚妻》中的几篇描写人物的散文,在风格和气氛上,更是非常相近了。②

长期以来学界多认为新"京派"作家散文风格的形成与他们有意疏离政治、保持文学独立的立场有关,这固然是主要的原因,但在具体艺术风格的建构上,显然不能忽视他们对阿左林沉静清新、简洁质朴的散文风格的认同和接受。这一事实在相当长的一段时间内都没有引起足够的重视,曾卓等人的揭示,无疑可以丰富我们对京派散文的认识。

现代作家虽然经历了五四的洗礼,显示出与传统士大夫和知识分子不一样的精神风貌,但他们并没有与传统完全决裂。因为传统作为一种母体文化,总是以集体无意识的形式持久地影响着一个民族的思维结构和审美心理;另一方面传统文化并非一无是处,它既有糟粕也有精华,后来者完全可以去粗取精、去伪存真,对其加以重新挖掘和利用。现代文人处于一个传统向现代过渡的中间地带,他们与传统文化本来就有着血溶于水的密切关系,而站在现代的立场,他们又能够在历史的回望中估量传统文化的优劣。在此背景下,五四以后,就有相当一部分散文作家开始向传统回归,他们当中有的文

---

① 卞之琳:《何其芳晚年译诗》,《人与诗:忆旧说新》,三联书店 1984 年版,第 97 页。
② 曾卓:《阿左林小集》,《曾卓文集》第三卷,长江文艺出版社 1994 年版,第 352—353 页。

学启蒙本就来自于旧式的教育,当他们后来进行散文创作时,传统文化精神很自然地参与到作品风格的创建中去,如鲁迅、周作人、郁达夫、俞平伯、冰心等;而五四以后成长起来的一代散文作家,他们虽然没有直接接受旧式教育,但传统文化仍以强大的存在影响着他们,如唐弢、何其芳、李广田等;当然也有在接受新式教育后,通过走进传统,对传统文化有了再发现,如林语堂、梁实秋等。以上种种,使得批评家在讨论现代散文作家作品的个性风格时,传统成为一个绕不过去的视域。

特别是现代批评家与散文作家同处一个母体文化语境中,他们的批评触角往往能够触及传统文化的毛细血管,读出批评对象风格的特异之处,显得贴切而通达。郁达夫在论及冰心的散文时说道:"她的写异性爱的文字不多,写自己的两性间的苦闷的地方独少的原因,一半原是因为中国传统的思想在那里束缚她","我以为读了冰心女士的作品,就能够了解中国一切历史上的才女的心情;意在言外,文必己出,哀而不伤,动中法度,是女士的生平,亦即是女士的文章之极致。"[1] 在这里,郁达夫不仅看到传统思想对冰心散文内容的限制,也指出冰心与传统才女在审美情趣上的一致性。20 世纪 30 年代周作人和林语堂等人鼓吹散文复兴论,师承晚明文风,当时和后来的批评家在论及他们的散文风格时也常从传统的角度加以解读。1940 年,林语堂在美国纽约出版《热情和讽刺》,该书本是为"使美国读者能够多了解自由和平民主在中国国民性上所占的地位",但赵铭求却仍从中发现林语堂以"晚明作家的风格写小品文,其中充满了公安派诸子的雅逸冲淡的性灵风格。"[2] 赵氏的这一论断既来自于他个人的阅读感受,也不无是受林语堂在 30 年代鼓吹晚明性灵小品的启发。至于周作人散文平和冲淡的风格,众多的批评家无论是予以肯定还是贬责,多倾向于从传统中发现其背后的精神支援。比如,许杰就认为周作人这类小品文"完全是中国文人的一种传统的思想的反映,完全是一种所谓清高的名士的风度。他又因为有这一种的态度的表现,所以也影响到他的文体上来,因此,使成为他所提倡的,而且是他所擅长的冲淡清新的小

---

[1]　郁达夫:《〈中国新文学大系·散文二集〉导言》,《郁达夫文集》第六卷,花城出版社 1983 年版,第 275 页。

[2]　赵铭求:《林语堂散文集》,《中央周刊》1941 年第 3 卷第 48 期。

品文了。"① 但影响和承袭并不等于模仿,现代散文批评注重的还是传统影响下的个人才情和风貌。在为俞平伯的《燕知草》作序时,朱自清虽也赞同他人指出的俞平伯的散文有晚明小品那种名士风的"洒脱境界",但他又说"平伯并不曾着意去模仿那些人,只是性习有些相近,便尔暗合罢了;他自己起初是并未以此自期的,若先存了模仿的心,便只有因袭的气分,没有真情的流露,那倒又不像明朝人了。"② 文风的相似,并不能靠因袭模仿,而是靠主体精神的自然造就,俞平伯有深厚的家学渊源和古文功底,他对传统既有接受又有创化,朱自清的评价可谓"知人论世"。类似的评价,不一而足。王瑶先生曾经指出,现代作家对于传统文化的接受是自发的,从以上的批评文字可以看出,批评家注重的是传统文化对散文作家潜移默化的熏染,这也符合现代散文创作既反传统又无法摆脱传统的历史事实。

三

中国自古以来地大物博,地域分化相当明显,既有自然地理的差异,也有人文地理的区别。散文向来以人、事、物为表达对象,自然与人文的地域分化更是容易影响到散文的创作。可以说,除了时代语境和中外散文传统,自然环境及地域风俗也是考察现代散文家人格气质及其作品风格的重要依据。特别是,现代散文家分布于全国各地,稳固的地域风格的形成往往与其在一个地方长久地生活有关,这也成为现代批评家关注的地方,他们常常从作家的生活环境里寻绎其个性风格的成因。

郁达夫说朱自清"以江北人的坚忍的头脑,能写出江南风景似的秀丽的文章来者,大约是因为他在浙江各地住久了的缘故。"又说"王统照,许地山的两人,文字同属致密,但一南一北,地理风土感化上的不同,可以在两人的散文里看得出来。许地山久居极南,研究印度哲学,玄想自然潜入了他的作品。

---

① 许杰:《周作人论》,见茅盾等著《作家论》,文学出版社 1936 年版,第 103 页。
② 朱自清:《〈燕知草〉序》,见萧斌如编《中国现代文学序跋丛书·散文卷》,海南人民出版社 1988 年版,第 234 页。

王统照生长山东,土重水深,因而词气亦厚。"① 又指出丰子恺生长在嘉兴石门湾,"所以浙西人的细腻深沈的风致,在他的散文里处处可以体会得出。"② 郁达夫认为,一切文学作品都是作家的"自叙传",他在此将地理因素带入散文风格的批评,就是对这一文学观念的发挥。唐弢与鲁迅同为浙东人,他在评价鲁迅的杂文时,特别注意到了浙东人的地域脾性对于鲁迅杂文精神的塑造作用:"鲁迅是浙东人,在他的文章里,充满着浙东人的'报仇雪耻','白刀子进红刀子出'的精神,他不但具备着这样的秉赋,而且娴习于这样的环境,他一生不曾和恶势力妥协,永远是革命阵营中最坚决的斗士。"③ 对此,李素伯在比较周氏兄弟时也说道:"像鲁迅作人两先生的那样深刻有力的文章,多少带些地方性,有浙东人特有的气质而不容貌似的。"④ 上述诸家从自然地理和人文地理的感化,看取作家的人格气质,进而透析其散文创作风格,尽管这样的批评主要以感悟为主,内在逻辑走向没有详尽的展开,但还是能够较为准确地把握住作家作品个性风格的某些成因。

现代散文史上有诸多地域性散文流派,这些流派的形成固然与其内部成员风格的趋同性密切相关,但也与批评家的推波助澜分不开。比如沈从文"海派"概念的提出就是如此。沈从文常以"乡下人"自居,他认为乡下人"对一切事照例十分认真,似乎太认真了,这认真处某一时就不免成为'傻头傻脑'","与城市中人截然不同"。在他看来,"城市中人""生活太匆忙,太杂乱,耳朵眼睛接触声音光色过分疲劳,加之多睡眠不足,营养不足,虽俨然事事神经异常尖锐敏感,其实除了色欲意识和个人得失以外,别的感觉官能都有点麻木不仁"。⑤ 沈从文在这里虽然比较的是"乡下人"与"城市人"的精神气质,但如果考虑他来自于湘西而此时又生活在北平,则可将其此一观念广而视之为一种地域观念。而当他把这种地域观念与文学批评结合起来的时候,文学风格的地域差异就进入了他的批评视野,他对"海派"散文风格的指

---

① 郁达夫:《〈中国新文学大系·散文二集〉导言》,《郁达夫文集》第六卷,花城出版社 1983 年版,第 277 页。

② 同上书,第 276 页。

③ 唐弢:《鲁迅的杂文》,《鲁迅风》1939 年第 1 期。

④ 李素伯:《小品文研究》,新中国书局 1932 年版,第 181 页。

⑤ 沈从文:《习作选集代序》,《沈从文全集》第九卷,北岳文艺出版社 2002 年版,第 3、4 页。

摘就是源自于此。他认为"海派"具有"名士才情",也重"商业竞买",但"海派作家及海派风气,并不独存于上海一隅,便是在北方,也已经有了些人在一些刊物上培养这种'人材'与'风气'。到底是北方,还不至于如上海那么稀奇古怪,然而情形也就够受了。"① 虽然"当提及这样一群作家时,是包含了南方与北方两地而言的",但"因环境的不同,两方面所造就的人材及所提倡的风气,自然稍稍不同,但毫无可疑,这些人物与习气,实全部皆适宜于归纳在'海派'一名词下而存在。"很明显,被沈从文视为"海派"的作家不仅限于南方(上海)地区,在北方(北平)也存在着。从这个角度来看的话,沈从文之所以把北方周作人、废名等人的名士气散文和南方林语堂等人的幽默味散文捆绑在一起加以批评,主要是两者都被他视为"海派"文学。在这里"海派"某种程度上已成为城市文学的代名词,他对海派的批判,已然是从"乡下人"的立场来展开的,而他的批评观念和审美标准也通过这一立场得以彰显和建构。据此,如果进一步深挖的话,那么现代散文史上不同批评观念的争执,背后或多或少都有地域因素的影子。

此外,还值得注意的是,从国家疆域的角度来看,现代中国一直就不是一个有机的整体,而是处于支离破碎的状态。北洋政府时期,大小军阀割据分权,各自为政。南京国民政府成立后,虽然形式上统一了中国,但各路新旧军阀依然保持了相当程度的独立性,日本帝国主义的入侵又进一步离析了南京国民政府的统治区域。还有中国共产党领导建立和逐步扩大了的革命根据地和解放区。此外,民国成立后,虽然从西方列强手中收回了部分领土主权,但后者仍然通过续租、续借的方式在中国领土内保留了众多的租借地和附属地,并拥有行政、军事、司法、警察等多种权利,成为了名符其实的"国中之国"。民国诸多不同政治区域的共存主要是由各种政治力量的斗争所造成的,不同的区域板块不仅有自己的行政边界,而且往往还因施行不同的政治、经济、文化政策而构建了迥异的社会形态,形成了列斐伏尔和尼尔·史密斯等人所说的"社会空间"。尼尔·史密斯认为,"社会空间"是由"社会集团或社会群体建构的区域","正如数学空间用于表示自然事实的抽象领域一样,

---

① 沈从文:《论"海派"》,《大公报》1934 年 1 月 10 日。

社会空间是由社会事实的抽象领域人为构筑的"①。因此,民国期间互为异质的政治区域都是相对独立的"社会空间",或者说,民国的"社会空间"与其国家疆域一样呈破碎性的状态。

依存破碎性政治区域及其社会空间的散文创作也是现代文学史上一道独特的风景线,如国统区散文、解放区散文、沦陷区散文、租界散文,等等。对此,现代散文批评也给予了明确的区分,尽管很多时候这种区分体现为一种社会文化认同和政治认同。上海"孤岛"时期,巴人、文载道等六人合作出版了散文集《边鼓》集,在"弁言"中,他们指出:"我们是六个人,我们有各自不同的生活的方式,有各自思索的天地,平时,我们也曾以笔写出自己的风貌,心情,社会的杂感",但各人生活经历的差别并不影响他们风格的趋同:"直到十一月十二日,国军退出了上海,我们的心脏就抖成了一个。……这就是我们的沉重的心中发出来的低微而急迫的声音——《边鼓集》","编定之后,却使我们有个惊人的'错愕'。虽然有不同的风格,笔调——不同的边鼓的打法。但这声音却完全是一致的。……我们是六个人,我们却是一个人。——中华民族原只是一个人!"② 所谓"一个人"和"声音"的一致,其实还是身处独特社会空间中对自我散文风格的认同,而这种认同背后则是"孤岛"区域社会环境使然。也即,诸如处于《边鼓集》创作环境的散文作品的风格有着两个层面的叠加,一是源自于个人创作个性的个体风格,一是受特殊的区域环境规训而生成的群体性风格。对此,同样处于"孤岛"的列车也有类似的体认,他在谈及自己的杂文集《浪淘沙》时道:"在发表这本集子里的第一篇文章时,上海已变成'孤岛'了。我们开始在另一种窒息的空气中生活着","由于战斗的缘故,不能不写得迂回曲折。"对此,他又进一步分析道:"杂文的本质上,只要把感想写出来,直率而简单。现在的杂文写得这般'技巧'的,实在是从困苦的生活经验中产生出来的。"③ 当然,除了沦陷区,国统区、解放区的散文

① Neil Smith, *Uneven Development: Nature, Capital and the Production of Space*, Basil Blackwell, 1984, p.75.
② 文载道等:《边鼓集·弁言》,文汇有限公司 1938 年版,第 1—3 页。
③ 列车:《〈浪淘沙〉前记》,见萧斌如编《中国现代文学序跋丛书·散文卷》,海南人民出版社 1988 年版,第 1335、1336 页。

创作也有自己的区域风格,且深受各自的社会政治文化语境的规约。比如,在为司马訏的散文集《重庆客》所作的序言中,赵超构认为该书写出了"大时代小故事",是对战时重庆"社会事物的如实的描绘",并由此指出了其独特的地域群落风格:"题材是莫泊桑的,而其文字的风格则是属于马克吐温的","所以就在讲笑话中,也吐露着辛辣的讽刺,在美丽的叙述中,往往夹杂着冷酷的讥评。"① 也正是如此,缘于不同的政治立场,批评家对区域风格的评价往往存在着较大的分歧。如上文所述的,"鲁迅式"杂文到了延安解放区以后,就被要求不要"隐晦曲折",而是要"大声疾呼"。② 而像何其芳等从国统区进入解放区的作家,甚至否定了自己此前在国统区散文创作的风格。20世纪40年代,身处解放区的何其芳在反观自己进入解放区前的散文集《还乡记》时道:"以我现在的眼光看来,这本散文集子在艺术上,在思想上都是差得很的。这只是一个抗战以前的落后的知识青年的告白。他从睡梦中醒了过来,但还未找到明确的道路,还带着浓厚的悲观气息和许多错误的思想"③,"或者应该说太怯懦了,把我的耳朵藏在厚厚的个人主义的外套里,所以听不见而已。"④ 从国统区到解放区,从小我到大我,散文风格批评标准的差别,固然与政治话语的宣导直接相关,但根本上依托的是独特的区域社会空间。遗憾的是,此前学界关于散文地域批评的研究,多侧重于自然和人文地理因素,而忽视现代中国不同政治区域的社会语境对散文批评的影响。

---

① 赵超构:《〈重庆客〉小引》,见司马訏《重庆客》,万象周刊社1944年版,第1、2页。
② 毛泽东:《在延安文艺座谈会上的讲话》,《毛泽东选集》第三卷,人民出版社1991年版,第872页。
③ 何其芳:《〈还乡杂记〉附记二》,《还乡杂记》,文化生活出版社1949年版,第104—105页。
④ 同上书,第108—109页。

第三节　风格批评的方法及文体

论及现代散文个性风格的批评方法,首先必须将其置于整个现代文学批评史的视野中加以审视。有论者指出:"近百年文学理论批评史的基本特征和基本性质,是在中国近百年来社会内部发生历史性转折、变动的条件下,在与世界文学潮流相一致的、具有真正现代意义的新文学实践的基础上,广泛地接受了外国哲学人文思潮、文艺美学思潮、文学理论批评的影响,在传统的和外来的、历史的和现实的宏大背景下形成的。"① 特别是,"为了打破传统整体直觉思维的格局,引入了西方科学思维方式,如孔德的实证哲学,泰纳的科学实证方法,左拉的自然主义理论,马克思主义的意识形态论等等,使文学批评出现了重事实、重演绎,强调理性分析和逻辑实证的特征"②。这一描述基本上代表了学界的共识,也反映了百年来文学批评实践的基本事实。

散文中的个性风格由于具有较强的主观性和模糊性,对于批评家来说是很难把握的,传统散文批评往往以整体感悟、印象评点为主,较少关注个性风格的内部结构和细腻之处。与此不同,现代散文批评借鉴了西方的实证批评方法,审美品鉴、心理分析、社会观照相结合,将散文的风格特色给予分解、细化,从而对其作出清晰、准确的解读和阐述,呈现出重理性分析和逻辑实证的

---

① 黄曼君:《中国近百年文学理论批评史(1895—1990)》,湖北教育出版社 1997 年版,第 4 页。
② 同上书,第 63 页。

品性。

1933 年,阿英在《〈现代十六家小品〉序》中,梳理了五四以来的小品文创作风格的嬗变,并将其分为三个时期。第一时期是从五四到五卅,第二时期从五卅到九一八事变,第三个时期从九一八事变到其写作该文的时间。他又对每个时期的小品文风格进行概括,还把第一时期分为两个阶段:新文学初期"随感"散文多呈现出短小精悍的敏锐的"袭击",而 1920 年初至五卅时期的小品散文则显示出"漂亮""紧凑""缜密"的风格。在此,阿英对五四以后十几年间散文创作风格的把握不再是传统整体式的感悟,而是通过由外到内的推演,将历时性的观照和共时性的考察结合在一起,分析作家创作个性的变化及其体现于散文艺术风格的内在逻辑,观点有理有据,是一种典型的实证批评方法。在《〈中国新文学大系·散文一集〉导言》中,周作人虽然重在申明自己的散文言志观念,反对散文的工具理性,但他在分析入选诸家散文的风格特性时,并非局限于文本,而是将其置于广阔的历史文化语境中加以观察,试图梳理出现代散文个性风格的流脉。所以在散文的批评实践上,周作人虽然秉承的是一种自由主义知识分子的立场,但他却很重视理性分析,注重对作家个性及其作品风格特性的准确判断。在《〈燕知草〉跋》《〈杂拌儿之二〉序》等文中,他看似东拉西扯,其实是在为俞平伯散文"文词气味的雅致"作风格学的考证,俞氏的个性气质及其散文的艺术特色因此获得了历史和时代的纵深感,有了清晰的面貌和位置。同为自由主义文人的李健吾,其批评实践既借鉴了西方印象主义的批评方法,又与传统感悟式批评有诸多相通之处,但在具体的展开过程中,他的批评思维方法却没有像西方的印象主义批评和传统文学批评那么玄虚。他认为,批评既要有"独特的印象",也要将这些印象适当条理化,"形成条例"[1],而正是后者使其文学批评具有了现代品格。如在论及李广田的散文集《画廊集》时,他联想到了李广田介绍过的英国作家马尔廷的《道旁的智慧》,并借用李广田对该书的评价来表达自己阅读《画廊集》的印象:犹如尘埃道上随手掇拾来的一朵野花或一片草叶,或者

---

① 李健吾:《答巴金先生的自白》,见《咀华集·咀华二集》,复旦大学出版社 2005 年版,第 15 页。

漂泊者行囊上落下的一粒细砂。这就把《画廊集》“诗的静美”具象化,是直观感受和整体印象。但他并没有停留于此,而是通过他所说的“快速思考”,将这种印象凝固下来。他在此基础上指出这个集子中的文章具有“惜恋的心境”和“婉转的笔致”,亲切、素朴,处处可见平凡的人生,这是对阅读印象的总结或者说“条例”化。他在文章一开始就指出李广田具有“肝胆相照,朴实无华,浑厚可爱”的人格气质,正是在感性与理性之间的不断穿行中,他用富有才情的文字把李广田人之于文的印迹娓娓道来,既贴切公允,又生动形象。①

　　甚至面对一些抒情性或隐私性的散文作品,批评家仍然予以理性的实证。比如朽木的《读郁达夫的五种日记》,该文写于郁达夫牺牲后的第二年,带有总结性的意味。作者一开始就对郁达夫日记的价值作出判断:“日记是美文学中的一支,并且是最足的代表美文的特色的。其他的文学作品都是预备写给别人看的,而惟有日记是写给自己看的。其他文学作品大多是写别人的事情,而日记则完全记自己的言行思想。其实有的也存有为将来的读者着想的念头者,如越缦堂日记,即便在其他方面有着无比的价值,而在文学上的价值则殊低落,可是我们读郁氏的这五种日记则毫无此种感觉。他是完全记的自己的言行思想,完全写给自己看的。”且不论这一判断是否合理,但作者对郁达夫日记这样一种私人性文体的定位显然有着较为明确的标准,少了传统文学批评重感性和印象的特点。所以,接下来对日记内容的解读中,作者也是条分缕析,先是根据日记指出郁达夫的性格气质:“郁氏的忧郁性格几全然表现在五种日记当中”;“神经质是文人的通病,郁氏自亦不会免掉”;“文人一到相当年龄,大多会摆出一副倚老卖老的架子,而郁氏就绝没有架子,而且也绝不自以为是,仍无时无刻不在奋勉”。然后再寻绎郁达夫的日常生活在日记里留下的记录:“郁氏的入闽作官,依我看,一定是为生计所迫”;“郁氏不但在小说散文上有成就,即翻译亦尽了最大之努力。但他也是苦于翻译的”;“此外还可使我们注意到的是郁氏对他妻子的爱慕之情,时常流露于字

---

① 李健吾:《〈画廊集〉——李广田先生作》,见《咀华集·咀华二集》,复旦大学出版社 2005 年版,第 80—82 页。

里行间。"① 作者的这些结论都是通过引证郁达夫日记的相关内容得出的,人与文互照互鉴,郁达夫的人格特征,其日记对自己的忠实记载,都一一道来,层次清晰,结构合理,体现出实证批评的典型特征。

此外,也有些批评借用私密性很强的书信观人论文。王礼锡在为庐隐、李唯健合著的《云鸥情书集》作序时指出,这一束情书具有"天真的毫不作伪"的风格,"是个人的挣扎,而不是两个队伍的争斗"。但他并没有停留于对这一风格的重复解读上,而是追踪其外在的时代语境,将其意义向深广处开掘:"这一束情书,就是在挣扎中的创伤的光荣的血所染成,它代表了这一个时代的青年男女们的情感,同时充分暴露了这新时代的矛盾。"② 罗念生在《〈朱湘书信集〉序》一文中,先是发现书信里朱湘"对于他的夫人的恩情,对于他的儿女的慈爱……我们还可以看出他的失望,与悲愤",继而又进一步指出:"从这些信里,我们可以看出诗人思想的发展,对于人生的认识,对于宇宙间一切事物的窥探。他讨论过诗,讨论过科学,讨论过男女间一切的微妙。尤其在这最后一点上,我们可以看出他很狂妄,但狂妄得够严肃。"③ 罗氏的评说,对于批评对象既有情感内容的透析,又有抒写特点的解读,既有整体概括,又有细部精鉴,显现出与传统风格批评不大相同的品评方式。

散文批评的现代化还与现代文坛作家作品论的兴起有关。传统的诗文评里也不乏作家作品的评述,如刘勰的《文心雕龙》、曹丕的《典论》等,都涉及作家作品的点评,但正如前文所言,这些点评一般都以印象、感悟为主,缺乏详细的展开。现代散文作家作品论虽然也存在零敲碎打的现象,但主要还是以单篇著述为主,更注重方法论意识,有着相对完整的阐释框架。这些作家作品论包括散文集的序跋文,这方面的文字较多,如鲁迅、周作人、钟敬文、郁达夫、朱自清、俞平伯等人为自己和他人散文集所作的序跋文,都能紧扣自我或他人的性格气质与散文作品风格的关系展开论述;各种散文流派的介

---

① 朽木:《读郁达夫的五种日记》,《文艺时代》1946 年第 1 卷第 2 期。

② 王礼锡:《〈云鸥情书集〉序》,见萧斌如编《中国现代文学序跋丛书·散文卷》,海南人民出版社 1988 年版,第 357 页。

③ 罗念生:《〈朱湘书信集〉序》,见萧斌如编《中国现代文学序跋丛书·散文卷》,第 725、726 页。

绍,如苏雪林的《孙福熙一派的散文》《俞平伯和他几个朋友的散文》、蒙茸的《从翦拂集到人间世:论林语堂及其周围的人们》等,试图对当时散文界风格相近、比较有影响的散文家的创作进行梳理和总结;针对某一散文作家的回忆录或印象记,如周作人的《志纪念摩》、郭沫若的《再谈郁达夫》等,这类文章虽以记述作家的人生经历、性格脾性、艺术才华为主,但也常常不失时机地论及他们的散文创作风格。当然,在这些作家作品论中,更多的是某一作家散文创作的专题论述。特别是到了20世纪30年代,随着散文创作的繁荣和一批散文名家的崛起,当时的理论批评界开始有意识地以作家论的形式盘点五四以来散文创作的成就。比如阿英的《现代十六家小品》,全书分为16卷,内收周作人、俞平伯、朱自清、钟敬文、冰心、苏雪林、叶圣陶、茅盾、许地山、王统照、郭沫若、郁达夫、徐志摩、鲁迅、陈西滢、林语堂等16位散文作家1933年底以前的作品共104篇。各卷的作品选前都有编者写的序文,介绍该作家小品文创作的概貌及风格特色。在30年代,随着散文创作的兴盛,当时的出版市场上还出现了一批专门研究小品散文的专著,这些著作主要是为普通读者介绍小品散文的文类特征和创作技巧,但也理论联系实际,收录一些散文名家名作作为例证,并对其思想内容和艺术风作出评价。比如李素伯的《小品文研究》收录了当时中国18位散文作家的小品文,林荫南编的《模范小品文读本》收录33位中外散文作家的小品文,钱谦吾的《语体小品文作法》收录了14位中外作家的小品文,这些著述都从不同角度论及了收录作家的创作个性及其散文的艺术特色。有些研究小品散文的理论专著虽然没有专门收录作家作品进行评析,但在展开过程中,也常以具体的作家作品为例证,比如冯三昧的《小品文作法》、石苇的《小品文讲话》、贺玉波的《小品文作法》、陈光虞的《小品文作法》等,都不同程度地涉及众多散文作家作品。此外,还有一些考察作家整体性创作的作家论也不同程度地涉及该作家的散文创作风格。如茅盾的《徐志摩论》《冰心论》《落花生论》,沈从文的《论冯文炳》《论落花生》《鲁迅的战斗》,苏雪林的《周作人先生研究》《郁达夫论》《沈从文论》,胡风的《林语堂论》,许杰的《周作人论》,穆木天的《徐志摩》论,这些作家论虽然是综合论述该作家各种文类的创作,但作者常常由外到内对该作家的人生经历、思想观念、创作个性、风格流变进行整体性的考察,这样就能够在一个比较清晰的位置中评价该作家散文创作的风格特色。

整体观之，"作家论"式的散文批评多针对当时的名家名作，能够较为直观地反映当时散文创作的整体水平，展示那个时代散文创作的基本风格，有着较强的批评意识。另一方面，"作家论"式的散文批评一般多详实展开，从思想内容到表现形式，从精神品格到艺术风格，面面俱到，能够较为全面、系统、深入地把握批评对象的个性风格，相对于传统感性、零碎的评点式批评有了较大的提升。而这一批评效果的达成，还有赖于联系与比较方法的广泛运用。

联系与比较是能够体现文学风格批评逻辑性的一种重要方法。古代的诗文评也较常运用，但大多是点评式的。如曹丕在《典论·论文》里比较了当时众多名家的散体文创作："王粲长于辞赋，徐干时有齐气，然粲之匹也。如粲之初征、登楼、槐赋、征思，干之玄猿、漏卮、圆扇、橘赋，虽张、蔡不过也，然于他文未能称是。琳、瑀之章表书记，今之隽也。应玚和而不壮；刘桢壮而不密。孔融体气高妙，有过人者；然不能持论，理不胜辞；至于杂以嘲戏；及其所善，扬、班俦也。"① 古代风格批评中涉及联系与比较方法的大多如此，简约泛评，一笔带过，虽然整体上能够区分众家的风格差异，但条理性不足，缺乏纵深展开。现代散文批评的一大特点是自觉使用联系与比较的方法，而这又与散文作家作品论的兴起有一定的关系。前文所述李健吾将李广田与何其芳的散文风格加以比较，很明显已采用不同于传统诗文评的批评思致和精鉴语言，试图精确辨析出二者的风格特色。当然，由于过度依赖自我的"印象"，李健吾的批评还是显得玲珑有余透彻不足。相比之下，借用联系与比较，当时有些散文批评对风格的把握则要清晰、准确得多。废名在谈到周作人语言风格时曾如此阐述道："近人有以'隔'与'不隔'定诗之佳与不佳，此言论诗大约很有道理，若在散文恐不如此，散文之极致大约便是'隔'，这是一个自然的结果，学不到的……我们总是求把自己的意思说出来，即是求'不隔'，平实生活里的意思却未必是说得出来，知堂先生知道这一点，他是不言而中"，废名

---

① 曹丕：《典论·论文》，见王筱云等主编《中国古典文学名著分类集成·文论卷》第一册，百花文艺出版社1994年版，第35—36页。

并列举了三个例子,其中,周作人为李广田《画廊集》所作之序,废名读之,感到"一个奋勉的空气,又多苍凉之致。"但更为奇妙的是"其实这都不是知堂先生文章里面字句与意义直接给我们的。这种文章我想都是'隔'(不知郑振铎先生的'王顾左右而言他,是不是这个意思?)却是'此中有真意,存乎其间也。'"① 废名这里所说的"隔"也相当于周作人的"涩"味,但这种"隔"又是能够充分体现个人性的,因为在他看来,"知堂先生的散文,隔的,他自己知道",只是以"不言而中"的面貌出之。他又联系了孔子的《论语》、诸葛亮的《出师表》指出,这种"隔"的散文说的"俱为心思以外的话",不是"非说不可的那一句话,这句话又每每说得最可爱,千载下徒令我们想见其为人。""隔"与"不隔"是由王国维提出的一对审美范畴,废名在此将其引入散文批评,但他并没有对周作人散文中的"隔"之内涵和方式进行清晰的阐释,而是联系了古之《论语》《出师表》和今之《画廊集》的话语风格,使这一概念范畴的内在意涵显豁出来。同样,周作人在分析中国现代散文流派时也是用了联系和比较的方法:"适之仲甫一派的文章清新明白,长于说理讲学,好像西瓜之有口皆甜,平伯废名一派涩如青果,志摩可以与冰心女士归在一派,仿佛是鸭儿梨的样子,流丽轻脆,在白话的基本上加入古文方言欧化种种成分,使引车卖浆之徒的话进而为一种富有表现力的文章,这就是单从文体变迁上讲也是很大的一个贡献了。"② 钟敬文在论及朱自清散文风格的时候,也把他放到与同时代作家的联系中:"他在同时人的作品中,虽没有周作人先生的隽永,俞平伯先生的绵密,徐志摩先生的艳丽,冰心女上的飘逸,但却于这些而外,另有种真挚清幽的神态。"③ 何为"真挚清幽",如果单独拎出,实际上很难说得清,但通过与其他诸家风格特征的比较,这一风格特色有了更为清晰的面貌,其内涵也得到了更为准确的发掘。李素伯在《小品文研究》里也将朱自清和俞平伯进行合观和比照:"我们觉得同是细腻的描写,俞先生的是细腻的委婉,朱先生的是细腻的深秀;同是缠绵的情致,俞先生的是缠绵里满蕴着温煦浓郁的氛围,朱先生的是缠绵里多含有眷恋悱恻的气息。如用作者自己的话来形

---

① 废名:《关于派别》,《人间世》1935 年第 26 期。
② 周作人:《志摩纪念》,《新月》1932 年第 4 卷第 1 期。
③ 钟敬文:《〈背影〉》,《一般》1929 年第 7 卷第 2 号。

容,则俞先生的是'朦胧之中似乎胎孕着一个如花的笑',而朱先生的是'仿佛远处高楼上渺茫的歌声似的',固然俞先生也有《冬晚的别》《卖信纸》等类伤感的文字,而朱先生的《女人》《阿河》等篇,也给我们以芳醇的迷醉,这种比较原不是绝对的。"① 如此种种,看似有感而发随口说来,却是在比较的视野中,敏锐地抓住批评对象最为突出的风格特性,理性地辨析它们之间的联系和区别,将审美感觉化为可感知的形象,相对于古代文论的泛泛而谈有了较大的推进。

可以说,现代散文的风格批评强调经验和事实,重视逻辑和证据,侧重对散文风格的精确分析,所得结论相对客观、真实,说服力强,去除了传统感悟式点评的笼统化和多义性,带有一定理性意识和科学精神。但另一方面,散文的个性风格具有流动性和不可捉摸性的特征,这致使批评家无法持续作出细致的逻辑分析,他们想要利用西方文学批评中常用的理论透析和文本解读相结合的方法,考察一个散文作家作品的风格特性,有时很难成效。而正是在这一点上,传统重即兴和整体感悟的批评方法却能有所补益。所以,现代散文批评虽然整体上抛弃了传统的点评方法,但在具体的审美感受上却仍然自觉或不自觉地从中寻求帮助。有论者指出,有些现代文学批评家"表面上是模拟式地学习现代西方的文学批评方法,实质上是创造性地承续古代中国的文学批评文体,他们的'西就'之路实为'东归'之途。"② 这一评价用来说明某些散文批评尤为贴切。

中国古代的文学批评常常"近取诸身",把文学作品当成一个有机的生命体,以生命体之理来类比艺术之理,用生命的规律和有机整体性来观照艺术作品,于是有了风骨、气韵、形神、文气、诗眼、肌理、血脉、筋骨等审美概念和术语。③ 对此,钱钟书曾在《中国固有的文学批评的一个特点》一文中指出,中国古代文学批评有"把文通盘的人化或生命化""把文章看成我们自己同类的活人"的特点。钱钟书所谓的"人化"或"生命化"批评是一种人与文同

①　李素伯:《小品文研究》,新中国书局 1932 年版,第 119—120 页。
②　李建中:《古典批评文体的现代复活——以三位京派批评家为例》,《中山大学学报(社会科学版)》2008 年第 1 期。
③　蒲震元:《"人化"批评与"泛宇宙生命化"批评——中国传统艺术批评模式中的两种重要批评形态》,《文学评论》2006 年第 5 期。

构,按照生命形态来对作品实施批评的理念和范式。现代散文批评在进入作家作品个性风格的品鉴时,也往往采用这种批评方法。只不过与传统文学批评不同的是,批评家主要看取的是散文风格与生命体某种精神气质的相似性,而非将其视为对生命体的全面模拟。巴人以狮子的野性来比喻鲁迅《野草》的风格:"《野草》的歌,正如旷野的狮子吼,皓月当空,夜风频作,而狮子的吼声,响彻宇宙;是凄抑,亦悲壮,是自我之悲鸣,亦人间之至音。"① 即使评价西方具有理性精神的散文家也是如此。毛如生认为蒙田"所有自我的表现和他对于人生的态度完全是时代的精神——那就是,文艺复兴的精神。不过这种精神在他的文章里,较之在他的前辈的作品里要表现得平静并且文雅得多。好像一位漂亮的,善说话的法国少妇一般,他讲话时如此的亲热,悦耳,圆滑,听到他的喉音的人,都立刻像着了魔似地被他迷住了。"②

另一方面,基于天人合一的审美思维,古代哲人眼中的宇宙万物具有异质同构的泛联系性,展现出生生不息的圆满流转的整体之美。受此审美思维的影响,古代文学批评又"远取诸物",即以宇宙万物所表现的有机整体性特征来比类艺术,并达成对某种艺术风格的把捉和品鉴,形成一种"物象化"的批评。比如姚鼐在《复鲁非书》中指出文章有阳刚阴柔之分,"其得于阳与刚之美者,则其文如霆,如电,如长风之出谷,如崇山峻崖,如决大川,如奔骐骥……其得于阴与柔之至美者,则其文如升初日,如清风,如云,如霞,如烟,如幽林曲涧"③。这其中的妙处正如宋代的理学家所说的:"夫所以谓之观物者……非观之以目而观之以心也,非观之以心而观之以理也。"④ 现代散文批评家虽然不再用大量的意象对散文的艺术风格作类比描述,但某种程度上仍受传统"物化"批评思维的影响,他们也习惯于把在作品中所感受到的风格形式比附于常见的物象,将审美感受形象化、具体化。朱自清在谈到俞平伯散文集《燕知草》时道:"书中前一类文字,好象昭贤寺的玉佛,雕琢工细,光润洁白;后一类呢,恕我拟不于伦,象吴山四景园驰名的油酥饼——那饼是入口

---

①　巴人:《论鲁迅的杂文》,上海远东书店 1940 年版,第 54 页。
②　毛如生:《英国小品文的发展》,《文艺月刊》1936 年第 2 期。
③　姚鼐:《复鲁絜非书》,见贾文昭编《桐城派文论选》,中华书局 2008 年版,第 114 页。
④　邵雍:《观物内篇》,见《皇极经世书》第三卷,上海古籍出版社 2017 年版,第 1455 页。

即化,不留渣滓的,而那茶店,据说是'明朝'就有的。"① 雕琢考究、光润洁白的玉佛,自明朝就有的油酥饼,既是通过视觉、触觉、味觉的通感修辞传递出俞平伯散文的风格特色,也将风格背后的典雅韵味形象地揭示出来,寥寥几语,信息量却极大,几乎不让长篇大论。康嗣群在比较绿漪与陈学昭两位女作家的散文时,则创造性地用季节气候来加以比拟:"绿漪大约是一个温柔和蔼的人,她的散文有时是像小阳春天气,有些醉人;有时却又像春天,使人觉得世界上几乎无一处不是美的,不是可爱的。至于说到作者(按指陈学昭)她的散文有时是秋天——如像她以前的《倦旅》和《烟霞伴侣》等集,无处不带着一种萧杀的气氛。可是这本(按指《忆巴黎》)却像是冬天,我们听得见那里怒号的北风,好像是等待春天的来临,而又不耐的觉得它姗姗来迟的哀怨。"② 四时变迁,气象各异,以之譬喻作家在不同时期、不同心境下的艺术风格,生动地传达出了作家自我及其与其他作家文风的微妙差别。孙席珍在比较徐志摩与冰心散文的风格时也采用类似的思维方法:"志摩是西方式的,冰心女士是东方式的;志摩的作品大都是肉的讴歌,冰心女士的则是灵的礼赞;他们的心情正如他们的文字所表出的一般:志摩是艳如桃李,冰心女士是冷若冰霜"③。而同样是比较这两位作家,赵景深却说道:"冰心的是水墨画,志摩的是设色山水;冰心是淡抹,志摩是浓装了。"④ 在以上的批评文字中,批评家都是先整体上把握住作家的创作个性或作品中的风格,然后再调动各种感觉,印证于形态各异的物象,通过这一通感修辞,把难以描述的审美感受具象化,从而使批评对象的风格特色得到了生动形象的展示。

　　用生命化和物象化的思维方法来品鉴散文作家作品的个性风格,其意义在于散文作品中所流露出来的个人生命体验,不会被抽象化或付之于单纯的学理思辨,而是通过与宇宙万物及生命现象的类比,使其以可感可知的形式示于读者。理论是灰色的,而生命之树常青,保留着原生态的个人体验,同时

---

　　① 朱自清:《〈燕知草〉序》,见萧斌如编《中国现代文学序跋丛书·散文卷》,海南人民出版社1988年版,第235页。

　　② 转引自李素伯:《小品文研究》,新中国书局1932年版,第144页。

　　③ 孙席珍:《论现代中国散文》,见俞元桂主编《中国现代散文理论》,广西人民出版社1984年版,第422页。

　　④ 同上。

将其中包含的问题上升到某种理论高度,正是现代散文批评在个人风格品鉴方面的一种独特模式。事实上,这一批评方法也为后来者所借鉴,在当下的散文批评中仍常可见到。

散文重在表情达意,自由不拘地书写人事物,无需过多艺术技巧的征用,作家的个性气质和作品的风格特性也在此过程中自然地流露出来。散文批评的文体风格也受到了散文自身这一本体特征的影响。林语堂在《论小品文笔调》中指出,"闲谈体"散文"认读者为'亲熟的(Farmiliar)'故交,作文时略如良朋旧话,私房娓语。"① 现代散文多有絮语闲谈之风,针对它们的批评文字也应有"良朋旧话,私房娓语"的姿态,如此方可真正走进散文家的精神世界,将他们的精神个性和作品的风格特色恰如其分地传达出来。其实,在现代散文批评史上,无论是演绎式的实证批评,还是传统的"泛生命化"或"泛物化"批评,批评家大多采用随笔式的批评文体。像李健吾那样持印象主义批评的批评家,力图"用自我的存在印证别人一个更深更大的存在……他不仅仅在经验,而且要综合自己所有的观察和体会,来鉴定一部作品和作者隐秘的关系"②,因此他对散文风格的品鉴,既是文学批评,也是娓娓道来的随笔小品。事实上,当时的一些批评家虽然不持印象主义的批评方式,但他们的审美表达却多用随笔式絮语的文体出之,用个人化的审美体验表达批评对象的风格特性。比如,康嗣群谈及周作人小品散文平和冲淡、舒徐婉转的风格时,用了如下一段随笔式的文字描述:

> 周作人先生以冲淡的笔调,丰富的知识和情感,和颇为适当的修辞来写出他的嗜好,他的生活,他的诅咒和赞美,他的非难和拥护;为了他"避开了恐怖与忿怒的而转向和平与友爱"的性情的流露,在他的文章里只有善意的劝告和委婉的商榷,听不见谩骂的恶声,也看不见愤然的丑恶的嘴脸。一个老店前独木招牌会使他神往,两具被屠杀的尸体也会使得他愤慨,缺少狂热也颇缺少冷静的,隐逸的和叛徒的血轮是如何在他的心房里跳动交流着! 在他冲淡的笔调下,谈到苍蝇的传说也谈到水乡

① 林语堂:《论小品文笔调》,《人间世》1934 年第 6 期,原署名"语堂"。
② 李健吾:《边城》,见《咀华集·咀华二集》,复旦大学出版社 2005 年版,第 24 页。

的乌逢船；谈到江南的野菜也谈到北京的茶食；谈到爱罗先珂也谈到希腊哲人；谈到被屠杀的尸体也谈到平安的接吻。读他的文章，好象一个久居北京的人突然走上了到西山去的路，鸟声使他知道了春天，一株草、一塘水使他爱好了自然，青蛙落水的声音使他知道了动和静，松涛和泉鸣使他知道了美；然后再到了都市，他憎恶喧嚣，他憎恶人与人间的狡狯，他憎恶不公平的责罚与赞美，他憎恶无理由的传统的束缚，这是多么神奇的一个旅行，充满了隐逸的和叛逆的一个旅行。①

上述文字先是评价周作人散文的风格特色，然后描述自己的阅读体会，在对周作人散文艺术个性作出价值判断的过程中，并没有采用审判式的或高高在上的姿态，而是以谈话风的笔调娓娓道来，与批评对象如朋友般交心，这样的批评是两个精神主体的碰撞和交流，既展示了批评对象絮语闲谈的气度，也体现出批评主体的审美个性。

即使是那些持社会学批评模式的批评家，他们在个性风格的品鉴上，虽力图通过逻辑演绎步步推进，有理有据地展开，但落实到对风格的具体言说上时，采用的仍是一种基于"理解之同情"的温润话语。孙席珍的《论中国现代散文》一文，除了对中国现代散文的创作进行整体性观照，还评价了众多现代散文名家的创作风格。作为一名左翼作家，他的批评基本上以实证分析为主，善于从不同作家的比较中发现各自的风格特性，但批评语言却不拘谨呆板，而是轻松自如，紧贴着批评对象述说自己的感受。比如谈论丰子恺和孙福熙的散文："丰子恺氏善于描写人物，而尤喜欢描写儿童，他作画如此，写文章也是如此。他本想在人间找寻真实，结果只在儿童身上发见了天真。而随即又发见，人们将不能永远保有它，他便终于皈依于佛教，所以他的作品本有一种慈祥的意味。而另一位画家孙福熙先生，却紧紧把握住了现实，即使独自对着浩渺无涯的大自然，也不肯暂时忘掉现实人生，态度始终是稳重的；在他的文章里，他常不嫌烦琐地把种种细微的事物一一缕述，因此他以'细磨细

_____

① 康嗣群：《周作人先生》，《现代》1933 年第 4 卷第 1 期。

琢'著称。"① 比较两位散文作家对现实的不同把握风格,体现出自觉的批评意识和相对严谨的批评思维,但却不拘泥于文本,也不玩弄概念术语,而是联系他们作为画家的另一重身份,以及他们对待生活和艺术的态度,围绕各自的风格娓娓道来,显得亲切动人。

在某些批评家的笔下,风格批评甚至成为一种边叙边议的记叙性散文。赵景深《罗黑芷的散文小品》一文主要评析罗黑芷的散文集《牵牛花》,但他自认自己的批评不是"细琢细磨的文笔",而是"慵懒的话语"。他先是从与罗黑芷的交往写起,描述其对罗氏的整体印象:"他那鳖黑的,饱经风霜的,沉闷忧郁的脸呵,他那含着苦闷情怀的微笑呵",然后将这一印象比拟于该散文集的整体性风格。又从罗氏的日本女友联想到其"文字的太日本化",具有"冲淡的淡黄色"风格。② 整篇批评夹叙夹议,甚至还有抒情,罗黑芷的个人形象及其独具特色的散文风格跃然纸上。这不仅远不同于当下规范化、程式化的批评文字,相对于传统的感悟式和点评式批评也是一个较大的突破。

20 世纪 80 年代以来,随着学术研究的规范化,与其他文类批评一样,散文批评采用的是一种论文式的写作文体,有理论解剖,有逻辑思辨,这固然可以冷静谛视批评对象,有助于学理的展开,但这种缺乏温度的批评文字也抑制了批评主体的审美感觉,无法细腻地传递出批评对象的精神脉动。有鉴于此,适当运用随笔式的批评文体对于改进当下文学/散文批评的文风将是一个不错的选择。

现代散文个性风格批评在文体上的另一特点是,在篇幅上改变了传统文话片段式的体制,而偏向于经营"长篇大论",或者专题性、系列性的批评文章。晚清民初学者唐文治的《文学讲义》,该著大约出版于 20 世纪 20 年代前期,此时新文学已蓬勃展开,但作者仍采用传统的批评文体评人论文。比如作者点评了《论语》《左传》《史记》《战国策》等古代散文著作中的名篇,以及韩愈、柳宗元、苏洵、王紫翔等古文名家名作的风格特色,基本上沿用传统文

---

① 孙席珍:《论中国现代散文》,见俞元桂主编《中国现代散文理论》,广西人民出版社 1984 年版,第 421—422 页。

② 赵景深:《罗黑芷的散文小品》,见萧斌如编《中国现代文学序跋丛书·散文卷》,海南人民出版社 1988 年版,第 128、130 页。

论中的"神""气""势""味",以及"言"与"意"、"虚"与"实"、"离"与"合"、"奇"与"正"、"阴"与"阳"等审美范畴,多为整体性的概括,并无详实的展开,属于典型的传统文话批评文体。① 相比之下,上文所提到的诸多散文作家作品论,为了全面剖析作家的创作个性,精确描述作品的艺术风格,作者对每一位作家散文创作的评析都较为全面地展开。这是因为散文作家作品的个性风格是一个复杂的问题,非有详尽的阐释不能完整地描述,再加上批评家多采用理性的批评思维和实证的批评方法,所以批评的篇幅会比传统文论或文话长了许多。比如胡风的《林语堂论:对于他底发展的一个眺望》一文,先是梳理林语堂思想的流变,然后指出占据其思想中心的"个性""性灵""表现"的抽象性和虚幻性,最后在此基础上考察其创作实践中"幽默"、"小品文"笔调、"寄沉痛于幽闲"等品格的去时代性和空洞乏力。② 整篇文章长达一万多字,沿着"时代—作家—作品"的逻辑推进,试图对林语堂的思想个性和创作风格作出彻底的清理,在形式体制上显现出了恢弘的气质。

总之,现代散文批评整体上借鉴了西方文学批评重演绎和逻辑分析的思维方法,更加清晰、更有层次感地展示了现代散文作家的创作个性和散文作品的风格特色。但另一方面,缘于散文个性风格的流动性和不可捉摸性,众多批评家又在某种程度上借鉴了传统感悟式和点评式的批评方法,使批评鉴赏更为亲切自如,最大程度地还原批评家个人的阅读感受,也更能切近批评对象的独特性。但无论持哪一种批评模式,批评家大多采用随笔式的批评文体,同时基本抛弃传统片段式的形式体制,代之于较长篇幅的"细磨细琢"。这一切,都使现代散文的批评鉴赏具有了现代学术品格。

---

① 唐文治:《文学讲义》,见王水照编《历代文话》第九册,复旦大学出版社2007年版,第8380—8385页。

② 胡风:《林语堂论:对于他底发展的一个眺望》,《文学》1935年第4卷第1期。

余 论

　　现代文学三十年,散文理论建设的成果可谓丰富庞杂。本书以个性观念为逻辑起点,重点考察这三十年散文理论"个性"说的渊源因革、形态流变、理论聚焦、批评实践四个方面的问题,以图展示现代散文理论建设的成就。应该说,"个性"说丰富了中国散文理论的宝藏,与其他文类的理论建设一起推动了中国文学理论的现代性转型,促进了现代散文创作的繁荣,有着独特的理论价值,但其理论建构的方式、路径、影响也有值得反思的地方。

　　作为一种主体性最强的文类,现代散文从一开始就被当时的知识分子当作一种自由言说的载体。现代散文理论的"个性"说,根本上也是新文学作家们基于解放思想、独立思考而在理论层面上的一种探索。他们把"个性"作为现代散文精神品格的核心要素,对散文体性和艺术个性的内在联系进行了深入阐发,不仅从内在精神层面追求散文之"心"的自由创造和率真表现,也同时致力于解除各种文法柙锁和艺术教条,从表现形式层面追求散文之"体"的不拘格套和随物赋形,从而把个性表现与文体独创有机结合起来,形成以主体个性为核心、以个人文体为表征的散文体性理论体系,显示出对散文文体特征的深刻洞察。可以说,"个性"说从文学本体上厘定了散文的本质特征,丰富和深化了散文的美学内涵,为现代散文作家自主创造个人文体和艺术风格提供了审美标尺,也为散文与诗歌、小说、戏剧并列为现代文学的四大文类奠定了理论基础。但也必须注意到,有些偏执的个性观念也影响到了现代散文创作的健康发展。忽视作家的主体性，压制个性表现，散文创作就会显得拘束、单调、雷同和贫乏；而一味地强调以自我为中心，则容易导致散文写作陷入唯我化的泥淖，导致个性表现的病变和审美品格的降低。这在 20 世纪 30、40 年代的散文创作中都有着明显的表现，是值得我们深思和反省的。

同样需要反思的是个性观念建构过程中的一些问题。首先，"个性"说的理论阐述还不够系统。虽然众说纷纭，成果丰富，但大多出自作家和批评家之手，夹杂在谈文论艺的文章之中，属于理论倡导、创作体会和批评心得之类，罕见对散文"个性"问题进行专门而系统的理论研究。即便是关于小品文作法的一批普及性专著，在涉及"个性"问题时大多征引和阐释名家说法，也缺乏创新性和系统性。而针对具体作家作品个性风格的批评品鉴则因政治立场或文学观念的不同，存在着圈子化、派系化的现象，这在 20 世纪 30 年代的小品文论争中表现得最为明显。其次，"个性"说的思维视野还不够开阔。正如本书绪论所指出的，"个性"说涉及文艺学、文化学、社会学、政治学、人类学乃至心理学、生理学等多种学科的交叉和会通，但当时的理论界多在文学与社会和政治的视域里谈论个性，对于个性观念与其他学科的关系较少进行深入的阐释。这样的"个性"说显然更重视现实的利益诉求，多了一份实用理性，而缺乏足够的理论涵养和科学论证。再次，"个性"说的学理体系尚未健全。由于理论支撑的不足，现代散文理论界并没有因"个性"说建立起一套行之有效且能够得到广泛认可的理论体系，散文概念不统一，分类错杂，术语和话语各自为政，没有一个相对稳定的阐释框架，这也反过来使"个性"说缺乏坚固的地基。现代散文理论界关于自我与个性的多次论争，虽说牵涉了诸多复杂的因素，但与"个性"说没有稳固的基础理论是有一定关系的。当然，这些问题也是中国文学理论现代性转型中不可避免的，有些问题直到现在也没有得到很好地解决，影响了学界对"个性"说研究的深入推进，因此不能不引起研究者的注意。

"个性"说是一个复杂的理论系统，也是现代散文研究的前沿课题和理论难题，本书只是作了初步探讨，还有诸多相关的话题值得继续推进。比如，关于"个性"说的比较研究。个性是文艺学共有的核心问题，散文"个性"说如何在各种文艺类型的比较研究中突显自身的理论特色，并以此充实和深化文艺学的"个性"说,本书只涉及文学类别的比较,还应有更大的开掘空间。此外,现代散文理论的"个性"说与西方和中国传统诸多散文主体性理论有着千丝万缕的关系,本书第一章虽然对此有所论及,但主要还是侧重于他们之间的承继和转化,关于"个性"说与中国古代抒情言志理论和西方自我表现的随笔观念之间的异同还有待于进一步探讨。还有,本书主要是基于整个散文文类来探讨"个性"说,然而现代散文又是由叙事抒情小品、杂文、报告文学等多种文体样式组成。针对不同的体式,现代散文理论界在论及个性品格时又有不同程度的倾斜,赋予它们不同的体性特征和个性表现方式。这些都有待于深入细致地辨析。此外,进入当代以后,关于散文个性观念的言说还在继续,它既是现代散文理论"个性"说的延续,也根据不同的时代诉求和创作实践,对散文的个性表现精神作出新的阐发,两者的联系与区别显然也是一个值得深究的课题。由于选题原因和篇幅限制,加上笔者学养的不足,以上话题虽在本书中有所涉及,但都未详尽展开。当然,这并不妨碍现代散文理论"个性"说具有自成体系和承上启下的独特理论价值,这也是本书研究起止于"现代文学三十年"的缘由所在。

参考文献

一、史料类

1. 夏丏尊、刘薰宇：《文章作法》，开明书店 1926 年版。

2. 戴叔清：《语体应用文作法》，亚东图书馆 1929 年版。

3. 梁遇春：《春醪集》，北新书局 1930 年版。

4. 梁遇春：《小品文选》，北新书局 1930 年版。

5. 钱谦吾：《语体小品文作法》，南强书局 1931 年版。

6. 李素伯：《小品文研究》，新中国书局 1932 年版。

7. 冯三昧：《小品文作法》，大江书铺 1932 年版。

8. 冯三昧：《小品文研究》，世界书局 1933 年版。

9. 石苇：《小品文讲话》，上海光明书局 1933 年版。

10. 林荫南：《模范小品读本》，上海光华书局 1933 年版。

11. 周乐山：《作文法精义》，广益书局 1933 年版。

12. 章衣萍：《作文讲话》，北新书局 1933 年版。

13. 陈光虞：《小品文作法》，启智书局 1934 年版。

14. 贺玉波：《小品文作法》，广益书局 1934 年版。

15. 陈望道编：《小品文和漫画》，生活书店 1935 年版。

16. 茅盾等：《作家论》，文学出版社 1936 年版。

17. 叶圣陶:《文章例话》,开明书店1937年版。

18. 陈柱:《中国散文史》,商务印书馆1937年版。

19. 陈伯达等:《人性、党性、个性》,潮汐社1947年版。

20. 谭嗣同:《谭嗣同全集》,三联书店1954年版。

21. 中国青年出版社编:《批判个人主义》,中国青年出版社1958年版。

22. 百花文艺出版社编:《笔谈散文》,百花文艺出版社1962年版。

23. 百花文艺出版社编:《笔谈散文续编》,百花文艺出版社1964年版。

24. 龚自珍:《龚自珍全集》,上海人民出版社1975年版。

25. 北京大学等主编:《文学运动史料选》,上海教育出版社1979年版。

26. 鲁迅:《鲁迅全集》,人民文学出版社1981年版。

27. 茅盾:《茅盾文艺杂论集》,上海文艺出版社1981年版。

28. 李宗英、张梦阳编:《六十年来鲁迅研究论文选》,中国社会科学出版社1982年版。

29. 何其芳:《何其芳文集》,人民文学出版社1982年版。

30. 李广田:《李广田文学评论选》,云南人民出版社1983年版。

31. 郁达夫:《郁达夫文集》,花城出版社1983年版。

32. 王荣纲编:《报告文学研究资料选编》,山东人民出版社1983年版。

33. 徐懋庸:《徐懋庸选集》,上海三联书店1984年版。

34. 杨刚:《杨刚文集》,人民文学出版社1984年版。

35. 钱钟书:《谈艺录》,中华书局1984年版。

36.《延安文艺丛书》编委会编:《延安文艺丛书·文艺理论卷》,湖南人民出版社1984年版。

37. 俞元桂主编:《中国现代散文理论》,广西人民出版社1984年版。

38. 佘树森编:《现代作家谈散文》,百花文艺出版社1986年版。

39. 严复:《严复集》,中华书局1986年版。

40. 朱光潜:《朱光潜全集》,安徽教育出版社1987年版。

41. 朱自清:《朱自清全集》,江苏教育出版社1988年版。

42. 萧斌如编:《中国现代文学序跋丛书·散文卷》,海南人民出版社1988年版。

43. 栾昌大主编:《中外文艺家论文艺主体》,吉林大学出版社 1988 年版。

44. 李宁编:《小品文艺术谈》,中国广播电视出版社 1990 年版。

45. 毛泽东:《毛泽东选集》第三卷,人民出版社 1991 年版。

46. 林语堂:《林语堂名著全集》,东北师范大学出版社 1991 年版。

47. 宗白华:《宗白华全集》,安徽教育出版社 1994 年版。

48. 王筱云等主编:《中国古典文学名著分类集成·文论卷》,百花文艺出版社 1994 年版。

49. 徐中玉主编:《中国近代文学大系·文学理论集》,上海书店 1994 年版。

50. 傅德岷编:《外国作家论散文》,新疆大学出版社 1994 年版。

51. 周作人:《中国新文学的源流》,华东师范大学出版社 1995 年版。

52. 唐弢:《唐弢文集》,社会科学文献出版社 1995 年版。

53. 刘勰:《文心雕龙》,陆侃如、牟世金译注,齐鲁书社 1995 年版。

54. 邬国平、黄霖编:《中国文论选·近代卷》,江苏文艺出版社 1996 年版。

55. 俞平伯:《俞平伯全集》,花山文艺出版社 1997 年版。

56. 梁宗岱:《梁宗岱批评文集》,珠海出版社 1998 年版。

57. 鲁迅博物馆等选编:《鲁迅回忆录》,北京出版社 1999 年版。

58. 程光炜编:《周作人评说 80 年》,中国华侨出版社 1999 年版。

59. 梁启超:《梁启超全集》,北京出版社 1999 年版。

60. 张俊才等选编:《二十世纪中国文学史文论精华:散文卷》,河北教育出版社 2000 年版。

61. 胡适:《胡适日记全编》,曹伯言整理,安徽教育出版社 2001 年版。

62. 郭绍虞主编:《中国历代文论选》,上海古籍出版社 2001 年版。

63. 李壮鹰主编:《中国古代文论》,高等教育出版社 2001 年版。

64. 周作人:《周作人自编文集》,河北教育出版社 2002 年版。

65. 梁实秋:《梁实秋文集》,鹭江出版社 2002 年版。

66. 沈从文:《沈从文全集》,北岳文艺出版社 2002 年版。

67. 胡适:《胡适全集》,安徽教育出版社 2003 年版。

68. 子通编:《林语堂评说七十年》,中国华侨出版社 2003 年版。

69. 李长之:《鲁迅批判》,北京出版社 2003 年版。

70. 施议对:《人间词话译注》,岳麓书社 2003 年版。

71. 吴中杰主编:《中国古代审美文化论·第二卷:范畴卷》,上海古籍出版社 2003 年版。

72. 李健吾:《咀华集·咀华二集》,复旦大学出版社 2005 年版。

73. 李大钊:《李大钊全集》,人民出版社 2006 年版。

74. 康有为:《康有为全集》,中国人民大学出版社 2007 年版。

75. 王水照编:《历代文话》,复旦大学出版社 2007 年版。

76. 贾文昭编:《桐城派文论选》,中华书局 2008 年版。

77. 周红莉主编:《中国现代散文理论经典》,苏州大学出版社 2008 年版。

78. 废名:《废名集》,北京大学出版社 2009 年版。

79. 孙中山:《孙中山全集》,中华书局 2011 年版。

80. 陈独秀:《陈独秀文集》,人民出版社 2013 年版。

81. 贾宝泉编:《散文谈艺录》,百花文艺出版社 2013 年版。

82. 钟叔河编:《周作人散文全集》,广西师范大学出版社 2021 年版。

二、研究专著类

1. 林非:《中国现代散文史稿》,中国社会科学出版社 1981 年版。

2. 王元化:《文心雕龙创作论》,上海古籍出版社 1984 年版。

3. 舒芜:《周作人概观》,湖南人民出版社 1986 年版。

4. 王佐良:《风格和风格的背后》,人民日报出版社 1987 年版。

5. 郑明娳:《现代散文类型论》,长安出版社 1987 年版。

6. 俞元桂主编:《中国现代散文史》,山东文艺出版社 1988 年版。

7. 俞元桂:《中国现代散文十六家综论》,华东师范大学出版社 1989 年版。

8. 钱理群：《周作人传》，北京十月文艺出版社 1990 年版。

9. 钱理群：《周作人论》，上海人民出版社 1991 年版。

10. 潘凯雄、蒋原伦、贺绍俊：《文学批评学》，人民文学出版社 1991 年版。

11. 李今：《个人主义与五四新文学》，北方文艺出版社 1992 年版。

12. 温儒敏：《中国现代文学批评史》，北京大学出版社 1993 年版。

13. 佘树森：《中国现当代散文研究》，北京大学出版社 1993 年版。

14. 许道明：《京派文学的世界》，复旦大学出版社 1994 年版。

15. 汪文顶：《现代散文史论》，福建教育出版社 1994 年版。

16. 王尧：《中国当代散文史》，贵州人民出版社 1994 年版。

17. 席扬：《知识分子的心路历程——中国现代散文名家新论》，山西高校联合出版社 1994 年版。

18. 方遒、朱世英等：《中国散文学通论》，安徽教育出版社 1995 年版。

19. 童庆炳：《文体与文体的创造》，云南人民出版社 1995 年版。

20. 陶东风：《文体演变及其文化意味》，云南人民出版社 1995 年版。

21. 蒲震元：《中国艺术意境论》，北京大学出版社 1995 年版。

22. 余英时：《中国知识分子论》，河南人民出版社 1997 年版。

23. 黄曼君：《中国近百年文学理论批评史(1895—1990)》，湖北教育出版社 1997 年版。

24. 姚春树、袁勇麟：《二十世纪中国杂文史》，福建教育出版社 1997 年版。

25. 姚春树：《中外杂文散文综论》，福建教育出版社 1997 年版。

26. 傅德岷等：《中国现代散文发展史》，四川教育出版社 1997 年版。

27. 李晓虹：《中国当代散文审美建构》，海天出版社 1997 年版。

28. 王佐良：《英国散文的流变》，商务印书馆 1998 年版。

29. 何西来：《文格与人格——艺术风格论》，陕西师范大学出版社 1999 年版。

30. 范培松：《中国散文批评史》，江苏教育出版社 2000 年版。

31. 孙绍振：《文学创作论》，海峡文艺出版社 2000 年版。

32. 杜维明:《东亚价值与现代多元性》,中国社会科学出版社 2001 年版。

33. 吴周文:《20 世纪散文观念与名家论》,远方出版社 2001 年版。

34. 许道明:《中国现代文学批评史新编》,复旦大学出版社 2002 年版。

35. 吕若涵:《"论语派"论》,上海三联书店 2002 年版。

36. 江震龙:《解放区散文研究》,上海三联书店 2002 年版。

37. 黄健:《京派文学批评研究》,上海三联书店 2002 年版。

38. 汪文顶:《无声的河流——现代散文论集》,上海远东出版社 2003 年版。

39. 沈义贞:《中国当代散文艺术演变史》,浙江大学出版社 2003 年版。

40. 张振金:《中国当代散文史》,人民文学出版社 2003 年版。

41. 李泽厚:《中国现代思想史论》,天津社会科学出版社 2003 年版。

42. 杨联芬:《晚清至五四:中国文学现代性的发生》,北京大学出版社 2003 年版。

43. 许纪霖主编:《公共性与公共知识分子》,江苏人民出版社 2003 年版。

44. 周荷初:《晚明小品与现代散文》,湖南人民出版社 2004 年版。

45. 郭预衡:《中国散文史》,上海古籍出版社 2004 年版。

46. 刘衍:《中国古代散文史》,高等教育出版社 2004 年版。

47. 陈平原:《中国散文小说史》,上海人民出版社 2004 年版。

48. 陈剑晖:《中国现当代散文的诗学建构》,江西高校出版社 2004 年版。

49. 陈德锦:《中国现代乡土散文史论》,中国社会科学出版社 2004 年版。

50. 黄科安:《知识者的探求与言说——中国现代随笔研究》,中国社会科学出版社 2004 年版。

51. 任剑涛:《中国现代思想脉络中的自由主义》,北京大学出版社 2004 年版。

52. 张少康:《中国文学理论批评史》,北京大学出版社 2005 年版。

53. 查振科：《对话时代的叙事话语——论京派文学》，春风文艺出版社 2005 年版。

54. 姜文振：《中国文学理论现代性问题研究》，人民文学出版社 2005 年版。

55. 陈赟：《困境中的中国现代性意识》，华东师范大学出版社 2005 年版。

56. 张宝明：《现代性的流变：〈新青年〉个人、社会与国家关系聚焦》，社会科学文献出版社 2005 年版。

57. 周振甫：《文学风格例话》，复旦大学出版社 2005 年版。

58. 欧明俊：《现代小品理论研究》，上海三联书店 2005 年版。

59. 庄汉新：《中国 20 世纪散文思潮史》，学苑出版社 2005 年版。

60. 徐慧琴编选：《中国新时期散文研究资料》，山东文艺出版社 2006 年版。

61. 蔡江珍：《中国散文理论的现代性想像》，中国社会科学出版社 2006 年版。

62. 蒋原伦、潘凯雄：《文学批评与文体》，北京师范大学出版社 2006 年版。

63. 顾红亮、刘晓虹：《想象个人：中国个人观的现代转型》，上海古籍出版社 2006 年版。

64. 夏伟东等：《个人主义思潮》，高等教育出版社 2006 年版。

65. 罗晓静：《寻找"个人"》，中国社会科学出版社 2007 年版。

66. 倪婷婷：《"五四"文学论集》，人民文学出版社 2007 年版。

67. 王兆胜：《林语堂与中国文化》，社会科学文献出版社 2007 年版。

68. 梁向阳：《当代散文流变研究》，中国社会科学出版社 2007 年版。

69. 陆德海：《明清文法理论研究》，上海古籍出版社 2007 年版。

70. 许志英、邹恬主编：《中国现代文学主潮》，南京大学出版社 2008 年版。

71. 喻大翔：《现代中文散文十五讲》，同济大学出版社 2008 年版。

72. 汪晖：《现代中国思想的兴起》，三联书店 2008 年版。

73. 南帆:《文学的维度》,中国人民大学出版社 2009 年版。

74. 王景科:《中国现代散文小品理论研究十六讲》,山东文艺出版社 2009 年版。

75. 陈晓芬:《中国古典散文理论史》,华东师范大学出版社 2010 年版。

76. 贵志浩:《话语的灵性——现代散文语体风格化》,浙江大学出版社 2010 年版。

77. 谷海慧:《审美与审智:当代散文文体及艺术研究》,知识出版社 2010 年版。

78. 金观涛、刘青峰:《观念史研究——中国现代重要政治术语的形成》,法律出版社 2010 年版。

79. 林太乙:《林语堂传》,台北:联经出版社 2011 年版。

80. 吴承学:《中国古代文体学研究》,人民出版社 2011 年版。

81. 张世英:《中西文化与自我》,人民出版社 2011 年版。

82. 李一鸣:《中国现代游记散文整体性研究》,山东人民出版社 2013 年版。

83. 颜水生:《中国散文理论的现代转型》,中国社会科学出版社 2014 年版。

84. 孙绍振:《审美、审丑与审智——百年散文理论探微与经典重读》,广东人民出版社 2014 年版。

85. 谢有顺:《散文的常道》,广东人民出版社 2014 年版。

86. 吴周文:《散文审美与学理性阐释》,广东人民出版社 2014 年版。

87. 高恒文:《周作人与周门弟子》,大象出版社 2014 年版。

88. 王宝贵:《个人主义在中国的道德境遇》,甘肃人民出版社 2014 年版。

89. 程凯:《革命的张力——"大革命"前后新文学知识分子的历史处境与思想探求(1924—1930)》,北京大学出版社 2014 年版。

90. 姬蕾:《"五四"新文化运动中的个人主义话语流变》,人民出版社 2015 年版。

91. 张恩普、任彦智、马晓红:《中国散文理论批评史论》,东北师范大学出版社 2015 年版。

92. 董正宇：《文与人：现代散文人生镜像研究》，湖南人民出版社 2015 年版。

93. 张志忠主编：《散文批评三十年》，武汉出版社 2015 年版。

94. 裴春芳：《理论的繁衍与文体的分立：中国现代"小品散文"流变》，北京出版社 2016 年版。

95. 姚苏平：《变革与新生：中国现代散文发生期研究》，南京大学出版社 2016 年版。

96. 郑明娳：《现代散文理论垫脚石》，广东人民出版社 2016 年版。

97. 葛兆光：《中国思想史》，复旦大学出版社 2016 年版。

98. 丁晓原：《精神的表情：现代散文论》，广东人民出版社 2017 年版。

99. 陈亚丽：《文化的截屏：现代散文面面观》，广东人民出版社 2017 年版。

100. 滕永文：《中国当代散文批评艺术的历史观照》，光明日报出版社 2017 年版。

101. 王金胜：《现代抒情与抒情的现代性：中国现代散文艺术及其传媒语境研究》，中国社会科学出版社 2017 年版。

102. 陈剑晖：《现代散文文体观念与文体演变》，广东高等教育出版社 2018 年版。

103. 杨立元、杨扬：《散文创作研究》，吉林大学出版社 2019 年版。

104. 王兆胜：《天地之心与散文境界》，广东人民出版社 2020 年版。

105. 王庆杰：《精神的喘息：当代文化生态中的学人散文研究》，华龄出版社 2020 年版。

106. 唐小林：《中国白话散文百年史》，广东人民出版社 2021 年版。

三、译作类

1. ［法］布封：《布封文钞》，任典译，人民文学出版社 1958 年版。

2. ［苏联］毕奥特罗大斯基等：《语言风格与风格学论文选译》，苏旋等译,科学出版社 1960 年版。

3.［德］黑格尔：《美学》第三卷,朱光潜译,商务印书馆 1979 年版。

4.［苏联］赫拉普钦科：《作家的创作个性和文学的发展》,满涛译,上海译文出版社 1982 年版。

5.［德］歌德等：《文学风格论》,王元化译,上海译文出版社 1982 年版。

6.［意］克罗齐：《美学原理》,朱光潜等译,外国文学出版社 1983 年版。

7.［苏联］科恩：《自我论：个人与个人自我意识》,佟景韩译,三联书店 1986 年版。

8.［法］丹纳：《艺术哲学》,傅雷译,安徽文艺出版社 1986 年版。

9.［美］M. H. 艾布拉姆斯：《欧美文学术语词典》,朱金鹏等译,北京大学出版社 1990 年版。

10.［美］拉蒙特：《人道主义哲学》,贾高建译,华夏出版社 1990 年版。

11.［比］乔治·布莱：《批评意识》,郭宏安译,百花洲文艺出版社 1993 年版。

12.［苏联］维·什克洛夫斯基：《散文理论》,刘宗次译,百花洲文艺出版社 1994 年版。

13.［古希腊］亚里士多德：《诗学》,陈中梅译注,商务印书馆 1996 年版。

14.［美］保罗·库尔茨：《保卫世俗人道主义》,余灵灵等译,东方出版社 1996 年版。

15.［英］霍布豪斯：《自由主义》,朱曾汶译,商务印书馆 1996 年版。

16.［斯洛伐克］玛利安·高利克：《中国现代文学批评发生史(1917—1930)》,陈圣生等译,社会科学文献出版社 1997 年版。

17.［苏联］巴赫金：《巴赫金全集》,白春仁等译,河北教育出版社 1998 年版。

18.［法］伊夫·塔迪埃：《20 世纪的文学批评》,史忠义译,百花文艺出版社 1998 年版。

19.［法］米歇尔·福柯：《知识考古学》,谢强、马月译,三联书店 1998 年版。

20.［美］周策纵：《五四运动史》,陈永明等译,岳麓书社 1999 年版。

21. [美]韦勒克:《批评的概念》,张金言译,中国美术学院出版社 1999 年版。

22. [德]哈贝马斯:《公共领域的结构转型》,曹卫东等译,学林出版社 1999 年版。

23. [英]拉曼·塞尔登编:《文学批评理论——从柏拉图到现在》,刘象愚、陈永国等译,北京大学出版社 2000 年版。

24. [美]列文森:《儒教中国及其现代命运》,郑大华等译,中国社会科学出版社 2000 年版。

25. [美]哈罗德·布卢姆:《批评、正典结构与预言》,吴琼译,中国社会科学出版社 2000 年版。

26. [英]史蒂文·卢克斯:《个人主义》,阎克文译,江苏人民出版 2001 年版。

27. [法]皮埃尔·布迪厄:《艺术的法则:文学场的生成和结构》,刘晖译,中央编译出版社 2001 年版。

28. [美]韦勒克:《近代文学批评史》,杨自伍译,上海译文出版社 2002 年版。

29. [美]张灏:《张灏自选集》,上海教育出版社 2002 年版。

30. [美]齐格蒙特·鲍曼:《个体化社会》,范祥涛译,上海三联书店 2002 年版。

31. [苏联]维·谢洛夫斯基:《历史诗学》,刘宁译,百花文艺出版社 2003 年版。

32. [美]M. H. 艾布拉姆斯:《镜与灯——浪漫主义文论及批评传统》,郦稚牛等译,北京大学出版社 2004 年版。

33. 李欧梵:《中国现代作家的浪漫一代》,王宏志等译,新星出版社 2005 年版。

34. 刘小枫编选:《德语诗学文选》,华东师范大学出版社 2006 年版。

35. [加]诺思罗普·弗莱:《批评的解剖》,陈慧等译,百花文艺出版社 2006 年版。

36. 孟庆枢、杨守森主编:《西方文论选》,高等教育出版社 2007 年版。

37. [英]约翰·格雷:《自由主义的两张面孔》,顾爱彬、李瑞华译,江苏人民出版社 2008 年版。

38. [英]艾伦·麦克法兰:《英国个人主义的起源》,管可秾译,商务印书馆 2008 年版。

39. [英]霍普:《个人主义时代之共同体重建》,沈毅译,浙江大学出版社 2010 年版。

40. [英]以赛亚·伯林:《自由论》,胡传胜译,译林出版社 2011 年版。

41. [法]托多罗夫《散文诗学:叙事研究论文选》,侯应花译,百花文艺出版社 2011 年版。

42. [德]康德:《实用人类学》,邓晓芒译,上海人民出版社 2012 年版。

43. [加]泰勒:《自我的根源:现代认同的形成》,韩震等译,译林出版社 2012 年版。

44. [英]阿狄生等:《伦敦的叫卖声》,刘炳善译,三联书店 2013 年版。

45. [日]柄谷行人:《日本现代文学的起源》,赵京华译,中央编译出版社 2013 年版。

46. [美]多迈尔:《主体性的黄昏》,万俊人译,广西师范大学出版社 2013 年版。

47. [瑞士]荣格:《心理学与文学》,冯川、苏克译,译林出版社 2014 年版。

48. [捷克]丹尼尔·沙拉汉:《个人主义的谱系》,储智勇译,吉林出版集团有限责任公司 2015 年版。

49. [匈]阿格妮丝·赫勒:《个性伦理学》,赵司空译,黑龙江大学出版社 2015 年版。

50. [英]安东尼·吉登斯:《现代性与自我认同:晚期现代中的自我与社会》,夏璐译,中国人民大学出版社 2016 年版。

51. [英]巴里·丹顿:《自我》,王岫庐译,上海文艺出版社 2016 年版。

52. [匈]卢卡奇:《历史与阶级意识》,杜章智等译,商务印书馆 2017 年版。

53. [德]叔本华:《作为意志和表象的世界》,石冲白译,商务印书馆 2017

年版。

54. [德]尼采:《权力意志》,孙周兴译,商务印书馆2017年版。

55. [英]埃里克·霍布斯鲍姆、特伦斯·兰杰编:《传统的发明》,顾杭、庞冠群译,译林出版社2019年版。

56. [德]恩斯特·卡西尔:《人论》,李琛译,上海文化出版社2020年版。

57. [美]杜安·舒尔茨:《人格心理学》,张登浩、李森译,机械工业出版社2020年版。

58. [奥]弗洛伊德:《自我与本我》,黄炜译,陕西师范大学出版总社2021年版。

59. [英]保罗·约翰逊:《知识分子》,杨正润译,新华出版社2021年版。

四、论文类

1. 俞元桂、姚春树、王耀辉、汪文顶:《中国现代散文的理论建设》,《福建师范大学学报》1981年第1期。

2. 俞元桂、姚春树、王耀辉、汪文顶:《中国现代散文理论建设管窥》,《文艺研究》1982年第1期。

3. 陈平原:《林语堂与东西方文化》,《中国现代文学研究丛刊》1985年第3期。

4. 刘再复:《论文学的主体性》,《文学评论》1985年第6期。

5. 佘树森:《现代散文理论鸟瞰》,《北京大学学报(哲学社会科学版)》1986年第5期。

6. 方铭:《论现代散文理论建设》,《中国现代文学研究丛刊》1986年第2期。

7. 陈平原:《林语堂的审美观与东西文化》,《文艺研究》1986年第3期。

8. 艾晓明:《寻找与确立——二三十年代马克思主义文学批评概观》,《中国现代文学研究丛刊》1987年第2期。

9. 丁亚平:《论李健吾文学批评的审美个性》,《中国现代文学研究丛刊》1987年第2期。

10. 汪文顶：《英国随笔对中国现代散文的影响》，《文学评论》1987 年第 4 期。

11. ［英］D. E. 波拉德：《周作人散文理论与东西方小品文》，赵京华译，《中国现代文学研究丛刊》1988 年第 2 期。

12. 邓国伟：《关于五四个性主义文学及其走向问题的思考》，《中国现代文学研究丛刊》1989 年第 1 期。

13. 施建伟：《林语堂幽默观的发展轨迹》，《文艺研究》1989 年第 6 期。

14. 罗永奕：《郁达夫的散文理论》，《湖北师范学院学报（哲学社会科学版）》1991 年第 2 期。

15. 余凌：《论中国现代散文的"闲话"和"独语"》，《文学评论》1992 年第 1 期。

16. 黄开发：《论周作人"自己表现"的文学观》，《鲁迅研究月刊》1994 年第 6 期。

17. 刘峰杰：《论京派批评观》，《文学评论》1994 年第 4 期。

18. 汪文顶：《现代散文研究评述》，《中国现代文学研究丛刊》1995 年第 1 期。

19. 韦器闳：《论"五四"以来中国散文观念的形成与嬗变》，《河池师专学报（社会科学版）》1995 年第 1 期。

20. 胡有清：《论周作人的个性主义文学思想》，《中国现代文学研究丛刊》1996 年第 1 期。

21. 谢茂松、叶彤、钱理群：《普通人日常生活的重新发现——40 年代沦陷区散文概论》，《北京大学学报（哲学社会科学版）》1996 年第 1 期。

22. 王爱松：《论三十年代散文三派》，《中国现代文学研究丛刊》1996 年第 2 期。

23. 张梦阳：《鲁迅杂文与英国随笔的比较研究》，《社会科学战线》1997 年第 2 期。

24. 王嘉良：《论语丝派散文》，《文学评论》1997 年第 3 期。

25. 王钟陵：《20 世纪中国散文理论之变迁》，《学术月刊》1998 年第 11 期。

26. 马俊山:《现代自由主义作家与新文学人文合法性》,《文艺理论研究》1999 年第 1 期。

27. 喻大翔:《周作人言志散文体系论》,《文学评论》1999 年第 2 期。

28. 喻大翔:《20 世纪 20 年代散文审美批评论》,《文艺评论》1999 年第 6 期。

29. 汤奇云:《个人主义与浪漫主义的理论起源》,《中国文学研究》2000 年第 1 期。

30. 刘锡庆:《现代散文"理论建设"的回顾和反思》,《海南师范学院学报(人文社会科学版)》2000 年第 4 期。

31. 沈义贞:《在艺术与非艺术之间——中国现代散文理论的回顾与思考》,《江海学刊》2001 年第 3 期。

32. 王铁仙:《中国文学中的个性主义潮流——从晚明至"五四"》,《文艺理论研究》2001 年第 3 期。

33. 王爱松:《个人主义与五四文学》,《南京大学学报(哲学·人文学科·社会科学)》2001 年第 4 期。

34. 席扬:《文化焦虑与文体选择——论中国现代散文发展的文化心理基础》,《人文杂志》2001 年第 6 期。

35. 王兆胜:《林语堂与公安三袁》,《江苏社会科学》2003 年第 6 期。

36. 单正平:《散文批评的理论问题》,《海南师范学院学报(人文社会科学版)》2003 年第 6 期。

37. 宁俊红:《20 世纪古代散文批评范式的演变与反思》,《兰州大学学报》2003 年第 6 期。

38. 黄科安:《中国现代随笔艺术的观念建构与审美表现》,《文学评论》2004 年第 1 期。

39. 洪焌荧:《文学想象与现代散文话语的建立》,《中国现代文学研究丛刊》2004 年第 1、2 期。

40. 高玉:《中国近现代个人主义话语及其比较》,《新疆大学学报(社科版)》2004 年第 4 期。

41. 吴效马:《五四个性主义的传统文化渊源》,《江汉论坛》2004 年第

5 期。

42. 刘晓虹:《个人观转型:中国现代性研究中的一个重要问题》,《华东师范大学学报(哲学社会科学版)》2004 年第 6 期。

43. 陈平原:《古典散文的现代阐释》,《中山大学学报(社会科学版)》2004 年第 6 期。

44. 李怡:《日本体验与中国散文的近现代嬗变》,《文学评论》2004 年第 6 期。

45. 周海波:《现代传媒与现代散文辨体》,《东方论坛》2005 年第 1 期。

46. 丁晓原:《"五四"散文的现代性阐释》,《中州学刊》2005 年第 2 期。

47. 黄科安:《西方现代性与中国现代随笔的话语建构》,《徐州师范大学学报》2005 年第 3 期。

48. 熊礼汇:《略论明清时期思想理论对散文流派演变之影响》,《社会科学研究》2005 年第 6 期。

49. 魏韶华、金桂珍:《"个人主义"——"五四"一代之"公同信仰"——从鲁迅、胡适的易卜生观切入》,《山东社会科学》2005 年第 8 期。

50. 何轩:《被遗忘的现代性:二三十年代美文小品的重新评价》,《求索》2005 年第 10 期。

51. 旷新年:《个人、家族、民族国家关系的重建与现代文学的发生》,《中国现代文学研究丛刊》2006 年第 1 期。

52. 蒲震元:《"人化"批评与"泛宇宙生命化"批评——中国传统艺术批评模式中的两种重要批评形态》,《文学评论》2006 年第 5 期。

53. 顾红亮:《"民族国家"语境中的个人图像》,《浙江学刊》2007 年第 1 期。

54. 蔡江珍:《论英国 Essay 与中国散文现代性理论的关系》,《福建论坛》2007 年第 3 期。

55. 丁晓原:《论现代散文的公共性与个人性》,《江海学刊》2008 年第 1 期。

56. 李建中:《古典批评文体的现代复活——以三位京派批评家为例》,《中山大学学报(社会科学版)》2008 年第 1 期。

57. 许纪霖：《个人主义的起源——"五四"时期的自我观研究》，《天津社会科学》2008 年第 6 期。

58. 孙绍振：《"真情实感"论在理论上的十大漏洞》，《江汉论坛》2010 年第 1 期。

59. 王本朝：《中国现代文论的重估与民族话语重建》，《中国现代文学研究丛刊》2010 年第 1 期。

60. 王水照、朱刚：《三个遮蔽：中国古代文章学遭遇"五四"》，《文学评论》2010 年第 4 期。

61. 颜水生、王景科：《"个人主义"与中国现代散文》，《山东师范大学学报（人文社会科学版）》2011 年第 6 期。

62. 刘涛：《20 世纪中国古代散文理论研究之进程》，《广西社会科学》2011 年第 7 期。

63. 陈鹭：《新世纪散文研究范式之建立》，《南方文坛》2013 年第 2 期。

64. 陈剑晖：《中国现代散文与"言志性灵"文学思潮》，《福建论坛》2013 年第 9 期。

65. 李思瑾：《从研究现状看建构现代散文理论的可能性》，《湖北社会科学》2015 年第 11 期。

66. 徐红妍：《中国现代个人主义文学思潮研究》，山东师范大学 2016 年博士学位论文。

67. 欧明俊：《"挖掘"与"追认"——现代散文理论吸纳古典资源的独特方式》，《华东师范大学学报（哲学社会科学版）》2017 年第 1 期。

68. 王兆胜：《中国散文理论话语的自主性问题》，《美文》2017 年第 8 期。

69. 王广州：《黑格尔美学中的"散文"隐喻与现代性问题》，《同济大学学报（社会科学版）》2018 年第 5 期。

70. 阮忠：《现代散文史观与古代散文史撰述》，《华中学术》2019 年第 3 期。

71. 吴周文、陈剑晖：《构建中国自主性散文理论话语》，《中国社会科学》2021 年第 3 期。

72. 吴周文:《"载道"与"言志"的人为互悖与整一———一个纠结百年文论问题的哲学阐释》,《文艺争鸣》2019 年第 10 期。

73. 刘军:《散文文体边界讨论之回望》,《创作评谭》2021 年第 6 期。

74. 黄开发:《纯文学观念与现当代散文的体类概念系统》,《学术研究》2022 年第 1 期。

75. 汪卫东:《文章传统与中国现代散文理论的重构》,《中国社会科学》2022 年第 2 期。

76. 魏继洲:《抗战时期中国现代散文理论流变考》,《广西民族大学学报(哲学社会科学版)》2022 年第 2 期。

后　记

　　本书是在我博士论文的基础上修改而成的，如今即将付梓，终于可以了却多年的心愿，个中甘苦，惟有自知。

　　2009 年的某一天，当导师汪文顶先生给我这个博士论文选题时，我虽知道有难度，但还是愉快地接受。当时曾乐观地认为，学界从事这方面的研究不多，如果肯下苦工，不难收拓展之功效。但真正进入论文写作的环节后，我才发现困难重重，举步维艰。一方面固然是自己资质平庸，才疏学浅，另一方面也是因为现代散文理论研究自身有着较大的难度。尽管论文最后顺利通过答辩，我也有幸留校任教，但多年来，她已成为我的心病，既想早日将之出版，又不想随便拿出来见于学界同行。于是，每年在繁重的教研之余，都要对其进行一番修改，其中的部分章节曾以论文的形式在《中国现代文学研究丛刊》《中南大学学报》《福建师范大学学报》等刊物上发表过。可以说，本书的完成过程，见证了我的"青椒"岁月，也见证了我在师友亲人们关爱和支持下的成长。

　　首先要感谢我的导师汪文顶教授。从硕士阶段起，我就追随汪老师从事现代散文研究，多年来，不管是学术研究还是为人处世，我的每一步成长，都离不开他的引导和关怀。本书交付出版社前，他曾三次审阅，从观点论证、文字表述乃至行文格式，都一一指正。师恩难忘，这部不太成功的专著的出版，算是我对恩师一点小小的回报。

本书能够出版,还要感谢我在福建师范大学求学和工作期间给予我指导和帮助的诸位老师,他们是郑家建教授、辜也平教授、袁勇麟教授、吕若涵教授、朱立立教授、陈颖教授、江震龙教授、黄科安教授等;还有已经去世的姚春树教授,姚老师博学睿智,我曾就散文研究问题多次登门请教,他都耐心讲解,让我受益良多。本书的出版还得到了福建师范大学文学院中华文学传承发展研究中心的经费资助,感谢学院领导及院学术委员会的鼎力支持。人民出版社的詹素娟女士为本书的出版费心颇多,感谢她的敬业和付出。

最后,感谢家人的支持,你们永远是我坚强的后盾。

王炳中

2022 年 5 月 3 日于福州

责任编辑:詹素娟

装帧设计:东方天地

图书在版编目(CIP)数据

现代散文理论"个性"说研究/王炳中 著. —北京:人民出版社,2022.5

ISBN 978－7－01－024740－3

Ⅰ.①现… Ⅱ.①王… Ⅲ.①散文评论-中国-现代 Ⅳ.①I207.65

中国版本图书馆 CIP 数据核字(2022)第 072122 号

现代散文理论"个性"说研究

XIANDAI SANWEN LILUN GEXING SHUO YANJIU

王炳中 著

人民出版社 出版发行

(100706 北京市东城区隆福寺街 99 号)

北京中科印刷有限公司印刷 新华书店经销

2022 年 5 月第 1 版 2022 年 5 月北京第 1 次印刷

开本:710 毫米×1000 毫米 1/16 印张:19.5

字数:300 千字

ISBN 978－7－01－024740－3 定价:89.00 元

邮购地址 100706 北京市东城区隆福寺街 99 号

人民东方图书销售中心 电话 (010)65250042 65289539